Un secouriste sous le charme

*

Mariage à El Valderon

*

Un médecin dans la tourmente

ALISON ROBERTS

Un secouriste sous le charme

Traduction française de
MATHILDE SÉGAS

Blanche

HARLEQUIN

Collection : Blanche

Titre original :
RESISTING HER RESCUE DOC

HARPERCOLLINS FRANCE
83-85, boulevard Vincent-Auriol, 75646 PARIS CEDEX 13
Service Lectrices — Tél. : 01 45 82 47 47

www.harlequin.fr

ISBN 978-2-2804-1452-4 — ISSN 0223-5056

1.

Cooper Sinclair, en proie à la contrariété, tapota son volant du plat de la main.

À l'exception d'une grosse moto qui avait réussi à forcer le passage en roulant au milieu de la chaussée, la circulation était complètement bloquée sur cette route côtière après un brusque ralentissement sans raison apparente.

Quelle poisse ! Il devait rencontrer dans une heure ses futurs collègues sur la base de secours héliportés de Wellington, capitale de la Nouvelle-Zélande, où il prenait ses fonctions le lendemain. Il avait pris soin de partir en avance pour remédier à toute éventualité, mais un pneu crevé près du lac Taupo au milieu de l'île du Nord avait eu raison de sa marge de manœuvre.

Comme le trafic ne montrait aucun signe de mouvement, il se décida à suivre l'exemple du conducteur devant lui et sortit de sa voiture pour tenter de connaître le fin mot de l'histoire.

— Que se passe-t-il ? lança-t-il.

— Un accident, cria l'autre en retour. Une voiture a quitté la route et dévalé le talus.

Le talus en question, d'après ce que Cooper pouvait en voir, s'apparentait plus à une petite falaise à pente raide donnant sur une plage rocailleuse. Depuis la route, la chute représentait une bonne quinzaine de mètres. Après un tel plongeon, le véhicule qui avait terminé sa course sur les rochers devait être sérieusement amoché et ses occupants en réel danger.

Faisant demi-tour, il regagna rapidement son 4x4, ouvrit la portière arrière et attrapa un petit sac à dos. Avant de s'élancer, il jeta au passage ses clés au conducteur avec lequel il venait de s'entretenir.

— Je suis secouriste. Je vais voir si je peux me rendre utile. Demandez à quelqu'un de déplacer ma voiture si nécessaire, cria-t-il.

— Pas de problème, camarade. Je veille sur votre véhicule.

Un petit groupe de gens rassemblés sur le bord de la route affichaient un air horrifié.

En approchant, Cooper découvrit pourquoi : le véhicule avait défoncé la barrière de sécurité. Emporté par sa vitesse, il avait dévalé la pente raide, creusant derrière lui un sillon à travers la végétation avant de terminer sa course en bas, sur les rochers qui affleuraient et sur lesquels les vagues venaient se fracasser.

Bien qu'il ne soit pas en service, il commença d'instinct à évaluer la scène pour déterminer le nombre de personnes et le matériel qui seraient nécessaires pour les secours, ainsi que les dangers potentiels pour les sauveteurs — et les spectateurs.

— Reculez, lança-t-il aux gens en se frayant un chemin. Le bord de cette falaise n'a pas l'air très solide. Quelqu'un a-t-il appelé une ambulance ?

— Oui, une ambulance est en route, répondit une voix.

Ils allaient avoir besoin de plus d'une ambulance. Et de la police pour réguler la circulation et repousser les curieux. Sans parler des pompiers pour sécuriser le véhicule avec des câbles et un treuil pour qu'il résiste à l'assaut des vagues. Même s'il y avait des blessés dans la voiture, ce serait trop dangereux de s'approcher tant qu'elle ne serait pas solidement arrimée. Les câbles suffiraient-ils ? Peut-être pas. Une grue ne serait probablement pas superflue.

Il sortit son propre téléphone pour taper les trois chiffres des secours.

Son estimation mentale s'arrêta brusquement quand, étant parvenu au bord de la falaise, il eut une vue dégagée de la plage en bas.

— Eh…, cria-t-il de toutes ses forces. À quoi jouez-vous ?

— Elle n'a pas hésité à s'élancer sur la pente, expliqua quelqu'un derrière lui. Ma foi, elle a l'air de savoir ce qu'elle fait.

— Elle est dingue, murmura Cooper en observant la silhouette solitaire sur l'estran rocheux quelque quinze mètres plus bas.

La femme, grande et mince, vêtue d'un jean, de baskets et d'un T-shirt blanc, se tenait à quelques mètres des rochers sur lesquels tanguait la voiture. Les bras levés, elle était en train de nouer ses longs cheveux noirs en une masse sur le haut de sa tête. Puis elle se pencha en avant, s'équilibrant avec les bras, cherchant un chemin pour se rapprocher du véhicule.

— Oh… Revenez ! cria Cooper en s'élançant à son tour.

Comme il s'y attendait, le sol instable s'effrita sous ses pas, et il commença à glisser, visant un buisson aux branches assez épaisses pour résister à son poids. Il contourna ensuite quelques rochers, progressant plus vite qu'il n'aurait dû, pour atteindre la plage en bas et empêcher cette femme de compliquer encore la tâche des secours.

— Restez où vous êtes. Attendez…

Mais la femme l'ignora complètement. D'un bond léger, elle sauta sur un gros caillou, où elle s'immobilisa tandis qu'une vague venait lui lécher les pieds. Un autre bond l'amena près de la portière arrière du véhicule. À cet instant, il comprit ce qui la motivait en discernant derrière la fenêtre un petit visage — un enfant qui ne devait pas avoir plus de deux ans. La femme attrapa la poignée et tenta d'ouvrir, perdant presque l'équilibre quand une vague plus forte vint s'enrouler autour de ses chevilles. Mais la portière refusa de céder.

Il perdit la femme de vue pendant quelques secondes, le temps d'atteindre, non sans mal, le rocher où il l'avait aperçue pour la première fois. Là, il constata qu'elle était parvenue à ouvrir la portière du conducteur. Celui-ci, à en juger par la forme affaissée sur le volant, était inconscient. La femme lui releva la tête de façon à dégager ses voies respiratoires, ce qui indiquait qu'elle possédait des notions de secourisme. Mais son assistance au chauffeur s'arrêta là. Glissant le bras entre le siège avant et la portière, elle se contorsionna pour atteindre la poignée à l'arrière.

Cooper, fasciné par son assurance et la précision de ses mouvements, resta planté là à la regarder agir.

Une fois la portière ouverte, elle se pencha, probablement pour détacher la ceinture de sécurité, et attrapa l'enfant qui hurlait, terrorisé.

— *Maman... Maman...*

La femme lui parlait, mais Cooper ne distinguait pas ses paroles. Baissant la tête pour regarder où elle mettait les pieds, elle revint sur ses pas en profitant du reflux des vagues pour progresser.

Cooper reprit ses esprits et s'avança à sa rencontre.

Il fallait qu'il s'occupe de la mère de l'enfant et l'extirpe de cette voiture si ce n'était pas trop risqué. Ce n'était pas une tâche qu'il envisageait de faire seul, aussi fut-il soulagé d'entendre les sirènes qui se rapprochaient. Il allait faire en sorte que cette femme et l'enfant regagnent la route sans encombre, et il redescendrait pour calculer la meilleure approche dès que les secours le rejoindraient.

Mais, à sa grande surprise, la femme lui tendit l'enfant, et il n'eut d'autre choix que de le prendre dans ses bras.

— Occupez-vous d'elle, lança-t-elle. Je dois y retourner.

— Ce n'est pas prudent, la voiture n'est pas stabilisée. Attendez les secours.

— Il y a un *autre* enfant sur le siège arrière, rétorqua-t-elle sèchement. Restez à l'abri. Moi, j'ai du travail.

Sidéré, il la considéra bouche bée.

C'était à lui que revenait cette tâche. Des années d'expérience avaient fait de lui un secouriste confirmé avec toutes les qualifications nécessaires pour sécuriser une scène d'accident et gérer une situation périlleuse comme celle-ci. Qui était donc cette femme ? Pourquoi donnait-elle l'impression que c'était elle la personne responsable, ici ? Et comment interpréter ce petit sourire en coin qu'elle lui avait jeté par-dessus son épaule avant de se détourner ?

La fillette se tortillait dans ses bras, hurlant à pleins

poumons. Il la tint serrée contre lui pendant qu'il rebroussait chemin, progressant prudemment.

Des pompiers descendaient grâce à une échelle de corde jetée à la hâte. Ils avaient garé leur véhicule de façon à pouvoir utiliser le treuil installé à l'arrière. Mais il faudrait plus que des câbles pour stabiliser cette voiture qui vacillait sur son perchoir à chaque nouvel assaut des vagues.

Un des pompiers tendit les bras pour récupérer l'enfant.

— Est-elle blessée ?

— Je n'ai pas vérifié. En tout cas, ses voies respiratoires sont dégagées.

Par expérience, il savait qu'un enfant qui hurlait aussi fort dans ce genre de circonstances n'était généralement pas sérieusement blessé. Il en allait autrement de ceux qui restaient apathiques.

— Des nouvelles de l'ambulance ?

— Pas encore. Les voitures sont bloquées sur des kilomètres. Ils enverront un hélicoptère si nécessaire.

Le pompier jeta un coup d'œil derrière Cooper.

— Vous savez combien il reste de personnes à l'intérieur ?

— Apparemment, il y a un autre enfant sur le siège arrière. Cette dingue là-bas tente de le sortir, expliqua Cooper en tournant la tête.

Dans l'encadrement de la portière, il aperçut un fessier indéniablement féminin moulé dans un jean. La femme reculait en se tortillant. Lorsqu'elle se redressa, elle tenait un siège bébé.

— Bon sang… Ce ne serait pas Fizz ? demanda le pompier plus jeune qui venait de les rejoindre, une main en visière pour se protéger de l'éclat du soleil.

— Tu peux lui faire confiance pour être toujours la première sur les lieux, opina le pompier senior en secouant la tête et en avançant dans l'eau pour aller récupérer le siège bébé. Pourquoi cela ne m'étonne-t-il pas ?

— *Fizz ?*

Cooper allait de surprise en surprise. Quel genre de personne portait un nom de cocktail ?

— Fizz Wilson est médecin urgentiste, expliqua le jeune pompier tandis qu'ils regardaient celle-ci remettre le siège enfant à son collègue. Mais comptez sur elle pour sauter dans une ambulance ou un hélicoptère si l'occasion s'en présente, rangers aux pieds et tout le tralala… Tout le monde connaît Fizz, conclut-il d'une voix admirative. Ne vous inquiétez pas, elle sait ce qu'elle fait…

— *Oh ! non…*

Cooper n'en croyait pas ses yeux.

Bien que des professionnels soient maintenant sur les lieux avec des équipements appropriés pour permettre un sauvetage moins risqué, cette femme au nom bizarre et au culot incroyable, non contente d'avoir déjà sauvé deux enfants, repartait vers la voiture.

— *Fizz !* cria le jeune pompier. Attends. Laisse-nous au moins le temps d'attacher le véhicule avec un câble.

Ou elle ne l'entendit pas, ou plus probablement elle fit semblant de ne pas entendre.

De toute évidence, Cooper n'était pas le seul à être effrayé par sa témérité. Au moment où il se lançait à sa poursuite pour tenter d'éviter qu'une autre personne soit blessée, il fut rejoint par un groupe de secouristes armés de cordes, d'outils et de vêtements de protection. Des pompiers et des policiers, mais toujours pas d'ambulanciers.

— Restez en arrière, cria l'un d'eux. Ce n'est pas un jeu.

— Je suis secouriste, répliqua Cooper. Spécialisé en gestion de scènes d'accident et de désastres.

Et, sûrement, cette situation n'allait pas tarder à tourner au désastre. Une vague arriva, le recouvrant presque jusqu'à la taille, et un des pompiers perdit pied, tout comme le véhicule accidenté, qui, délogé des rochers sur lesquels il reposait, commença à glisser avec un horrible grincement métallique. Une deuxième vague passa par-dessus le toit.

Pas trace du médecin urgentiste shooté à l'adrénaline. Où Fizz était-elle passée ?

Cooper ne la voyait nulle part et, l'espace d'un instant, il ressentit comme un sentiment de… de perte ?

Il ne connaissait pas cette femme. Elle avait pris des risques inutiles, et si elle se retrouvait blessée ou morte — peut-être coincée sous l'eau par le poids de la voiture — on pourrait dire qu'elle l'avait bien cherché. Pourtant… quelle femme formidable !

Cooper avait croisé beaucoup de personnes courageuses dans sa vie, tant parmi ses collègues que parmi les patients qu'il avait soignés, mais celle-ci sortait du lot. Elle semblait ne pas connaître la peur, plus concernée par le bien-être d'autrui que par le sien.

Cette impression venait peut-être de quelque chose de plus profond. De plus sombre. Ce souvenir du passé qui le hanterait jusqu'à la fin de ses jours et pour lequel il ne se pardonnerait jamais. Cet instant qu'il aurait dû mettre à profit pour retenir quelqu'un, l'empêcher de commettre une imprudence. Cet effort qui aurait permis à une personne qui comptait plus que tout pour lui de rester en vie.

Quand l'écume laissée par la vague se retira de la portière avant ouverte, il perçut des mouvements à l'intérieur : Fizz se trouvait dans la voiture, bataillant pour détacher la ceinture de sécurité de la conductrice.

Il conservait normalement un couteau suisse dans la poche de sa trousse de premiers secours, mais il avait laissé celle-ci sur la plage, sachant pertinemment qu'il ne pourrait pas soigner qui que ce soit dans l'eau. Inutile de perdre son temps à se lamenter sur ce détail… En fait, aucune pensée cohérente ne lui traversa l'esprit, sinon il n'aurait pas fait ce qu'il allait faire maintenant : prendre une grande inspiration, s'accrocher à la poignée de la portière et plonger sous la surface de l'eau.

Il se félicita de pouvoir utiliser la portière pour se repérer parce qu'il lui fallut quelques secondes avant de distinguer quoi que ce soit avec la piqûre du sel dans les yeux. La voiture était maintenant plus stable qu'elle ne l'avait été sur les rochers, mais elle bougeait toujours. Combien de temps s'était écoulé depuis que la première vague l'avait recouverte et avait commencé à s'engouffrer à l'intérieur ? Combien de temps depuis que Fizz avait pris son souffle ? Ses cheveux détachés flottaient autour de son visage, la faisant ressembler à une sirène et gênant probablement sa vision tandis qu'elle bataillait pour libérer la ceinture.

Cooper lui attrapa la main et la repoussa. Puis il tâtonna pour trouver le bouton de déverrouillage.

Appuyer dessus ne suffit pas, il dut tirer de toutes ses forces sur la ceinture.

Quand celle-ci céda enfin, le corps de la conductrice s'affaissa vers lui. L'attrapant sous les aisselles, il la tira hors du véhicule. Restait à espérer qu'elle n'avait pas subi de lésions de la colonne vertébrale. Un examen plus approfondi était impossible sur place, on ne pouvait pas la laisser plus longtemps dans l'eau sans qu'elle se noie. Il ne savait même pas si elle respirait encore. Il lui souleva la tête pour la tenir hors d'atteinte d'une nouvelle vague.

Une chaîne s'était formée, et une civière de relevage passait de main en main. Les pompiers prirent le relais, ils déposèrent la conductrice sur la civière et entreprirent aussitôt de la transporter sur la rive. À côté de Cooper, sa coéquipière de sauvetage avait émergé et reprenait goulûment son souffle.

— Merci, parvint-elle à dire. Je commençais à rencontrer… quelques… petits problèmes… là-dessous.

Elle ne semblait pas le moins du monde gênée que ces « petits problèmes » aient pu les mettre en danger, elle autant que lui. Elle ne le regardait d'ailleurs pas directement, occupée à écarter ses cheveux de son visage et à les rassembler en une queue-de-cheval. Son visage semblait éclairé de l'intérieur, comme si tout cela n'avait été qu'une expérience excitante qu'elle n'hésiterait pas à recommencer séance tenante.

Waouh ! Une telle passion méritait le respect !

Lui-même connaissait bien cette sensation. Elle lui rappelait… Non. Pas question de penser à ça. Cette simple idée le mettait mal à l'aise.

Il enregistra la façon dont le T-shirt mouillé de Fizz lui moulait le buste, et il sut que cette image ne manquerait pas de lui revenir à l'esprit aux moments les moins appropriés.

Cela expliqua sans doute le ton sec sur lequel il répondit.

— Il s'en est fallu de peu que j'aie besoin de vous secourir, vous aussi. Je n'arrive pas à croire que vous ayez fait cela.

Les yeux fixés sur la progression des pompiers qui transportaient la conductrice, elle ne parut pas percevoir le reproche derrière sa remarque.

— Il faut que je vérifie si elle va bien, dit-elle en leur emboîtant le pas. J'espère juste qu'elle n'était pas en train de se noyer pendant que je me débattais avec cette foutue ceinture de sécurité.

— Il y avait un peu d'air dans l'habitacle lorsque les vagues se retiraient...

Fizz trébucha à côté de lui.

Il tendit automatiquement la main et, à sa grande surprise, elle s'en empara et la garda dans la sienne pendant leur remontée.

Ils étaient tous les deux trempés jusqu'aux os. Ils auraient dû être gelés vu la température de l'eau et la légère brise qui amplifiait la sensation de froid, mais, bizarrement, ce qui fit prendre conscience du froid à Cooper, ce fut l'incroyable chaleur de cette main qu'il tenait. Ce n'est que lorsqu'elle le lâcha, une fois hors d'atteinte des vagues, qu'il commença à frissonner.

L'enfant et le bébé dans son siège avaient dû être remontés. Les policiers prenaient probablement soin d'eux dans la chaleur de leurs véhicules. Ils devaient également mettre la conductrice à l'abri, mais son état n'était apparemment pas assez stable pour la remonter immédiatement.

Fizz s'accroupit près d'elle et approcha la joue du visage de la victime avant de poser la main sur son abdomen.

— Elle respire à peine... J'ai l'impression que l'ambulance n'est pas encore arrivée. Je me trompe ?

— Non, répondit Cooper en cherchant son sac à dos du regard. Mais je suis secouriste, et j'ai une trousse de premiers secours. Vous voulez le stéthoscope ?

Pour la première fois, le regard de Fizz se posa directement sur lui. Elle avait des yeux bruns, très sombres, qui le jaugèrent à la vitesse de l'éclair.

— Apportez-moi ma trousse également, s'il vous plaît, dit-elle. Je l'ai laissée sur ce rocher, là-bas.

Il s'exécuta avec l'impression d'avoir passé avec succès un test silencieux. Il avait le sentiment qu'il ne devait pas être facile de gagner la confiance de cette femme. Bizarrement, il ressentait une espèce de fierté à l'idée qu'elle l'ait accepté comme confrère provisoire.

Fizz ne remettait pas en cause ce qu'avait déclaré ce gros nounours avec son mètre quatre-vingt-cinq et ses larges épaules. De toute évidence, son assistant inattendu savait ce qu'il faisait quand il avait sorti la conductrice de la voiture, et sa recommandation d'attendre que la voiture soit solidement arrimée avant d'approcher correspondait à ce que n'importe quelle équipe de secours aurait préconisé.

Pourtant, comment attendre avec ce petit visage derrière la vitre… Et, bon, elle reconnaissait avoir un problème d'impulsivité face à une situation dangereuse. Mais quel bonheur quand tout se passait bien… Et elle se sentirait encore mieux si elle parvenait à garder en vie la mère de ces enfants.

Sa patiente, étendue sur la civière, gémissait sans manifester suffisamment de conscience pour ouvrir les yeux et parler. Les pompiers installaient maintenant un paravent en toile autour d'eux pour les protéger du vent. Deux d'entre eux avaient ôté leur lourde veste pour la poser, l'un sur ses épaules, l'autre sur celles de son coéquipier.

Tout en procédant à un rapide examen de la victime, elle observa ce dernier à la dérobée tandis qu'il s'activait à sortir de son sac à dos tout ce dont ils allaient avoir besoin.

Il semblait également très habile de ses grandes mains.

— Je lui donne moins de 10 sur l'échelle de Glasgow, dit-elle. Son rythme cardiaque est de 124 battements par minute. Tachypnée à 32, et… je ne distingue aucun son du côté gauche. Mais c'est difficile à dire avec le bruit des vagues.

— Pneumothorax ?

La veste du pompier avait la taille idéale pour cet homme

qui semblait habitué à l'uniforme et à l'autorité que cela conférait. Il avait trouvé la petite bouteille d'oxygène qu'elle gardait dans sa trousse de secours et y accrochait un masque.

— Est-elle en état d'hypoxie ?

— Donnons-lui un peu d'oxygène. Vous avez des ciseaux ?

Elle découpa les vêtements de la femme avant de glisser l'élastique du masque à oxygène autour de sa tête pour le fixer.

— Regardez ça…

Les profondes marques laissées par la ceinture de sécurité apparaissaient sur sa peau. Elle palpa les côtés de la cage thoracique.

— Quelques côtes cassées, annonça-t-elle.

Son coéquipier posa un doigt sur le cou de la femme.

— Son pouls est faible et sa pression veineuse jugulaire élevée.

Fizz hocha la tête. Elle pouvait voir les veines nettement distendues sur le cou de sa patiente. Une nouvelle auscultation s'imposait pour vérifier si la trachée n'avait pas dévié, ce qui confirmerait l'épanchement d'air dans la cavité pleurale.

Son partenaire ne perdait pas de temps. De son côté, il préparait une perfusion. Il utilisait son propre matériel, composé de canules, lingettes alcoolisées, adaptateurs Luer et sparadrap. Il avait également sorti un litre de sérum et posé un brassard de tensiomètre autour du bras de la patiente.

— Tension à quatre-vingt-cinq cinquante, annonça-t-il. Je n'aperçois aucun saignement externe.

Fizz opina du chef, le stéthoscope collé sur la poitrine de la patiente.

Côté droit, puis côté gauche. Oui… Elle en avait maintenant la certitude : aucun souffle à gauche. Restait à déterminer si c'était de l'air ou du sang qui empêchait le poumon de fonctionner.

— J'aimerais avoir mon échographe sous la main, murmura-t-elle.

— Les échographes portables dont les ambulances sont équipées maintenant sont très bien, fit observer son coéquipier.

Elle lui jeta un regard étonné, sachant que seuls les secouristes les plus chevronnés utilisaient un tel équipement. Cet homme connaissait son boulot, et il devait également y exceller.

L'échange entre eux dura une fraction de seconde. Elle vit qu'il devinait ses pensées, et son regard ne se déroba pas. « Je connais mon travail, disait-il. Ayez confiance en moi. »

— Comment vous appelez-vous ?

— Cooper Sinclair.

Il n'était pas du coin. Elle l'aurait remarqué parmi les membres des services de secours avec lesquels elle coopérait depuis des années. Pas seulement à cause de sa taille, mais aussi de son fort accent écossais… Non pas que son origine et la raison de sa présence ici présentent le moindre intérêt.

— De quoi avez-vous besoin, doc ? demanda le pompier près d'eux. Une ambulance vient d'arriver, mais il va leur falloir quelques minutes pour descendre leur matériel jusqu'ici. Ils voudraient savoir ce dont vous avez besoin.

— Les trucs habituels. Équipement de survie, bouteilles d'oxygène, trousse d'urgence. J'aimerais dégager ses voies respiratoires avant de la bouger.

— Son nom est Sonya Greene. On a récupéré dans la voiture son sac avec son permis de conduire. Elle a trente-deux ans.

Le même âge qu'elle, avec deux enfants en bas âge.

— Quelqu'un s'occupe-t-il de contacter ses proches ?

— Les flics sont sur le coup. Je remonte donner un coup de main pour descendre le matériel, lança le pompier avant de s'éloigner en parlant dans sa radio.

— Allez-vous l'intuber ? demanda Cooper.

— Il faut d'abord que je draine sa cage thoracique.

Il hocha la tête.

— La ventilation en pression positive pourrait aggraver un éventuel pneumothorax.

— Je crois que la situation s'aggrave de toute façon. À votre avis, cela ressemble-t-il à une déviation de la trachée ?

La tête de l'homme se rapprocha de la sienne quand il se pencha pour avoir une vue plongeante du cou et de la poitrine de leur patiente. Elle perçut la chaleur qui émanait de son corps, ce qui l'étonna vu qu'ils étaient tous les deux gelés dans leurs vêtements trempés malgré les vestes épaisses des pompiers. À ce propos, il aurait été judicieux qu'ils s'enveloppent d'une feuille d'aluminium pour ne pas tomber en état d'hypothermie, mais ce n'était vraiment pas le moment. D'ailleurs, Cooper ne semblait pas se préoccuper plus qu'elle de ce risque.

— Oui, répondit-il en se redressant. Un pneumothorax sous tension ?

— C'est ce que je pense.

Les ambulanciers les rejoignirent peu après.

— Je t'installe la perfusion, Fizz ? demanda l'un d'eux.

— Tout est prêt pour cela, n'est-ce pas, Cooper ?

— Paré.

Devant l'œil étonné du secouriste, elle hocha la tête.

— Cooper est un secouriste confirmé, Jack. On a eu de la chance qu'il soit là. Il s'en est fallu de peu qu'on perde cette femme. Et maintenant je dois décompresser sa cavité pleurale. Une thoracotomie me paraît plus appropriée qu'une exsufflation à l'aiguille. Tu peux me trouver un moniteur cardiaque, s'il te plaît ? demanda-t-elle au deuxième ambulancier. J'aimerais connaître son taux d'oxygène et de CO_2 avant de commencer.

Tous quatre s'activèrent pendant un quart d'heure jusqu'à ce qu'elle estime l'état de la patiente assez stable. La décompression soulagea ses problèmes respiratoires, et son rythme cardiaque retrouva un niveau acceptable. Sa tension remontait, et ses voies respiratoires fonctionnaient.

— Beau travail, dit-elle alors que les ambulanciers sécurisaient la patiente en vue de la remontée jusqu'à la route. Je vais vous accompagner dans l'ambulance. Un des policiers reconduira ma voiture en ville.

Une chaîne de pompiers se forma le long de la pente, et la civière passa de main en main jusqu'au sommet. Fizz rangea ses affaires dans sa trousse et la ferma. Elle la remplirait à nouveau à l'hôpital.

Cooper faisait de même de son côté.

— Merci pour votre aide, dit-elle. Je n'y serais pas arrivée sans vous.

— Tout le plaisir était pour moi, lui répondit-il avec un sourire à couper le souffle.

Waouh…

— Ouais, merci, mec, lança Jack, l'ambulancier. Vous êtes en vacances par ici ?

— Non. En fait, je prends mon nouveau poste demain. Au poste de secours d'Aratika.

— Oh ! Sur les hélicoptères ?

— Entre autres, répondit Cooper avec un haussement d'épaules. Travail de garde-côte, opérations de police, interventions d'urgence.

Impressionné, Jack lui lança un long regard avant de s'éloigner.

Fizz devait reconnaître qu'elle aussi était impressionnée. Les membres de ce poste de secours constituaient un groupe d'élite. Elle aurait adoré devenir un membre à part entière de cette équipe, mais elle aimait trop son travail hospitalier pour l'abandonner. Aussi avait-elle organisé sa vie de façon à donner le meilleur d'elle-même aux deux mondes, en consacrant son temps libre au poste de secours, ce qui lui permettait de travailler avec des personnes formidables dans les deux camps… Et, apparemment, un nouvel élément très intéressant venait de rejoindre l'un de ces deux mondes.

— Dans ce cas, j'imagine que nous allons nous revoir, dit-elle à Cooper. J'essaye de me rendre disponible assez souvent pour donner un coup de main au poste de secours.

— C'est bon à savoir. Vous me raconterez la fin de l'histoire. J'espère qu'elle sera heureuse.

— Je suis spécialisée dans les fins heureuses, affirma-t-elle avec un sourire.

La civière se trouvait maintenant à mi-parcours de la pente. D'ici quelques minutes, ils seraient en route pour le plus proche service d'urgences.

Elle gravit les derniers barreaux de l'échelle de corde, Cooper sur ses talons.

Le moment était venu de se sortir ce grand secouriste écossais de la tête et de se concentrer sur sa patiente jusqu'à ce qu'ils arrivent à l'hôpital, qu'ils l'installent en salle d'opération aussi vite que possible pour régler ses problèmes respiratoires.

— Eh ! cria Cooper comme elle prenait pied sur la chaussée.

— Quoi ?

— Je voulais vous dire que votre nom vous va très bien. À bientôt, Fizz.

— À bientôt, Cooper.

Elle ne regarda pas en arrière en rejoignant l'ambulance. Elle savait qu'elle le reverrait tôt ou tard. Avec un peu de chance, plutôt tôt que tard…

2.

Au troisième étage de la base de secours d'Aratika, Cooper admirait derrière la baie vitrée la vue plongeante sur l'héliport juste en dessous de lui.

Plusieurs personnes s'activaient autour de deux appareils jaune vif. Pendant qu'un mécanicien ravitaillait en carburant l'un des deux hélicoptères, un homme, probablement le pilote, tournait autour du second, procédant de toute évidence à un rigoureux contrôle externe de l'appareil.

— Quel formidable emplacement ! Ce sont des Kawasaki BK117, n'est-ce pas ?

— Avec tous les accessoires et gadgets dont vous pouvez rêver, acquiesça fièrement Don Smith, le responsable de la base. Nous avons également un Squirrel au cas où les deux BK seraient sortis en même temps et où il n'y aurait pas moyen d'accéder au lieu d'un nouvel accident par voie terrestre ou par mer, ce qui ne s'est encore jamais produit depuis que je travaille ici. Je touche du bois, ajouta-t-il en tapotant le chambranle de la baie vitrée. Mais, si j'avais besoin d'être secouru, je voudrais que ce soit par un BK. Ce sont de formidables engins de sauvetage.

— Nous les utilisions également en Écosse. J'en suis fan.

— Dans ce cas, vous êtes familiarisé avec leurs équipements, ce qui est un plus. Depuis combien de temps êtes-vous dans le métier ?

— Pas loin d'une dizaine d'années. J'ai commencé à travailler sur des hélicoptères dès la fin de mes études de secouriste. Cela a toujours été mon ambition. Depuis le jour où, gamin, j'ai assisté à un sauvetage dans les montagnes.

Mais, ce qui avait donné à Cooper l'impression de se trouver dans un épisode particulièrement dramatique d'une série télévisée médicale et qui avait nourri sa détermination à devenir membre d'une équipe de secours comme celle-ci, ce n'était pas l'énorme soulagement ressenti en voyant l'hélicoptère arriver sur les lieux de l'accident, pas plus que l'incroyable niveau de compétence qu'ils avaient montré auprès de la victime de cette horrible chute. Non, ce qui l'avait le plus marqué et avait fait naître en lui la volonté de ressembler un jour à ces héros, cela avait été la façon dont ils s'étaient occupés de *lui*, avec quel degré de compassion ils l'avaient soutenu et aidé à affronter la mort de son frère, et le respect qu'ils avaient manifesté tant envers lui qu'envers Connor, même après avoir compris qu'ils ne pouvaient plus rien pour lui.

— Et je vois que vous avez ajouté des cordes à votre arc au cours des années…

Les paroles de Don tirèrent Cooper de ses souvenirs.

— Votre curriculum vitæ est particulièrement impressionnant : qualifications en recherches et sauvetages tant en milieu urbain que rural, expérience en montagne, gestion des scènes de catastrophe, entraînement de garde-côte…

— J'aime m'occuper, répondit-il avec un léger haussement d'épaules. Tout autant qu'apprendre et découvrir de nouveaux environnements. Et, d'après ce que j'ai vu de la Nouvelle-Zélande jusque-là, les opportunités ne vont pas manquer.

Son CV avait effectivement de quoi impressionner, mais l'ambition qui l'avait mené à accomplir tant de choses en si peu de temps avait un prix. Cela lui avait demandé de se consacrer entièrement à sa carrière aux dépens d'autres aspects de sa vie. C'était ainsi que, à trente-cinq ans — vingt ans exactement après la naissance de sa vocation —, rien ni personne ne l'avait jamais retenu de partir à l'autre bout du monde affronter un nouveau challenge.

Aucune relation à long terme, aucun lien familial, ni d'ailleurs le moindre désir d'en créer. Il vivait uniquement pour son travail. Il lui arrivait parfois de se sentir seul, mais son expérience ne serait pas aussi étendue et ses compétences aussi solides s'il avait laissé sa vie personnelle l'empêcher d'atteindre son but…

À moins qu'il ne l'ait déjà atteint et que ce départ vers un nouveau pays pour de nouvelles aventures ne représente qu'un moyen de relever encore son niveau ?

Son regard dériva vers le parking à côté de l'héliport, où étaient garés de nombreux véhicules de secours : des 4×4, d'énormes camions entièrement équipés pour devenir de véritables postes de commandement, et même des motos.

— Je constate que vous êtes également très bien équipés pour les déplacements terrestres. Il me semble avoir lu quelque part que vous preniez en charge tous les incidents majeurs ?

— Exact. Nous intervenons avec la police et les pompiers en qualité de centre de commandement dans les cas d'accident ou de catastrophe impliquant de nombreuses victimes. Nous disposons également de véhicules individuels disponibles à tout moment si le service d'ambulances local est débordé ou si l'assistance de secouristes confirmés s'avère nécessaire pour traiter les victimes. Ces hommes viennent en renfort des équipes héliportées. C'est d'ailleurs là que je vais vous affecter pour commencer.

Il haussa les sourcils tout en hochant la tête, signifiant qu'il acceptait le défi.

— Ne vous inquiétez pas, ajouta Don avec un sourire. Nous n'allons pas vous jeter dans la gueule du loup sans un binôme. Vous serez en équipe de deux jusqu'à ce que vous maîtrisiez les protocoles et destinations et tout ce qu'il faut savoir. En fait…

Don jeta un coup d'œil à sa montre.

— Descendons. Comme c'est l'heure du changement d'équipe, je vais pouvoir vous présenter à tout le monde, et notamment à votre coéquipier. Ils doivent tous être en train de prendre le petit déjeuner.

— Parfait.

Cooper jeta un dernier regard à la vue magnifique avec,

derrière les grues et les bateaux du port animé de Wellington, la ville d'un côté et les collines couvertes de forêts de l'autre.

— Je ne me lasse pas de cette vue. Vous bénéficiez là d'un des plus beaux bureaux du monde !

— Je ne me plains pas, convint Don. Mais cet emplacement n'a pas été choisi pour la vue. C'est un endroit stratégique avec un accès rapide dans toutes les directions : vers le centre-ville autant que vers la côte Ouest. La base des garde-côtes se trouve à deux minutes en cas de besoin et, si une intervention s'avère nécessaire dans les montagnes ou plus loin vers le nord, les hélicoptères peuvent se diriger droit sur ces collines, loin des couloirs aériens de l'aéroport. C'est d'ailleurs de là que vient le nom de la base : en maori, *aratika* signifie « le droit chemin ».

— C'est un beau nom.

Une odeur appétissante de bacon s'échappait de la cuisine au deuxième étage de l'immeuble et, en raison du passage de témoin entre les équipes de nuit et de jour, pas mal de monde se trouvait rassemblé là. Secouristes, pilotes, personnels au sol — c'est-à-dire les mécaniciens et toutes les personnes chargées de l'entretien et de l'approvisionnement des équipements — et même une femme plus âgée, Shirley, qui semblait tenir le rôle de gouvernante. C'était d'ailleurs elle qui s'activait à la cuisine.

— Bienvenue à Aratika, lança-t-elle à Cooper avec un sourire chaleureux. Un sandwich au bacon, ça vous tente ?

— Non, merci. Plus tard, peut-être.

Il ne se sentait pas encore assez détendu pour manger, bien que tout le monde se montre accueillant à son égard.

Soudain, il remarqua quelqu'un qui le fixait, bouche bée.

— Je n'y crois pas…

L'homme regarda le journal étalé devant lui, ouvert à la première page.

— C'est Joe, expliqua Don. C'est avec lui que vous ferez équipe le temps de vous mettre au courant. Joe ? Je te présente Cooper Sinclair.

— Eh bien, sauf si tu as un frère jumeau, déclara Joe en

se levant, c'est ta photo que j'étais en train d'admirer après tes exploits d'hier. Tu étais donc si pressé de te mettre au boulot ?

Cooper sentit son sourire se figer.

Oui, il avait bien *eu* un frère jumeau. Mais son nouvel équipier ne pouvait pas savoir qu'il touchait là un point sensible.

— Pardon ?

— Tu es déjà un héros, ici, mon pote, annonça Joe en lui montrant la une du journal.

Cooper n'avait pas encore eu l'occasion de le lire. Ni de regarder la télévision, d'ailleurs. Le temps de sortir de l'embouteillage généré par l'accident et de parvenir à l'hôtel qui constituerait son pied-à-terre en ville jusqu'à ce qu'il trouve un logement, il avait été trop épuisé pour faire autre chose que se débarrasser de ses vêtements mouillés, manger un morceau et s'écrouler sur son lit.

Il avait quand même pris le temps d'appeler Don pour s'excuser d'avoir raté la réunion d'orientation et avait été soulagé de constater que celui-ci ne s'en formalisait pas.

— Demain est un autre jour, avait-il déclaré. Je ne peux pas vous en vouloir d'avoir participé aux secours. J'aurais été déçu que vous ne le fassiez pas.

— Heureux de te rencontrer, dit Joe en tendant la main. Et impatient de faire équipe avec toi.

— Pareil pour moi, répondit Cooper.

Don s'était emparé du journal.

— La première page ? Waouh… Jolie photo…

De toute évidence, prise au téléobjectif du haut de la falaise. On voyait Cooper revenir vers la rive, l'enfant en pleurs dans les bras. Derrière lui, l'appareil avait saisi Fizz qui repartait vers la voiture accidentée, un éclaboussement d'écume dessinant comme un halo autour d'elle.

— Tu avais l'air de bien t'amuser, constata un des pilotes, qui jetait un coup d'œil par-dessus l'épaule de Don.

— Je ne dirais pas cela, murmura Cooper, tout en reconnaissant par-devers lui que l'éclat de son regard révélait plus qu'une simple conscience professionnelle.

Il savait très bien ce qui avait allumé cette étincelle : à

ce moment-là, Fizz venait de rejeter son offre de prendre la situation en main et lui avait tourné le dos pour repartir récupérer le bébé. Il en avait été impressionné, ce qui expliquait ce demi-sourire qu'on devinait sur ses lèvres…

Heureusement que la photo n'avait pas été prise quand ils regagnaient la rive main dans la main, moulés par leurs vêtements trempés !

Cette image restait gravée dans son esprit. Elle n'avait pas manqué de revenir le hanter sous le jet de la douche, et plus encore quand il s'était glissé nu entre les draps.

Si Fizz se fatiguait un jour du rôle de femme d'action, elle n'aurait aucun mal à se reconvertir dans le mannequinat. Grande, mince, aux courbes harmonieuses, avec ses longs cheveux foncés, ses yeux noirs et sa peau olivâtre qui lui venaient sans doute d'ancêtres méditerranéens, elle retenait l'attention…

— J'avais entendu l'appel. Je me trouvais aux urgences à leur arrivée, dit une voix féminine.

Heureux d'être tiré de ses pensées, il se tourna vers la femme qui venait de parler — une petite blonde, Maggie s'il avait bien retenu son nom.

— Avez-vous des nouvelles de cette femme ? Je crois qu'elle s'appelle Sonya. Et des enfants ?

— Oui. J'accompagnais un gamin qui faisait une crise d'asthme, et j'attendais que son état s'améliore. Les enfants s'en sont tirés sans une égratignure. Leur père est venu les récupérer. En ce qui concerne la mère, il a fallu lui poser un drain thoracique. Ils lui ont retiré près d'un litre de sang et de liquide et l'ont mise sous perfusion avant de l'emmener en salle d'opération, mais j'ignore pour quelle intervention. Vous n'aurez qu'à demander à Fizz la prochaine fois que vous la verrez. Elle l'a accompagnée au bloc.

— Fizz ?

Un des secouristes, sandwich à la main, s'approcha pour regarder le journal.

— Mince, alors… Mais oui, c'est bien elle à l'arrière !

— Elle était la première sur les lieux, expliqua Cooper.

Je lui ai crié d'attendre que la voiture soit stabilisée pour intervenir, mais autant parler à un sourd.

— C'est bien Fizz, approuva Joe avec un sourire. Bon, rassure-toi, elle se conduit mieux quand elle porte l'uniforme… Enfin, en général, ajouta-t-il, son sourire s'élargissant encore.

Ce ton familier éveilla chez Cooper un sentiment qu'il se refusa à identifier.

Quels rapports Joe partageait-il avec Fizz ?

Et en quoi cela le concernait-il ? Bon sang, il avait mieux à faire que de s'inquiéter de savoir si elle était célibataire ou pas ! Il venait à peine de débarquer dans cette ville. Entamer une relation ne figurait vraiment pas dans ses priorités. Quant à penser à se lier avec une femme qu'il connaissait à peine, qui l'avait carrément ignoré avant de le prendre pour un sous-fifre et qui l'avait sans doute oublié à la minute où elle lui avait tourné le dos, ce serait stupide.

Le sourire compréhensif de Don suggérait que lui aussi considérait l'attitude désinvolte de Fizz vis-à-vis des consignes de sécurité avec l'indulgence d'un père envers une enfant rebelle. Tout cela rendait la jeune femme d'autant plus fascinante. Pourquoi tout le monde était-il prêt à lui pardonner son attitude de franc-tireur — chose en général très mal acceptée dans le milieu des urgences ?

La réponse devrait attendre parce que Don était déjà passé à autre chose.

— En parlant d'uniforme, il en faut un pour Cooper… Bon, un simple T-shirt de l'équipe devrait suffire pour le moment, ajouta-t-il après avoir examiné son polo, son pantalon noirs et ses Doc Martens. Et une combinaison de vol en cas de sortie en hélicoptère. S'il y a de la place, il participera comme troisième membre de l'équipe. Et il lui faut impérativement un bipeur avant qu'il prenne son poste.

Joe fit signe à Cooper.

— Suis-moi. Je vais te présenter à Danny, le responsable de l'intendance — uniformes, bipeurs, etc. On va aussi te trouver un casier. La visite pourra attendre la fin du petit déjeuner, si les choses restent calmes jusque-là.

Il n'avait pas fini de parler qu'un signal sonore retentit. Un des pilotes regarda son bipeur. Deux des secouristes firent de même, Maggie incluse, et tous trois se levèrent en même temps pour gagner le rez-de-chaussée.

— C'est ta faute, lança Maggie à Joe en agitant un doigt. Tu as prononcé le mot fatidique : « calme ». Mais le destin ne va pas t'oublier, tu vas voir.

— Elle a raison, admit Joe. On ferait mieux de s'occuper tout de suite du bipeur et de la combinaison de vol. Le prochain appel sera pour nous.

— Ouf, lança Fizz en se laissant tomber dans un fauteuil de la salle de repos des urgences. J'ai cru que ça ne finirait jamais.

— C'était chaud, hein ? Je te remercie d'être restée, Fizz, mais tu peux partir quand tu veux. L'équipe est au complet, maintenant, et nous avons rattrapé notre retard.

Elle sourit à Tom, un des consultants seniors du service.

— D'accord, le temps de prendre un café et deux minutes de repos. De toute façon, j'ai déjà annulé ma participation à la réunion du club de 4×4. Je vais peut-être attendre le résultat du scanner de ce gamin qui est tombé d'un arbre. J'espère qu'il n'a rien de plus qu'une simple commotion, outre son bras cassé.

— Le jeune Micky ? C'est un de nos habitués depuis le jour où, bébé, il s'est cassé la clavicule en tombant de son berceau. Mais c'est la première fois qu'il essaye de voler. Je plains sa mère, ajouta Tom en secouant la tête. Je parie que ta mère aussi avait ce regard inquiet quand tu étais gamine.

— Crois-le ou pas, je n'étais pas du tout prédisposée aux accidents.

— Connaissant ta passion pour les passe-temps dangereux, j'imagine que tu sautais des arbres avec un parachute de ta fabrication plutôt que d'en tomber ?

— En fait, non. J'étais une enfant ennuyeuse. Très sage et bien élevée.

Tom leva les sourcils.

— Alors, que s'est-il passé ? D'où t'est venu cet engouement pour le deltaplane et la conduite tout-terrain ? Un besoin de te faire peur ?

— Quelque chose comme ça, répondit-elle avec un haussement d'épaules.

Sa découverte de l'adrénaline comme remède miracle ne datait pas d'hier. Quel meilleur moyen d'oublier son chagrin et son manque de foi en l'avenir ? Cela faisait partie de son passé. Le déclic qui avait changé sa vie, surtout quand elle avait pu inclure ce genre d'excitation dans son travail qu'elle adorait. C'était tellement plus gratifiant de mettre sa vie en danger pour sauver celles des autres que de pratiquer une fuite en avant déguisée en amusement.

— Et tu te retrouves toujours sur les lieux de l'action, c'est incroyable. Cette photo de toi dans le journal, il y a quelques jours… Comme par hasard, tu passais justement par là quand cette femme est sortie de la route ?

— J'ai été témoin de l'accident. Un type faisait l'idiot à moto, et la femme a dû braquer pour éviter l'accrochage. Sa roue a dérapé sur le gravier au bord de la route. Elle a perdu le contrôle et foncé dans la barrière de sécurité. Que veux-tu que je te dise ? Apparemment, les catastrophes m'attirent.

— J'imagine que ça rend la vie plus excitante.

— En effet.

Elle sirota son café, repensant à cet accident. À la décharge d'adrénaline qu'elle avait ressentie en sortant ces enfants de la voiture. À la peur qu'elle avait éprouvée sous l'eau, quand elle avait compris qu'elle ne parviendrait pas à détacher la ceinture de sécurité et que la voiture pouvait à n'importe quel moment basculer et la piéger sous elle.

Elle avait l'habitude de ces situations critiques. Elle avait choisi cette route des années plus tôt, quand elle se moquait de mourir. Puis le temps avait passé, et elle était sortie de cette période particulièrement noire de sa vie. Elle avait retrouvé le goût de vivre. Pourtant, elle ne se dérobait toujours pas face aux circonstances trop risquées, car le soulagement qui s'ensuivait était fantastique. Cette euphorie d'avoir surmonté les obstacles et d'en sortir vivante.

Cela agissait sur elle comme une drogue. Une véritable dépendance. À chaque fois, sa confiance en elle s'en trouvait renforcée, et sa conviction qu'être totalement indépendante était la seule façon sûre de vivre. Et cela lui convenait parce que la vie était belle. Mieux que belle, en fait.

— Quoi qu'il en soit, je ferais mieux d'y retourner, dit Tom en rinçant sa tasse sous le robinet. On te voit demain, Fizz ?

— Non, je suis de repos.

— Un vrai jour de repos, ou tu vas proposer tes services à la base de secours ?

— La base de secours. Mais tu sais ce qu'on dit : changer de lieu de travail est aussi efficace que partir en vacances.

Tom éclata de rire et quitta la salle.

Fizz continua de siroter son café, et son regard se dirigea vers le tas de journaux et de magazines au centre de la table.

Cela faisait maintenant deux jours que cet article était paru. Le journal se trouvait-il encore là ? Non pas qu'elle attache du prix à ce genre de souvenirs mais, maintenant que Tom en avait parlé, elle avait envie de revoir la photo.

Ce n'est que lorsqu'elle eut récupéré le journal qu'elle comprit ce qui l'intéressait vraiment. Cet homme — le héros de la photo — retenait son attention. Il l'attirait même.

Il y avait longtemps qu'elle n'avait pas ressenti ce genre de sensations. Son éloignement volontaire des hommes avait-il suffisamment duré ? Elle ressentait aujourd'hui le besoin d'un compagnon, sans parler d'une bonne séance de sexe. Mais ce besoin était-il assez impérieux pour qu'elle se complique la vie avec un homme qui attendrait d'elle plus qu'elle n'était capable de donner ?

L'attirance venait peut-être simplement du fait qu'ils avaient bataillé coude à coude sur cet accident qui, grâce à lui, avait connu une fin heureuse ?

Elle sentait encore le contact de sa main lorsqu'il avait repoussé la sienne pour détacher la ceinture de sécurité et lorsqu'il l'avait retenue sur les rochers. Un contact loin d'être désagréable, qui lui avait donné le sentiment d'être en sécurité auprès de cet homme grand et fort. Elle se rappelait l'agilité de ses mains quand ils s'activaient de concert pour sauver cette femme. Et son adorable accent, et ce rire dans sa voix quand il avait déclaré qu'elle portait bien son nom…

Elle examina la photo.

Cooper Sinclair était vraiment beau avec ses yeux intelligents, son nez fort, son menton carré et sa bouche qui semblait toujours prête à sourire.

Bon, d'accord. Cette attirance n'était pas seulement due à la situation ou au fait qu'elle en avait assez d'être célibataire. Cet homme était spécial. De plus, c'était un étranger susceptible de ne pas rester longtemps dans le pays, ce qui était un plus. S'il était célibataire — et c'était vraiment un grand « si » — peut-être serait-il intéressé par une amitié agrémentée de quelques bénéfices. Une amitié sans complications, ce serait idéal à ses yeux.

Elle jeta un regard rapide derrière elle pour s'assurer qu'elle était seule et déchira délicatement la page de journal, qu'elle plia vite avant de la glisser dans la poche de sa blouse.

Cela ne lui ressemblait pas, mais elle avait envie d'y jeter encore un coup d'œil plus tard. Quand elle ne risquerait pas d'être surprise.

3.

— Bonjour, Cooper, comment ça va ?

— Salut, Maggie… Je vois que tu as délaissé la moto pour le vélo, ce matin, dit Cooper en claquant la portière du 4×4 qu'il venait de garer dans un coin du parking de la base, loin des véhicules de secours qui pouvaient avoir besoin de sortir rapidement.

— J'aime bien aller travailler à vélo de temps en temps, répondit Maggie en lui emboîtant le pas. Si un bouchon se forme à cause d'un accident, le vélo permet d'arriver très vite sur les lieux. Nous pouvons donner les premiers secours en attendant que la police ait dégagé le passage pour une ambulance ou qu'un hélico puisse atterrir.

Ensemble, ils se dirigèrent vers l'entrée du bâtiment, et elle utilisa sa carte magnétique pour débloquer la porte en acier.

— Cela fait des années que je ne suis pas monté sur un vélo. Je ferais peut-être bien de m'y remettre.

— Bonne idée. Je vois que tu as un 4×4. Tu fais du tout-terrain également ?

— Non, mais ça pourrait être amusant par ici. Les coins parfaits pour cela ne doivent pas manquer.

— Il m'est arrivé d'en faire avec Fizz. Elle est membre d'un club qui organise des sorties où ils dévalent des ravins, traversent des rivières ou vont escalader des dunes. C'est impressionnant mais très excitant.

Maggie se dirigea vers le vestiaire.

— C'est également un bon moyen d'améliorer sa conduite. Je devrais en faire plus. Au fait, j'ai discuté hier soir avec

Laura et Jack, mes colocataires, et leur ai dit que tu serais peut-être intéressé par notre chambre d'amis. Ils sont d'accord. Alors, si ça te tente, tu peux venir aujourd'hui après le travail jeter un coup d'œil.

— Ce serait formidable ! Je ne suis pas du genre à vivre à l'hôtel, et j'en ai déjà assez, répondit Cooper en jetant son sac de sport dans son casier.

Il portait déjà son uniforme, et sa combinaison de vol pendait au portemanteau.

— Tu verras, c'est une vieille maison. Une grande villa pas très loin d'ici dans Aro Valley. À moins d'un quart d'heure en voiture, même si ça roule mal.

— Cela me semble parfait.

— Il n'y a qu'une salle de bains mais, comme nous sommes tous secouristes ou infirmiers avec des horaires décalés, ça ne pose aucun problème. Nous sommes rarement tous à la maison en même temps. Mais il y a quand même une chose que tu dois savoir…

— Oui ?

Cooper fut brusquement distrait par une personne qui sortait d'une des cabines d'habillage.

Fizz…

Il ne l'avait pas revue depuis le jour de l'accident, une semaine plus tôt — assez longtemps pour avoir oublié ce qu'il avait ressenti en sa présence et cette idée folle qu'ils pourraient peut-être sortir ensemble qui lui avait traversé l'esprit.

Elle s'avança du pas assuré de quelqu'un qui connaît bien les lieux.

— Bonjour, Maggie. Et, euh… Cooper, c'est bien ça ?

Son hésitation fit l'effet d'une douche froide à Cooper.

Avait-elle vraiment eu du mal à se souvenir de son nom ? Et dire qu'il s'était imaginé que l'attirance avait été mutuelle !

— En effet. Cooper Sinclair, précisa-t-il. Nous n'avons pas vraiment été présentés. J'imagine que votre vrai nom n'est pas Fizz ?

— Je te conseille de changer de sujet, lança Maggie en

riant. Son vrai prénom est Félicité, et elle le déteste. Si j'étais toi, je ne me risquerais pas à l'appeler ainsi.

Une légère rougeur apparut sur les joues de Fizz. Elle détourna les yeux comme si elle était un peu gênée.

Cooper ne la connaissait pas, mais son intuition lui soufflait qu'être gênée ne lui ressemblait vraiment pas. Intéressant… En tout cas, pas question de l'appeler par un prénom qu'elle n'aimait pas, et pour l'instant il se contenterait avec elle de rapports strictement professionnels, car son intuition lui disait également qu'il se ferait vertement remettre à sa place dans le cas contraire.

— J'ai entendu dire que tu avais accompagné notre victime de l'accident au bloc. Sonya, je crois ?

— En effet, répondit Fizz en ouvrant son casier.

Elle portait déjà le T-shirt noir avec le logo de la base — un hélicoptère en vol au-dessus d'une crête de montagne —, le pantalon noir réglementaire et les rangers. Ses cheveux rassemblés en queue-de-cheval, elle était prête à répondre à un appel. Après avoir retiré de son sac un stéthoscope, un carnet, un crayon et quelques barres de muesli, elle l'accrocha dans son casier avant de répondre.

— Comme elle avait perdu beaucoup de sang, nous l'avons mise sous perfusion. Elle a ensuite subi une thoracotomie. Ils ont également cautérisé quelques petites artères qui saignaient encore.

— Est-elle toujours à l'hôpital ?

— Non. Elle y est restée vingt-quatre heures en soins intensifs avant qu'on enlève les tubes, puis en observation pendant quelques jours. Elle est sortie hier.

— Ravi de l'apprendre, répliqua Cooper.

Il était impressionné. Que la patiente se soit remise si vite, mais également que Fizz ait gardé un œil sur elle.

— Tu suis toujours tous les patients de cette façon ?

— J'essaye…

Après avoir passé le stéthoscope autour de son cou, Fizz donna l'impression de ne pas avoir envie de continuer la conversation ou de ne plus savoir quoi dire. Il y eut un moment de flottement, que Maggie brisa heureusement.

— Cooper va peut-être s'installer dans notre chambre d'amis, dit-elle. Sauf qu'il ne connaît pas encore Harrison.

Soulagé, Cooper rebondit aussitôt.

— Harrison ? C'est qui ? Un animal de compagnie ?

— En quelque sorte, répondit Maggie en éclatant de rire. Laura, une des colocataires, est infirmière à l'hôpital et mère célibataire. Son fils Harrison a cinq ans. Il partage avec sa mère la plus grande chambre de la maison. Tout dépend si tu aimes les gosses ou pas.

— Je n'ai aucun problème avec les enfants. Je les aime bien tant que ce ne sont pas les miens, ajouta-t-il avec un sourire.

Fizz claqua la porte de son casier et se tourna vers lui.

— Tu ne veux pas avoir d'enfants ? interrogea-t-elle.

— En tout cas, pas dans un futur immédiat.

Maggie poussa un gros soupir.

— Mais qu'est-ce qu'il se passe avec les hommes, par ici ? Aucun n'a envie de se poser et de fonder une famille. Et pas que les hommes, d'ailleurs. J'ai trente-cinq ans et, si je ne rencontre pas quelqu'un très vite, ce sera bientôt trop tard.

— Ouais… Mais serais-tu vraiment prête à renoncer à ton travail ? demanda Fizz en entraînant Maggie vers l'escalier métallique, bras dessus, bras dessous. Imagine ta vie, coincée à la maison avec deux ou trois marmots ! Très peu pour moi.

— Toi, Fizz, tu n'as que trente-deux ans, répliqua Maggie. Mais attends ! Ton horloge biologique va sûrement se rappeler à toi un de ces jours.

— Ça m'étonnerait, répondit Fizz en riant. Et si c'est le cas je l'ignorerai. J'aime trop ma vie telle qu'elle est.

Cooper les suivit en silence, frappé par le contraste entre les deux femmes.

Maggie était une belle blonde aux yeux bleus. Il avait fait équipe avec elle lors d'une sortie en hélicoptère et, l'ayant vue à l'œuvre, il n'avait aucun doute sur son intelligence et ses qualités professionnelles. Et elle conduisait une Harley-Davidson, ce qui ne faisait qu'ajouter à son charme, sans parler du fait qu'elle recherchait l'âme sœur. Exactement le genre de femme qu'il lui faudrait, à supposer qu'il en cherche une — ce qui n'était pas le cas.

Pourtant, à côté de Fizz, Maggie perdait de son éclat, elle devenait presque fade à côté des cheveux et des yeux noirs de Fizz et de son teint olivâtre. Sa personnalité s'effaçait au point d'en devenir presque insipide. Il savait bien que ce n'était pas le cas, mais il émanait de Fizz un tel rayonnement ! C'était une rebelle dans l'âme, aussi peu encline à se plier à la pression sociale qu'à suivre les consignes de sécurité. Pour elle, pas de futur conventionnel avec mari et enfants. Au lieu de cela, elle profitait au maximum de la vie, recherchant tous les plaisirs qu'elle pouvait en tirer. Et, si cela signifiait prendre des risques et se montrer imprudente, tant pis. Une vraie sauvage.

C'était attirant, et même très excitant. Comme si l'aura de cette femme faisait vibrer la sienne... Mais il ne risquait pas de laisser transparaître ses sentiments. Le fait que Fizz se souvienne à peine de son prénom avait suffi à lui faire lever ses barrières protectrices. Il ne tenait pas à se ridiculiser devant ses collègues. Surtout *avec* une de ses collègues, même si Fizz ne travaillait avec eux que par intermittence.

Fizz retrouva avec reconnaissance le brouhaha familier de la salle de repos de la base.

Bon sang, quel soulagement de retrouver son groupe de visages amicaux ! Assez de monde pour atténuer un peu l'impact de la formidable présence de Cooper Sinclair. Ce type était trop grand. Trop beau. Trop *tout*... C'était décidément troublant.

— Fizz, comment vas-tu, ma chérie ? lança Shirley devant la cuisinière. Je te prépare quelque chose ?

— Oh oui, Shirley ! Tu es un ange. Je suis allée courir ce matin, et je n'ai eu que le temps d'attraper ces deux barres de muesli.

— Garde-les pour plus tard et assieds-toi. Je t'apporte des œufs. Maggie ? Cooper ? Voulez-vous des œufs ?

— Non, merci, répondit Maggie. J'ai déjà déjeuné.

Et elle s'approcha du grand panneau en pin fixé au mur sur lequel Don était occupé à épingler le nouveau tableau de service.

— Je veux bien des œufs, lança Cooper au même moment. Moi aussi, je suis allé courir, ce matin, et je suis mort de faim.

Fizz se mordit la lèvre, paniquée.

Oh non… Si Shirley avait d'abord posé la question à Cooper, elle aurait pu se défiler. Maintenant, voilà qu'il s'installait à côté d'elle et qu'ils allaient déjeuner ensemble !

Joe était également assis à la table avec Andy, un des pilotes, et deux secouristes de l'équipe de nuit. Elle était habituée à côtoyer les membres de la base, et elle n'aurait pas dû ressentir une telle gêne face au nouvel arrivant. Pourtant, c'était le cas, et…

Et elle savait très bien pourquoi : si Cooper Sinclair la mettait dans un tel état, c'était qu'elle avait trop contemplé cette photo de lui dans le journal. Qu'elle avait fantasmé sur sa voix, sur son accent écossais, sur sa haute taille qui la faisait se sentir si féminine… Une sensation rare pour elle qui mesurait déjà presque un mètre quatre-vingts à seize ans.

Combien de fois s'était-elle remémoré ce moment où ils s'étaient tenu la main ! De fil en aiguille, cela l'avait conduite à imaginer d'autres contacts plus intimes, et l'idée qu'une amitié très proche pourrait se développer entre eux lui était apparue de plus en plus attirante.

C'en était embarrassant. Pour l'amour du ciel, elle avait trente-deux ans, et voilà qu'elle se comportait comme une adolescente ! Elle s'était même sentie rougir face à lui, ce matin, dans les vestiaires. Or, Fizz Wilson ne rougissait *jamais.* Elle devait impérativement se reprendre et limiter leurs contacts à des relations strictement professionnelles jusqu'à ce qu'elle reprenne ses esprits.

Elle n'avait rien d'une oie blanche dans ses rapports avec les hommes, elle avait connu de nombreuses aventures au cours des années. Mais, là, c'était différent…

Pourtant, aucun risque qu'elle tombe amoureuse. Elle

l'avait été une seule fois dans sa vie, et ce sentiment était mort en même temps que Hamish. Depuis cet événement qui avait bouleversé son existence, elle avait limité ses relations à des amitiés un peu poussées, généralement avec des partenaires qui partageaient son goût des sports extrêmes. Le sexe intervenait alors comme un bonus pour ajouter un peu de piment, quand et si cela apparaissait comme une bonne idée.

C'était justement cela qui la perturbait : bien qu'elle ne soit pas encore amie avec Cooper Sinclair, elle ressentait le besoin de le toucher et qu'il la touche.

Elle avait intérêt à faire machine arrière. C'était à Cooper de faire le premier pas, de commencer leur amitié. Elle-même ne draguait pas. Et puis, elle avait l'impression d'avoir déjà envoyé quelques signaux très forts, notamment à propos des enfants. N'avait-il pas saisi le message qu'une relation entre eux pourrait fonctionner puisqu'ils ne souhaitaient ni l'un ni l'autre s'investir à long terme ?

Les œufs arrivèrent sur des toasts beurrés, saupoudrés de persil.

— Waouh… Ça a l'air délicieux ! lança Cooper à Shirley. Je n'avais encore jamais connu de base de secours avec son cuisinier personnel, ajouta-t-il à l'intention de Fizz.

— Shirley n'est pas une employée. Elle est bénévole, ici. Tout le monde participe financièrement pour acheter la nourriture.

Elle avala quelques bouchées avant de reprendre la parole.

— C'est un peu une légende, notre Shirley, expliqua-t-elle. Une équipe héliportée a sauvé la vie de son fils, il y a des années de cela, et elle a voulu témoigner sa reconnaissance. Alors, elle a commencé à apporter le matin des gâteaux qu'elle préparait chez elle, à organiser des collectes de fonds, etc. Après la mort de son mari, il y a quelques années, elle s'est encore plus investie. Elle a commencé à venir le matin préparer le petit déjeuner, et maintenant elle organise aussi le dimanche un repas avec rosbif et Yorkshire pudding. J'ai eu la chance d'être de service deux ou trois fois le dimanche, et je peux te dire que Shirley prépare le meilleur rôti et le meilleur Yorkshire pudding que tu peux trouver hors d'Angleterre.

Elle sentait le regard de Cooper posé sur elle.

Bon sang ! Un seul regard de sa part, et elle avait l'impression qu'il la caressait. Vraiment bizarre.

— Ce genre de générosité est-il habituel dans ce pays ? demanda-t-il.

— Il n'y a qu'une seule Shirley, évidemment, mais dans l'ensemble je dirais que oui. Et je crois que nous le voyons plus dans ce travail que dans tout autre. Dans les zones retirées, les services d'ambulances ou de premiers secours sont animés par des volontaires qui donnent beaucoup de leur temps en interventions et pour former les jeunes. Je ne sais plus combien de fois j'ai répondu à un appel pour découvrir à mon arrivée des bénévoles qui se dépassaient pour aider. C'est ce que j'aime dans ce travail — et pourquoi j'ai proposé mes services bénévolement.

— Tu n'es pas payée, ici ? s'étonna Cooper.

— Non. C'est juste un de mes passe-temps.

L'admiration qu'elle lut dans son regard la déconcerta un peu. Elle souhaitait qu'ils deviennent amis, pas qu'il la mette sur un piédestal. Qu'elle ait également autant de mal à détourner les yeux ne la réjouissait pas du tout. Comment cela pouvait-il devenir aussi intense après quelques mots ?

Elle devait alléger un peu l'ambiance.

— Mais j'ai droit à un uniforme gratuit, lança-t-elle avec un sourire, et à de délicieux petits déjeuners. Et même parfois à un gâteau avec mon thé.

Elle termina son repas et sauta sur ses pieds, ramassant son couvert au passage.

— Qu'as-tu prévu pour moi, aujourd'hui, Don ? demanda-t-elle.

— Tu feras équipe avec Maggie. Aratika Un. Nous vous enverrons sur tout ce qui se présentera en statut un. Je vais peut-être vous adjoindre Cooper comme observateur — si tu n'y vois pas d'inconvénient. Il est toujours en formation sur nos protocoles.

— Bien sûr, répondit-elle avec un hochement de tête, en tendant son assiette à Shirley.

Elle s'efforçait de sourire, mais le cœur n'y était pas.

Elle ne voulait pas travailler avec Cooper Sinclair…

Non. Elle voulait bien travailler avec lui, mais elle redoutait qu'il ne se rende compte à quel point il la troublait. Elle serait mortifiée s'il se doutait qu'elle ne cessait de penser à lui depuis leur petite aventure sur la plage. Et elle s'en voulait d'éprouver de tels sentiments.

Aucune raison de se mettre la tête à l'envers pour quelque chose qui ne se produirait peut-être jamais. S'ils entamaient une relation, tant mieux. Dans le cas contraire, tant pis. C'est quand on commence à se monter la tête ou pire à planifier une rencontre qu'on risque une grosse déception, voire un chagrin d'amour. D'ailleurs, à bien y réfléchir, une amitié avec cet homme ne lui paraissait plus une si bonne idée.

Encore moins une « amitié avec bonus ».

— Ce serait bien qu'il participe également à la prochaine sortie avec les gardes-côtes, ajouta Don. Tu ne les as pas encore rencontrés, n'est-ce pas ? demanda-t-il en se tournant vers Cooper.

— Non.

— Viens avec moi. J'ai une copie de leurs procédures dans mon bureau. Si tu as un peu de temps libre aujourd'hui, ce serait bien d'y jeter un coup d'œil. Tu as déjà suivi une formation de sauvetage en mer, n'est-ce pas ?

— En effet. J'ai passé une saison avec l'unité des gardes-côtes en Cornouailles, il y a quelques années.

Elle suivit des yeux les deux hommes qui se dirigeaient vers l'escalier, formulant le vœu que la journée soit chargée.

Plus elle aurait l'esprit occupé, mieux ce serait. Quand elle se concentrait sur un blessé, plus rien ne pouvait la distraire de sa tâche. Même avec Cooper Sinclair dans les parages.

Elle sursauta en entendant la voix de Shirley dans son dos.

— Bel homme, la nouvelle recrue, tu ne trouves pas ?

— Vraiment ? Je n'avais pas remarqué, répondit Fizz d'un air absent.

Shirley eut un petit ricanement éloquent signifiant qu'elle n'en croyait pas un mot.

— Je me demande s'il a apporté un kilt, ajouta-t-elle en se penchant pour essuyer la table. Imagine un peu…

— Je ne préfère pas.

Machinalement, Fizz tapota son bipeur dans l'espoir de le faire sonner.

Avec un peu de chance, elles auraient quitté le bâtiment avant le retour de Cooper.

Cooper leva pour la dixième fois les yeux de sa lecture.

Difficile de se concentrer sur les procédures des gardes-côtes en matière de sécurité du personnel à bord, avec Fizz dans les parages. Elle disputait une partie de billard à l'autre bout de la pièce avec Andy, le pilote. Mais quand même…

Il ne savait plus trop quoi penser. Que signifiait le regard intense qu'elle lui avait jeté juste avant de finir à la hâte ses œufs et de sauter sur ses pieds comme pour s'éloigner au plus vite ? C'était à peine si elle s'était souvenue de son prénom dans les vestiaires, et ensuite ce regard lui avait donné l'impression d'une connexion intense entre eux…

Il ne croyait guère au coup de foudre, mais il n'avait aucun doute sur l'attirance physique au premier regard. Pourtant, il connaissait bien ce genre de sensations, et cela ne ressemblait pas à une simple attirance physique. Non, là, c'était différent. Imprévisible. Dangereux, peut-être…

Un peu comme Fizz elle-même.

Le premier appel qui arriva concernait un accident de la route à l'entrée nord de Wellington. Joe et Cooper le prirent et bataillèrent pour se frayer un passage au milieu de la circulation pour rejoindre les lieux de l'accident.

Une voiture avait été heurtée par un camion, qui l'avait projetée contre un autre véhicule sur une voie parallèle. Le conducteur du camion s'en tirait sans une égratignure, mais ne décolérait pas contre le conducteur de la voiture qui lui avait coupé la route.

— Impossible de l'éviter, répétait-il. On n'arrête pas un camion de dix tonnes comme une auto tamponneuse !

Le conducteur et le passager du troisième véhicule s'en tiraient également avec quelques contusions — un hématome au coude et un coup du lapin qui nécessiterait peut-être un suivi aux urgences. Le conducteur de la voiture responsable de l'accident était toujours coincé dedans, mais il était conscient et se disait indemne. Il empestait l'alcool. Si tôt dans la matinée !

Joe et Cooper échangèrent un regard.

— La nuit a dû être animée, murmura Joe. Voyons si on peut lui mettre une minerve. Une fois l'ambulance arrivée, nous pourrons repartir. Il n'y a rien de plus que nous puissions faire ici.

Un camion de pompiers avait réussi à se frayer un chemin avec l'aide de la police, les gars étaient en train de préparer leurs outils pour délivrer le conducteur. La circulation était maintenant bloquée dans les deux sens, et des coups de klaxon rageurs résonnaient, donnés par des banlieusards frustrés qui craignaient d'arriver en retard au travail.

Enfin, une sirène retentit, et les voitures s'écartèrent pour permettre à l'ambulance d'accéder au site de l'accident. Les ambulanciers ne perdirent pas de temps pour sortir leur matériel. Joe et Cooper seraient bientôt libres de répondre à un nouvel appel.

Malgré le bruit autour de lui, Cooper entendit les rotors d'un hélicoptère. Levant la tête, il aperçut un des hélicos jaune vif de la base d'Aratika, qui prenait de l'altitude.

Fizz se trouvait-elle à bord, emportée vers les lieux d'un nouvel accident grave ?

Joe surprit son regard.

— Ne t'inquiète pas, je suis sûr que ton tour viendra vite. Fizz attire les catastrophes comme un aimant. Il suffit juste d'être là au bon moment.

— Tout vient à point, renchérit Cooper en souriant.

Le destin lui donnait peut-être une chance de prendre du recul par rapport à cette attirance spontanée. À bien y réfléchir, ce n'était pas une bonne idée de poursuivre dans cette direction. Fizz ne ressemblait à aucune des autres femmes qu'il avait croisées, et il risquait d'y laisser des plumes.

La portière du conducteur étant pliée et bloquée, il se faufila par le côté passager pour aller placer une minerve autour du cou de l'homme. Un impact assez fort pour bloquer une portière était tout à fait susceptible d'avoir causé une blessure cervicale. Le patient étant soûl, il pouvait très bien ne pas être conscient des signes ou de la douleur. Les ambulanciers vérifieraient qu'il ne risquait rien.

— Je n'ai pas besoin de ça, dit l'homme. Je vais bien…

— Mieux vaut être prudent. Surtout pendant qu'on vous sort de là. Restez aussi immobile que possible. Je sais que ce n'est pas très confortable, mais cela protégera votre cou. Je vais rester près de vous pendant qu'ils découpent la portière et vous tenir la tête pour m'assurer qu'elle ne bouge pas, d'accord ?

Les pompiers les recouvrirent tous deux d'une bâche pour les protéger des éclats de verre et entreprirent de découper la porte. Le bruit de leur machine était trop fort pour parler ou même penser. Cooper se concentra donc sur le cou de son patient.

L'espace d'un instant, il se dit qu'il ferait peut-être bien de veiller également sur le sien, de cou — sur le plan émotionnel, s'entend. Car Fizz pouvait se révéler un challenge qu'il en viendrait à regretter d'avoir relevé.

Pourtant, malgré lui, il sentit un sourire lui chatouiller le coin des lèvres.

Relever un nouveau défi, n'était-ce pas la raison même de son installation de l'autre côté du monde ?

4.

Ce n'avait été qu'un bref échange de regards, à peine une fraction de seconde, mais suffisant pour énerver Fizz. Cooper n'avait rien dit, mais elle l'avait vu incliner la tête, et elle savait qu'il l'observait, attendant qu'elle boucle sa ceinture de sécurité.

Finalement, elle ferma la boucle de son harnais au moment même où les patins de l'hélicoptère quittaient le sol.

Bon d'accord, elle aurait dû le faire plus tôt, mais elle avait voulu attraper d'abord une paire de gants dans la boîte afin de les enfiler pendant le vol pour être fin prête lorsqu'ils se poseraient.

Et dire que, quelques minutes plus tôt, elle avait presque été déçue d'apprendre qu'elle ne serait pas sur la base en même temps que lui aujourd'hui et qu'elle devrait attendre toute une semaine avant de le revoir, sauf s'il accompagnait un blessé aux urgences pendant son service ! Puis, brusque revirement de situation, Maggie s'était cassé une dent et avait obtenu un rendez-vous chez le dentiste pour la fin de l'après-midi. Redoutant qu'elle ne puisse pas être de retour à temps, Don avait suggéré que Cooper la remplace.

— Tu confirmes qu'il est prêt ? avait-il discrètement demandé à Joe.

— Absolument. Tu peux être sûr qu'il se débrouillera très bien quoi qu'il arrive.

C'est ainsi que Cooper se trouvait maintenant assis à côté d'elle dans l'hélicoptère, cette fois en qualité de coéquipier et non plus d'observateur, et qu'il jouait les inspecteurs de la sécurité en vol.

Elle retint un soupir.

— As-tu reçu le message complet sur ton bipeur, Cooper ? Tu sais ce qui nous attend ?

Cooper acquiesça.

— Une voiture s'est encastrée dans la vitrine d'un magasin, répondit-il en enfilant à son tour une paire de gants. Une personne heurtée par la voiture est coincée sous une gondole qui s'est renversée. L'ambulance sur les lieux a demandé un renfort médical pour une potentielle fracture du bassin.

— Si c'est le cas, la rapidité d'intervention sera déterminante. Son évacuation par voie terrestre prendrait trop de temps avec les embouteillages.

Cooper regarda par la fenêtre.

— Nous nous dirigeons vers le nord, n'est-ce pas ?

— En effet. Nous allons à Upper Hutt, une des quatre villes qui composent la banlieue de Wellington. La route principale longe la côte. Celle que nous survolons traverse les terres.

— Il y a beaucoup de forêts par ici.

— Au loin, ce sont les monts Rimutaka…

Elle se pencha aussi loin que le lui permettait son harnais pour indiquer la direction par la fenêtre à côté de lui.

— Au-delà, c'est le parc forestier de Tararua, génial pour des randonnées, si tu aimes ça.

— J'adore. Et toi ?

— J'ai été hélitreuillée sur un sauvetage, une fois. Une expérience incroyable, dit-elle, souriant à ce souvenir.

— Tu as reçu une formation en hélitreuillage ? s'étonna Cooper avec un haussement de sourcils.

— Pas encore, mais c'est au programme. Ce jour-là, je suis descendue attachée à l'un des secouristes par un baudrier. Le blessé souffrait d'une sérieuse blessure au thorax, qui nécessitait une intervention chirurgicale sur place.

Elle détourna le regard, se remémorant brusquement l'intimité qui se développe nécessairement lorsque deux corps se trouvent ainsi collés l'un à l'autre. Nul doute que l'expérience aurait été dangereusement excitante si Cooper avait été le secouriste en question lors de cette descente !

Bien que cette idée n'ait fait que lui traverser l'esprit, cela suffit à lui rappeler combien il était perturbant d'être ainsi attirée par un homme. Un sentiment qu'elle n'avait pas ressenti depuis… Eh bien, depuis sa grande histoire d'amour avec Hamish. Et elle ne tenait pas à ce que cela se reproduise.

— Andy, as-tu reçu des précisions sur ce qui nous attend ?

— Les pompiers sont en train de stabiliser un mur qui a été ébranlé par le choc. Aucune nouvelle du blessé. Nous allons atterrir sur un terrain de football à deux cents mètres de là. Temps de vol estimé à deux minutes.

Elle hocha la tête, retrouvant aussitôt sa concentration professionnelle.

Une fracture du bassin pouvait s'accompagner d'une hémorragie interne si une artère avait été touchée, et les ambulanciers n'avaient ni les compétences ni le matériel nécessaire pour traiter ce genre d'urgences.

À l'instant où l'hélicoptère toucha terre, elle détacha sa ceinture de sécurité, lança un des sacs de secours à Cooper et en prit un pour elle. Tout en passant les bras dans les bandoulières, elle sauta de l'appareil et se mit à courir en direction du policier qui leur faisait signe au bout du terrain.

Elle sentait la silhouette massive de Cooper sur ses talons, mais elle ne tourna pas la tête, toute son attention focalisée sur son but.

Cooper apercevait déjà le reflet des gyrophares dans les fenêtres des immeubles le long de la rue.

Le policier les entraîna vers le lieu de l'accident en hurlant les détails par-dessus son épaule.

— La victime est un homme de cinquante-six ans. Il a été heurté de plein fouet par une voiture qui a percuté la vitrine derrière laquelle il se trouvait. Le conducteur, une personne âgée, a confondu le frein avec l'accélérateur.

— Est-il conscient ?

— Non, mais les ambulanciers ne pensent pas que la tête ait été touchée. En revanche, ses jambes ont morflé.

Il ressentait la tension dans l'air habituelle sur les lieux d'accident. Rien de tel pour affûter les sens. Son cerveau fonctionnait à plein régime, et sa longue expérience le rendait confiant dans ses compétences. Il ne s'agissait plus pour lui de rester en marge de l'action, en simple spectateur. Il avait gagné la confiance de ses collègues. Aujourd'hui, c'était lui le secouriste qui assistait le médecin responsable. Il était un membre vital de ce tandem, et ce n'était pas un vain mot. Une autre paire de mains, de compétences et de connaissances pour compléter celles du médecin. Il avait vraiment le sentiment de former une équipe avec Fizz.

Parce qu'ils avaient déjà travaillé ensemble ?

Non, c'était plus que cela. Il se sentait à sa place auprès de cette femme, prêt à affronter n'importe quelle situation d'urgence. C'était une connexion qui pourrait peut-être s'avérer déconcertante à un niveau personnel, mais qui était particulièrement excitante sur le plan professionnel. Il savait que Fizz pouvait faire face à n'importe quel problème et que ses compétences augmentaient leurs chances de réussite.

Mais son implication se faisait aux dépens de sa propre sécurité.

Finalement, ils se retrouvèrent près du véhicule responsable de l'accident.

La vitrine avait explosé sous le choc, et le chambranle était hérissé de morceaux de verre pointant telles des dagues acérées.

Il retint Fizz par le bras alors que des policiers s'écartaient pour les laisser passer.

— Fais attention, dit-il. Il y a du verre partout.

Fizz se dégagea d'un coup sec, ou peut-être continua-t-elle simplement sur sa lancée, trop concentrée pour tenir compte de l'avertissement.

D'un coup d'œil, il enregistra la scène : les personnes penchées sur le corps allongé par terre, les rayonnages brisés entassés dans un coin, les poutres posées pour soutenir le mur fragilisé par le choc. Il repéra les boîtes de conserve qui avaient roulé sur le sol et les flaques laissées par les bouteilles qui avaient explosé. Fizz dérapa dans une flaque, mais elle parvint à rétablir son équilibre sans son aide…

Ce qui ne l'empêcherait pas de veiller sur elle.

Les ambulanciers parurent soulagés de leur arrivée. Tout en leur cédant la place auprès de la victime apparemment très amochée, ils leur transmirent les informations en leur possession, puis ils restèrent à proximité, prêts à apporter leur aide si nécessaire. Les pompiers s'activaient autour d'eux pour sécuriser les lieux, un bruit de fond aux échanges entre les membres de l'équipe médicale.

— Tension en chute libre. Pression systolique à quatre-vingt-quinze.

— Je vais devoir pratiquer une transfusion sanguine.

— Fractures multiples sur les deux jambes…

— Le bassin est fragile. Je vais poser une attache pelvienne…

— Je vais devoir intuber. Cooper, peux-tu lui administrer un anesthésiant ?

— Bien sûr.

Il prit dans son sac le matériel nécessaire et administra l'anesthésiant adéquat pour l'intubation du patient. Puis, les doigts sur le cou de celui-ci, il appliqua une pression cricoïde tandis que Fizz insérait prudemment le laryngoscope dans la bouche avant de l'incliner pour avoir une meilleure vue. Cooper tenait prêt le mandrin d'Eschmann, puis le tube qu'elle positionnerait dans la tranchée.

Finalement, elle retira le laryngoscope.

— J'ai la bougie. Tu as le tube ?

— Oui.

Il fixa le ballon réanimateur et ventila.

Fizz attrapa son stéthoscope, ausculta la poitrine du blessé pour vérifier le bon positionnement du tube et eut un hochement de tête satisfait.

— Parfait, dit-elle.

Cooper céda la place à un des ambulanciers pour qu'il continue la ventilation.

La manœuvre n'avait pas duré plus de trente secondes grâce à leur parfaite coordination. Et pas seulement sur le plan manuel. Il sentait que Fizz partageait la même confiance en lui que lui envers elle. Comme s'ils se connaissaient depuis toujours.

— Je ne parviens pas à détecter de pouls fémoral, constata Fizz. Quelle est sa pression sanguine ?

— Toujours en baisse. Impossible à lire.

— Il est possible qu'il y ait une hémorragie interne. As-tu une expérience en matière d'OAEB, Cooper ?

— L'insertion d'un ballonnet d'occlusion aortique pour stopper une hémorragie interne ?

— Exactement.

— J'ai lu quelque chose sur le sujet et vu une vidéo. Cela faisait partie de nos protocoles.

— Nous n'avons guère de temps pour la réaliser…

Fizz l'observait, l'air interrogateur. Visiblement, elle voulait s'assurer qu'il pourrait l'assister dans cette procédure chirurgicale délicate.

Son hochement de tête fut discret mais suffisant.

— Donnons-lui d'abord une autre poche de sang mais, si ça ne suffit pas, nous n'aurons plus le choix.

Le sang fut transfusé aussi vite que possible par un des ambulanciers, qui serra la poche de toutes ses forces. Puis Cooper vérifia les signes vitaux.

— Pression systolique à quatre-vingt-cinq, annonça-t-il.

Fizz, qui retenait son souffle, poussa un soupir de soulagement.

— Très bien. On y va. Le plus vite on arrivera au bloc, le mieux ce sera. Pouvez-vous apporter une civière, s'il vous plaît ?

Avec toutes les personnes présentes, ce fut un jeu d'enfant d'installer le blessé sur la civière et de le transporter jusqu'à l'hélicoptère. Lorsqu'ils décollèrent, Cooper jeta un coup d'œil à sa montre et constata qu'ils étaient restés moins de vingt minutes au sol. Dans moins d'une heure — limite cruciale de temps en matière de traumatisme grave — le blessé se retrouverait aux urgences et peut-être même au bloc.

Si Fizz l'avait impressionné lors de leur premier secours, cette fois elle l'avait époustouflé. Il se sentait privilégié de travailler à son côté, et il était impatient de recommencer. Sur un plan professionnel, il n'avait jamais encore ressenti une telle cohésion avec un équipier, ce qui rendait la perspective de nouveaux défis de ce genre incroyablement excitante.

Une raison de plus pour maintenir leurs relations à un niveau strictement professionnel. Cette extraordinaire complicité de travail était pour lui une chance unique de progresser dans le travail, d'acquérir de nouvelles compétences. Il faudrait être stupide pour risquer de gâcher cela en se lançant dans une aventure à l'issue incertaine.

De retour à la base, Fizz retrouva Don dans son bureau.

— Il est bon, déclara-t-elle. Je repars quand tu veux avec lui pour partenaire, et je suis certaine que les autres médecins urgentistes seront d'accord avec moi. Ce n'était pas un cas facile. Il s'en est fallu de peu que nous soyons obligés de pratiquer une OAEB pour choc hémorragique.

— Waouh… Ça ne se rencontre pas tous les jours.

— Dieu merci pour le patient, nous n'avons pas eu à en arriver là grâce aux poches de sang que nous avions avec nous.

— Heureux de l'apprendre, dit Don en glissant son ordinateur portable dans sa housse. Il est grand temps que je rentre chez moi. J'attendais votre retour pour partir.

En suivant Don dans l'escalier, elle distingua le murmure des voix dans la salle de repos et se demanda si Cooper était encore là.

Elle n'avait pas été entièrement honnête dans son évaluation de ses compétences auprès de son chef. Cooper n'était pas simplement « bon », il avait… quelque chose de plus. Elle ne se souvenait pas d'avoir partagé une telle coordination avec un autre coéquipier. Leurs échanges étaient presque télépathiques. À peine avait-elle besoin de quelque chose qu'il le lui tendait sans qu'elle ait eu à le demander — la même complicité qui se développe entre deux personnes qui travaillent ensemble depuis des années.

Cela rachetait presque cette manie qu'il avait de vouloir toujours la protéger. Ainsi, lorsqu'il l'avait retenue par le bras de peur qu'elle se coupe sur ces morceaux de verre qu'elle avait très bien vus. Elle n'avait pas besoin de protection. Elle *ne voulait pas* être protégée !

Pourtant, tout au fond d'elle-même, elle devait bien avouer que ce n'était pas si désagréable d'avoir un ange gardien.

Cooper considérait sans doute les femmes comme des êtres fragiles. Ce qui rendait la situation aussi agaçante que troublante, c'était que ce géant écossais était assez costaud pour qu'elle se sente effectivement fragile et féminine auprès de lui.

Cooper était encore dans la salle de repos, il discutait avec les membres de l'équipe de nuit, qui reçurent un appel et se précipitèrent vers leur hélicoptère au moment même où Don et elle les rejoignaient.

Avant de prendre congé, Don annonça à Cooper qu'il mettait fin à sa période d'observation.

— Fizz et Joe ont tous les deux donné leur accord, et je sais qu'ils mettent la barre très haut.

Cooper, un grand sourire aux lèvres, la remercia.

Oh ! Seigneur, ce sourire ! Il avait le don de lui déclencher une drôle de réaction au creux de l'estomac. Ça n'allait pas être facile pour elle de s'y habituer.

— De quoi ? demanda-t-elle.

— De m'avoir soutenu.

— Tu l'avais mérité, assura-t-elle en jetant un coup d'œil à sa montre. Mais que fais-tu encore ici ? Tu aurais dû partir il y a longtemps.

— Toi aussi.

— Je terminais la paperasse. La journée a été chargée.

— Et moi, je refaisais le plein de matériel, ce qui me permet de me familiariser avec la réserve. Danny a eu la gentillesse de rester un peu pour m'aider. C'est un chic type.

— Hum. Tu ne devais pas aller voir la chambre d'amis de Maggie, ce soir ?

Cooper parut surpris qu'elle s'en souvienne.

— Elle m'a envoyé un message me demandant de reporter à demain. Apparemment, le dentiste a pris du retard.

— J'espère que cela n'a pas été trop douloureux. Eh bien,

moi, je suis affamée. Voyons s'il reste quelques douceurs dont Shirley a le secret, dit-elle en ouvrant le réfrigérateur. Oh ! un gâteau aux carottes, mon préféré ! Tu en veux une tranche, Cooper ? demanda-t-elle en fouraillant dans le tiroir à la recherche d'un couteau. Aïe…

En entendant son cri de douleur, Cooper sauta sur ses pieds.

— Que se passe-t-il ?

— Rien de grave. Je me suis juste entaillé le pouce.

Elle arracha une feuille du rouleau de Sopalin.

Cooper s'approcha, la main tendue.

— Laisse-moi regarder.

— Inutile, c'est juste une petite coupure. Rien de grave.

Sauf que le papier rougissait à vue d'œil.

Cooper déchira une nouvelle feuille, qu'il plia en un petit carré.

— Il faut appuyer dessus.

— *Je le sais !* Je suis médecin, tu te rappelles ?

Son pansement de fortune à la main, il attendit patiemment qu'elle tende son pouce.

Quelle tête de mule ! Il n'allait pas laisser tomber.

Elle ne voulait pas qu'un homme s'inquiète pour elle de cette façon, veillant sur elle, s'assurant de sa sécurité, volant à son secours au moindre bobo…

Elle le savait, la longue période de célibat qu'elle traversait n'expliquait en rien son attirance pour cet homme. Cooper Sinclair était une personne à part, ce qu'elle ressentait pour lui dépassait tout ce qu'elle avait connu jusqu'à ce jour. Même avec l'homme qu'elle avait choisi d'épouser. Là, il faisait peut-être un premier pas vers une relation extraprofessionnelle, une amitié qu'elle accepterait avec plaisir. Elle avait d'ailleurs décidé le matin même de le laisser prendre l'initiative… Mais c'était trop stressant. Effrayant, même.

Son agacement l'aida à rompre le charme.

— Je suis une grande fille, Cooper, reprit-elle d'une voix sèche. Je peux prendre soin de moi. Je n'ai pas besoin de toi pour me prévenir de tous les dangers potentiels ou me dire de mettre ma ceinture de sécurité. Pas plus que pour soigner ce putain de pouce. Si je suis assez stupide pour m'écorcher, je suis assez grande pour en assumer les conséquences.

Le regard de Cooper resta serein et il ne parut pas vexé de son ton vindicatif.

— Je le sais très bien, dit-il tranquillement. Mais nous formons une équipe, Fizz, et dans une équipe chacun veille sur l'autre. Ce n'est pas une faiblesse que de laisser quelqu'un t'aider, tu sais. Et, si j'en fais un peu trop parfois, excuse-moi. C'est juste que je… j'ai perdu quelqu'un, une fois, ce qui ne serait pas arrivé si j'avais fait un peu plus attention aux consignes de sécurité. Il n'est pas question pour moi de revivre une telle expérience. Même si je sais que tu es parfaitement capable de prendre soin de toi.

L'exaspération de Fizz s'évapora d'un coup.

Cooper était sincère, la mort de cette personne l'avait de toute évidence profondément affecté. Dès leur première rencontre, elle avait deviné qu'il était quelqu'un de bien. Grand, solide, fiable. Le genre d'homme qu'on a envie d'avoir pour collègue de travail ou pour ami.

Levant la tête, elle remarqua pour la première fois la couleur de ses yeux — noisette avec un éclat doré qui lui rappelait… son ours en peluche ? Oui, l'ours en peluche qu'elle chérissait dans son enfance avait des yeux de cette couleur, elle l'aurait juré. Combien d'années avait-elle dormi cet ours serré dans ses bras ?

Fascinée par cette découverte, elle avait baissé la garde, et Cooper en profita pour attraper sa main et examiner son pouce, qu'il comprimait maintenant avec son pansement.

— Cela va prendre quelques minutes, murmura-t-il. La coupure est profonde, elle mériterait un point sitôt que le saignement aura cessé.

Un flot d'émotions l'envahit, et sa gorge se serra.

— Hum, fit-elle, tête baissée, prenant conscience qu'il restait au fond d'elle-même un peu de l'enfant qu'elle avait été — celle qui dormait avec son ours en peluche et avait parfois besoin qu'on lui tienne la main.

Elle releva la tête et retrouva le même regard placide posé sur elle.

— Presque fini, annonça Cooper d'une voix douce. Trente secondes tout au plus.

Elle aurait dû détourner les yeux, retirer sa main, mais elle en était incapable. En quoi cet homme-là était-il différent des autres ? Il l'attirait comme un aimant, à tel point qu'elle n'attendait plus qu'une chose : qu'il l'embrasse.

Devina-t-il son désir ? Est-ce pour cette raison que ses yeux s'assombrirent brusquement et que sa tête s'inclina vers la sienne ?

Mais il parut se ressaisir, et elle sentit qu'il soulevait le pansement pour examiner son pouce.

— C'est fini, déclara-t-il d'une voix un peu rauque.

Le charme était rompu.

Elle recula.

— Je vais chercher un pansement, dit-elle d'une voix un peu tremblante.

Cooper se trompait, ce n'était pas fini. Quoi qu'il se passe entre eux, ce n'en était qu'aux prémices, elle avait le sentiment que plus cela irait, moins il leur serait facile d'y mettre un terme, à l'inverse du saignement de cette coupure.

S'abandonner à cette attirance serait un peu comme jouer avec le feu. Elle avait perdu le contrôle pour la deuxième fois aujourd'hui, et ils se connaissaient à peine…

Qu'en serait-il si elle se laissait emporter ?

Une perspective terrifiante, mais ô combien excitante ! La promesse d'une grandiose décharge d'adrénaline ! Et elle était sérieusement accro à l'excitation qui accompagnait la production de cette hormone, même si elle se contrôlait mieux désormais.

Cela étant, il fallait prendre un peu de recul. Cette attirance était la traduction d'un besoin physique. Ce n'était pas comme si elle était en train de tomber amoureuse de cet homme. Pour l'amour du ciel, ce n'était que la troisième fois qu'elle le voyait ! Hamish et elle étaient sortis ensemble pendant la moitié de leurs études de médecine avant de mesurer combien ils s'aimaient.

Elle posa deux pansements autour de son pouce, juste pour être tranquille. Alors qu'elle rangeait la petite trousse de secours, elle jeta un coup d'œil à Cooper.

Celui-ci avait coupé une tranche de gâteau qu'il avait posée sur une assiette, avec une fourchette et une serviette en papier bien pliée.

Seigneur, il mangeait un gâteau avec une fourchette, comme s'il prenait le thé avec sa grand-mère ? Elle, elle n'avait jamais mangé un gâteau avec une fourchette !

Quel contraste avec l'évidente virilité de Cooper…

Ressentir de telles émotions, ce n'était pas normal. Elle ne voulait pas de complications dans ses rapports avec les hommes. Elle prenait les choses comme elles venaient. Si ça dépassait le cadre de l'amitié platonique, tant mieux. Sinon, tant pis, aucun problème. Elle aimait l'alchimie qui se développe en cas d'attirance physique, et une bonne partie de jambes en l'air n'était pas pour lui déplaire, mais elle ne permettait pas que ça devienne envahissant. Elle n'envisageait pas de relation à long terme. Ainsi, aucun risque d'être déçue ou d'avoir le cœur brisé.

Néanmoins, elle aurait bien aimé que Cooper l'embrasse ! Au point d'admettre en secret que la perspective de jouer avec le feu rendait la situation encore plus excitante.

Que de contradictions… Le meilleur moyen de se préserver était d'ériger un système de protection. De trouver à Cooper un défaut rédhibitoire, comme cette manie de vouloir la protéger. Ou le fait de manger un gâteau avec une fourchette.

Passablement démodé comme attitude ! Avait-elle sérieusement envisagé une aventure avec un tel ringard ?

Elle allait se couper une tranche de gâteau et l'enfourner sans utiliser autre chose que ses doigts, pour qu'il comprenne bien qu'elle le trouvait bizarre, voire guindé et collet monté. Et toc !

Bien décidée à se couper cette part de gâteau, elle se retourna et se retrouva face au maudit sourire de Cooper, qui lui dessinait de petites rides au coin des yeux et lui illuminait tout le visage.

Il lui tendit l'assiette.

— Tiens, dit-il. Régale-toi.

5.

Fizz, qui sortait d'un bureau, une revue médicale à la main, s'étonna de découvrir son amie et collègue de travail aux urgences de l'hôpital.

— Laura ? Que fais-tu là ? Tu as terminé depuis une heure.

— Fizz… Dieu merci, tu es encore là ! C'est Harrison. Je crois qu'il s'est cassé le bras. J'espérais te trouver pour que tu l'examines.

— Oh ! non. Où est-il ?

— Dans le box 3. Il est avec Cooper, qui nous a conduits ici.

Âgé de cinq ans, Harrison était petit pour son âge et très craintif.

— Comment s'entend-il avec Cooper ?

— À merveille. J'étais un peu inquiète quand Cooper s'est installé à la maison à cause de sa grande taille. Tu sais comment Harrison est avec les étrangers, particulièrement les hommes… Mais il émane de Cooper une douceur que les enfants perçoivent et, bien qu'il ne soit avec nous que depuis une semaine, on dirait qu'ils se connaissent depuis des années. Cooper venait juste de rentrer quand Harry est tombé.

Fizz tira le rideau qui isolait le box et découvrit Cooper assis sur le lit, Harrison sur ses genoux, lové dans ses bras.

À cette vue, son cœur se serra. Harry paraissait si petit auprès de Cooper ! Mais également bien protégé, et elle imaginait sans peine le réconfort que cela devait lui procurer.

Elle n'avait pas revu Cooper depuis huit jours, sans parvenir à décider si elle en éprouvait du soulagement ou de la frustration. Mais à peine eut-elle croisé son regard qu'elle connut la réponse.

Cela ne fit que confirmer ses craintes. Laura ne se trompait pas, Cooper Sinclair retenait l'attention.

— Eh, Harry, qu'est-ce qu'il t'arrive, bonhomme ? demanda-t-elle avec un sourire rassurant, tout en notant la pâleur de son visage et sa façon de soutenir son bras autour duquel un coussinet avait été attaché.

— Je suis tombé, murmura l'enfant.

— Il jouait sur la barrière, expliqua Laura en allant se placer tout près de Harrison et Cooper. La charnière n'a pas résisté, et tu es tombé sur ton bras, n'est-ce pas, mon cœur ?

— Fracture de Pouteau-Colles, précisa Cooper. Nous avons improvisé cette attelle de fortune qui l'a un peu soulagé. Pas vrai, mon pote ?

— Dieu merci, Cooper était là ! déclara Laura. C'est bizarre. On en voit de toutes les couleurs ici sans jamais être affecté, mais quand il s'agit de son propre enfant…

— Je peux jeter un coup d'œil ? demanda Fizz en posant délicatement la main sur le coussin.

Harrison parut rétrécir encore entre les bras de Cooper.

Laura se pencha pour l'embrasser et le rassurer.

— Tout va bien. Aujourd'hui, Fizz est le docteur. Il faut qu'elle examine ton bras pour le réparer.

— Mais ça va faire mal…

Harrison faisait de gros efforts pour paraître courageux mais, de toute évidence, les larmes n'étaient pas très loin.

— Et si j'enlevais le coussin ? proposa Cooper d'une voix douce. Comme ça, Fizz pourra voir ton bras.

— Tu sais que Cooper ne te fera pas mal, ajouta Laura. Il veille sur toi.

Harrison hocha la tête, les lèvres tremblantes.

Fizz observa Cooper pendant qu'il ôtait les liens qui maintenaient le coussin autour du bras et du poignet de l'enfant. L'attelle était parfaite, moulant la forme en fourche classique de cette fracture et soutenant le bras et la main.

Laura et Cooper étaient entièrement focalisés sur Harrison, et elle perçut une sorte de complicité entre eux.

Cela faisait à peine une semaine que Cooper avait emménagé chez eux. Une relation se serait-elle déjà nouée entre lui et Laura ?

En tout cas le moment était vraiment mal choisi pour s'inquiéter de cela. Et encore plus pour ressentir…

Quoi ? De la jalousie ?

Non. Mais peut-être des regrets de n'avoir pas su saisir sa chance. D'avoir attendu que Cooper fasse le premier pas ce soir-là, plutôt que de prendre l'initiative. Maintenant, c'était trop tard, et elle ne saurait jamais ce qui aurait pu en ressortir…

Cette pensée disparut aussi vite qu'elle était venue. Après tout, si Cooper avait voulu l'embrasser, il l'aurait fait. Et elle n'allait certainement pas courir après un homme qui ne voulait pas d'elle. Ni après aucun autre, d'ailleurs.

— Peux-tu remuer tes doigts, Harry ? demanda-t-elle.

— Non.

— As-tu seulement essayé ? questionna Cooper en esquissant un sourire.

Il mit son immense main à côté de celle minuscule de Harrison.

— Fais comme moi…

Il agita les doigts comme s'il jouait du piano.

Elle en eut la chair de poule comme s'il touchait sa propre peau.

Oh ! bon sang ! Elle était ridicule…

Harrison, imitant Cooper, remua les doigts et même le pouce. Ouf, le nerf médian n'avait pas été touché. Sa peau présentait également une couleur saine, ce qui excluait d'autres complications.

— Nous allons faire une radio de ton bras, Harry, expliqua-t-elle, ce qui nous permettra de voir ton os sous la peau. Puis nous poserons un plâtre — ça ressemble à une manche dure qui immobilisera ton bras jusqu'à ce qu'il soit guéri.

— Je sais ce que c'est. À l'école, Sally en a porté un. Il était rose.

— Ça te ferait plaisir d'avoir un plâtre rose ?

— Non… Le rose, c'est pour les filles.

— Pas nécessairement. Si la couleur rose te plaît, pourquoi pas ? De toute façon, on va d'abord poser un plâtre blanc que tu garderas pendant quelques jours, le temps que ton poignet enflé dégonfle. Maintenant, pourquoi ne discuterais-tu pas avec Cooper de la couleur de ton futur plâtre pendant que je parle à ta maman ?

Harrison et Cooper hochèrent la tête dans un bel ensemble, et Laura suivit Fizz.

— Lui as-tu donné du paracétamol ?

— Oui, comme Cooper l'a suggéré. Honnêtement, j'étais totalement incapable de prendre la moindre initiative.

— Je vais lui donner du fentanyl intranasal. Il agit vite et suffisamment longtemps pour me permettre de réduire la fracture. Ensuite, tu n'auras qu'une trentaine de minutes à patienter avant de le ramener à la maison.

— Quel soulagement ! Le pauvre Cooper n'aura guère profité de sa soirée. Cela m'ennuie vraiment d'abuser ainsi de sa gentillesse, mais ni Maggie ni Jack n'étaient là.

— Il n'avait pas l'air mécontent.

— Il est tellement gentil avec Harry ! Nous avons beaucoup de chance de l'avoir comme colocataire…

En voyant son expression, Laura haussa les sourcils.

— Quoi ?

— Heu, rien ! dit Fizz Je me disais juste qu'il avait l'air de bien s'occuper de Harry.

Pour être honnête, elle se demandait surtout quel genre d'amoureux il serait — ou de père.

Parfait, probablement. Le rêve de toute femme. Toute femme sauf elle, évidemment. Une femme comme Laura, peut-être ?

Laura, qui l'observait, eut brusquement l'air de comprendre.

— Oh ! Non, ce n'est pas cela… Bon sang, Fizz, comment peux-tu même l'envisager ? Jamais…

Fizz savait combien la relation entre Laura et le père de Harrison avait été traumatisante, suffisamment en tout cas pour que celle-ci ne tienne pas à renouveler l'expérience. Elle eut un sourire d'excuse.

— Oublie ça, dit-elle. C'est juste que, comme tu le dis toi-même, il y a quelque chose chez lui…

L'expression du visage de Laura se modifia, et un sourire se dessina au coin de ses lèvres.

— On dirait que *tu* l'aimes bien, toi, non ?

— Pas comme cela, répondit Fizz en hâte. Pas plus que toi. Et maintenant revenons-en à Harrison. Si Cooper veut bien rester, il le portera jusqu'en radiologie, sinon nous trouverons une chaise roulante. Le plus vite nous en aurons fini, le plus vite nous rentrerons tous chez nous.

Pas question évidemment pour Cooper d'abandonner Laura et Harrison aux urgences, même s'il savait qu'on s'occuperait très bien d'eux. Ils avaient même un médecin personnel, ami de la famille. Quand ils avaient franchi les portes de l'hôpital, il avait perçu l'inquiétude de Harrison en présence d'étrangers. Il trouvait même étonnant que ce dernier l'ait aussi bien accepté. Il se sentait privilégié de la confiance qu'il lui accordait. Il n'allait certainement pas tout gâcher en les laissant seuls.

Il emmena donc Harrison jusqu'en radiologie, puis en traumatologie pour réduire la fracture, aidant Laura à rassurer l'enfant.

Le calmant agit vite, et ce fut terminé en moins de temps qu'il ne faut pour le dire. Il fallut juste attendre que le plâtre ait fini de sécher et que les effets du sédatif se soient dissipés.

— Merci d'être restée aussi tard, Fizz, dit Laura. Je te suis vraiment très reconnaissante.

— Ravie d'avoir pu être utile.

— Et merci à toi aussi, Cooper, d'avoir sacrifié ta soirée.

— Ne t'inquiète pas pour cela.

— Vous devez mourir de faim. Et si je nous préparais un petit repas en rentrant ? Pour toi aussi, Fizz. Je vous dois bien ça.

— Pas question que tu te mettes à cuisiner, déclara Fizz d'un ton ferme. Harrison va avoir besoin de ton attention, et tu dois être exténuée après toutes ces émotions…

— Je vous ramène à la maison, dit-il. On n'a qu'à acheter quelque chose à manger au passage.

Laura les regarda l'un après l'autre.

— J'ai une bien meilleure idée, déclara-t-elle. Je rentre avec Harrison et, vous deux, vous allez dîner quelque part. C'est moi qui paye.

— Oh ! non ! Je suis certaine que Cooper a bien mieux à faire de sa soirée, protesta Fizz.

Il surprit le regard entendu qu'elle jetait à Laura et fronça les sourcils, perplexe.

Que se passait-il ?

La façon dont Fizz évitait son regard, son air troublé, lui rappelait leur première rencontre dans le vestiaire de la base, quand elle avait paru déstabilisée par sa présence. Il se rappela également qu'ils avaient bien failli s'embrasser quand elle s'était coupé le pouce. Ce soir-là, il aurait pu jurer qu'elle n'attendait que ça…

Et pourtant quelque chose clochait : cela ne ressemblait pas à cette femme forte et sûre d'elle d'hésiter. Si Fizz Wilson voulait être embrassée, il se doutait qu'elle ne se gênerait pas pour prendre l'initiative. Il avait également l'impression qu'une femme qui aimait autant l'excitation de l'aventure ne se contenterait pas d'un simple baiser. Elle voudrait certainement plus. Beaucoup plus.

À cette pensée, un délicieux frisson lui parcourut l'échine, écartant toute pensée cohérente.

Ce n'était sans doute pas raisonnable, mais il y avait là une chance à saisir.

— En fait, non, répondit-il à Fizz. J'aimerais beaucoup sortir dîner, et je suis sûr que tu connais quelques bons coins.

— Pourquoi pas en front de mer ? suggéra Laura. Ce n'est pas loin, et le choix ne manque pas, en matière de restaurants.

Il croisa enfin le regard de Fizz, qui semblait hésiter.

Il la comprenait très bien. Lui-même avait l'impression

de tenir une allumette qui pouvait générer à tout instant un embrasement échappant à tout contrôle.

L'échange de regards s'éternisa une seconde de trop, et il devina qu'elle pensait exactement la même chose.

Finalement, elle se redressa comme si elle avait décidé de relever le défi. Un sourire se dessina sur ses lèvres.

— Je suis affamée, déclara-t-elle, et si tu aimes la bouffe des pubs, Cooper, je connais un endroit parfait.

— C'est celle que je préfère.

Le sourire de Fizz s'élargit.

— Donne-moi une minute, le temps de me débarrasser de cette blouse.

Cinq minutes suffirent pour transporter Harrison un peu somnolent jusqu'à la voiture et l'installer dans le siège-baquet.

— Tu es sûre de ne pas vouloir que je t'accompagne, Laura ?

— Certaine. Maintenant, file et passez une bonne soirée.

Laura fouilla dans son sac à la recherche de son porte-monnaie, mais il l'arrêta d'un geste.

— Ne sois pas bête. Il n'est pas question que tu payes mon repas.

— C'est juste ma façon de te remercier.

— Inutile, dit-il avec un grand sourire.

Et il s'éloigna avant que Laura puisse protester.

Qu'elle en ait eu l'intention ou pas, sa colocataire venait bel et bien de lui concocter un rendez-vous avec Fizz. Qui devait remercier l'autre ?

Fizz préférait la bière au vin, ce qui n'étonna guère Cooper. Elle opta aussi pour un repas qui se mangeait avec les doigts, sans couverts.

Souriant, il commanda la même chose, en l'occurrence des travers de porc.

Cette soirée s'annonçait vraiment très intéressante, bien plus que toutes celles qu'il avait connues depuis longtemps, même si aucun des deux n'était prêt à admettre qu'il ne s'agissait pas d'un simple dîner entre collègues.

Leur conversation sur le chemin s'était cantonnée à des questions et réponses banales entre deux personnes qui apprennent à se connaître. Il avait avoué à Fizz n'avoir jamais eu d'autre ambition que de devenir secouriste et lui avait raconté qu'il était né et avait grandi à Édimbourg avant de partir poursuivre ses études dans une université anglaise.

Fizz lui avait dit constituer la cinquième génération de Néo-Zélandais de sa famille. Elle lui avait expliqué que son incroyable teint olivâtre et ses yeux noirs n'avaient rien à voir avec la Méditerranée mais avec le pourcentage de sang maori dans ses veines. Elle avait grandi dans une petite ville rurale pas très loin de Wellington et habitait un appartement en front de mer près du restaurant où elle l'emmenait. Elle avait poursuivi ses études de médecine sur l'île du Sud, à Dunedin, ville qui avait pour réputation d'être la plus écossaise du monde en dehors de l'Écosse.

Ils se juchèrent sur des tabourets autour d'un des billots de boucher qui servaient de table dans le pub.

— Tu devrais visiter Dunedin, un jour, dit Fizz en trinquant avec lui. Surtout si tu te languis de ton pays.

— Ça m'étonnerait, affirma Cooper. Je suis ravi de me retrouver de ce côté du monde.

Elle lui jeta un regard curieux.

— Tu as trouvé un travail bien loin de chez toi, fit-elle remarquer en essuyant la mousse sur sa lèvre supérieure. Pourquoi ici et pas en Europe, en Amérique ou même en Australie ? Essayerais-tu d'échapper à une ex-épouse ? demanda-t-elle, un éclat espiègle dans les yeux.

La conversation prenait un tour plus personnel.

— Même pas, répondit-il en soutenant son regard. Je me suis juste laissé tenter par l'aventure. Je n'ai jamais été marié. Et toi ?

— Oui, j'ai été mariée, répondit Fizz d'un ton désinvolte, avant de hausser les épaules. Une fois m'a suffi.

Cooper avait lancé cela comme une boutade, sans s'attendre à une réponse positive. Il allait boire, mais il reposa son verre, bouche bée.

Quel genre de mec avait-elle épousé pour qu'il l'ait dégoûtée à ce point de convoler à nouveau ?

— Combien de temps a duré ton mariage ?

— Deux jours.

Il partit d'un grand éclat de rire, et il était sur le point de sortir une bonne blague, quand il remarqua l'expression de Fizz. Un frisson glacial l'envahit.

— Oh ! mon Dieu… Que s'est-il passé ?

Elle garda le silence un moment, avant de reprendre la parole sans lever les yeux.

— C'était le deuxième jour de notre lune de miel. Nous étions sur une île au large des Fidji, et Hamish a décidé de s'offrir une séance de parachute ascensionnel. Tiré par un bateau, tu sais ?

Cooper hocha la tête sans mot dire.

— Apparemment, le harnais était mal attaché. Quand il est tombé, j'étais sur la plage, occupée à le photographier. Il s'est brisé le cou en heurtant la surface de l'eau.

— Je suis désolé. C'est… C'est absolument terrible.

— Ouais…

Fizz détourna la tête, comme pour changer de sujet.

— Cela fait dix ans, maintenant. J'ai fini par surmonter. J'ai appris à me débrouiller seule, et la vie continue.

— Avec succès, pour autant que j'ai pu en juger. Avant même d'arriver en ville, j'ai appris que tu étais une véritable légende au service des urgences. Je t'ai vue en action, et j'ai pu apprécier tes compétences.

— Ma carrière est la seule chose qui compte pour moi.

— Pour moi aussi.

Le moment de silence qui s'ensuivit avait une tout autre qualité : celle de deux personnes qui partagent la même passion. Puis il fronça les sourcils, et Fizz le remarqua.

— Quoi ? demanda-t-elle.

— Tu me surprends.

— Comment ça ?

— Vivre une telle tragédie rendrait la plupart des gens

particulièrement prudents. Sauf si tu étais encore plus casse-cou il y a dix ans que tu ne l'es aujourd'hui.

— Tu me trouves casse-cou ?

— Tu prends des risques, et je ne suis pas certain que tu prennes toujours le temps de bien les évaluer avant de te lancer.

— Je soupèse les risques, mais je le fais très vite. Et parfois tu n'as pas vraiment le choix. Aurais-tu reculé en voyant le visage de cette petite fille pleurant derrière la vitre de la portière ?

— Non.

— Évidemment pas. Ah ! Voilà nos plats.

Un énorme plat de travers de porc cuits au barbecue fut posé au centre de la table, avec en guise de rince-doigts deux bols d'eau chaude où flottaient des tranches de citron.

Pendant quelques minutes, ils se concentrèrent sur la nourriture, portant à leur bouche comme des hommes de Cro-Magnon les morceaux de viande rôtis à la perfection.

— C'est bon, n'est-ce pas ? demanda Fizz en se léchant les doigts avant de se servir à nouveau.

La vue de Fizz se léchant les doigts donna un coup de chaud à Cooper. Il avait eu conscience de jouer avec le feu en sortant avec elle, et il ne s'était pas trompé. Le brasier grandissait en lui. Il attrapa sa chope dans l'espoir de refroidir un peu ses ardeurs.

— Délicieux, dit-il.

— Pour être franche, je n'étais pas du tout casse-cou il y a dix ans. Plutôt intello. Hamish était aussi studieux que moi, c'est ce qui nous avait rapprochés lors de notre rencontre, le premier jour de nos études de médecine.

La mention de l'ex-mari de Fizz fut plus efficace qu'une gorgée de bière pour calmer Cooper. Ne s'était-elle jamais remariée parce qu'elle le jugeait irremplaçable ? L'avait-elle tellement aimé qu'elle n'avait pas connu de relation poussée en dix ans ? L'idée de devoir se battre contre un fantôme avait quelque chose d'intimidant. Il était bien placé pour savoir combien un fantôme peut influencer votre vie.

— J'ai du mal à le croire, dit-il. Tu me donnes plutôt l'impression d'être complètement accro à l'adrénaline.

— Je le suis. Et tu sais à cause de qui ?

— Non.

— De Hamish. Nous avions tout bien planifié, dit-elle doucement. Nous avions attendu la fin de nos études pour nous marier. Nous avions décidé d'attendre encore cinq ans avant de fonder une famille. Il allait être cardiologue, et moi généraliste afin de pouvoir travailler à mi-temps tant que les enfants seraient petits. Alors, quand il s'est tué, ça a été comme si on m'avait volé ma vie. J'étais tellement en colère contre lui…

Fizz se mordit la lèvre.

Une fois encore, elle avait réussi à choquer Cooper. Elle l'avait vu sur son visage quand il avait pris conscience que le fait que son mariage n'ait duré que deux jours n'était pas une plaisanterie, mais bien une tragédie.

Jusque-là, l'atmosphère entre eux avait été agréable : deux collègues qui sortaient dîner ensemble et faisaient connaissance. Sauf qu'il y avait bien plus que cela. La tension entre eux était suffisamment palpable pour que Laura la capte et se mêle de jouer les entremetteuses en les poussant à sortir ensemble.

Elle n'aurait pu dire en quoi Cooper se distinguait des autres hommes, mais son attirance envers lui surpassait largement sa prudence naturelle dans ce domaine. Ne venait-elle pas de lui parler de choses très personnelles qu'elle n'abordait jamais ? Et pourquoi ressentait-elle ce besoin de lui confier bien plus encore ?

Peut-être voulait-elle inconsciemment qu'il comprenne son attitude. Pourquoi elle ne serait jamais le genre de femme avec lequel il voudrait partager sa vie… Sauf que, jusque-là, il n'avait pas vraiment donné l'impression de chercher à se caser, notamment en se déclarant très heureux sans enfants. Or, pourquoi les gens recherchaient-ils une relation stable, sinon pour avoir des enfants ?

— J'ai traversé une période difficile, avoua-t-elle. Vraiment très difficile.

Cooper hocha la tête. Ses yeux s'assombrirent. De toute évidence, il comprenait parfaitement à quoi elle faisait allusion.

Elle ne tenait pas à alourdir l'atmosphère plus encore. Même après toutes ces années et sa parfaite connaissance médicale de la dépression, elle éprouvait encore de la honte à avoir eu tant de mal à surmonter cette épreuve.

— Puis, un jour, je suis partie en week-end et j'ai vu des gens qui faisaient du parachute ascensionnel. J'ai piqué une crise. Je ne comprenais pas pourquoi quelqu'un pouvait être assez stupide pour faire un truc pareil pour le plaisir. Alors, tu sais ce que j'ai fait ?

Elle vit Cooper déglutir comme s'il avait du mal à répondre.

— Tu as décidé d'en faire à ton tour ?

Bon sang, il la connaissait bien ! Le fait qu'il la cerne aussi facilement lui faisait un effet incroyable. Ça la poussait à lui raconter des choses qu'elle n'avait jamais avouées à quiconque.

— Je me moquais de mourir, et j'étais bien trop en colère pour avoir peur, jusqu'à ce que mes pieds quittent le sol et que j'éprouve une véritable terreur. Et puis, c'est arrivé.

— La décharge d'adrénaline ?

Elle hocha la tête.

— La décharge d'adrénaline, répéta-t-elle, pensive. Pour la première fois depuis des mois, je me suis sentie de nouveau vivante. Comme si la vie valait quand même la peine d'être vécue.

— Alors, tu as continué.

Ce n'était pas une question. Si Cooper avait compris pourquoi elle s'était imposé une épreuve aussi effrayante, il comprendrait également comment elle s'était servie des défis qu'elle se lançait pour retrouver le goût de vivre et sortir de ce puits noir dans lequel elle s'était enfoncée.

— J'ai tout essayé, confia-t-elle. Mais, pour les frissons, le saut à l'élastique, c'est le mieux. Tu as essayé, Cooper ?

Il secoua la tête.

— As-tu reçu le bulletin de la base, cette semaine ? Il reste des places pour un stage de sauvetage en montagne à Queenstown dans deux mois.

— Oui, j'ai vu ça, répondit-il, l'air étonné. Don a d'ailleurs suggéré que j'y participe. J'ai déjà suivi un stage de secours en montagne en Écosse, et il souhaiterait que je me perfectionne afin de former les autres à la base. Mais quel rapport avec le saut à l'élastique ?

— Queenstown est la ville natale du saut à l'élastique. Tu pourrais t'y essayer pendant ton séjour.

Cooper afficha une mine horrifiée.

— Tu plaisantes ? On peut perdre la vue à cause d'un décollement de la rétine en sautant à l'élastique. C'est complètement dingue.

— Dans ce cas, pourquoi ne pas tenter la descente de rapides en raft ? Queenstown est la capitale mondiale de l'aventure pour amateurs de sensations fortes. Et il est également possible de visiter une ancienne mine d'or — une excitation d'un autre genre. Eh, je pourrais t'accompagner pour t'encourager ! J'adorerais suivre un stage de secours en montagne.

— Ce qui pourrait s'avérer très bénéfique pour toi, fit remarquer Cooper avec un grand sourire. Cela t'obligerait à apprendre de nombreuses règles de sécurité,

— Et un peu d'aventure pourrait s'avérer très bénéfique pour *toi*. Si tu passes ton temps à éviter les situations potentiellement dangereuses, tu risques de ne plus vivre du tout. On peut mourir à tout moment, de n'importe quoi, mon pote. Alors il faut profiter de chaque instant.

Les restes du plat avaient été complètement oubliés. L'atmosphère avait changé : un défi avait été lancé.

Ou une invitation ?

Cooper fit signe à la serveuse et régla l'addition. Ils quittèrent ensuite le restaurant et traversèrent la rue.

Son appartement à elle se trouvait d'un côté, et lui devait partir de l'autre pour regagner le centre-ville et héler un taxi s'il ne voulait pas rentrer à pied. Ils laissaient derrière eux l'agitation des restaurants et des bars du quartier avec leurs lumières vives et leur musique, il n'y avait plus en face d'eux que les eaux sombres du port, avec les petites embarcations qui se balançaient au bout de leur amarre et le reflet de la lune sur les vaguelettes.

Aucun des deux ne bougeait. Ni l'un ni l'autre n'avaient envie de prendre congé.

Cooper semblait perdu dans la contemplation du port, puis il tourna la tête vers elle, et elle sentit un frisson courir le long de son dos quand elle croisa son regard.

— Merci de m'avoir raconté ton histoire, dit-il. J'ai l'impression que ce n'est pas dans tes habitudes de parler de cela avec quelqu'un que tu connais à peine.

— Je n'en ai jamais parlé à personne. En tout cas, pas de mon addiction à l'adrénaline.

— Je n'ai jamais rencontré quelqu'un comme toi, avoua-t-il en secouant la tête. C'est vrai que je te trouve un peu… sauvage, mais je me sens bien avec toi. Peut-être que tu as raison et que je devrais essayer le saut à l'élastique, une fois.

— Mais tu ne le feras pas, n'est-ce pas ?

— Probablement pas.

— Mauviette.

— Je suis conscient des risques.

— Tu es… Tu es…

Mais aucune autre remarque espiègle ne lui vint à l'esprit.

— En fait, je n'en sais rien, conclut-elle en secouant la tête à son tour. Qu'est-ce qui vous rend si spécial, Cooper Sinclair ?

— Je me posais la même question à ton sujet, et je crois que j'ai trouvé : c'est ta façon de mordre dans la vie à pleines dents, de tirer profit de chaque minute qui passe.

Sous son regard, elle avait l'impression de perdre l'équilibre. Il était si grand, si fort, si protecteur. Il l'attirait irrésistiblement et, bien qu'elle eût juré ne pas avoir bougé, Cooper posa les mains sur ses épaules comme pour la retenir.

— Je ne suis pas intéressée par une relation amoureuse, Cooper.

— Tant mieux, parce que je n'en cherche pas. Surtout pas avec une collègue de travail.

— Parfait, dit-elle en hochant la tête. Tout va bien, alors.

— Ouais…

Mais aucun des deux ne détournait le regard. Les défis sous-jacents lancés à la fin du repas pesaient lourd. Le défi de prendre un risque. Le risque d'un flirt qui pourrait prendre des proportions inattendues dans un sens comme dans l'autre et compliquer sérieusement leur vie professionnelle. En même temps, il s'agissait aussi de vivre l'instant présent, et embrasser cet homme pourrait bien s'avérer une expérience inédite.

La chaleur des mains de Cooper lui brûlait les épaules. Il lui suffisait de se mettre sur la pointe des pieds et de lever la tête. Tout ce que Cooper aurait à faire, c'était baisser la sienne.

De toute évidence, ils prirent leur décision en même temps, car leurs bouches s'unirent avec plus de force qu'elle ne l'avait anticipé, ce qui ne fit qu'ajouter à l'excitation qui monta en elle au contact des lèvres de Cooper. Aussitôt elle en voulut plus et, levant les bras, l'attira plus près encore.

Leurs langues se mêlèrent, et le désir s'empara d'elle avec une force qui dépassait tout ce qu'elle avait connu. Quand les mains puissantes de Cooper descendirent le long de son dos pour se refermer sur ses fesses et l'attirer contre lui, elle eut l'impression que leurs deux corps fusionnaient littéralement.

Soudain, il la souleva, et elle passa naturellement les jambes autour de sa taille, une de ses chaussures tombant sur le trottoir. Les bras de Cooper l'enlacèrent pour la retenir, et il se mit à tourner sur lui-même comme s'ils dansaient.

La première surprise passée, elle sentit un éclat de rire monter en elle, mais leurs lèvres ne se séparèrent pas.

Les encouragements lancés par un groupe de jeunes qui sortaient d'un des bars leur firent prendre conscience qu'ils se trouvaient sur une voie publique. Cooper relâcha son étreinte, et elle reposa les pieds par terre.

— Oups… Désolée.

— Moi, je ne le suis pas, dit-il, un sourire aux lèvres.

Elle baissa les yeux pour qu'il ne lise pas dans son regard combien elle avait apprécié l'expérience.

— Où est passée ma chaussure ?

— Ici, Cendrillon.

— Je crois qu'il est temps de rentrer, dit-elle en l'enfilant.

— Je pense que c'est une bonne idée.

Elle fit deux pas avant de se retourner et de tendre la main.

Elle ne prononça pas un mot, mais c'était inutile : Cooper prit sa main et la suivit.

6.

Quand ils arrivèrent devant l'immeuble de Fizz, ils couraient pratiquement. Sans se consulter, ils délaissèrent l'ascenseur au profit de l'escalier, qu'ils gravirent deux marches à la fois jusqu'au cinquième étage, main dans la main. Quand ils atteignirent enfin le palier, tous deux un peu essoufflés, Fizz glissa la clé dans la serrure et ouvrit la porte, que Cooper repoussa derrière lui du pied, ses mains étant trop occupées à serrer Fizz contre lui.

Passant les bras autour de son cou, elle leva la tête à la recherche de ses lèvres.

Il la repoussa alors contre le mur et, immobilisant ses mains au-dessus de sa tête, s'empara de sa bouche pour l'embrasser comme il n'avait encore jamais embrassé une femme jusque-là. Savourant la chaleur de sa bouche, son goût, son corps qui épousait le sien comme s'il voulait se fondre en lui pour ne faire qu'un. Incapable de résister au besoin de la toucher, il libéra ses mains et entreprit de la caresser. Ses doigts suivirent les courbes de son corps puis se glissèrent sous son polo pour découvrir la douceur soyeuse de son ventre. À ce contact, Fizz gémit. Comme pour aller plus vite, elle le repoussa et ôta elle-même son polo qu'elle laissa tomber à leurs pieds, avant de s'attaquer au T-shirt qu'il portait sous sa veste en cuir.

Le contact des mains de Fizz sur sa peau lui coupa le souffle, et ses mamelons se durcirent de façon presque douloureuse.

Elle approcha son visage du sien, sa langue venant caresser la sienne.

— Trop sauvage pour toi ? demanda-t-elle d'une voix rauque.

— Tu plaisantes ?

Il la prit dans ses bras.

— Quelle direction ?

— Tout droit, dernière porte sur la gauche.

Les rideaux de la chambre n'étaient pas tirés, et le clair de lune allié aux lumières de la ville, cinq étages plus bas, lui fournit assez de lumière pour qu'il trouve le lit sans peine.

Il y laissa tomber Fizz d'une hauteur suffisante pour qu'elle rebondisse sur le matelas.

En riant, elle descendit la fermeture Éclair de son jean, qu'elle ôta en se tortillant.

— Merci pour l'atterrissage, Cooper. Tu sais que tu possèdes un côté sauvage, toi aussi.

— Tu m'inspires peut-être, répondit-il en arrachant ses vêtements, avant de grimper sur le lit et de dominer Fizz, dressé sur les coudes.

Les flammes d'une passion irrésistible brûlaient autour d'eux, mais il voulait ralentir le rythme, prendre son temps. Fizz avait précisé qu'elle ne recherchait pas une relation durable, aussi comptait-il savourer chaque seconde de ce qui ne serait peut-être qu'une rencontre d'un soir.

Lentement, il baissa la tête et l'embrassa aussi doucement et tendrement que possible.

Fizz ferma les yeux malgré elle.

Doux Jésus…

La première fois qu'elle avait vu Cooper, elle l'avait comparé à un grand ours avec sa haute taille et sa corpulence sans une once de graisse, et lorsqu'il l'avait prise dans ses bras elle avait pu apprécier sa force musculaire, qui lui avait donné l'impression d'être une plume. Puis il l'avait laissée tomber sur le lit sans ménagement, et elle aurait pu y voir un avertissement qu'elle ne faisait pas le poids face à un tel homme, qu'elle était totalement vulnérable…

Et pourtant, alors même qu'il la dominait et qu'elle percevait la chaleur qui émanait de sa peau et l'odeur musquée de l'excitation sexuelle entre eux, elle n'éprouvait aucune crainte. Elle devinait seulement qu'elle était sur le point de connaître une expérience sexuelle qui ne serait comparable à rien de ce qu'elle avait vécu jusque-là.

Peut-être parce que, pour une fois, elle ne cherchait pas à prendre le contrôle ?

Comment l'aurait-elle pu ? Son désir était tel que tout son corps se tendait vers Cooper, souhaitant qu'il accélère et lui fasse découvrir des sensations nouvelles. Mais au lieu de cela il ralentissait le tempo, l'embrassant et la caressant avec une tendresse qui lui brisait le cœur, mais tellement irrésistible qu'elle aurait voulu que ça ne s'arrête jamais.

Un festival de montagnes russes, un voyage qui lui procurait autant de sensations fortes que sauter à l'élastique. Mais pas seulement. C'était comme vivre l'excitation du danger en restant bien à l'abri dans un endroit parfaitement protégé, entre des bras forts qui pouvaient la défendre contre tout danger et des mains capables de lui procurer une véritable extase. Cela réveillait en elle des attentes qu'elle n'aurait jamais reconnues, même par-devers elle. Mais c'était inutile parce que ce genre d'intimité, même temporaire, suffisait à combler tous ses besoins inavoués.

Une fois ne suffit ni à l'un ni à l'autre, et elle fut surprise, quand elle jeta finalement un regard au réveil, de constater qu'il était déjà 3 heures du matin.

— Oh ! non…

Cooper releva la tête de l'oreiller.

— Quoi ?

— Je dois être à la base à 6 heures.

— Moi aussi. Eh, on fera peut-être équipe, aujourd'hui…

Elle gigota pour se dégager des bras de Cooper et se redressa sur un coude.

— Il ne faut pas que les autres sachent, le prévint-elle.

— Ils s'en apercevront sûrement, par exemple si nous sommes dans le même hélicoptère.

— Je ne parle pas du travail. Je ne veux pas qu'ils s'imaginent que j'ai sauté sur le nouveau dès son arrivée. Ce n'est vraiment pas professionnel. On ne sait jamais, si je souhaitais un jour poser ma candidature pour un travail à plein temps comme secouriste.

— La vérité, c'est plutôt que nous nous sommes sauté dessus mutuellement, corrigea Cooper en riant. Et cela fait déjà deux semaines que je suis là.

— Ce serait un délai suffisant, selon toi ?

— Absolument, dit-il, un sourire aux lèvres.

— Qu'est-ce qui te fait sourire comme ça ? demanda-t-elle. Je suis sérieuse, Cooper. Personne ne doit savoir. Je ne veux pas que les autres commencent à parler de nous et à spéculer sur le genre de relation que nous partageons.

— C'est-à-dire ?

— Une attirance aussi inexplicable qu'irrésistible entre deux adultes consentants, acceptée tant qu'elle ne nuit pas à autrui.

— Ah… Belle définition.

— Alors, pourquoi continues-tu à sourire ?

— Parce que…

Cooper attrapa une mèche de ses longs cheveux, qu'il glissa derrière l'épaule nue de Fizz.

— Je croyais que ceci n'était pour toi qu'une aventure d'un soir, alors je suis heureux de constater que tu utilises le présent et non le passé quand tu en parles.

— Je n'aime pas les aventures d'un soir. Je trouve cela grossier.

— Ni les relations à long terme, apparemment ?

— Qu'entends-tu par « long terme » ?

— Une vraie histoire.

Elle s'appuya contre son oreiller et poussa un soupir.

— Non, en effet. Je ne veux pas d'une vraie histoire qui implique des plans pour l'avenir. Sur un de mes T-shirts, il est écrit : « N'attache aucune importance aux promesses qu'on te fait, même si tu sais que la personne qui les fait les tiendra. Le futur n'est pas garanti, il peut disparaître en un clin d'œil. » J'ai déjà donné, je ne veux pas revivre ça. Jamais.

— Dans ce cas… Si ce n'est pas une aventure d'une nuit, ni le début d'une histoire, de quoi s'agit-il ?

— Faut-il vraiment y donner un nom ? Vivons le moment présent, profitons-en. Et, lorsque ce ne sera plus amusant, oublions-le sans regret. Qu'en penses-tu ? demanda-t-elle en posant la tête sur son épaule.

— Tout à fait d'accord. Tu viens d'énoncer le rêve de tout homme.

— Cela signifie-t-il que toi non plus tu ne tiens pas à commencer une histoire ?

— Je n'ai pas dit ça. J'ai dit que je n'en cherchais pas une.

— Mais tu en as déjà vécu, n'est-ce pas ? Rassure-moi. Tu n'es pas une espèce de play-boy globe-trotter qui abandonne les femmes après de fabuleuses séances de sexe en leur brisant le cœur ?

Mais elle ne croyait pas un mot de ce qu'elle disait. Cooper Sinclair n'avait rien d'un play-boy. Il était trop carré. Trop sincère.

Il éclata de rire.

— Fabuleuses, hein ? répéta-t-il en lui caressant un sein, ce qui déclencha en elle un arc-en-ciel de sensations.

Elle en avait peut-être eu assez pour cette nuit mais, de toute évidence, elle était loin d'être rassasiée de cet homme.

— Pour moi, c'est toi qui es fabuleuse.

— Hum… J'ai l'impression que tu ne veux pas répondre.

— Au sujet des histoires d'amour ? Non, j'ai trop bougé pour avoir eu le temps de vivre une histoire sérieuse. Je ne suis pas prêt à me stabiliser. Ou peut-être que je me lasse vite. Je suis sans cesse en quête de nouveaux défis.

Elle ressentit une pointe d'angoisse. N'ayant jamais connu une telle attirance physique, elle ignorait en combien de temps l'attrait de la nouveauté se dissipait. Combien de temps un homme qui se lassait vite s'en contenterait-il ?

— Du moment qu'ils sont sans danger, n'est-ce pas ? murmura-t-elle. Je n'ai pas été étonnée que tu aies des préservatifs dans ton portefeuille.

— S'il y a un domaine dans lequel je ne prendrai jamais de risques, c'est bien le sexe. Pas toi ?

— Bien sûr que si. Je ne prends que des risques calculés, tu sais.

— Hum…, fit Cooper, les yeux fermés.

Elle aussi commençait à s'endormir.

— Tu t'en veux beaucoup pour cet homme ? murmura-t-elle.

— Quel homme ?

— Celui dont tu m'as parlé. Le coéquipier qui n'a pas respecté les consignes de sécurité et s'est tué.

— Ah… Oui, on pourrait dire ça. Mais il ne s'agissait pas d'un collègue de travail.

— De qui alors ?

— De mon frère, murmura Cooper. Mon frère jumeau.

Cette révélation la réveilla comme un coup de tonnerre. Elle se raidit, ne sachant si elle devait fuir ou affronter un aveu aussi terrible. Puis elle tourna la tête et pressa la joue contre la poitrine de Cooper, pour entendre les battements de son cœur et toucher sa peau des lèvres.

— Je suis désolée, dit-elle. Je ne peux même pas imaginer la douleur que tu as dû éprouver.

— Je crois au contraire que tu es mieux placée que quiconque pour le comprendre.

Son bras l'attira plus près, et ils restèrent ainsi sans parler. Il faudrait qu'ils dorment un peu avant de partir travailler et que Cooper repasse chez lui récupérer son propre véhicule pour que les gens ne commencent pas à se poser des questions. Mais elle ne voulait pas briser le lien.

La connexion qui les liait était plus profonde que la passion de leur carrière ou qu'une complicité sexuelle fabuleuse. C'était celle de deux personnes qui avaient vu leur monde exploser, avaient dû se reconstruire morceau après morceau et s'en sortaient avec des cicatrices si profondes qu'elles ne croyaient pas possible de se rapprocher autant de quelqu'un d'autre à l'avenir.

Cette connexion était parfaite parce que aucun des deux n'était capable de s'investir dans une relation sérieuse à cause des barrières qu'ils avaient l'un et l'autre érigées pour se protéger. Ce qui ne les empêcherait pas de partager de bons moments, de vivre l'instant présent et d'en profiter au maximum.

Elle ne posa pas de questions sur les circonstances de l'accident. Si Cooper voulait le lui raconter, il le ferait. Pour le moment, il semblait heureux de la serrer contre lui. Elle le sentit se détendre. Peut-être dormait-il déjà ? L'alarme de son réveil étant enclenchée, elle pouvait elle aussi s'abandonner dans les bras de Morphée pour deux heures, bien au chaud contre Cooper, avec l'intime conviction que, si c'était leur première nuit ensemble, ce ne serait pas la dernière si elle avait son mot à dire.

Cooper avait eu besoin de deux grandes tasses de l'excellent café de Shirley pour commencer à avoir les idées claires, mais Fizz donnait l'impression d'avoir dormi huit bonnes heures tant son visage rayonnait et ses yeux brillaient. Comment faisait-elle ?

La matinée avait démarré sur les chapeaux de roues. Il était rentré chez lui à l'aube pour se doucher en vitesse, récupérer sa voiture et partir pour la base comme si de rien n'était. Comme s'il n'avait pas connu la plus incroyable expérience sexuelle de toute sa vie d'adulte.

La connexion physique persistait entre eux — une espèce de vibration qui s'intensifiait quand il s'approchait d'elle comme en ce moment, alors qu'il passait derrière sa chaise pour aller mettre sa tasse dans le lave-vaisselle.

— As-tu assez mangé, mon grand ? demanda Shirley.

— Plus qu'assez, merci, Shirley. Ton porridge est le meilleur que j'aie jamais goûté.

— Oh ! voyons ! File vite d'ici, lança-t-elle en le chassant avec sa serviette, les joues roses de plaisir. Je n'ai peut-être pas de sang écossais dans les veines, mais je sais qu'il faut mettre les flocons d'avoine à tremper pendant la nuit.

Il repassa près de Fizz, qui lisait le journal sans lui accorder plus d'attention que d'habitude. Aucun de leurs collègues ne pouvait imaginer ce qu'il s'était passé entre eux la nuit dernière. Si elle tenait à garder le secret, aucun problème. Cela rendrait la situation plus excitante encore.

Cette fois, pourtant, il s'arrêta et se pencha pour lire la une du journal par-dessus son épaule. Non pas qu'il soit particulièrement intéressé par les nouvelles du jour, mais il adorait cette électricité qui passait entre eux, et il avait envie d'en tester l'intensité.

Il ne fut pas déçu. À peine eut-il senti l'odeur des cheveux de Fizz qu'elle grimpa en flèche sur l'échelle de Richter. Et plus encore quand il vit Fizz fermer les yeux et prendre une inspiration comme si elle captait un parfum particulièrement plaisant. Aucun doute, la sensation était partagée.

Mais c'est à Maggie qu'elle s'adressa.

— Comment va Harrison, ce matin ? demanda-t-elle.

— Il dormait encore quand je suis partie. Le pauvre petit bonhomme était passablement secoué quand ils sont rentrés de l'hôpital hier soir. Laura a pris des jours de repos pour s'occuper de lui jusqu'à ce qu'on lui mette un plâtre plus léger et qu'il retourne à l'école. Elle n'avait pas besoin de ce stress en plus, alors je lui ai dit que je préparerais le dîner pour tout le monde, ce soir. Tu seras là, Cooper ?

— Bien sûr.

Maggie haussa les sourcils, et il sentit son cœur se serrer. L'avait-elle entendu rentrer en douce ce matin ? À moins que Laura ne lui ait raconté que Fizz et lui avaient dîné ensemble.

— Tu es la bienvenue également, Fizz, ajouta Maggie en souriant. Tacos et bière mexicaine au menu.

— Tu peux compter sur moi, répondit celle-ci en attrapant son bipeur qui venait de sonner en même temps que celui de Cooper.

Pour la première fois de la journée, leurs regards se cherchèrent, et il observa non sans soulagement que, devant une urgence professionnelle, la vibration entre eux s'éteignait comme par enchantement. Le travail avait repris ses droits et, tandis qu'ils se dirigeaient vers l'héliport, il sentit que Fizz se trouvait dans le même état d'esprit que lui, concentrée sur la tâche qui les attendait, où aucune pensée personnelle n'avait sa place.

L'appel venait d'une petite communauté côtière très isolée. La maison se trouvait si près de la plage qu'Andy décida d'atterrir sur le sable.

— La marée est au plus bas, mais il va falloir surveiller cela de près, annonça-t-il.

Les pompiers du coin étaient déjà sur les lieux. L'un d'eux attendait Fizz et Cooper, qui le rejoignirent en crapahutant entre les dunes et les touffes d'herbe.

— Désolé de vous avoir appelés si loin, dit-il. Je ne sais pas si vous pourrez faire grand-chose.

— Oh ? Pourquoi cela ? s'étonna Fizz.

— C'est délicat. Ken, qui tient l'épicerie dans la ville à côté, est venu les livrer ce matin. C'est lui qui nous a appelés.

Ils avaient atteint les limites de la plage et se dirigeaient vers une petite maison néo-zélandaise typique avec sa charpente en bois et son toit en tôle ondulée. Une camionnette et une voiture de pompiers étaient garées devant la maison. Un homme faisait les cent pas, flanqué de deux pompiers.

— Quel est le problème alors ? s'enquit Cooper.

— Un jeune couple, Tim et Sarah Poulson, habite ici. Lui est en phase terminale d'un cancer du pancréas. Apparemment, il a obtenu une autorisation légale stipulant qu'il ne doit pas être réanimé si son cœur lâche. Mais Ken n'a pas voulu en entendre parler, il estime qu'on ne peut pas le laisser comme ça. Le médecin local a été appelé, mais lui et l'infirmière sont retenus par un accouchement. Il a dit que, si Tim allait aussi mal, il fallait demander de l'aide.

Fizz jeta un coup d'œil à Cooper alors qu'ils approchaient.

Cela ne ressemblait pas aux situations habituelles. Impossible pour elle de se précipiter et de se mettre au travail pour sauver une vie. De toute évidence, ce ne serait pas le cas ici. Ils ne pourraient peut-être même pas prolonger l'existence de cet homme. Du coup, elle ne savait pas très bien quoi faire dans un tel cas.

Cooper, en revanche, ne semblait pas perturbé. Il se dirigea sans hésiter vers l'homme qui tournait en rond et lui posa la main sur l'épaule.

— Ken ?

— Ouais... Dieu merci, vous avez fait vite. C'est tout juste s'il peut respirer, et c'est... C'est horrible.

Cooper hocha la tête.

— Merci de nous avoir prévenus. Nous prenons les choses en main maintenant. Inutile de vous inquiéter. Nous ferons tout ce qui est en notre pouvoir.

Ken se tourna pour regarder en direction de la maison.

— Merci, dit-il en se frottant le front. Je ne pouvais vraiment pas les laisser comme ça, vous comprenez ?

— Je comprends. Vous avez fait ce qu'il fallait, ajouta Cooper en lui tapotant le dos. Nous allons nous en occuper.

— Vous ne pouvez rien faire de plus, Ken, dit un des pompiers. Il est temps de rentrer chez vous.

Fizz suivit Cooper à travers le jardin de plantes du littoral et de sculptures en bois flotté jusqu'au porche décoré de carillons de coquillages. Normalement, c'était elle qui marchait devant, mais aujourd'hui elle laissait Cooper prendre l'initiative.

Après avoir retiré son sac à dos contenant son matériel et l'avoir posé dans un coin, il frappa doucement à la porte.

Elle se débarrassa également de son sac et aperçut la camionnette qui repartait. Les pompiers étaient restés près de leur véhicule, les laissant gérer la situation.

— Sarah ? appela Cooper en pénétrant dans la maison. Nous sommes l'équipe de secours. Je m'appelle Cooper et voici ma collègue, Fizz, qui est médecin.

Une jeune femme apparut. Ses longs cheveux blonds encadraient un visage baigné de larmes.

— Oh ! non... J'avais demandé à Ken de n'appeler personne. Je vous en prie. Laissez-nous tranquilles.

Prenant son visage dans ses mains, elle éclata en sanglots.

Sans hésiter, Cooper s'avança et la prit dans ses bras.

— Nous sommes ici pour vous aider, dit-il doucement. Tim s'il le souhaite et *vous* aussi. Avez-vous quelqu'un près de vous pour vous soutenir ?

Elle secoua la tête.

— Nous… Nous avons décidé que nous préférions rester seuls tous les deux quand la fin arriverait… Mais Ken m'a dit que j'avais tort. Que je n'avais pas le droit de laisser Tim souffrir comme ça…

— Où est-il ? demanda Cooper en laissant son bras autour des épaules de Sarah. Nous allons l'examiner et voir si nous pouvons le soulager.

— Depuis des semaines, une pompe lui délivre des doses de morphine par voie intraveineuse, et il a des patchs de fentanyl. Tout à l'heure, il était réveillé, et nous avons regardé ensemble le soleil se lever. Il a dit qu'il n'avait pas mal… Mais maintenant il n'est plus conscient, et sa respiration est… terrible.

Une grande baie vitrée occupait tout un pan de la petite maison, offrant une belle vue sur les dunes et l'océan. Elle était entrouverte, et le bruit des vagues au loin créait un bruit de fond agréable. Un grand lit occupait le centre de la pièce, sur lequel le mari de Sarah était étendu, appuyé contre des coussins.

Sarah leur tendit une liasse de feuilles.

— Voici son dossier médical, dit-elle. Le médecin est passé hier avec l'infirmière, qui m'a expliqué comment lui administrer les médicaments. Son autorisation légale de refuser l'acharnement thérapeutique est là également. Il ne… Il ne veut vraiment pas être… être…

— Je comprends.

Un regard suffit à Fizz pour constater que le patient n'en avait plus pour très longtemps. Après avoir lu le dossier médical qui récapitulait les données vitales de Tim, elle conclut que tout avait été fait pour lui. Ses bronches encombrées expliquaient sa respiration difficile. Mais elle avait ce qu'il fallait pour ça.

Tandis qu'elle remplissait une seringue du traitement adéquat, Cooper s'approcha d'elle.

— Je vais appeler Andy pour lui dire que nous risquons

de rester ici un bon moment. Nous ne pouvons pas laisser Sarah seule.

— Non, tu as raison.

Tout pouvait être fini en quelques minutes, mais cela pouvait aussi durer des heures. Cooper connaissait probablement le coût de laisser une équipe de secours inoccupée, mais cela ne l'empêcherait pas de prendre la bonne décision, et il savait exactement comment se rendre utile.

Il aida Sarah à remettre les coussins dans le dos de Tim, à essuyer son visage et à mettre du baume sur ses lèvres desséchées.

— Cet endroit est magnifique, dit-il. Tellement calme.

— C'était la maison de vacances des parents de Tim. Quand il a compris qu'il allait mourir, il a voulu venir ici. Il a passé de merveilleuses vacances ici quand il était enfant. Et c'est ici que nous nous sommes connus… J'étais venue passer quelques jours chez des amis. J'avais quinze ans et Tim dix-sept, et… Et je ne sais plus quoi faire, maintenant. Je croyais pouvoir supporter cela, mais c'est trop dur, expliqua-t-elle, le visage noyé par les larmes.

— Très bien. Assieds-toi sur le lit à côté de Tim. Si tu en as envie, tu peux même t'allonger à côté de lui. Tiens-lui la main ou prends-le dans tes bras. Parle-lui. Il peut certainement t'entendre, mais dans le cas contraire il sentira ta présence.

— Vraiment ?

— Je crois, oui, dit Cooper en l'aidant à s'installer. Ce dont Tim a besoin maintenant, c'est de la présence de quelqu'un qui l'aime. Et toi aussi, Sarah.

La voix de Cooper était si douce que Fizz en eut les larmes aux yeux.

Sarah posa la tête sur l'oreiller, à côté de celle de son mari, et l'entoura de ses bras.

— Nous allons vous laisser seuls, si c'est ce que tu veux.

— C'est ce que je lui ai promis, mais… j'ai tellement peur…

— Je sais. Nous ne serons pas loin. Si tu as besoin de quoi que ce soit, appelle. Nous t'entendrons.

Fizz sortit la première de crainte que Sarah ne voie ses larmes.

Cela ne lui ressemblait vraiment pas. Dans son métier, elle était quotidiennement confrontée à des situations dramatiques, et elle ressentait de la tristesse quand un patient décédait, mais elle ne pleurait pas. Jamais. Elle avait décidé des années plus tôt qu'elle avait épuisé son stock de larmes lors du décès de Hamish. Cette sensibilité nouvelle la déconcertait.

Elle sortit et s'éloigna de la route, où le camion de pompiers venait d'être rejoint par une voiture de police. Contournant la maison, elle s'assit sur un tronc d'arbre à côté de la baie vitrée, à portée de voix de Sarah mais hors de sa vue, ne voulant pas gêner le jeune couple dans un moment aussi dramatique.

Un jeune couple séparé à jamais, tous leurs projets et rêves anéantis en un instant…

Cela ressemblait beaucoup à son histoire personnelle, ce qui expliquait probablement cette émotivité inhabituelle.

Cooper la rejoignit et s'installa à côté d'elle.

— Andy est allé se poser un peu plus loin dans un parc. Si on l'appelle pour une urgence, il repartira en ville et reviendra nous chercher plus tard.

— Je ne crois pas que nous resterons très longtemps.

— Non.

Ce simple mot résumait une multitude de choses. La reconnaissance qu'une jeune vie se terminait déjà et qu'ils étaient impuissants.

Pourtant, Cooper avait déjà beaucoup fait. Son comportement, son humanité avaient impressionné Fizz, qui se sentait toujours un peu perturbée.

— Comment as-tu su quoi faire ? demanda-t-elle.

Cooper resta silencieux un long moment avant de répondre.

— Comme je te l'ai expliqué, Connor, mon frère jumeau, s'est tué.

Elle hocha la tête bien qu'il ne la regardât pas.

Tête baissée, il ramassa un coquillage et se perdit dans sa contemplation avant de reprendre :

— Nous avions seize ans, et nous étions partis pour le

week-end faire de la randonnée et un peu d'escalade dans les Cairngorms, une magnifique chaîne de montagnes située dans la partie orientale des Highlands en Écosse. Connor s'est un peu emballé et a pris des risques sur une crête. Il est tombé et s'est gravement blessé. Des blessures à la poitrine et au ventre, mais surtout à la tête. Il a perdu aussitôt connaissance. Des promeneurs près de là ont vu la chute. Ils ont appelé les secours et, en moins de temps qu'il faut pour le dire, un hélicoptère s'est posé, et des secouristes ont entrepris de sauver la vie de mon frère.

Un autre moment de silence suivit, pendant lequel elle perçut la douleur profonde de Cooper. Elle aurait aimé lui tenir la main, mais il jouait avec le coquillage. Alors, elle appuya son épaule contre la sienne.

— Je suis resté là à les regarder s'activer et, même sans connaissances médicales, j'ai compris que ça se passait mal. J'avais vu assez de films à la télé pour comprendre ce que signifie une ligne plate sur un écran, même s'il y avait quelques pics. Mon monde s'écroulait, m'entraînant avec lui dans un trou noir sans fond. Les gars ont été incroyables. Un des secouristes s'est approché de moi et a posé son bras autour de mes épaules. Il m'a expliqué ce qu'il se passait et tout ce qu'ils faisaient pour sauver mon frère. Le fait qu'il me parle m'a fait l'effet d'une planche de salut. Quelque chose à quoi me raccrocher pour ne pas sombrer dans ce trou noir. Ces hommes étaient formidables. Ils ont réussi à maintenir mon frère en vie jusqu'à l'hôpital et m'ont emmené dans l'hélicoptère, me donnant l'impression que ma présence et le fait de parler à Connor et de lui tenir la main étaient importants. Ils m'ont expliqué qu'il m'entendait et qu'il savait que j'étais là près de lui.

Cooper laissa tomber le coquillage et se frotta le visage.

— C'est ce jour-là que j'ai décidé que je deviendrais secouriste. Je me suis dit que, si un jour l'occasion se présentait pour moi de tendre une bouée à une personne désespérée, cela en valait vraiment le coup.

— C'est exactement ce que tu viens de faire avec Sarah, dit-elle. Tu as été… formidable.

Elle croisa le regard de Cooper et fut incapable de détourner les yeux. Elle pouvait lire dans les siens toute la compassion qu'il éprouvait, son incroyable humanité.

Ce fut lui qui rompit le charme.

— Je vais aller jeter un coup d'œil discret, dit-il en se levant. Sarah ne me verra pas, mais je tiens à m'assurer qu'elle va bien. Qu'ils aient voulu vivre cela ensemble est très romantique, mais nous savons tous les deux combien c'est difficile, n'est-ce pas ?

Fizz resta où elle était et, sans réfléchir, attrapa le coquillage abandonné par Cooper.

L'impression de solidité que dégageait Cooper ne venait pas seulement de sa haute taille, mais aussi de sa personnalité. Sa gentillesse et sa compassion envers autrui le rendaient complètement digne de confiance. Un roc humain.

Pour la deuxième fois de la journée, ses yeux se remplirent de larmes. La deuxième fois en dix ans.

Des larmes causées par un sentiment de nostalgie devant la personnalité de Cooper, le besoin de s'accrocher à lui.

Elle avait appris il y a longtemps à ne plus compter sur rien ni sur personne, mais quel réconfort ce devait être d'avoir une épaule sur laquelle s'appuyer en cas de besoin ! La femme qui s'approprierait le cœur de Cooper dans l'avenir aurait près d'elle un roc pour le reste de sa vie. Elle espérait que cette femme aurait conscience de sa chance.

Ses pensées l'avaient entraînée très loin et lui avaient fait perdre conscience du temps.

— Fizz ?

La voix de Cooper la fit sursauter. Sans s'en rendre compte, elle glissa le coquillage dans sa poche.

— Quoi ?

— C'est fini. Sarah m'a dit qu'il était parti sereinement. Les policiers vont se charger du reste et lui donner le temps nécessaire pour organiser le transport de Tim, mais nous devons signer les papiers officiels.

— Bien sûr.

— Les pompiers nous emmèneront ensuite jusqu'à l'hélicoptère. Es-tu déjà montée dans un camion de pompiers ? demanda-t-il avec un sourire en coin.

— Pas que je me souvienne.

Les prochaines minutes promettaient d'être difficiles, et ce bref instant de détente lui fit du bien.

— Travailler avec toi est une véritable aventure, Cooper.

— Et ça ne fait que commencer, chérie, murmura-t-il. Le meilleur reste à venir.

7.

Cooper ne détenait pas le monopole de l'aventure. Fizz lui avait donc proposé cette excursion, profitant du fait que, pour une fois, un de leurs jours de repos coïncidait.

— J'aimerais te faire visiter Featherston, annonça-t-elle. C'est une petite ville typique de Nouvelle-Zélande, qui ne se trouve qu'à quelques kilomètres de Wellington et où je connais un très bon restaurant.

En fait, elle connaissait la ville entière comme sa poche.

Après un bon déjeuner à base de poisson et de frites, ils reprirent la route, et elle avoua alors à Cooper que c'était ici qu'elle avait grandi.

— Plus précisément, dans cette maison de l'autre côté de la rue.

Elle arrêta la voiture pour contempler la petite maison bardée de bois, déçue de constater que le jardin était envahi par les mauvaises herbes.

— Mon grand-père l'a construite, et ma mère y est née.

— Puis elle en a hérité et t'a élevée ici ?

Elle remit le contact et s'éloigna en direction de la rue principale de la ville.

— Non. Ce sont mes grands-parents qui m'ont élevée. Enfin, surtout Nan, ma grand-mère, parce que mon grand-père est mort quand j'avais dix ans.

Cooper lui jeta un regard bref, prudent.

Craignait-il de prononcer une parole maladroite et de s'en mordre les doigts comme lorsqu'elle lui avait annoncé la durée de son mariage ?

— Ma mère n'est pas morte, le rassura-t-elle. Mais nous ne sommes pas proches. Ce n'était qu'une gamine lorsqu'elle est tombée enceinte, et elle a décidé que ça ne l'empêcherait pas de vivre sa vie. Elle débarquait de temps en temps à l'improviste et promettait de venir me chercher sitôt qu'elle serait installée quelque part, mais ça ne s'est jamais produit. Autant que je sache, elle est heureusement mariée à son troisième mari quelque part en Australie. C'est moi qui ai hérité de la maison, mais je l'ai vendue pour payer mes études. En fait, j'aurais mieux fait de la garder, ajouta-t-elle en jetant un coup d'œil aux immeubles récemment rénovés qui bordaient la rue. Le prix de l'immobilier a atteint des sommets ici, depuis que les gens ont pris conscience que la ville ne se trouve qu'à quelques encablures de Wellington... Cela étant, rien ne me retenait ici après le décès de Nan.

Pas question que Cooper ressente de la pitié pour elle ou qu'elle-même s'apitoie sur son sort. Pourtant, le souvenir des terribles déceptions de son enfance restait douloureux. Les promesses que sa mère ne tenait jamais, les visites annulées à la dernière minute, les vacances tant attendues et repoussées, le nouveau mari et la nouvelle maison où ils vivraient heureux tous ensemble...

— Eh... Et si nous faisions quelque chose d'un peu excitant avant de rentrer ?

Cooper lui jeta un regard méfiant.

— Je me méfie du sens du mot « excitant » dans ta bouche. Vais-je avoir besoin de vêtements de protection ?

— Non. Tu pourras même rester dans la voiture si tu préfères, lança-t-elle avec un grand sourire.

— Où allons-nous ?

— Dans un endroit sympa. Un peu venté, probablement, mais parfait pour chasser les toiles d'araignée.

Comme celles qui traînaient dans les recoins de son ancienne maison et de son cœur.

— Pourquoi pas ? répondit Cooper d'un air pensif, comme s'il pesait ses mots. C'est toujours bon de faire le ménage.

Elle remit le contact et prit la route qui serpentait à travers la campagne. Elle lui montra les petites maisons de vacances désuètes le long de la plage et l'emmena jusqu'à la piste qu'elle avait découverte avec le club de 4×4. La route devenant plus accidentée, elle se concentra sur sa conduite, grimpant à l'assaut des dunes avant de plonger de l'autre côté. Elle emprunta des chemins creusés d'ornières tracés au milieu des arbres, avec des flaques assez profondes pour soulever un mur d'eau boueuse sur leur passage. Les cahots les faisaient rebondir sur leur siège et rire aux éclats.

Finalement, ils atteignirent une plage de sable noir parsemée de rochers.

Elle n'avait pas menti, une forte brise marine balayait les lieux. Ils sortirent de la voiture pour respirer l'air marin et regarder les vagues qui venaient s'écraser sur la grève.

— Où sommes-nous exactement ? demanda Cooper.

— Palliser Bay. L'île du Sud se trouve dans cette direction, mais trop loin pour qu'on puisse l'apercevoir d'ici, expliqua-t-elle en tendant le bras vers le large.

Cooper tourna la tête pour admirer la longue plage déserte, les collines escarpées de la campagne alentour et, dans le lointain, les cimes des monts Rimutaka.

— C'est magnifique, dit-il. Cela me rappelle l'Écosse.

— Ton pays te manque ?

— Pas du tout. Il n'y a plus rien pour moi, là-bas.

Il reporta son regard sur la mer, mais la curiosité de Fizz était éveillée.

Que voulait-il dire ?

Elle avait été choquée d'apprendre la mort de son frère jumeau, et savait combien cette épreuve avait dû être douloureuse pour lui.

Enjambant un tas de bois flotté, elle s'assit sur un tronc entier échoué là avec ses racines intactes.

Cooper s'installa près d'elle.

— Ça va ? demanda-t-il. Je te trouve bien silencieuse, tout à coup.

Elle croisa son regard et se rappela l'impression qu'il lui avait faite lors de leur première rencontre : un roc digne de confiance, autant que Hamish l'avait été, et une des rares personnes de sa connaissance qui tenait sa parole.

— Je me rappelais la dernière fois que nous nous sommes retrouvés sur une plage. Je pense souvent à Sarah, je me demande comment elle s'en sort.

— Elle est probablement entourée de parents et d'amis qui l'aident et la soutiennent.

— Hum.

Cooper passa un bras autour de ses épaules.

— Et toi, as-tu trouvé du soutien après le décès de Hamish ?

Sans même réfléchir, elle posa la tête dans le creux confortable de son épaule.

— Mon attitude tient les gens à distance, reconnut-elle. Bien entendu, ils sont tous venus à l'enterrement. Même ma mère. Les parents de Hamish ont été formidables… Je sais bien qu'ils ne me reprochaient rien mais, à chaque fois qu'ils me voyaient, j'avais le sentiment de leur rappeler ce qu'ils avaient perdu. Ils ne verraient jamais leur fils devenir père. Ni leurs petits-enfants grandir. Alors, petit à petit, ils ont fini par disparaître de ma vie. Et après un temps, lassés de ne pas obtenir de réponse, mes amis ont cessé d'appeler. Parfois, reprit-elle après un silence, la souffrance est si forte qu'elle vous absorbe totalement et que vous repoussez tout ce qui tente de vous en sortir. Et, si vous poussez assez fort et assez longtemps, les gens finissent par se décourager et abandonnent.

— Pas ceux qui t'aiment vraiment. Tu crois qu'ils sont partis, mais en fait ils ne sont pas loin, prêts à revenir au moindre signe.

— Tu parles d'expérience ?

— Peut-être. Je n'ai pas chassé les gens, c'est moi qui ai été rejeté, jusqu'à ce que je comprenne que je devais m'éloigner pour ne pas aggraver la situation.

Elle releva la tête et prit le visage de Cooper entre ses mains.

— Je ne comprends pas, dit-elle.

— Tu m'as raconté que, à la mort de Hamish, tu avais eu le sentiment qu'on t'avait volé ta vie.

Elle hocha la tête.

— Cela a été la même chose pour moi après le décès de mon frère. Et pire encore pour ma mère. Elle n'a jamais pu accepter sa mort.

— Ne me dis pas que tes parents te l'ont reprochée ?

— Pas plus que je ne me la reprochais moi-même. Le caractère cabochard de Connor n'était un secret pour personne. Il n'en faisait toujours qu'à sa tête. Mais, pour autant, les « et si » ne cessaient de revenir sur le tapis : « et si nous n'avions pas fait d'escalade ce jour-là », « et s'il n'avait pas plu », « et si j'avais fait attention à lui au lieu de faire du feu pour le repas », « et si nous ne nous ressemblions pas autant ». Chaque fois que ma mère posait les yeux sur moi, c'était Connor qu'elle voyait. Parfois, elle s'effondrait en larmes.

Fizz prit la main de Cooper et mêla ses doigts aux siens.

Pour elle, il ne faisait aucun doute que Cooper s'était cru obligé de cacher sa douleur pour protéger sa mère. Elle le connaissait maintenant assez bien pour savoir qu'il ne reculerait devant rien pour protéger un être cher. Mais quelle tristesse de devoir refouler ainsi ses propres émotions !

— Les choses ont empiré à tel point qu'il était plus facile pour moi de ne pas rentrer à la maison. Heureusement, le moment est venu de partir pour l'université, et ensuite ma carrière a occupé tout mon esprit.

Elle hocha la tête.

Se focaliser sur ses études et sa carrière avait dû aider Cooper à refouler plus encore ses émotions. Elle était bien placée pour savoir que ça marchait. Aujourd'hui, les regrets qui lui avaient brisé le cœur après la disparition de Hamish avaient cessé de la hanter. Comme celui de n'avoir pas pu fonder la « vraie » famille dont elle rêvait enfant.

— Tes parents ont dû être très fiers de toi quand tu as choisi de devenir secouriste.

— Mon père est mort avant que j'aie obtenu mon diplôme, et ma mère a progressivement décliné au cours des années suivantes. À chacune de mes visites, je la trouvais plus mince et plus triste que la fois précédente, et rien de ce que je pouvais dire ou faire n'y changeait quoi que ce soit. Les médecins ne savaient pas comment l'aider. Je crois qu'elle en avait juste assez de vivre.

Fizz lui serra la main sans mot dire.

Bizarrement, elle avait l'impression qu'une porte s'ouvrait dans sa poitrine, dans son cœur. Une porte dont elle croyait la clé perdue à jamais. Et la connexion entre elle et Cooper se renforçait encore. Une connexion vraiment unique. Comme... Oui, un peu comme cette « vraie » famille dont elle rêvait.

Cooper se carra sur son siège au côté de Fizz tandis que l'hélicoptère s'élançait vers un accident à une centaine de kilomètres de Wellington.

Un appel téléphonique passablement hystérique avait fait état d'un grand véhicule — un car ou un camion — qui serait tombé dans un ravin après une sortie de route. On attendait toujours confirmation et des informations quant à la gravité de la situation et au nombre de personnes impliquées mais, compte tenu du caractère isolé du lieu supposé de l'accident, de l'éventualité de blessés graves et du nombre inconnu de victimes, Don avait donné l'autorisation de vol bien qu'un canular soit possible. En attendant d'en avoir le cœur net, ils en avaient pour trente minutes de vol. Autant prendre la chose avec philosophie...

Vivre le moment présent sans s'inquiéter de l'avenir, la philosophie avait fait ses preuves. Fizz et lui l'avaient largement mise en pratique lors de cette balade à Palliser Bay, quelques mois auparavant.

Il ne pouvait oublier leur conversation sur la plage, ce jour-là. Pour la première fois de sa vie, il avait pu parler de la mort de son frère, exprimer sa douleur. Jamais encore il n'avait rencontré quelqu'un comme Fizz, susceptible de le comprendre pour avoir vécu le même drame. Le simple fait d'extérioriser ainsi sa souffrance avait eu sur lui un effet cathartique incroyable. Le poids énorme qui pesait sur sa poitrine depuis la mort de Connor s'était finalement envolé.

Cette intimité les avait rapprochés, ce dont il se félicitait.

En fait, sa nouvelle vie le comblait à plus d'un titre : en l'espace de quelques mois, son passé écossais s'était estompé dans son esprit jusqu'à devenir un pâle souvenir appartenant à une autre époque. Il connaissait maintenant bien la ville et n'avait aucun problème pour rejoindre très vite tout lieu d'accident lorsqu'ils intervenaient par voie terrestre. Il adorait le quartier où il avait emménagé et l'atmosphère détendue de la vieille maison pleine de recoins qu'il partageait avec Maggie, Jack, Laura et Harrison. Ses colocataires étaient cool et discrets, et personne n'avait jamais fait le moindre commentaire sur le fait qu'il lui arrivait de rentrer tard ou même pas du tout.

La soirée mexicaine avec tacos et bière avait rencontré un tel succès qu'elle s'était instituée comme un rendez-vous hebdomadaire, chacun se chargeant des préparatifs à tour de rôle. Il trouvait toujours quelques minutes pour jouer au ballon dans le jardin avec Harrison, dont le poignet cassé n'était plus qu'un mauvais souvenir, et les occasions ne manquaient pas de partager la cuisine, le ménage et des anecdotes de travail avec Jack ou Laura. Maggie se retrouvait souvent en équipe avec lui, et une amitié sincère s'était développée entre eux. Mais, si celle-ci avait deviné sa relation avec Fizz, elle n'y faisait jamais allusion.

Cette relation qui avait débuté comme une simple aventure sexuelle avait pris au fil du temps un tour bien différent depuis la plage de Palliser Bay. Le degré de confiance réciproque qu'ils avaient atteint rendait leurs rapports plus sereins, et ils pouvaient profiter de leurs ébats sexuels sans se mettre la pression. Il n'avait jamais connu une relation sexuelle aussi formidable, sans nul doute en partie grâce à la philosophie de vie de Fizz.

Celle-ci s'organisait pour que leurs jours de repos coïncident au moins une ou deux fois par semaine. Elle ne faisait peser sur lui aucune pression, aucune attente — contrairement à ce qu'il avait connu dans le passé, quand les femmes le quittaient parce que leurs relations n'allaient apparemment nulle part ou qu'il les quittait, lassé de leur harcèlement pour qu'il s'engage.

Il n'avait jamais cherché à analyser son refus de s'engager. Même si cela pouvait changer un jour, il ne se sentait absolument pas prêt à prendre la responsabilité du bonheur d'une autre personne et encore moins d'une famille et de jeunes enfants. Même si ses parents ne l'avaient pas directement incriminé pour la mort de Connor, il considérait que, en sa qualité d'aîné de la fratrie — de trente minutes, certes, mais tout de même —, il aurait dû veiller sur son frère et s'assurer qu'il ne prenait pas de risques inutiles.

Ce n'était pas une grande réussite, n'est-ce pas ? Le même rêve terrible le hantait encore et toujours : il criait à son frère de descendre des rochers trop glissants sans qu'aucun son sorte de sa bouche malgré tous ses efforts. Puis il revivait le moment où il avait contemplé le corps brisé de Connor et où la peur et la douleur avaient explosé dans sa poitrine…

Assez ! Qu'est-ce qui provoquait la remontée de ces souvenirs ?

La perspective d'avoir une famille et des enfants, voilà ce qui avait réveillé son cauchemar. Mais il avait avoué à Fizz ne pas être prêt à fonder une famille et, vu sa réaction à cette simple éventualité, il y avait peu de risques que cela arrive. Il avait aussi reconnu qu'il rêvait comme tout homme d'une relation sans contraintes qui dure tant que les deux parties y trouvent leur compte et se termine sans regret de part et d'autre. Que lui ait la chance de vivre ce rêve, il trouvait cela parfait. Et, tant que Fizz partageait cet état d'esprit, tout était pour le mieux dans le meilleur des mondes.

Côté travail, cela frôlait aussi la perfection. Il ignorait si Fizz en avait parlé à Don ou si celui-ci avait remarqué qu'ils formaient une bonne équipe mais, chaque fois qu'elle venait à la base, il se trouvait en binôme avec elle sur un des hélicoptères. Se maintenir au niveau de compétence de Fizz, qui pensait et travaillait très vite, représentait pour lui un vrai challenge, mais aussi un grand bonheur, sans parler de toutes les connaissances qu'il emmagasinait.

En échange, il l'aidait à préparer sa prochaine formation en hélitreuillage et, comme elle s'était également inscrite à un stage de sauvetage en montagne à Queenstown, il la faisait profiter de son expérience dans ce domaine.

— Ton stage est dans quinze jours, lui rappela-t-il. Tu as lu l'article que je t'ai envoyé l'autre jour ?

— Celui concernant les risques en montagne ? Ouais, Je l'ai survolé.

— Alors, quels sont-ils ?

Fizz haussa les sourcils.

— Les risques ? Le temps, surtout. Orages, éclairs, risque d'hypothermie. Sans oublier les avalanches et autres chutes de pierres évidemment. Et la traversée des torrents en eau vive. À ce sujet, tu crois qu'il est prévu dans cette formation une traversée de torrent ?

— C'est possible. Ils demandent d'apporter de nombreux vêtements d'extérieur.

— Pour superposer les couches. J'ai lu ce passage également. D'abord un T-shirt synthétique pour évacuer la transpiration et maintenir le corps au sec, puis un vêtement isolant au milieu comme un polaire, et enfin une couche imperméable par-dessus. J'ai d'ailleurs prévu ce soir d'aller acheter des vêtements chauds dans un magasin d'articles de randonnée. Tu m'accompagnes ?

— Avec plaisir.

— Et après cela nous pourrions aller… dîner ?

Fizz haussa les sourcils en écarquillant les yeux, et il eut du mal à retenir un éclat de rire.

Heureusement qu'Andy ne pouvait les voir à l'arrière, car il aurait tout de suite compris qu'ils étaient plus que de simples collègues ! Le plus longtemps leur relation resterait secrète, le mieux ce serait. Cela ne regardait personne et n'interférait absolument pas avec leur travail. En fait, cela renforçait plutôt leur cohésion…

Oui, aucun doute, sa vie était parfaite pour le moment.

8.

La voix d'Andy résonna dans leurs casques depuis la cabine de pilotage, à demi couverte par le bruit des rotors.

— Bon, les gars, voici ce que j'ai appris… C'est un bus scolaire qui a fait une sortie de route. La police et les pompiers sont déjà sur place.

Cooper et Fizz échangèrent un regard.

Apparemment, les choses étaient sérieuses. La situation s'annonçait difficile, probablement l'une des pires qu'ils pouvaient rencontrer. Mais ce simple échange silencieux leur donna du courage. Ils étaient prêts.

— On ignore encore combien d'enfants se trouvaient à bord, poursuivit Andy, mais comme le bus roulait en direction de l'école il est à craindre qu'il ne soit plein. Il a terminé sa course au fond d'un ravin. La bonne nouvelle, c'est que la pente est couverte de buissons et d'arbres, ce qui a peut-être un peu freiné la chute et atténué l'impact. Il est couché sur le côté et très difficile d'accès. Les pompiers sont en train de poser des échelles de corde pour descendre stabiliser le véhicule.

Vu l'expression de Fizz, Cooper comprit qu'elle partageait la même fébrilité que lui devant le défi que représentait cette intervention sur un accident impliquant de nombreuses victimes, qui plus est de jeunes enfants.

— Le QG m'a informé qu'ils ont demandé du renfort pour l'organisation des secours, et comme tu es qualifié dans ce domaine, Cooper, ils t'ont nommé responsable des opérations. Tu sais où est la veste ?

— Oui, je vais l'enfiler, répondit Cooper.

Alors qu'Andy effectuait un survol du site, il se pencha vers le hublot.

La vue aérienne du lieu permettait de mieux appréhender la situation pour décider de la meilleure organisation.

Un coup d'œil lui suffit pour constater que c'était le chaos en bas — des voitures garées dans tous les sens, de nombreuses personnes qui couraient vers le lieu de l'accident, gênant les pompiers dans leur travail. Un tracteur était garé en travers de la route, bloquant le passage d'une ambulance.

Une fois l'appareil posé, il courut vers le policier qui s'efforçait de repousser la foule au bord de la route. Ce faisant, il se rendit compte qu'il s'agissait de parents des enfants. Des femmes pleuraient, certaines serraient contre elle des bébés. Le fermier propriétaire du tracteur s'en prenait au policier.

— Mes enfants sont dans ce bus ! Vous ne pouvez pas m'empêcher de descendre pour les sortir de là…

Quand les personnes présentes virent les lettres fluorescentes sur la veste qui désignait Cooper comme responsable des opérations, elles se tournèrent vers lui.

Il savait que sa haute taille lui conférait une certaine autorité dans ce genre de situations, mais cela ne suffisait pas. Il lui fallait également convaincre ces parents affolés qu'il savait ce qu'il faisait et qu'ils devaient lui faire confiance.

Alors que l'ambulance arrivait enfin et que les ambulanciers se précipitaient pour ouvrir les portes à l'arrière, il s'entretint rapidement avec le chef des pompiers pour évaluer la situation, puis il rassembla les secouristes et les policiers.

— Dans une minute, les pompiers vont pénétrer dans le bus et commencer à évacuer les enfants, expliqua-t-il. De ce qu'ils ont pu voir de l'extérieur, il n'y aurait pas de blessés graves. Les enfants avaient tous attaché leur ceinture de sécurité. Nous allons utiliser cet espace près de l'ambulance comme zone de triage. Le Dr Wilson estimera la gravité des blessures et prodiguera les premiers soins. Si nécessaire, nous demanderons un hélicoptère supplémentaire. Vu leur âge, toutes les victimes seront ensuite emmenées vers l'hôpital le plus proche pour des examens complémentaires. Nous les transporterons par voie routière en ayant recours notamment aux voitures des parents.

Il se tourna ensuite vers les parents et leur demanda de reculer afin de dégager la zone pour permettre aux secouristes de travailler. Des policiers relayèrent le message, et tout le monde s'exécuta. Certains partirent garer correctement leur voiture pour dégager le passage.

Cooper s'adressait aux ambulanciers pour leur donner ses instructions, quand il aperçut soudain Fizz en haut d'une échelle de corde.

Il se dirigea aussitôt vers elle en secouant la tête.

— Non, pas cette fois, Fizz, dit-il.

— Mais…

— Pas de « mais ». On a besoin de toi en haut.

Il se tourna vers le chef des pompiers, qui se trouvait près d'eux.

— Y a-t-il des enfants inconscients dans le bus ? demanda-t-il.

— Non, pas d'après les premières constatations.

— Et le chauffeur ?

— C'est une femme. Elle est très calme. Ses jambes sont bloquées sous le tableau de bord, mais elle refuse qu'on s'occupe d'elle tant que les enfants n'auront pas tous été évacués. Elle leur a demandé de ne pas bouger et de garder leurs ceintures de sécurité jusqu'à ce qu'on vienne les chercher, ce qui est une excellente initiative compte tenu des vitres cassées et des bouts de ferraille tordus. Les branches d'arbres arrachées représentent également un gros danger, comme je l'expliquais au médecin.

— Cette femme est peut-être en train de se vider de son sang, tout comme un des enfants, intervint Fizz. Je dois descendre pour…

Le chef des pompiers, qui s'était penché pour regarder au fond du ravin, lui coupa la parole.

— Les voilà. Ils en remontent un.

— Fizz, j'ai besoin de toi ici pour examiner les enfants dès leur arrivée.

Il devinait sa frustration. Son taux d'adrénaline était au

maximum. Elle n'attendait qu'une chose : descendre au plus vite et entrer dans ce bus.

— Tu es mon supérieur pour les questions médicales, reprit-il d'une voix calme, mais je suis responsable des opérations, et il m'appartient de sécuriser au maximum cette scène d'accident. Des personnes compétentes se chargent de la désincarcération des victimes.

— Tu es en train de me dire que je n'ai pas le droit de descendre ?

Cooper hocha la tête.

— Sauf si une urgence médicale se présente. Et, même dans ce cas, c'est moi qui descendrai.

Un éclair de colère brilla dans les yeux de Fizz, mais il ne cilla pas. Puis elle hocha la tête, et il comprit qu'elle acceptait sa décision, ce qu'il interpréta comme une grande marque de confiance à son égard, une preuve certaine que leur cohésion professionnelle venait de se renforcer.

Le pompier apparut en haut de l'échelle, tenant dans ses bras une petite fille en pleurs, et l'attention de Fizz se concentra sur elle. L'homme lui tendit l'enfant, qui semblait à peine assez âgée pour aller à l'école.

La fillette passa aussitôt les bras autour du cou de Fizz et enfouit le visage dans le creux de son épaule.

— Tout va bien, la rassura Fizz d'une voix douce. Tu n'as plus rien à craindre, maintenant.

Elle se dirigea vers l'ambulance et les couvertures étendues par terre pour permettre de pratiquer les premiers soins. À ce moment-là, une femme, un bébé dans les bras, poussa un cri et se précipita.

— *Jenny ?* Oh ! mon Dieu, Jenny… Es-tu blessée, ma chérie ?

Il fallut plus d'une heure pour sortir la vingtaine d'enfants du bus et les remonter jusqu'à la route, où Fizz les prenait en charge et procédait à un examen rapide. Elle ne dénombra que deux blessures sérieuses — une épaule disloquée et une fracture du bras — parmi les multiples hématomes, bosses et autres écorchures. Une fois les enfants soignés et réconfortés, ils étaient dirigés vers l'hôpital le plus proche pour un examen plus approfondi. Certains resteraient probablement quelque temps en observation. Cooper mobilisa la deuxième ambulance pour transporter le jeune garçon de huit ans blessé à l'épaule et sa mère. Le gamin victime d'une fracture du bras partit dans une voiture de police pour son plus grand plaisir.

Jenny, la première enfant secourue, était toujours là quand la dernière victime fut remontée : Cheryl, le chauffeur du bus, était sa grand-mère. Celle-ci s'inquiétait beaucoup plus de l'état des enfants qu'elle conduisait que de sa cheville brisée. Sa fille, la mère de Jenny, s'empressa de la rassurer.

— Ils vont tous bien, maman. Et c'est grâce à toi qui veilles toujours à ce que leurs ceintures soient bien attachées.

Fizz acheva de fixer la perfusion au bras de Cheryl.

— Comment ça va maintenant, en ce qui concerne la douleur ? demanda-t-elle. Sur une échelle de zéro à dix ?

— Je dirais quatre. Beaucoup mieux, en tout cas.

Elle tourna la tête vers sa petite-fille.

— Jenny ? Comment tu te sens, ma chérie ? Tu n'as pas mal ?

— J'ai une grosse égratignure, nana, mais c'est tout. Je vais mieux, maintenant.

— Je ne comprends pas ce qu'il s'est passé, expliqua Cheryl en secouant la tête. Les freins ne répondaient plus. J'essayais de ralentir grâce au levier de vitesse quand les roues ont dérapé sur le gravier… Oh ! Seigneur, j'aurais pu tuer quelqu'un, ajouta-t-elle avec un sanglot.

— Mais ce n'est pas le cas. Tout le monde va bien, maman.

Elle voulut se pencher vers sa mère pour la réconforter, mais le bébé qui pleurait dans ses bras la gênait.

— Donnez-moi l'enfant, proposa Fizz.

Serrant le petit de six mois contre son épaule, elle lui tapota le dos pour l'apaiser.

— Eh bien, c'est quoi ce gros chagrin ? murmura-t-elle d'une voix douce.

— C'est mon petit frère, expliqua Jenny. Il s'appelle Patrick.

Après avoir posé une attelle autour de la cheville de Cheryl, Cooper l'installa sur une civière avec l'aide d'Andy pour la transporter jusqu'à l'hélicoptère. Ce faisant, son regard revenait sans cesse vers Fizz qui berçait le bébé, Jenny appuyée contre sa jambe.

Andy, qui venait de fixer la dernière sangle, la remarqua également.

— Ça te va bien, lança-t-il avec un sourire, que Fizz lui retourna.

— Je n'ai jamais eu à m'occuper d'autant d'enfants en une seule fois, avoua-t-elle. Je suis épuisée.

La mère du bébé sourit en récupérant son fils.

— Je vous remercie. Vous avez été formidable. Où allez-vous emmener ma mère ?

— À l'hôpital royal de Wellington, répondit Cooper. Vous pouvez venir avec nous dans l'hélicoptère si vous le souhaitez.

— Non, c'est inutile, ma chérie, intervint Cheryl. Patrick a faim, et tu dois veiller sur Jenny. Ne t'inquiète pas pour moi, tout ira bien.

— Jenny doit aller à l'hôpital pour un examen plus approfondi, intervint Cooper.

— Je te rejoindrai le plus vite possible, maman. Je sais que tu es en de bonnes mains.

De retour à la base après avoir déposé Cheryl aux urgences de l'hôpital royal, Fizz se laissa tomber dans un des fauteuils de la salle de repos, Andy s'installa à la table avec un sandwich, et Cooper entreprit de préparer du café.

Il poussa un gros soupir.

— Quand je pense à la montagne de paperasse qui nous attend, gémit-il. Un rapport pour chacun de ces gosses !

— J'appellerai l'hôpital tout à l'heure pour m'assurer que rien ne m'a échappé. Ils ne doivent plus savoir où donner de la tête avec autant de victimes à examiner.

— Tu te débrouilles drôlement bien avec les enfants, fit

remarquer Andy. Tu feras une maman formidable un de ces jours.

— Aucune chance, déclara Fizz d'un ton léger. Je n'aurai jamais d'enfants.

Cooper versa le café dans les tasses sans mot dire.

Il partageait l'opinion d'Andy, mais il gardait en mémoire la réponse de Fizz lorsque Maggie avait fait allusion à son horloge biologique.

Elle avait affirmé en riant se moquer de cette horloge parce que sa vie telle qu'elle était lui convenait. Pourtant, son attitude avec le bébé avait trahi son côté maternel. Cette détermination à ne pas avoir d'enfants découlait certainement de son refus de s'engager dans une relation sérieuse.

Quelle tristesse… Et pas seulement pour Fizz, découvrit-il, envahi par une vague de mélancolie.

Vivre l'instant présent sans s'inquiéter de l'avenir ne lui paraissait plus aussi idéal qu'il l'avait cru. En fait, cela limitait dans le temps la durée de ce qu'ils partageaient, quel que soit le nom qu'on lui donnait. En effet, si l'aventure se prolongeait, elle se transformerait fatalement en une relation sentimentale, surtout si elle prenait un caractère officiel auprès de leur entourage. À partir de là, la question de savoir si leur histoire avait un avenir serait suspendue au-dessus de leur tête, et il avait la certitude que le jour viendrait où Fizz, ne trouvant plus cela amusant, déciderait sans regret d'y mettre un terme, attendant de lui la même attitude.

Sauf qu'il n'envisageait pas de mettre un terme à leur relation. Même s'il n'était pas prêt à se caser et à fonder une famille, pas question pour lui de quitter Fizz.

Quand il lui apporta sa tasse de café, elle le remercia d'un sourire ravageur qui accéléra les battements de son cœur. Comme dans l'hélicoptère, pas besoin de paroles pour se comprendre.

« On s'est bien débrouillés, aujourd'hui, n'est-ce pas ? »

« Aucun doute. »

« Nous formons une bonne équipe. »

« Absolument. »

Il fut incapable de lui retourner son sourire. Son accès de mélancolie cédait la place à…

À de la peur.

Ils ne se connaissaient que depuis quelques semaines, pourtant il ne pouvait plus concevoir sa vie sans cette femme. Et, bien qu'il ait conscience qu'il s'agissait là d'un vœu pieux, il ne voulait pas que Fizz le quitte… Jamais.

Cette prise de conscience brutale se communiqua instantanément à chaque parcelle de son corps, chacune de ses cellules : il l'aimait.

Il était tombé amoureux de Fizz Wilson !

Son cœur se serra à tel point qu'il eut du mal à respirer, et il se détourna vite de crainte que Fizz ne devine les pensées qui l'agitaient.

Il n'avait plus aucun doute. Elle était la femme de sa vie. Celle avec laquelle il voulait passer le reste de ses jours. Mais il savait aussi qu'à l'instant où Fizz en prendrait conscience elle mettrait un point final à leur aventure. C'en serait fini des repas partagés, des promenades sur le port au coucher du soleil. Fini les heures merveilleuses au lit et les échanges de regards au souvenir de ces moments partagés. Même travailler ensemble serait différent, parce que cette confiance qu'elle lui accordait disparaîtrait.

Il s'assit en face d'Andy et attrapa le journal du jour, qu'il n'avait pas encore eu le temps de lire. Mais les mots se brouillaient devant ses yeux, son cerveau tournait à plein régime pour trouver une solution au dilemme qui l'agitait.

Puis sa vision s'éclaircit, et la réponse lui apparut, évidente : il ne devait en aucun cas montrer ses sentiments à Fizz.

C'était un jeu d'enfant pour lui qui était passé maître dans l'art de cacher ses émotions depuis le décès de son frère. Comme il l'avait expliqué à Fizz, il avait bénéficié de plusieurs années pour perfectionner l'art de la dissimulation. Et, même s'il savait que plus longtemps il resterait près de Fizz, plus dure serait la chute, quel autre choix avait-il ?

Impossible pour lui de la quitter. Pas de sa propre volonté, en tout cas. Et, qui sait ? Si leur histoire se prolongeait assez longtemps, Fizz finirait peut-être par s'habituer à lui. Peut-être même par changer d'avis. Elle lui accordait déjà toute sa confiance. Pourquoi ne finirait-elle pas par comprendre qu'ils étaient faits l'un pour l'autre ?

D'autant qu'il ne souhaitait pas plus qu'elle avoir des enfants ou même se marier. Il ne voulait que Fizz. Près de lui et dans son lit. De préférence pour toujours.

Depuis un moment, Fizz déambulait avec Cooper entre les rayons d'un magasin de vêtements de sport haut de gamme, et celui-ci gardait le silence. Il était différent aujourd'hui, sans qu'elle parvienne à s'expliquer en quoi.

— Que penses-tu de cela ? demanda-t-elle en montrant un caraco en laine mérinos qui, pour un sous-vêtement chaud, était plutôt joli. Trop sexy ?

Cooper la gratifia d'un sourire coquin.

— Achète-le, dit-il avec un hochement de tête. Comme ça, quand nous traverserons des rivières ou construirons des abris dans la forêt, je fantasmerai sur ce que tu caches sous tes vêtements, ce qui devrait suffire à me tenir chaud.

Oh… Sous son regard éloquent, elle ressentit elle aussi une bouffée de chaleur et eut brusquement envie d'en finir au plus vite avec ses achats, impatiente de rentrer se glisser sous les draps avec Cooper.

Pourtant quelque chose continuait de la tracasser pendant qu'ils se dirigeaient vers la caisse.

Un jeune couple les devançait dans la queue. L'homme tenait dans ses bras un bébé qui regardait par-dessus l'épaule de son père, apparemment fasciné par Cooper. Ce n'est que lorsque le bébé éclata de rire qu'elle tourna la tête et s'avisa des mimiques que Cooper faisait pour l'amuser.

Est-ce que le fait de secourir tous ces enfants, aujourd'hui, n'aurait pas affecté Cooper plus qu'elle ne l'aurait cru ?

Elle se rappela la tristesse qu'elle avait lue sur son visage pendant qu'il préparait le café à leur retour à la base. Venir au secours de ces enfants lui avait peut-être rappelé le décès de son frère. Parfois, les souvenirs vous jouent des tours en surgissant de façon impromptue. Cela ne lui était pas arrivé depuis longtemps, mais elle comprenait. Elle se rappelait également comment il avait pris soin de Harrison lors de sa blessure au poignet.

Cet homme grand et tendre ferait sans doute un père formidable.

Soudain, elle retint son souffle.

Voilà ce que Cooper cherchait inconsciemment ! Il affirmait être venu au bout du monde pour vivre de nouvelles aventures et améliorer ses compétences professionnelles, mais peut-être n'avait-il pas compris ce qu'il recherchait vraiment. Peut-être avait-il seulement conscience d'un manque dans sa vie.

À l'en croire, plus rien ne le retenait en Écosse, tous les membres de sa famille étant morts. Les reproches qu'il s'adressait pour la mort de son frère avaient dressé devant lui une barrière dont il n'avait peut-être même pas conscience, parce que les hommes ne cherchent en général pas à analyser ce genre de choses. Mais, ce qu'il voulait au fond de son cœur, c'était fonder sa propre famille. Avoir une femme qui l'aimerait, des enfants qu'il protégerait !

Elle ne partageait pas ce désir. Pour elle, avoir des enfants venait en tout dernier lieu sur la liste de ses plans d'avenir. Les enfants portaient avec eux tant de désirs et de rêves ! La promesse d'une famille qui dure toujours, la promesse que Hamish lui avait faite et à laquelle elle avait cru, mais qui avait disparu en même temps que lui. Le meilleur moyen de s'épargner un cœur brisé, c'était encore de ne pas avoir d'attentes ou de rêves comme celui-là.

Mais pour Cooper la situation était différente, et elle pouvait peut-être l'aider.

C'était l'homme le plus adorable qu'elle ait jamais connu, et avec un peu de chance, lorsque leur histoire se terminerait, ils resteraient amis pour toujours. Un ami auquel elle tenait déjà beaucoup. Cooper n'était pas seulement beau, il était également intelligent, gentil et… proche de la perfection, en fait. Il méritait le meilleur que la vie peut offrir, surtout après avoir connu le pire.

Il avait déclaré ne pas avoir eu de relations sérieuses parce qu'il ne restait jamais assez longtemps au même endroit. Elle soupçonnait qu'il ne tenait en fait pas à se rapprocher trop de quiconque de peur de perdre cette personne. Qui, mieux qu'elle, pouvait comprendre cela ? Mais si elle se satisfaisait de sa décision de ne pas fonder de famille, elle comprenait à présent que, au fond de lui, Cooper avait besoin d'aimer et d'être aimé. Il allait devoir trouver le courage d'abattre cette barrière qui l'empêchait de sauter le pas.

Comment l'aider ?

Elle déposa ses achats sur le comptoir et, pendant que la caissière scannait les étiquettes, attrapa le catalogue de la boutique.

Sur la couverture s'étalait un montage de photos prises autour de Queenstown : des randonneurs sur un chemin de montagne, des kayakistes bataillant dans les rapides d'une rivière, et même deux personnes sautant à l'élastique du haut d'un pont.

Voilà qui lui donnait une idée ! Cette barrière qui retenait Cooper était probablement liée à ce besoin maladif qu'il avait de s'inquiéter de la sécurité des autres. Pourquoi ne pas lui démontrer qu'il était possible de prendre des risques juste pour le plaisir, de s'offrir une décharge d'adrénaline sans que le monde s'écroule pour autant ? Ce serait un bon début.

Une poussée physique destinée à libérer ses émotions.

Elle tendit sa carte de crédit et se tourna vers Cooper, le sourire aux lèvres.

— Je suis impatiente d'étrenner ces vêtements, lança-t-elle joyeusement. Queenstown, nous voilà !

9.

La vie n'aurait pas pu être plus belle.

Lorsque l'avion entama sa descente sur Queenstown, Cooper se pencha sur Fizz, qui avait hérité du siège près du hublot, et huma avec délice l'odeur de sa peau tout en admirant les montagnes escarpées se détachant sur le ciel bleu azur et se reflétant dans l'immense lac au-dessous d'eux.

À la vue de ce paysage magnifique, il fut assailli par l'image de son frère — un peu moins douloureuse, toutefois. Ignorant son pincement au cœur, il se remémora l'éclat qui s'allumait dans les yeux de son jumeau à la perspective de s'élancer sur une pente raide ou d'escalader une paroi.

Lui-même sentait l'exaltation le gagner à la veille de ce week-end de formation où seraient abordés de nombreux sujets passionnants. Il brûlait d'améliorer ses connaissances en matière de pistage, de façon à repérer notamment le passage d'une personne aux plus petits indices. Par ailleurs, le cours de perfectionnement sur les méthodes de recherche et l'aspect psychologique du comportement des personnes égarées serait certainement très utile. À cela s'ajoutait une journée de randonnée hors piste durant laquelle ils allaient s'initier au *bushcraft* — l'art de vivre dans les bois — et aux différentes techniques de survie comme la traversée de torrents. Ils apprendraient également à construire un abri de secours, dans lequel ils passeraient la nuit.

C'était exactement le genre de week-ends dont il raffolait : cela lui permettrait de combiner sa soif de connaissances et de challenges avec le désir d'être préparé au mieux pour venir en aide à autrui et transmettre ensuite ses connaissances aux autres membres de la base d'Aratika. Il espérait aussi trouver une équipe de recherche en montagne ayant ses quartiers dans la région de Wellington afin de proposer ses services.

Cerise sur le gâteau, il partagerait ces moments avec Fizz, qui était aussi enthousiaste que lui. Bien sûr, leurs motivations différaient quelque peu, celle-ci recherchant surtout les sensations fortes. Mais quelle importance ? Il était accro à cette femme, elle lui donnait l'impression d'être vivant. Les expériences qu'ils allaient vivre dans les prochains jours les rapprocheraient certainement encore, et qui sait ? Fizz prendrait peut-être conscience du fait qu'ils étaient faits l'un pour l'autre ? Peut-être même tomberait-elle amoureuse de lui ?

En tout cas, elle semblait heureuse d'être en sa compagnie. C'était d'ailleurs elle qui avait suggéré qu'ils viennent un jour plus tôt après avoir découvert que leurs agendas respectifs le permettaient.

Pour l'instant, le front collé au hublot, elle admirait le paysage. Une turbulence la tira de sa contemplation. Tournant la tête, elle se trouva face à lui, le visage à quelques centimètres du sien. Aussitôt, elle s'illumina, ses yeux étincelèrent.

— C'est magnifique, n'est-ce pas ? chuchota-t-elle.

— Oh oui, répondit-il en la regardant.

Lors de leur conversation au restaurant à propos de ce week-end de formation, il avait suggéré qu'apprendre quelques règles de sécurité lui ferait le plus grand bien. À quoi elle avait répliqué qu'un peu de tourisme d'aventure serait certainement une bonne chose pour lui. Et s'il tentait de l'impressionner en acceptant de se mettre un peu en danger ? Prouver à Fizz que refuser de prendre des risques inutiles dans une quête de sensations fortes ne signifiait pas pour autant être timoré. Lui montrer qu'il comprenait les forces qui la poussaient dans la vie et qu'il était prêt à les partager… ce week-end pourrait marquer pour eux le début d'une vie d'aventures.

Les turbulences s'intensifiant, il se carra sur son siège et serra sa ceinture de sécurité.

Fizz lui prit la main.

Il crut d'abord que les turbulences l'inquiétaient, mais devant son grand sourire il comprit que les turbulences ne faisaient en fait qu'ajouter à son excitation !

Très bien, il allait profiter au maximum de ces quelques jours et accepter tous les défis qu'elle lui réservait : tyrolienne, parachutisme, rafting en eau vive... Plus question de souligner les dangers que présentaient ces formes extrêmes d'amusement. Pas question non plus d'envisager que Fizz mette fin à leur relation parce qu'elle s'ennuyait avec lui. Il allait faire en sorte qu'elle passe le meilleur week-end de toute sa vie.

Le nombre incroyable de brochures étalées sur les étagères de l'office du tourisme rendait le choix difficile.

Après avoir loué une voiture et déposé leur bagage au motel, Fizz et Cooper s'étaient précipités pour trouver comment occuper au mieux leur journée de liberté avant le début de la formation le lendemain.

Fizz ne tenait plus en place. Elle comptait bien pousser Cooper hors de sa zone de confort. Suffisamment pour qu'il remette en question son souci de protéger les autres pour conserver sa tranquillité d'esprit.

Que choisir ? Un tour en bateau à propulsion dans les rapides ? Une descente du Skippers canyon ? Un saut en parachute ou à l'élastique ?

— La croisière sur le TSS *Earnslaw* me tente bien, fit remarquer Cooper. Ce vieux bateau est magnifique.

L'éclat espiègle de son regard la rassura : il plaisantait.

Ce regard malicieux lui provoqua un délicieux frisson le long du dos. Pas seulement parce qu'il était bel homme et qu'elle respectait son intelligence, mais aussi parce qu'il était de bonne compagnie.

— Tu auras tout le temps de faire des croisières sur le lac Wakatipu quand tu seras vieux et grisonnant et que tu mangeras des gâteaux à la fourchette, répliqua-t-elle en riant. Que dirais-tu d'une randonnée en VTT ? Regarde : la télécabine nous transporte jusqu'au sommet de la montagne, et ensuite on redescend en suivant les pistes.

— La vue doit être grandiose depuis le restaurant en haut des pistes. Pourquoi ne pas y aller dîner ?

— D'accord… Mais seulement si nous faisons d'abord quelque chose d'excitant. Choisis, Cooper.

— Très bien. Je choisis ça.

Il tendit le doigt vers un poster montrant des hommes sur une falaise à pic à côté d'une chute d'eau, avec la vallée en contrebas, ce qui suggérait qu'ils se trouvaient déjà à une belle hauteur.

— Je ne suis pas assez expérimentée en escalade pour me lancer sur une telle paroi, objecta-t-elle.

— Il n'est pas nécessaire d'être expérimenté, intervint l'homme derrière le comptoir. Nous emmenons même des enfants sur les parois les plus faciles. Vous serez toujours attachés, et des barreaux scellés dans la roche font office d'escalier pour les passages les plus ardus. Pour la traversée des ponts, votre baudrier est accroché à un câble, et vous n'avez donc aucun risque de tomber. Je l'ai fait moi-même et…

Il émit un petit sifflement.

— Croyez-moi, c'est impressionnant ! Vous devriez vraiment essayer.

— Qu'en penses-tu, Fizz, on se lance ? demanda Cooper avec un sourire canaille.

— Je te retourne la question : as-tu vraiment envie de te risquer dans cette aventure ?

L'activité serait certes encadrée et sécurisée, mais elle réservait sans aucun doute quelques belles émotions. Comment Cooper réagirait-il en escaladant cette montagne ? L'horrible souvenir de la chute de son frère n'allait-il pas le perturber ?

Le regard de Cooper avait changé. Il contenait maintenant une question… Ou plutôt une promesse.

— Je suis prêt à me lancer dans n'importe quelle aventure, Fizz, si c'est ce que tu veux toi aussi.

— Vraiment ?

Parfait ! Cela dépassait ses espérances. Cette expédition,

en le poussant hors de sa zone de confort et qui plus est dans un contexte douloureux vu son passé, lui permettrait d'affronter ses peurs et de reprendre confiance en lui. Elle serait à son côté pour lui montrer qu'aucune barrière ne pouvait l'empêcher d'avoir l'avenir qu'il méritait, et il comprendrait qu'il aurait toujours près de lui une amie pour l'encourager à chasser ses démons.

— C'est d'accord, dit-elle. Nous voulons nous inscrire pour cet après-midi, si c'est possible.

Assis sur le siège passager du véhicule 4×4, Cooper fixait le paysage devant lui.

Qu'avait-il fait ?

Fizz était à l'arrière avec tout le matériel, et leur guide conduisait, se rapprochant toujours plus de ce qui n'aurait dû être qu'une simple carte postale d'une cascade entre deux falaises rocheuses.

Il aurait pu choisir n'importe quelle autre activité suffisamment risquée pour impressionner Fizz et lui prouver qu'il ne reculait pas devant un défi, comme du rafting ou une descente de rapides, voire un saut à l'élastique, un truc qui n'aurait duré que quelques secondes. Au lieu de cela, il avait choisi une expédition qui allait durer des heures dans des situations éprouvantes, aussi bien physiquement qu'émotionnellement !

Ils allaient grimper jusqu'au sommet de cette spectaculaire chute d'eau, escaladant des falaises à pic, traversant au-dessus d'un ravin sur des ponts instables, passant même derrière la cascade. Un genre d'activité qu'il n'avait plus pratiqué depuis le décès de son frère.

Qu'est-ce qui lui avait pris ?

Il jeta un coup d'œil à Fizz, se demandant si elle ne regrettait pas son choix.

Apparemment pas, à en juger par son air serein. Au contraire, son visage arborait ce rayonnement qui trahissait son excitation devant un danger potentiel.

Cette passion lui rappelait Connor, son frère. La personne

qu'il avait le plus aimée au monde. Le jumeau sans peur toujours prêt à mordre dans la vie à pleines dents, qui tirait tant de plaisir de ses exploits. Celui qui le poussait toujours à être meilleur, plus courageux.

Finalement, le choix de ce défi lui avait peut-être été dicté par son subconscient : il allait pratiquer de nouveau cette activité avec une personne qui avait pris une place considérable dans sa vie — une personne dont la sécurité et le bonheur lui importaient plus que tout.

La peur qui l'oppressait alors qu'ils approchaient de leur destination n'avait rien à voir avec la difficulté de l'activité, mais avec ses sentiments pour Fizz.

Et s'il la perdait ? Et si elle disparaissait avant qu'il ait pu lui avouer ses sentiments ?

La réponse à ces questions devrait attendre, parce que la jeep venait de s'arrêter. Ils allaient maintenant s'équiper d'un casque et d'un harnais baudrier avec deux longueurs de corde synthétique fixées au harnais grâce à de solides mousquetons.

— Vous devez toujours être attachés, expliqua le guide. Vous décrochez les mousquetons l'un après l'autre quand vous passez d'une ligne à l'autre. Nous allons faire un petit tour d'entraînement sur un ensemble d'échelons et de câbles en bas de la falaise. Aucun de vous deux n'est sujet au vertige ?

— Non, répondit Fizz. Et mon ami Cooper ici présent passe son temps en hélicoptère. Ce sera donc un jeu d'enfant pour lui.

Elle sourit à Cooper, qui eut un peu de mal à desserrer les dents.

Un « ami » ? C'était donc tout ce qu'il était pour elle ?

Sa peur revint. Serait-il capable de travailler avec cette femme si elle décidait de mettre fin à leur relation ?

Éprouverait-elle seulement des regrets ? Probablement pas. Ne lui avait-elle pas confié qu'elle vivait pour l'instant présent tant qu'elle s'amusait et qu'elle tournait ensuite la page sans regret.

Son visage devait exprimer ses craintes, car Fizz lui jeta

un regard inquiet avant de se mettre sur la pointe des pieds pour lui donner un baiser rapide sur les lèvres.

— Ne t'inquiète pas, murmura-t-elle. Nous ne risquons rien. Ce sera comme monter le long d'une échelle.

Ce qui rendit le sourire à Cooper.

Elle le croyait inquiet pour leur sécurité ! Peut-être réussirait-il à cacher encore un peu ses sentiments, donnant ainsi à leur histoire une chance de se prolonger.

Il rattrapa Fizz qui suivait le guide et resta près d'elle.

Fizz s'éclatait. Cet après-midi d'aventure se révélait un choix parfait pour une activité excitante, dans un cadre magnifique !

Même si l'équipement assurait une parfaite sécurité, une fois à mi-chemin du sommet le long d'une falaise à pic ou sur un pont suspendu, les pieds posés sur un simple câble avec deux autres câbles pour se tenir et un au-dessus de la tête pour accrocher son mousqueton, on était loin de se sentir hors de danger. À près de cinquante mètres de haut, avec la cascade si proche qu'on pouvait la toucher, on avait le sentiment de faire quelque chose d'intrépide et… Enfin c'était génial !

Elle n'aurait jamais cru que Cooper, avec son obsession de la sécurité, pourrait s'amuser dans ce genre d'exercices. Il prenait évidemment des risques dans son travail, mais c'était pour venir en aide aux autres, pas pour son plaisir personnel.

Aujourd'hui, il le faisait pour elle, elle en avait la conviction. Parce qu'il savait combien elle aimait se dépasser et peut-être aussi pour l'impressionner. Ce qui n'était vraiment pas nécessaire. Il l'impressionnait déjà tel qu'il était, même avec son côté surprotecteur. En plus d'être intelligent, compétent, chaleureux et attentionné, il était doté d'un caractère facétieux très plaisant. Sans compter que c'était un amant exceptionnel…

Il venait de s'engager sur le pont et, sous son poids, le câble commença à tanguer dangereusement.

Elle le vit s'immobiliser pour contrôler le balancement et prendre une inspiration quand il baissa les yeux et mesura le vide sous ses pieds.

— Tout va bien, l'encouragea le guide. Allez-y doucement, un pied après l'autre.

Cooper hocha la tête et, se redressant, regarda Fizz qui attendait de l'autre côté, prête à entamer la prochaine volée de barreaux scellés dans le rocher. Le câble s'étant stabilisé, il avança un pied puis un autre, sans la quitter des yeux.

Elle ne put retenir un sourire.

Elle était fière de lui. Il sortait largement de sa zone de confort et s'en tirait fort bien. Qu'il le fasse uniquement pour elle la rendait curieusement protectrice à son égard. Elle voulait qu'il s'amuse vraiment cet après-midi, qu'il ait envie d'aller plus loin, qu'il prenne conscience de tout ce que la vie avait à lui offrir.

Comme une famille qui l'adorerait…

Cela étant, il n'y avait aucune urgence pour qu'il trouve la femme avec qui fonder cette famille. Elle ne tenait pas à ce que leur relation se termine trop tôt parce qu'elle y trouvait plus que du plaisir. C'était comme de se retrouver en terrain sûr après une prise de risque. Quand le niveau d'adrénaline retombe et qu'on se sent fatigué mais heureux. Quand on apprécie la vie d'autant plus qu'on a failli la perdre.

Il s'agissait de profiter de l'instant présent, d'en jouir pleinement en sachant qu'on pourrait revivre cette excitation chaque fois qu'on le souhaiterait. En sécurité mais également sans limites. L'exaltation du danger en toute sécurité.

Et ce serait encore plus excitant si Cooper partageait avec elles toutes sortes d'aventures… Il pourrait l'accompagner lors des sorties avec le club de 4×4, beaucoup plus rudes que la promenade à Ocean Beach. Et, dans un autre genre, ils pourraient aussi s'inscrire dans une équipe de secours en montagne après leur formation de ce week-end, et participer à des missions dans des décors aussi somptueux que celui-ci. Des expéditions sans guide ni câbles de sécurité, mais où elle ne ressentirait pourtant pas la peur. Comment avoir peur avec un tel ange gardien pour veiller sur vous ?

Cooper arrivait maintenant au bout du pont. Et plus il se

rapprochait, plus elle percevait sa solidité. Un roc, chaleureux et totalement digne de confiance.

Ils prirent le *gondola* — la télécabine de Queenstown, réputée pour être la plus raide de l'hémisphère Sud — jusqu'au restaurant d'altitude qui surplombait la ville. Un endroit idéal pour admirer le coucher de soleil sur le lac avec à l'arrière-plan la fantastique chaîne de montagnes des Remarkables.

Le scintillement des lumières donnait un air festif à la soirée, et un excellent vin de la région de l'Otago accompagnait à merveille le repas.

— Je crois que je viens de vivre une des plus belles journées de ma vie, déclara Fizz avec un soupir satisfait. Quelle formidable escalade !

— Je suis d'accord, approuva Cooper avec ferveur. Nous étions en sécurité, mais il faut reconnaître qu'il y a eu quelques moments délicats.

— C'est vrai. Comme au milieu de cette longue montée sur cette portion de roche totalement lisse. J'ai eu le vertige en regardant en bas.

— Je me demandais ce qu'il se passerait si un des barreaux se détachait du rocher.

— Rien de grave. Nous étions attachés au câble.

— Et ces ponts ! Marcher sur des planches ne pose pas de problème mais, avancer sur des câbles aussi fins, c'était impressionnant.

— Mais tu l'as fait. Je suis très fière de toi, Cooper, dit Fizz avec un grand sourire.

— Tu sais quoi ? rétorqua-t-il. Je suis moi aussi très fier de moi. Grâce à toi, j'ai appris quelque chose sur moi aujourd'hui. Je n'aurais jamais pensé à me lancer dans un truc pareil tout seul.

— À cause de Connor ?

Comme toujours à la mention de son frère, il sentit son cœur se serrer. Mais il s'étonna aussi de la facilité avec laquelle Fizz lisait en lui comme aucune autre personne au monde.

Elle s'intéressait aux événements qui l'avaient façonné pour qu'il devienne tel qu'il était aujourd'hui. Et, surtout, elle savait exactement ce que cela faisait de perdre un être cher.

— J'ai beaucoup pensé à lui, reconnut-il avec un hochement de tête. Il aurait adoré cette escalade. C'était un vrai drogué de l'adrénaline. Tout comme toi.

Il accompagna son commentaire d'un sourire pour que Fizz comprenne qu'il ne s'agissait pas d'un reproche.

— Ce regard que tu as eu au milieu de ce pont, quand tu as lâché le câble et que tu es restée suspendue en l'air par ton harnais… Ce rayonnement, Connor avait le même quand il réalisait quelque chose d'excitant. Et ça me rendait heureux de le voir heureux. Tellement vivant. Si seulement j'avais…

Fizz posa aussitôt la main sur la sienne.

— Ne fais pas ça, dit-elle. Plus de « et si ». Ce n'était pas ta faute, Cooper. Si ça se trouve, il ne t'aurait même pas écouté si tu avais essayé de l'arrêter.

— Je le sais, mais je ne peux pas m'empêcher de penser que j'aurais dû le retenir. Je savais que c'était dangereux. Il avait plu, et ces rochers étaient glissants.

— C'était un accident, Cooper. Cela arrive. Se montrer trop prudent empêche de vivre. La seule façon d'être totalement en sécurité, c'est de rester enfermé chez soi et de ne rien faire. Qui aurait envie de vivre ainsi ? Et puis, tu peux toujours tomber malade. Ou trébucher et te casser le cou. Cela arrive, Cooper. Des gens meurent. Des gens que tu aimes disparaissent. Mais, si tu laisses cette pensée guider tes actes, autant t'enfermer tout de suite dans une pièce vide et n'en plus sortir, tu ne crois pas ?

Parlait-elle pour lui ou pour elle ? Était-ce une invitation pour un avenir différent ? La vision d'un avenir avec cette femme qu'il aimait un peu plus chaque minute lui emplit la tête et le cœur. Un futur sans date limite de consommation. Une véritable histoire d'amour.

Les paroles affectueuses de Fizz le convainquirent qu'elle était sur la même longueur d'onde que lui et qu'ils pensaient à la même chose : qu'ils étaient tous les deux prêts à prendre le risque de s'investir dans une relation amoureuse et à passer le reste de leur vie ensemble.

— Je vous aime beaucoup, Félicité Wilson, dit-il d'une voix calme.

Il attrapa sa main qui recouvrait toujours la sienne.

— Et je ne veux pas te perdre. Jamais. Pour être honnête, j'ai du mal à imaginer ma vie sans toi.

Le temps parut s'arrêter. Il vit dans les yeux de Fizz l'instant où elle comprit le sens de ses paroles. L'instant où son visage perdit toute couleur.

— *Non…*

À peine un murmure.

Elle retira sa main puis secoua la tête d'un air triste.

— Oh ! Cooper… Pourquoi a-t-il fallu que tu dises cela ?

Comment avait-il pu se méprendre ainsi sur la situation ? Mais il était trop tard maintenant pour faire marche arrière, et de toute façon il ne voulait plus cacher ses sentiments.

— Parce que c'est vrai. Et que ça ne risque pas de changer, ajouta-t-il.

Fizz le fixa pendant un long moment. Un moment si long qu'il commença à reprendre espoir. À espérer qu'elle avouerait partager ses sentiments et que, avec son aide, elle pourrait surmonter le traumatisme qu'elle avait subi lors de la perte de l'homme avec lequel elle avait prévu de passer le restant de son existence.

Difficile d'en être certain, avec les lumières tamisées de l'établissement et le reflet des bougies sur leur table, mais il lui sembla qu'elle ravalait ses larmes. Ou peut-être sa colère ?

— Tu as tout gâché, murmura-t-elle. Excuse-moi, je vais aux toilettes.

Il n'arrivait toujours pas à déterminer si elle était triste ou en colère, et il n'eut pas l'occasion de le vérifier, car elle se leva brusquement, tourna les talons et se précipita vers la sortie comme si elle n'avait qu'une hâte : sortir de sa vie.

10.

Après son départ précipité de la table, Fizz ne sut trop où aller. Elle ne pouvait quand même pas s'enfermer dans les toilettes…

Le restaurant se trouvait au sommet de la montagne. Deux voies seulement permettaient de redescendre : le *gondola* ou les pistes de VTT, très certainement fermées à cette heure de la soirée.

Elle continua quand même sur sa lancée, dépassant l'aire de départ de la télécabine.

— Eh ! lança l'employé chargé de la sécurité des passagers du *gondola*. Où allez-vous comme ça ? La prochaine session d'initiation à l'astronomie ne débutera pas avant trente minutes.

— Je prends juste un peu l'air.

Et la poudre d'escampette, ajouta-t-elle mentalement.

Un piège venait de se refermer sur elle, auquel elle ne voyait aucune issue. Comment croire en un avenir qu'elle savait incertain sans risquer de tout perdre à nouveau ?

— Dans ce cas, ne vous éloignez pas. On ne voit plus rien maintenant. Vous risqueriez de vous perdre.

Elle hocha la tête sans ralentir, déterminée à mettre le plus de distance possible entre elle et Cooper.

Il l'aimait ! Il ne pouvait concevoir l'avenir sans elle ! Une minute de plus et il commençait à parler mariage, voyage de noces, famille, à calculer comment concilier carrières et garde des enfants, à lui jurer un amour « éternel » !

Et dire qu'elle n'avait rien vu venir…

Jusque-là, elle avait toujours perçu les changements dans

l'attitude de ses amis masculins, le moment où leurs sentiments évoluaient et où ils commençaient à attendre d'elle plus qu'elle ne voulait donner. Elle était toujours parvenue à se dérober sans trop de mal pour l'autre. Pourquoi n'avait-elle rien vu venir chez Cooper ?

Probablement parce qu'elle avait baissé sa garde, persuadée qu'il était retranché comme elle derrière un haut mur construit brique après brique par la douleur de perdre un être cher si spécial que la vie s'en trouvait bouleversée à jamais.

La vérité, c'est qu'elle s'était sentie attirée dès leur première rencontre par cet homme dont elle admirait les nombreuses qualités. Elle voulait pour lui le meilleur que la vie pouvait lui offrir. Naïvement, elle avait cru que, en tant qu'amie, elle pourrait l'aider à l'obtenir en renversant les barrières qui le bloquaient. Une initiative qui venait de se retourner contre elle de façon spectaculaire.

Cooper n'avait apparemment pas eu besoin d'elle pour se débarrasser de ses chaînes. Ce faisant, il lui avait permis de voir ce qui l'attendait : elle avait été tellement près de s'abandonner quand il lui avait avoué son amour ! Si près d'admettre qu'elle partageait ses sentiments, de faire des promesses et de dresser des plans pour leur avenir commun !

Elle comprenait très bien ce que recherchait Cooper, parce que elle-même cherchait la même chose. Sauf qu'elle avait été trop aveugle pour s'en rendre compte.

Elle souhaitait à Cooper le meilleur que la vie pouvait offrir parce que… Parce qu'elle l'aimait tout simplement et qu'elle ne pouvait imaginer son existence sans lui. Parce qu'elle voulait le voir tous les jours, entendre sa voix, sentir ses mains et ses lèvres sur elle, porter ses enfants…

C'était une catastrophe. Elle se retrouvait dans la situation qu'elle s'était juré de ne jamais revivre, avec des rêves et des espoirs, et, dans un coin, un énorme boulet de démolition prêt à venir pulvériser tout cela.

Pas question de repasser par là. Elle n'y survivrait pas une deuxième fois.

Après l'héliport, des panneaux indiquaient la direction à prendre si l'on souhaitait faire de la luge ou du parapente.

Elle choisit une autre direction, s'éloignant des chemins balisés pour se rapprocher de la forêt de pins.

Se retrouver au milieu des arbres, totalement seule pendant quelques minutes, lui permettrait peut-être de reprendre ses esprits et de calmer la panique qui montait en elle. Ici, le boulet de démolition ne pourrait pas l'atteindre. Les grands arbres la protégeraient. Comme Cooper…

Oh ! pitié !

À moitié aveuglée par les larmes, elle s'enfonça dans la forêt.

Une sonnette d'alarme résonnait dans sa tête, l'avertissant des dangers inhérents à ce genre d'environnements : risque de se perdre, de trébucher sur une racine, de se fouler une cheville… Mais c'était trop tard pour faire demi-tour.

Elle avait expliqué à Cooper qu'il n'avait rien à se reprocher dans la mort de son frère parce que celui-ci n'aurait probablement pas tenu compte de ses avertissements, trop attiré par le danger. À cet instant, comme lui, elle était incapable de rebrousser chemin. La différence étant que c'était non pas l'adrénaline qui la poussait en avant, mais la peur. La peur de voir disparaître ce qui avait pris une importance capitale dans sa vie.

Cooper…

Un sanglot lui échappa.

Au même instant, la déclivité s'accentua sous ses pieds, l'entraînant dans la pente. Elle tenta de se retenir à une branche, qui céda sous son poids. Elle dévala alors de plus en plus vite pour finir par perdre l'équilibre et tomber lourdement sur le sol. Emportée par la vitesse, elle roulait sur une pente parsemée de cailloux pointus qui s'enfonçaient douloureusement dans son dos. C'était terrifiant, mais ce n'était rien, comparativement à ce qu'elle ressentit quand, parvenue au bout de la pente, elle tomba dans le vide.

Elle se rendit brusquement compte qu'elle allait mourir, mais le seul son qui s'échappa de ses lèvres ne fut pas un appel au secours.

Seulement un nom :

— *Cooper...*

Pendant quelques minutes, Cooper resta prostré.

Il ne pouvait quand même pas suivre Fizz dans les toilettes, même s'il en mourait d'envie !

De toute évidence, il en avait trop dit et avait tout gâché.

Il s'apitoya un moment sur son sort, éperdu de constater que l'avenir dont il rêvait ne se réaliserait jamais. Désolé également pour Fizz, qui méritait bien plus dans la vie qu'une brillante carrière et quelques sensations fortes.

Tout le monde avait besoin d'amour, et il en avait à revendre. Son seul souhait était d'aimer Fizz de toute son âme chaque jour qu'ils passeraient ensemble.

Le cœur serré, il se remémora la journée.

Leur excitation grandissante pendant le vol jusqu'à Queenstown, les regards échangés, la fierté que le visage de Fizz avait exprimée quand il s'était avancé vers elle sur ce câble, comme si ses prouesses la touchaient personnellement, l'empathie qu'elle avait manifestée en parlant de son frère décédé, sa main posée sur la sienne, la connexion entre leurs deux cœurs. Leurs âmes, même. Ce qui l'avait conduit à la croire prête à combler le vide où tous deux évoluaient depuis la mort d'un proche pour prendre un nouveau départ, tenter de nouveau l'aventure. Il fit le compte de tous les moments partagés, de leur entente parfaite quand ils faisaient l'amour...

Tout cela ne collait vraiment pas avec sa réaction.

Il ne souhaitait pas pousser Fizz dans ses retranchements, mais pas question pour autant de la laisser s'enfuir sans même discuter. Et elle avait passé suffisamment de temps aux toilettes. Ils auraient le temps de parler sur le chemin du retour à l'hôtel.

Il se leva, régla la note.

Une femme avec un bébé sortit des toilettes devant Cooper, qui l'intercepta.

— Savez-vous s'il y a quelqu'un d'autre là-dedans ? lui demanda-t-il.

— Non, j'étais seule.

Il quitta alors le restaurant pour rejoindre le *gondola*.

— Une femme est-elle descendue au cours des quinze dernières minutes ? s'enquit-il auprès de l'employé.

Celui-ci secoua la tête.

— Non, elle n'est pas descendue, mais je l'ai vue. Elle m'a dit qu'elle voulait prendre l'air. Je croyais qu'elle attendait l'initiation à l'astronomie.

— Quelle direction a-t-elle prise ?

L'homme haussa les épaules.

— Oh ! elle n'a pas dû aller bien loin ! Les pistes sont impraticables à cette heure-ci. Bonne chance, lança-t-il. Ah, les femmes, hein ? Impossible de vivre sans elles, et encore moins avec elles…

À son clin d'œil de sympathie, Cooper comprit qu'il imaginait une dispute d'amoureux.

Il envoya un SMS à Fizz, mais ne reçut aucune réponse.

Prendre le *gondola* pour redescendre était la seule façon sûre de regagner la ville, la nuit, mais il savait que Fizz n'aurait pas hésité à emprunter un chemin plus ardu.

Il commença par explorer les zones les plus éclairées, ignorant les garde-corps marquant les limites autorisées, et utilisa la lampe de son smartphone pour suivre un petit chemin qui s'enfonçait dans la forêt de pins très dense.

Il envisagea un instant de remonter chercher de l'aide.

Et si Fizz avait tranquillement regagné sa chambre au motel par un autre chemin ? Inutile de dire qu'elle serait furieuse — ce qui serait pour le moins contre-productif. De toute façon, personne n'enverrait une équipe de recherche à cette heure tardive. Ils attendraient les premières lueurs du jour afin de voir où ils mettaient les pieds et de ne pas prendre de risques inutiles.

D'un autre côté, Fizz n'était peut-être pas rentrée au motel.

Il se pouvait aussi qu'elle ait fait demi-tour et qu'elle attende au restaurant en se demandant où il était passé.

Il fit demi-tour, guettant la clarté à travers les arbres pour retrouver son chemin.

Une petite branche brisée attira son attention. La brisure semblait fraîche, le rameau ne tenant plus que par un lambeau d'écorce prêt à se détacher à tout moment sous le poids de la branche. Depuis combien de temps cette branche était-elle cassée ? L'avait-elle été par un animal ou par un être humain ?

Comme il regrettait de n'avoir pas encore suivi le cours prévu pour le lendemain sur les techniques de pistage !

Il s'approcha précautionneusement, devinant sous ses pieds le terrain en pente, et à l'aide de sa lampe examina le sol autour de l'arbre. Il ne tarda pas à repérer des traces de pas qui disparaissaient brusquement à quelques mètres.

Son entraînement lui dictait exactement ce qu'il devait faire : marquer l'emplacement et remonter chercher du secours. Des gens avec tout l'équipement nécessaire pour fouiller les environs : torches, projecteurs, cordes. Du matériel de descente en rappel. Une civière, éventuellement.

Mais il lui était impossible de s'éloigner. Pas quand la femme qu'il aimait se trouvait peut-être en danger.

Très prudemment, il s'avança dans la pente en s'agrippant aux branches. Puis il s'allongea pour scruter la paroi.

Mais ne distingua que de la végétation et des rochers.

— Fizz ? appela-t-il. Tu es là ?

Il eut beau tendre l'oreille, il n'entendit rien. Seul résonnait le cliquetis du *gondola* signalant l'arrivée d'une benne.

Quand la cabine s'immobilisa, un instant de silence suivit, pendant lequel il perçut un son. Un gémissement, plutôt.

Il rampa un peu plus avant.

— *Fizz !*

— Cooper ? C'est toi ?

— Oui, c'est moi. Où es-tu ?

Il regretta aussitôt sa question. Comment pouvait-elle le savoir ?

— Continue de parler. Je vais te trouver.

— Je suis désolée… Je ne sais pas pourquoi j'ai fait une chose aussi stupide…

— Aucune importance maintenant.

Rampant en diagonale en direction de la voix, il rencontra bientôt un obstacle… Une profonde fissure entre deux rochers.

— Es-tu blessée ?

— Je ne crois pas. Quelques hématomes peut-être à cause des pierres que j'ai heurtées. Heureusement, des buissons ont amorti ma chute, mais je me suis cogné la tête à l'atterrissage.

Apparemment, Fizz se trouvait derrière une espèce de corniche, de l'autre côté de la fissure.

Il leva son téléphone pour examiner les lieux et estimer si la crevasse était franchissable. Soudain, il perçut un mouvement. Une main apparut en haut du rocher, puis la tête de Fizz, qui s'était redressée. Sous ses cheveux en bataille autour de son visage très pâle, son front et sa joue étaient maculés de sang.

— Ne bouge pas, ordonna-t-il. Je viens te chercher.

— Non…

Bien qu'un peu étourdie, Fizz fixait d'un air horrifié la crevasse qui les séparait.

— Tu ne peux pas faire cela ! C'est beaucoup trop dangereux.

— Tu es blessée.

— Rien de grave. Je peux patienter le temps que tu ailles chercher du secours. *Cooper…* Ne fais pas cela.

Trop tard. Il avait trouvé un point d'appui pour son pied. Il ne lui restait plus maintenant qu'à en trouver de l'autre côté un autre qui lui permettrait de se hisser jusqu'au sommet de la corniche. Évidemment, s'il ratait son coup et glissait, ce serait un désastre, mais il était confiant. D'ailleurs, il ne prit même pas la peine de passer en revue les risques potentiels.

Quand il se retrouva en équilibre au-dessus du vide, il craignit un instant d'avoir surestimé ses chances. Puis il usa ses dernières forces pour se hisser sur le rocher et passer de l'autre côté… Où il se retrouva à côté de Fizz, qu'il attira aussitôt dans ses bras.

Mais celle-ci le repoussa sans ménagement.

— Comment as-tu pu faire une chose pareille ? hurla-t-elle, furieuse. Est-ce que tu te rends compte de la peur que j'ai eue ?

Elle éclata en sanglots.

— J'aurais pu te perdre…

Il retint son souffle.

Il n'avait encore jamais vu Fizz pleurer. Sa blessure à la tête serait-elle plus grave qu'elle ne l'avait estimé ?

Puis ses paroles pénétrèrent son esprit.

Elle avait eu peur de le perdre ? Cela ne pouvait signifier qu'une seule chose : elle tenait à lui ! Elle l'aimait !

— Tout va bien, bébé. Je suis là. Je ne vais nulle part.

Mais Fizz continua de pleurer.

— Tu n'as aucune idée de ce que j'ai ressenti, dit-elle en secouant la tête. J'étais certaine que tu allais tomber. Tu aurais pu te blesser. Te *tuer*, même…

— Je sais exactement ce que tu as ressenti, répondit-il, un sourire tendre aux lèvres. La même chose que je ressens à chaque fois que tu prends des risques.

— Vraiment ?

— Vraiment. Mais je ne t'empêcherai jamais de le faire si c'est ce que tu veux. Cela fait partie de toi, et ton courage me plaît. Néanmoins, il va falloir que tu t'habitues à ce que je veille sur toi et te retienne parfois de te lancer dans une aventure stupide comme… sauter d'une falaise, par exemple. Maintenant, laisse-moi t'examiner et appeler les secours pour nous sortir de là.

— Pas encore… Je ne crois pas être gravement blessée. Quelques bosses et hématomes, tout au plus. Ne bouge pas, Cooper, et serre-moi dans tes bras, s'il te plaît !

Il n'osait pas la serrer trop fort sans connaître l'étendue de ses blessures.

Il se tourna légèrement de façon à bien se caler contre la corniche et posa les lèvres sur la tête de Fizz, qui s'était blottie contre lui.

— J'ai toujours trouvé que tu ressemblais à un rocher humain, dit-elle. Mais je n'avais pas encore compris que tu étais le mien, *mon* rocher.

— Pour toujours, murmura-t-il, heureux. Je serai toujours ton roc.

— Je m'enfuyais parce que je croyais avoir tout fichu en l'air, expliqua-t-elle en levant la tête vers lui.

La lune sortit à cet instant de derrière les nuages, lui offrant une vision claire de son visage.

— Après que tu m'as avoué tes sentiments, j'ai compris que je les partageais et que… Que je ne pouvais pas imaginer un avenir sans toi. Que je… Que je…

Dis-le, pria-t-il en silence. *Prononce les mots.*

— Que… *je t'aime*, chuchota Fizz avant d'éclater de nouveau en sanglots.

— En fait, c'est très bien, déclara-t-il. Tu verras.

Fizz secoua la tête.

— Ce qui signifie que nous formerons un vrai couple.

— Je l'espère bien.

— Que nous aurons un avenir ensemble.

— Sans aucun doute.

— Ce qui impliquerait de se marier et d'avoir des enfants.

— Eh bien… pas tout de suite, mais… Nous aurons le temps de parler de cela plus tard. Il n'est pas indispensable de planifier tout notre avenir parce que nous nous aimons. Un pas après l'autre, et dans l'immédiat il faudrait déjà trouver un moyen de descendre de cette foutue montagne pour t'emmener à l'hôpital te faire examiner. Es-tu certaine de ne ressentir aucune douleur ?

— Si, une petite à la cheville.

— Une « petite » douleur ? Te connaissant, il s'agit peut-être d'une fracture ouverte. Laisse-moi regarder.

Il la lâcha, et elle voulut se reculer.

— Non, cria-t-il. Ne t'éloigne pas de moi. Tu es trop près du vide.

Fizz se figea.

— Tout va bien, dit Cooper. Tout va bien.

— Tu ne pourras pas toujours me protéger, Cooper. On ne peut savoir ce que l'avenir nous réserve.

— Je sais…

Il lui ôta sa chaussure.

— Mais c'est comme regarder quelqu'un que tu aimes mettre sa vie en danger. Tu ne peux pas t'empêcher de t'assurer que toutes les mesures de sécurité ont été prises. Ensuite, il reste à espérer que tout se passera bien. Et généralement c'est le cas.

Braquant la lampe de son téléphone sur son pied, il le palpa doucement.

— Ça te fait mal ?

— Un peu. Ah ! oui, c'est là que j'ai mal.

— Pas de fracture. Apparemment, tu as eu de la chance. Tu t'en tires avec une entorse, mais il faudra quand même passer une radio.

— Très bien, dit Fizz.

C'était la première fois qu'elle se montrait aussi docile.

— Je m'inquiète quand même de cette bosse sur ta tête. Quel jour sommes-nous aujourd'hui ?

Ses yeux brillèrent, immenses dans le clair de lune.

— C'est le premier jour du reste de notre vie, déclara-t-elle avec un sourire malicieux. Ensemble.

Il éclata de rire.

— C'est la première fois que je t'entends dire un truc aussi tarte. Maintenant, je suis sérieusement inquiet pour cette blessure à la tête !

Mais il se redressa et, abandonnant son pied, lui attira le visage pour l'embrasser avec une tendresse infinie.

— Je n'ai rien de grave à la tête, Cooper. Et mon cerveau fonctionne très bien. C'est d'ailleurs pour cela que je suis encore un peu effrayée.

— Je comprends. Cela fait peur, convint Cooper. Mais tu sais quoi ?

— Quoi ?

— Quelqu'un m'a dit un jour un truc très sage, à savoir qu'à prendre trop de précautions on risque de passer à côté de sa vie…

Fizz plissa le nez.

— Cela me paraît très sage, en effet, coupa-t-elle. C'est bien que tu t'en souviennes après tout ce temps.

Il ne se laissa pas distraire.

— C'est la même chose que de rester seul de peur de perdre un être cher. Si la perspective de cette souffrance te retient, ton cœur reste vide et tu ne connaîtras jamais le bon côté de la médaille, à savoir la joie de partager ta vie avec une personne aimée.

— J'imagine…

— Je ne souhaite que ton bonheur, Fizz. Je veux faire partie de ce bonheur, t'aider à le construire.

— C'est déjà fait, Cooper. J'adore travailler avec toi. Passer du temps avec toi. J'aime… Eh bien, en fait, je t'aime, tout simplement.

— Et il t'a fallu dévaler une falaise pour en prendre conscience ?

Elle émit un petit rire contrit.

— Ne me refais jamais un coup pareil, tu entends ? insista-t-il.

— Je ferai de mon mieux.

— Et, si un jour tu te sens effrayée par quoi que ce soit, ne garde pas cela pour toi. Viens me trouver. D'accord ?

Fizz hocha la tête, le visage enfoui contre sa poitrine.

Soudain, il y eut un mouvement au-dessus d'eux.

— Ohé ? Il y a quelqu'un en bas ?

C'était l'employé de la télécabine.

— Oui, cria Cooper. Nous sommes bloqués sur une corniche.

— Vous avez de la chance. Une personne dans la cabine a aperçu la lumière. Ne vous inquiétez pas, je vais chercher de l'aide.

Cooper leva la main en signe d'assentiment. De l'autre, il tenait Fizz serrée contre lui.

— Tirons-nous vite d'ici, dit-il. Il est temps pour nous de commencer le reste de notre vie. Ensemble.

Épilogue

Six mois plus tard

— Ne bouge pas…

Fizz, occupée à relever ses cheveux en chignon sur le haut de son crâne, suspendit son geste et se retourna vers Cooper sur le pas de la porte. L'expression de son visage lui procura un délicieux frisson.

— Qu'est-ce qu'il y a ?

— Tu as exactement la même position que lorsque je t'ai vue pour la première fois sur la plage, près de la voiture accidentée. Ce jour-là, tu portais le même T-shirt et tu relevais également tes cheveux.

Cooper s'approcha, le regard de plus en plus tendre, et lui encercla la taille de ses grandes mains. Quand il la souleva, elle passa les bras autour du cou de Cooper, et ses cheveux retombèrent en cascade sur ses épaules.

Elle laissa échapper un petit rire joyeux.

Elle adorait ça. Jamais elle ne se lasserait de ce grand ours. De ce mélange de force et de douceur qu'elle aimait tant.

— On aurait dit une guerrière, sur ce rocher.

— Mais je *suis* une guerrière, affirma-t-elle avant de baisser la tête pour l'embrasser. Une guerrière qui doit finir de vider ses cartons.

— Rien ne presse. Nous avons emménagé hier, et nous avons déjà fait le lit. Je ne vois vraiment pas de quoi nous pourrions avoir besoin d'autre dans l'immédiat.

— Eh bien, dans l'immédiat, nous avons besoin d'ustensiles de cuisine et de vaisselle, expliqua-t-elle avec un dernier baiser, avant de se laisser glisser à terre. Je te rappelle que, ce soir, nous pendons la crémaillère avec Maggie, Laura et Jack. Tu t'en souviens ?

— On pourrait leur demander d'apporter des trucs, genre tacos et bières, cela nous permettrait de retourner passer un moment au lit.

Elle ne put retenir un sourire.

— Hum… C'est tentant. Mais non. C'est notre maison, Cooper. Notre première maison.

Elle tourna sur elle-même, les bras écartés au milieu du salon de la petite maison ancienne, montrant les parquets couleur de miel, la cheminée carrelée, le haut plafond. Par la fenêtre à guillotine, elle apercevait la haie au fond du jardin, suffisamment haute pour leur assurer une totale intimité.

Ils s'étaient amourachés au premier regard de cette petite bicoque un peu délabrée, mais pleine de charme. Située à flanc de colline, elle dominait Wellington, offrant une vue superbe sur le port. Lorsqu'ils ne seraient pas de service, ils pourraient même contempler le ballet des hélicoptères qui décollaient ou se posaient sur la base d'Aratika.

— Je veux faire un peu de rangement avant l'arrivée de nos invités et oh… Cela me rappelle que je dois encore appeler Tom. Je voulais l'inviter, mais je ne l'ai pas vu aux urgences aujourd'hui.

— Quant à moi, j'ai invité Shirley, qui a proposé d'apporter un gâteau pour le dessert.

— Formidable. Mais du coup nous avons intérêt à ce que tout soit en ordre, ou bien c'est elle qui prendra les choses en main. Joe va-t-il venir ?

— Oui, ainsi que Don et Andy. Enfin, à peu près tout le personnel de la base, à l'exception de ceux qui sont de service.

— Et ce nouveau gars… Comment s'appelle-t-il déjà ?

— Tu veux parler d'Adam, le nouveau médecin des urgences héliportées ? Tu as raison. On va l'inviter aussi. Ce sera un bon moyen de lui souhaiter la bienvenue dans l'équipe, appelle-le, ajouta-t-il en se tournant vers la pile de cartons.

Il attrapa le premier à sa portée.

— Où veux-tu que je le pose ? demanda-t-il.

— Que contient-il ?

— Au poids, je dirais des livres…

Reposant le carton, il écarta les rabats. Soudain, il eut un petit rire heureux et secoua la tête.

— Je suis tellement excité ! avoua-t-il. Tu te rends compte que nous avons acheté une maison ensemble, chérie ? Je n'arrive pas à le croire.

— Je sais.

Elle se rapprocha pour jeter un coup d'œil dans le carton.

— Ce ne serait pas le manuel d'instructions que tu as reçu lors du stage de recherche en montagne ?

— Si. Tu m'as dit que tu voulais le lire à défaut d'avoir pu retourner à Queenstown pour le nouveau stage qu'ils nous avaient offert.

— J'avais trop honte pour retourner là-bas. Avec toutes les plaisanteries qu'ils ont faites sur notre « empressement » à voir les équipes de sauvetage à l'œuvre…

— Quand ils sont venus nous récupérer sur cette corniche, je n'aurais pas dû leur avouer que nous étions programmés pour le stage du lendemain. Mais j'étais tellement soulagé que tu ne sois pas blessée que je me suis un peu lâché.

Il attrapa une boîte dont il souleva le couvercle.

— C'est quoi, ça ? demanda-t-il.

— Rien du tout, rétorqua-t-elle en tentant de récupérer la boîte.

Pas assez vite, cependant. Déjà, Cooper dépliait la page de journal qu'il avait trouvée à l'intérieur.

— Mais c'est la photo prise lors de notre premier sauvetage ensemble ! s'exclama-t-il.

— Oui… Je l'avais découpée quelques jours après l'accident pour la contempler à mon aise quand je serais seule. Je l'ai regardée si souvent que j'ai fini par avoir le béguin pour toi. Du coup, je me suis sentie tellement gênée en me retrouvant devant toi à la base que j'ai prétendu ne pas me souvenir de ton nom.

— Et ça m'a brisé le cœur.

— Ça, ça m'étonnerait. Le soir même, tu as essayé de m'embrasser dans la salle de repos lorsque je me suis coupé le pouce.

— Et moi qui croyais que c'était toi qui voulais m'embrasser !

Elle reprit la page de journal, qu'elle replia.

— Je ne parlerai qu'en présence de mon avocat, déclara-t-elle en riant.

Cooper retirait déjà un autre objet de la boîte.

— Un coquillage ?

— Hum.

Elle se tortilla un peu, mal à l'aise.

Elle n'avait jamais été particulièrement sentimentale. Elle n'avait même conservé que quelques photos en guise de souvenirs de son existence avec Hamish. Pourtant elle n'avait pas pu se résoudre à jeter ce coquillage qu'elle avait glissé dans la poche de sa combinaison de vol avant de quitter la maison de Sarah et Tim. Cela lui paraissait si loin aujourd'hui ! Comme dans une autre vie. Sa vie d'avant que Cooper ne devienne plus qu'un simple coéquipier.

Aujourd'hui, aussi déterminés l'un que l'autre à œuvrer pour construire leur avenir commun, ils formaient une équipe très soudée. Un vrai couple.

Revenant au coquillage, elle expliqua à Cooper qu'il l'avait dans les mains lorsqu'il lui avait parlé de Connor.

— Nous étions assis devant la maison de Sarah, et les paroles de réconfort que tu lui avais adressées alors que son mari agonisait m'avaient vraiment impressionnée. Ce jour-là, j'ai compris quel homme bienveillant et attentionné tu étais. Je me souviens avoir pensé que la femme que tu choisirais pour compagne aurait vraiment beaucoup de chance, sans imaginer une seconde que ce pourrait être moi.

Silencieux, Cooper jouait avec le coquillage, l'air intrigué.

— Ah… Alors, dis-moi ? La personne que j'ai choisie a-t-elle beaucoup de chance ? Te sens-tu chanceuse maintenant que nous vivons ensemble et que nous venons même d'acquérir notre propre maison ?

Elle oublia soudain tout ce qu'elle avait à préparer en vue de la soirée. Rien n'avait plus d'importance que cet homme qui la contemplait avec confiance.

Au regard de Cooper, elle devinait qu'il n'avait pas besoin de réponse à sa question : il savait déjà qu'ils seraient toujours ensemble pour partager les joies et les épreuves que l'avenir leur réservait. Cerise sur le gâteau, il réussissait à lui transmettre cette confiance, sans laquelle elle ne connaîtrait pas ce bonheur auquel elle pensait ne plus avoir droit. Ce bonheur qui avait bouleversé son univers. Jamais elle ne s'était sentie aussi vivante.

— Elle a énormément de chance, murmura-t-elle en se haussant sur la pointe des pieds pour passer les bras autour de son cou. Je suis indéniablement la personne la plus chanceuse du monde.

— Après moi, dit Cooper en posant les lèvres sur les siennes.

Cette conversation aurait pu s'achever comme toutes celles qu'ils avaient eues auparavant chaque fois qu'il était question de mariage : elle renâclait, ne se sentant pas encore prête à sauter le pas. En attendant, ils avaient mis toute leur énergie à se trouver un foyer.

Mais, depuis qu'ils avaient emménagé, les craintes qui l'avaient assaillie s'atténuaient. Son roc la protégeait, et elle n'aurait pu être plus heureuse. Si Cooper lui demandait de nouveau sa main, elle dirait oui. Et s'il ne le faisait pas, peut-être prendrait-elle elle-même l'initiative ? Et, s'il répondait oui, pourquoi ne pas transformer cette pendaison de crémaillère en fiançailles ?

Elle rompit leur baiser, mais laissa les bras autour du cou de Cooper, reculant la tête juste assez pour le regarder.

Cooper soutint son regard, devinant qu'elle avait quelque chose d'important à dire. Mais leur complicité était telle qu'il comprit aussitôt où elle voulait en venir, et ce fut en même temps qu'ils prononcèrent les paroles.

— Veux-tu m'épouser ?

Ils éclatèrent de rire et, sans même prendre le temps de répondre que oui, ils mélangèrent leurs souffles en un profond baiser.

ANNIE O'NEIL

Mariage à El Valderon

Traduction française de
PHILIPPE MORTIMER

Blanche

HARLEQUIN

Titre original :
THE DOCTOR'S MARRIAGE FOR A MONTH

1.

— Pas d'amateurs pour la visite nocturne des tortues ? demanda Isla MacLeay à son père qui venait à sa rencontre.

Elle s'empressa d'essuyer ses joues pour lui dissimuler ses larmes.

— Non, pas ce soir. J'ai cru que nous aurions des clients, mais…

Il balaya du regard la vaste plage avant d'ajouter :

— Je crois que la création du sanctuaire va être plus ardue que prévu. Tiens, ma fille…

Isla prit le mouchoir en coton qu'il lui tendait et sentit son cœur se serrer : c'était la deuxième fois, en une semaine, qu'il se comportait comme un « vrai père ». Il avait fallu, pour qu'il s'intéresse enfin à elle, qu'elle se fasse plaquer une semaine avant son mariage…

Son père l'avait rejointe au pied d'un palmier, où elle était assise à côté de la besace qui contenait son journal intime et sa collection de stylos en tout genre. Elle prenait presque plaisir à sangloter tout doucement à la lueur de la lune argentée, sur le sable blanc de cette plage idyllique. Une brise légère faisait bruisser les palmiers et onduler les eaux tièdes de la mer des Caraïbes. Comme elle était loin de sa petite maison écossaise de Craggen…

Quand son père avait sorti l'un de ses gros classeurs pleins de projets pour le sanctuaire des tortues d'El Valderon, elle l'avait embrassé pour lui souhaiter bonne nuit. Mais, comme elle n'avait pas sommeil, elle était allée déverser son chagrin sur la plage, laissant les bâtiments du sanctuaire derrière elle.

L'écume des vagues lui rappelait la mousse d'une coupe de champagne. Non pas qu'elle eût l'habitude d'en boire à profusion. Kyle — son *ex*-fiancé — n'était pas du genre à s'en régaler. Pas avec elle, en tout cas.

Elle se souvint de ses derniers mots, et de nouvelles larmes ruisselèrent sur ses joues.

« Je suis amoureux de quelqu'un d'autre », lui avait-il annoncé d'emblée.

Puis il avait enfoncé le clou : « T'épouser ? Mais ce ne serait pas juste... Ni pour moi ni pour toi. Désolé, chérie. Maintenant que j'ai goûté à la vie en dehors de Craggen, je vois les choses plus clairement... Je suis fait pour parcourir le monde, moi. Et, toi, pardonne-moi ma franchise, tu es une scientifique ennuyeuse et conformiste ! Allez, sans rancune ! »

Cela lui apprendrait à se laisser séduire par de belles paroles et une belle gueule. Kyle n'avait voulu d'elle qu'en attendant mieux. Elle s'était juré que le prochain type dont elle tomberait amoureuse serait un intellectuel pur et dur.

Elle ne pouvait pas s'empêcher de se demander comment d'autres filles auraient réagi, en pareilles circonstances. Qu'aurait dit, par exemple, une sémillante hôtesse de l'air, telle que la nouvelle petite amie de Kyle ? Aurait-elle crié au déserteur qu'il était le dernier des hommes ou gardé face à lui une attitude digne ? Isla ne l'avait jamais rencontrée mais, selon la rumeur, elle était absolument *adorable* et tellement *raffinée*. Son exact opposé, en somme.

Quel était le problème, avec les jupes en velours côtelé, les bas en laine et les pulls tricotés à la main ? Il faisait froid à Craggen — même en août.

C'était bien pour ça qu'elle n'avait emporté dans son sac de voyage aucun vêtement approprié à cette excursion sous les tropiques. D'ailleurs, quels vêtements auraient convenu, en dehors d'une tenue de deuil ? Elle ne pleurait pas exactement sa relation avec Kyle, mais plutôt quelque chose qu'elle avait du mal à définir. En tout cas, elle avait besoin de vêtements d'été et s'était promis d'aller faire des achats en ville.

Bang ! Bang ! Bang !

Trois détonations la tirèrent de ses pensées. Elle scruta la nuit noire, tandis que la lune était masquée par un nuage.

— C'était quoi, ça ? demanda-t-elle à son père.

Mais il ne répondit pas. Malgré la chaleur tropicale, elle sentit un frisson lui parcourir le dos.

Un frisson qui n'était pas dû à un brusque rafraîchissement du vent. Mais à la peur.

Elle ouvrit grand les yeux, s'efforçant d'adapter sa vision à l'obscurité.

— Papa ?

Elle ne le voyait plus, alors qu'il était assis à ses côtés un instant auparavant ! Sa peur se mêla de ressentiment. Avait-il couru vers le danger, au lieu de rester avec elle, en un moment où elle avait vraiment besoin de sa présence ?

D'autres coups de feu crépitèrent dans la nuit.

— Papa ! cria-t-elle à nouveau.

Isla n'avait pas appelé son père « Papa » depuis des années. À trente et un ans, elle était une adulte. Un médecin chevronné. Mais sa frayeur était accrue par ce qu'elle était depuis quelques jours : une petite fille au cœur brisé qui avait traversé un océan en quête de réconfort paternel.

Un cri de souffrance retentit, poussé par un homme. Il fut immédiatement suivi d'un échange rapide d'invectives en espagnol, beuglées d'un bout à l'autre de la crique.

Nul besoin d'être médecin pour reconnaître un cri de douleur, mais sa formation médicale lui permettait de se concentrer et atténuait sa peur. Elle lui donnait aussi un motif pour agir : il lui fallait venir en aide à un blessé.

Comme elle faisait volte-face, elle aperçut un jeune homme qui se tenait l'épaule. Du sang coulait entre ses doigts.

Oh ! non… Il avait été atteint par une balle.

L'atmosphère du bord de mer était passée du calme plat au chaos en un clin d'œil. L'instant d'avant, elle pleurait en silence sur son échec amoureux, toute à son chagrin. Et voilà que des coups de feu et des hurlements fusaient des positions des deux groupes lourdement armés qui s'affrontaient.

Son père lui avait bien dit que certaines personnes « nourrissaient un peu de rancœur » à l'égard du sanctuaire…

L'homme qui avançait vers elle en titubant avait dû essuyer les tirs des vigiles du sanctuaire des tortues d'El Valderon ou ceux des membres gominés et couverts de tatouages de la Noche Blanca — la bande de racailles mafieuse dirigée par l'unique criminel réputé de l'île : Axl Cruz.

Depuis que les propriétaires d'une vaste plantation de café en avaient fait don au sanctuaire, Cruz ne décolérait pas. Le père d'Isla avait laissé entendre que la querelle concernait les œufs de tortue marine, très convoités. Pour Cruz, leur valeur venait du prix qu'il en tirait au marché noir. Aux yeux du père d'Isla, ils n'étaient précieux que parce que cette espèce était en danger.

Des coups de feu traçaient des éclairs dans la nuit noire. C'était peut-être pour cette raison que cette bande s'était baptisée « Nuit Blanche ».

De nouveaux cris en espagnol jaillirent de toute part, suivis de nouvelles détonations. La lune apparut enfin et Isla aperçut son père.

— Papa !

Pourquoi l'emmenaient-ils de force ?

— Tout va bien, ma chérie, cria-t-il de l'autre bout de la crique. Reste calme. Tout ira bien. Ils ne veulent que les œufs. Ils ne te feront aucun mal si tu leur obéis… Ho, les gars, lâchez-moi !

Elle tendit l'oreille pour entendre son père parler espagnol à ses ravisseurs, de sa voix posée de scientifique, aussi calmement que si ces *pandilleros* armés jusqu'aux dents étaient des touristes venus pour la visite nocturne des tortues.

Depuis que la mère d'Isla était morte, il vivait sur une autre planète. Comment expliquer autrement que cet homme, par ailleurs remarquablement intelligent, espérait pouvoir négocier avec une bande de criminels prêts à tout pour vendre illégalement des œufs de tortue ?

C'était à cause de cela que sa grand-mère avait élevé Isla

de manière à ce qu'elle soit *la* personne sensée et responsable de la famille. Celle sur qui on pouvait compter.

Celle qui était ennuyeuse et conformiste…

Elle s'efforça d'oublier les mots cruels de son ex. Et s'appliqua à suivre la consigne de son père. Il avait beau être un peu cinglé, elle ferait tout pour ne pas le perdre, lui. Surtout après la semaine morose qu'elle venait de vivre. Elle fit donc ce qu'elle savait faire le mieux : suivre un protocole.

Il y avait une victime blessée par balle, qui avait besoin de secours.

Tout de suite.

Elle se surprit elle-même en adressant un sourire poli à l'un des grands gaillards baraqués qui se dirigeaient vers elle. Les cheveux de jais de ce *pandillero* étaient noués en catogan. S'il avait dénoué ses cheveux et affiché, lui aussi, un sourire, il aurait eu l'air d'un bon père de famille.

Mais il émit un grognement avant de détourner les yeux.

Visiblement, les sourires ne servaient à rien, ce soir-là.

Le père d'Isla lui avait expliqué qu'une famille pouvait vivre une année entière grâce au produit d'une seule nuit de collecte illégale des précieux œufs. Pas étonnant que tant d'hommes se soient montrés disposés à enfreindre la loi, lorsque le site avait été classé en réserve naturelle protégée.

Pas assez protégée, à l'évidence.

Le projet de son père était destiné à endiguer la violence, en créant des moyens de subsistance viables pour les habitants de l'île. À mettre fin à la destruction d'une espèce menacée de disparition, tout en procurant aux familles un moyen légal de gagner leur pain. Mais cela prendrait du temps. Et les hommes de la Noche Blanca étaient pressés.

L'un d'eux lui saisit le bras pendant qu'un autre s'approchait, un rouleau de corde à l'épaule.

Elle allait être ligotée et prise en otage.

Elle se tourna et aperçut une dernière fois son père qui était conduit sans ménagement vers les bungalows où était logé le personnel du sanctuaire. Avant qu'il ne disparaisse, elle l'entendit lui crier qu'il fallait demander de l'aide.

De l'aide ? Elle n'était pas dans une situation permettant d'appeler au secours. Elle n'était arrivée sur l'île que depuis quelques jours, pendant lesquels elle avait passé le plus clair de son temps à se lamenter et à ressasser ses peines de cœur. Les mots de son père l'exaspérèrent, suscitant à nouveau sa rancœur de petite fille. C'était *lui* qui était en relation avec des autochtones, pas elle. C'était *lui*, l'adulte !

Le blessé lâcha un grognement rauque en s'effondrant.

Et soudain la petite fille se souvint qu'elle était une adulte, elle aussi. Une adulte qui avait le savoir-faire nécessaire pour venir en aide à cet homme qui souffrait.

L'homme au catogan brandit une arme automatique vers l'autre bout de la crique et arrosa de balles le ciel étoilé. Cette salve ressemblait plus à un signal qu'à une tentative de mettre en déroute les vigiles.

Isla ressentit de la peine pour les gardiens du sanctuaire. C'étaient de braves garçons — des cuisiniers, des fermiers, des maçons, des pères de famille — dont le plus cher souhait était que cesse la violence qui affectait si durement leurs vies. Ces types ne méritaient vraiment pas de vivre dans la peur. Ils s'efforçaient seulement d'agir pour le bien-être de leurs familles et de leurs concitoyens.

— Arrêtez, tout le monde ! hurla-t-elle. Cessez le feu !

À son grand étonnement, c'est ce qu'ils firent tous.

Cette accalmie lui fournit l'occasion de guetter des bruits de pas ou de nouvelles consignes de son père.

Rien.

Pas le moindre signe de vie.

Deux semaines auparavant, dans une telle situation, elle se serait cachée depuis longtemps — préférablement dans le grand lit douillet de sa petite maison de Craggen. Elle ne se serait pas interposée, en gesticulant comme un agent de la circulation, entre deux groupes d'hommes armés qui se canardaient copieusement.

Apparemment, le fait d'avoir été plaquée formait le caractère davantage qu'il ne tourmentait l'âme… Mais, surtout,

Isla ne supportait tout simplement pas ce déchaînement de machisme insensé et ridicule.

Elle oublia ses propres problèmes et se souvint que son père s'était installé dans cette île pour *aider* ses habitants, pas pour les importuner ou les léser. Et puis, elle n'avait pas surmonté sa phobie de l'avion pour se faire tuer, à peine débarquée dans ce paradis tropical. Non, elle était venue pour panser ses blessures émotionnelles et se ressourcer dans le farniente. Chose qu'elle ne faisait jamais.

Et voilà qu'elle était confrontée à des braconniers à la gâchette facile, qui ne comprenaient pas que les projets grandioses de son père étaient bénéfiques pour tous.

Son père… Il aurait dû la prévenir qu'El Valderon ressemblait plus au Far West d'antan qu'à une station balnéaire propice au repos et à l'apaisement.

Peut-être, en fait, ne voulait-il pas voir le côté sombre de ce lieu.

Elle devait pourtant admettre que, pour une fois, son père s'était comporté correctement vis-à-vis d'elle. Il lui avait offert un refuge, loin des regards trop curieux des habitants de Craggen. Un endroit où elle pourrait se ressaisir, après avoir été qualifiée de « petite amie la plus ennuyeuse du monde ».

Kyle aurait été « ennuyeux », lui aussi, si sa mère avait été assassinée et si son père avait perdu la tête ! Il fallait bien que *quelqu'un* soit pragmatique et s'occupe de mamie. Il fallait bien que *quelqu'un* agisse de manière responsable.

L'homme au catogan dirigea son arme vers elle. Elle le regarda droit dans les yeux. Ce malfrat lui donnait l'occasion de montrer à Kyle Strout de quoi était capable une fille « ennuyeuse ».

Elle baissa furtivement les yeux vers le sable blanc, parsemé de taches de sang depuis que la fusillade avait éclaté, et se sentit pleine de fermeté et d'audace.

Non, elle n'était pas ennuyeuse. Et elle en avait marre de jouer les victimes éplorées d'une banale histoire d'amour qui s'était mal terminée.

Elle allait sauver la vie de ce blessé, puis elle retrouverait son père et l'aiderait à réaliser son rêve : sauver les tortues de mer.

Elle fit face à l'homme au catogan et lui jeta un regard de défi, dur et résolu. Comme celui qu'elle arborait avant de pratiquer une prise de sang sur un enfant turbulent.

Elle allait montrer à Kyle ce qu'il y avait d'excitant dans « cinquante nuances d'ennui ».

D'un geste rageur, Diego Vasquez jeta au loin son téléphone, qui se brisa contre le mur chaulé du petit hôpital.

Tant pis. Si les gars de la Noche Blanca voulaient se comporter en hommes des cavernes, ils n'avaient qu'à lui envoyer des signaux de fumée pour lui demander de l'aide.

Mais sa furieuse envie de leur dire où ils pouvaient se carrer leur appel au secours se dissipa presque aussitôt.

Un patient était un patient. Et le devoir de Diego était de le soigner. Même si le patient en question était un crétin de première classe. En outre, il se trouvait que ce crétin-là était le rejeton de l'impitoyable chef de la Noche Blanca, Axl Cruz. S'il mourait, Axl était capable du pire pour le venger.

Diego ramassa les débris de son téléphone et les fourra dans sa poche. C'était le troisième téléphone jetable qu'il bousillait ainsi en une semaine. La veille encore, tandis qu'il recousait l'un des membres de la Noche Blanca, qui s'était tailladé le bras en frappant de son gros poing une vitre, Diego s'était montré parfaitement clair : il n'accepterait plus de les aider s'ils ne laissaient pas en paix le sanctuaire.

Les périodes de transition prennent du temps. Et il était vrai qu'avec la création du parc naturel les habitants de l'île perdaient une source appréciable de revenus — cette pensée était un peu cynique de la part de Diego, car il ne manquait de rien, lui. Mais l'apaisement des tensions était en vue et l'avenir de l'île semblait prometteur, grâce aux ressources durables qu'allait apporter le sanctuaire à l'économie locale. C'est au nom du bien commun qu'il avait demandé à la firme familiale de faire don du terrain au sanctuaire.

En entrant dans l'hôpital, il lâcha un juron, sans se soucier d'être entendu.

— *Amigo !* Arrête-toi un instant, fit une voix dans son dos.

Diego se retourna vers le chef de la chirurgie.

— *Que paso ?* ajouta Antonio Aguillera. Je croyais que tu n'étais pas de service, ce soir.

L'expression furieuse de Diego valait toutes les réponses. Antonio n'insista pas.

— Je vais faire venir de l'aide, dit-il.

— Pas besoin, grogna Diego.

Il prit deux casaques chirurgicales sur un chariot.

— Je les rapporterai plus tard, marmonna-t-il.

Ils savaient tous deux ce que cela signifiait. Certains patients n'étaient pas en règle avec la loi et ne pouvaient être soignés à l'hôpital. Et, malheureusement pour Diego, c'était toujours le cas quand la Noche Blanca l'appelait pour traiter une blessure.

— On est un peu à court de fournitures, ces jours-ci, dit-il.

— D'accord, mon frère. J'ai compris.

Antonio ouvrit une armoire de fournitures médicales et remplit un sac de jute qu'il tendit à Diego. Dans ces cas-là, la directrice de l'hôpital refusait de lui attribuer officiellement la moindre compresse — malgré le nombre de vies qu'il avait sauvées, sans jamais faire de distinctions entre ses patients.

— Bonne chance, murmura Antonio.

La chance ne comptait pour rien, face à la Noche Blanca, songea Diego en gratifiant son collègue d'une petite tape dans le dos. Personne ne pourrait remplacer son frère, mais l'amitié d'Antonio lui était précieuse.

— À demain matin.

Il l'espérait…

— Docteur Vasquez ! Un moment, s'il vous plaît !

Il tourna la tête, irrité, redoutant de nouvelles tracasseries administratives. Et vit Maria del Mar.

Cette femme était une redoutable séductrice, doublée d'une inflexible patronne. Dommage qu'elle ait choisi les services de santé pour satisfaire les deux aspects de sa personnalité…

Pour elle, diriger un hôpital, c'était un peu comme passer une nuit torride avec un amant. Les décisions de vie ou de mort… La possibilité, pour elle, de jouer le rôle de Dieu… Ou plutôt d'une déesse.

Diego ne continuait de travailler dans cet hôpital que parce qu'il s'était juré de pas laisser la population de l'île souffrir des décisions stupides de cette femme.

Bon, bien sûr, ces décisions étaient un message de fermeté destiné à la Noche Blanca : « Vous voulez faire joujou avec des armes à feu ? C'est votre problème. Débrouillez-vous sans nous, s'il y a du grabuge. »

— Je n'ai pas le temps, Maria, dit-il en faisant mine de regarder la montre qu'il ne portait pas au poignet.

Le trajet en bateau jusqu'au sanctuaire durait dix minutes. Il avait espéré que le projet du Pr MacLeay — réguler et limiter strictement la vente des œufs de tortue — aurait incité la Noche Blanca à renoncer au braconnage. Et qu'Axl aurait déguerpi pour aller sévir dans une autre île — comme il était venu à El Valderon, une quinzaine d'années auparavant.

Maria se dirigea vers lui en se dandinant, perchée sur ses ridicules chaussures à hauts talons. Il ne comprenait pas ce qu'elle fichait là, en dehors de ses heures de service.

Elle n'a pas de vie. Tout comme toi.

Mais non… C'était bien ça, le problème : il avait une vie, lui… Contrairement à son frère, qui était mort à quelques kilomètres de cet hôpital.

Nico n'avait jamais été un criminel. Rebelle ? Ça, oui, incontestablement. Mais il avait un cœur d'or. Lorsqu'une bande de *pandilleros* venus d'une île voisine avait tenté de prendre pied à El Valderon, Nico s'était interposé et avait été atteint par une balle destinée au fils aîné d'Axl Cruz. Les nuits où il repensait à cette tragédie, Diego se figurait que son petit frère avait dû se dire ceci : « Mieux vaut le diable qu'on connaît que celui qu'on ne connaît pas. »

Aux yeux de Maria, ce geste, qui avait sauvé la vie d'un malfrat, avait fait du frère de Diego un membre de la Noche Blanca. Un bandit. Un coupable. Et Nico s'était vidé de son sang à quelques kilomètres de l'hôpital, sur le parking duquel une ambulance était pourtant garée, à ce moment-là.

Aller secourir Nico aurait, certes, été dangereux. Mais c'est à cela que servent les gilets pare-balles et les policiers. D'ailleurs, la plupart des membres de la Noche Blanca n'étaient pas de véritables criminels, mais des paumés, qu'Axl avait poussés au crime en les rudoyant, tout en leur promettant monts et merveilles.

Le seul avantage, avec Axl, c'était qu'il n'aimait pas la concurrence. Aucune autre bande n'avait réussi à s'installer sur l'île depuis que la sienne s'y était implantée.

— Diego Vasquez ! s'écria Maria. Où vas-tu comme ça, avec ce sac ?

Elle avait deviné son contenu.

— Je vais porter secours à un citoyen de notre belle île, Maria, dit-il en affichant un sourire de premier de la classe.

Il ne voyait pas l'intérêt de mentir.

— J'espère que ce citoyen n'est pas couvert de tatouages et qu'il ne se promène pas avec un coup-de-poing américain.

— Je le saurai bientôt, dit-il en haussant les épaules.

— Qui a appelé pour signaler la blessure ?

— Un autre citoyen.

Tant qu'il restait vague, elle ne pouvait pas dire non, selon un accord tacite — non écrit mais gravé dans le marbre. Tant qu'il aurait la possibilité d'utiliser les fournitures de l'hôpital, il continuerait d'y travailler. Dès l'instant où elle fermerait le robinet des fournitures, ce serait *bye bye señora* — et Maria le savait.

— On se retrouve après pour boire un verre ? proposa-t-elle.

Il éclata de rire. Celle-là, quand elle voulait quelque chose, elle n'y renonçait jamais. Son mari devait être du genre stoïque. Diego prenait soin de rester poli avec elle. Mais il était impossible qu'il devienne son ami.

— Il faut que je file, Maria. L'appel du devoir…

Il sortit de sa poche les clés de son bateau à moteur et se dirigea au pas de course vers l'embarcadère. Il n'allait pas permettre à Maria d'empêcher une autre vie d'être sauvée.

2.

Isla avait le choix.

Céder à la panique et perdre tous ses moyens — et prouver ainsi à Kyle qu'il avait eu raison de la plaquer et de se trouver une fiancée ayant « un peu plus de classe ».

Ou rendre ses parents fiers d'elle.

Elle choisit la deuxième option.

Certes, sa mère n'était plus de ce monde, et son père n'allait pas réellement être témoin de ce qu'Isla s'apprêtait à accomplir. Mais elle se trouvait dans une circonstance où la poudre parlait, où un homme était blessé par balle et où des bandits armés et furieux se disputaient un territoire aux limites invisibles. Exactement le genre de situation qui avait fait la réputation de ses parents.

En outre, des voyous avaient capturé son père.

Perdre sa mère avait été une rude épreuve. Et, quand sa grand-mère était morte deux ans auparavant, Isla avait été accablée de chagrin. Il n'était donc pas question qu'elle perde son père aussi.

Elle n'était pas prête à être orpheline.

— Vous allez me laisser le soigner, oui ou non ? demanda Isla en fusillant du regard le Balafré.

C'était le surnom qu'elle avait trouvé à l'homme au catogan. Maintenant qu'il était tout près d'elle, elle avait remarqué qu'une cicatrice enflée courait le long de son menton. La suture avait été soigneusement exécutée sur cette méchante plaie irrégulière, qui laissait croire à une tentative bâclée d'égorgement. Le chirurgien qui avait recousu la blessure avait fait de son mieux — et, par son habileté, il avait sauvé la vie du Balafré. Elle aurait bien aimé rencontrer ce confrère, à l'occasion.

Le Balafré aboya quelques invectives en guise de réponse.

— Ce n'est pas comme ça qu'on parle aux dames ! rétorqua Isla, piquée au vif. Surtout à une dame qui a l'intention d'aider votre petit copain, là…

Elle désigna la plage, s'efforçant de rassembler le courage dont sa mère avait fait preuve avec tant d'éclat.

— Si ce jeune homme avait une hémorragie artérielle…

Elle croisa les bras et adressa au Balafré un regard doctoral.

— Il serait déjà mort. *Muerto*…

Elle appuya le propos en se passant l'index à l'horizontale sous le menton.

Le Balafré avança d'un autre pas en pointant son arme vers elle et en appelant ses acolytes à le rejoindre.

Oups… Elle avait encore des progrès à faire en expression corporelle.

Elle secoua la tête, fit mine d'être lasse de la bêtise humaine et lâcha un profond soupir.

— Je suis médecin. *Médico*, dit-elle en espérant que ce vocable était vraiment un mot espagnol.

En prêtant serment, elle avait juré de traiter, sans distinction, tout patient nécessitant ses soins. Même si le patient en question avait été blessé en tentant de voler des œufs de tortue, réputés pour leurs pouvoirs aphrodisiaques.

Un fois que le blessé serait sorti sain et sauf des urgences, elle lui expliquerait que le seul pouvoir de ces œufs était d'éclore pour donner naissance à des tortues. Ils ne permettaient nullement d'accomplir des prouesses au lit. Sauf, bien sûr, s'il avait une carence en fer — auquel cas, elle pourrait lui prescrire des cachets pour pallier cette déficience.

Elle se tourna vers le jeune homme. Les *pandilleros* brandirent aussitôt leurs armes vers elle, comme pour lui rappeler qu'elle n'était pas libre de ses mouvements.

— Il faut que je l'examine, dit-elle d'une voix agacée.

Pas de réaction.

— Si je ne le soigne pas, il va mourir.

Les hommes la fixèrent d'un air dur.

— Il pourrait se noyer ! insista-t-elle. Regardez-le !

Le pauvre garçon était étendu sur le sable tout près de l'eau, les jambes écartées et les poings serrés contre la poitrine, tandis que la marée progressait implacablement vers lui — aussi impitoyable que le malfrat qui la dévisageait d'un œil froid et impassible.

Quelle folie !

Elle jeta un regard furtif vers les vigiles, reconnaissables à leurs T-shirts estampillés « Sanctuaire d'El Valderon ». On leur avait pris leurs armes et d'autres membres de la Noche Blanca étaient en train de les attacher à des palmiers. *Super.* Quand donc ce rebondissement était-il arrivé ?

— L'un d'entre vous daignera-t-il me dire pourquoi je ne peux pas soigner ce type ?

Elle regarda le Balafré droit dans les yeux, dans l'attente d'une réponse. De la crosse de son fusil, il la poussa vers le centre du cercle de lumière tracé par un projecteur qu'on venait d'allumer.

— Bas les pattes ! protesta-t-elle.

Elle venait d'être plaquée, son mariage avait été annulé… Elle n'était pas d'humeur à se laisser rudoyer — pas même par des voleurs d'œufs de tortue armés jusqu'aux dents.

— Je suis médecin, répéta-t-elle. *Sono dottore.*

Pourquoi parler italien à des gens qui, visiblement, ne comprenaient que l'espagnol ? Peut-être parce qu'elle était une provinciale ennuyeuse, qui ne connaissait de la diversité du vaste monde que ce qu'elle en voyait à la télé.

Elle chassa de sa tête la voix railleuse de Kyle, en se disant que ça valait quand même mieux que de connaître la diversité du monde en couchant avec des hôtesses de l'air.

Elle adressa au *pandillero* arrogant un regard bienveillant mais ferme de médecin raisonnable, celui auquel elle recourait quand Mme MacGregor refusait de prendre son insuline. L'obstination écossaise n'était pas un vain mot. Si elle était capable de convaincre Mme MacGregor, elle pouvait y parvenir avec ces hommes.

— Je peux empêcher votre ami de perdre tout son sang, dit-elle en croisant les mains et en imitant, par quelques grimaces, l'agonie d'un mourant. Mais il faut me laisser passer.

Elle désigna de nouveau le jeune homme en s'efforçant de parler le plus calmement possible — ce qui n'était pas facile, tant son cœur battait irrégulièrement.

— Il faut que je lui vienne en aide.

Mais parler lentement ne servait à rien. Elle se heurtait à un mur, le malfrat restait inflexible.

Il aurait pu jouer le rôle de l'arbre dans une pièce scolaire. Elle imagina la scène pour tenter de le voir sous un jour moins effrayant. Et, miraculeusement, elle y parvint.

Elle fit donc la seule chose susceptible de mettre fin à cette confrontation ridicule, qui s'éternisait dangereusement pendant que ce pauvre jeune homme perdait son sang. Elle ignora le malfrat qui lui barrait le passage et avança d'un pas décidé vers son patient.

Aucun des hommes ne bougea.

Aucun fusil ne la mit en joue.

Aucun cran de sûreté ne cliqueta.

En fait, Isla ignorait à quoi ressemblait exactement le cliquetis d'un cran de sûreté qu'on ôte avant de faire feu. Mais elle avait regardé assez de séries policières pour savoir que ce cran de sûreté avait son importance dans ces situations.

Un peu comme dans sa vie, ces dernières années, où elle n'avait jamais ôté le cran de sûreté qui la protégeait de l'imprévu.

Et voilà qu'elle se trouvait au beau milieu d'une scène de crime et qu'elle volait au secours d'un patient, comme si le serment d'Hippocrate lui tenait lieu de gilet pare-balles.

Si sa mort survenait à ce moment, ce serait une fin glorieuse. Elle imaginait déjà les gros titres de la presse écossaise : *« Criblée de balles sur une plage paradisiaque »*.

Elle avisa son chemisier ajouré tout froissé et sa jupe trapèze fripée. Elle se passa la main dans les cheveux. Ses boucles auburn étaient emmêlées, elle n'avait pas trouvé le courage de les coiffer depuis son arrivée sur l'île — alors qu'elle arrivait à la moitié de la semaine qu'elle s'était accordée pour pleurer tout son soûl.

Raison de plus pour être agacée par ces maudits *pandilleros*, qui avaient osé interrompre sa cure de larmes. Pour une fois qu'elle ne pensait qu'à elle, et non aux autres…

Le jeune homme blessé avait à peine vingt ans. Sa vie d'adulte ne faisait que commencer. Il méritait de survivre pour prendre de nouvelles décisions et revenir dans le droit chemin. Et ce serait Isla qui allait lui redonner sa chance. Ensuite les *pandilleros* la relâcheraient, ainsi que son père, et la vie reprendrait son cours.

Le Balafré hurla quelque chose que couvrit le rugissement d'un hors-bord. Isla ne perçut que le mot *médico* et en déduisit que le mieux était de continuer à marcher vers le blessé. Ils avaient enfin compris qu'elle essayait de l'aider.

Elle enleva son cardigan, s'agenouilla auprès du garçon et jeta un coup d'œil à la plaie. La balle avait pénétré dans la partie inférieure de l'épaule droite. La respiration du blessé était irrégulière. Elle lui prit le pouls, qui était rapide. Trop rapide.

Les diagnostics défilèrent dans sa tête : pneumothorax ou simple enfoncement de la cage thoracique ? Seule une radiographie pourrait l'établir avec certitude. Mais, si la balle avait perforé le poumon, il y avait toutes les chances pour qu'il souffre d'un pneumothorax doublé d'une hémorragie interne, et qu'un mélange mortel d'air et de sang se répande rapidement dans la cage thoracique.

— Je m'appelle Isla, murmura-t-elle.

Il la fixa d'un œil vitreux, sans rien dire.

— Isla, répéta-t-elle. *No hablo español.* Je suis là pour vous aider.

Elle fit de son mieux pour ne pas avoir l'air horrifié lorsqu'elle déchira la chemise du garçon afin d'examiner la plaie. Ce genre de blessures était rare à Craggen. Le cas le plus grave qu'elle y avait vu, depuis qu'elle avait repris le cabinet du Dr MacLean, était un empalement, survenu lors d'un concours de lancer de fourche qui avait mal tourné.

Elle pressa son cardigan contre la plaie et, le plus délicatement possible, fit basculer le jeune homme sur le flanc, pour voir si la balle était ressortie de l'autre côté.

Mais non, hélas ! Ce qui entraînait de nouvelles complications. Elle se remémora son premier emploi après la fac : un poste aux urgences de l'hôpital central de Glasgow. Pour diagnostiquer les blessures par balle ou à l'arme blanche, elle y avait à sa disposition tout l'équipement nécessaire : radiographie pour localiser le projectile, scanners pour détecter les symptômes ou d'éventuels dommages vasculaires.

La seule chose dont elle n'avait pas besoin, sur cette plage du bout du monde, c'était l'imagerie à résonance magnétique. Quand la balle est proche d'une structure vitale en tissu mou, l'IRM peut s'avérer fatale.

Elle appuya du bout des doigts sur la carotide. Il fallait absolument arrêter l'hémorragie, sinon…

Isla secoua vivement la tête. Le pouls était encore actif. Visiblement, c'était un combattant. Tant mieux. Il était trop jeune pour mourir. Et, étant donné le nombre de tatouages qui couvraient sa peau et le fait qu'il ne portait pas l'uniforme des vigiles du sanctuaire, elle avait la forte impression que, s'il perdait la vie pendant qu'elle tentait de le soigner, les choses pourraient mal tourner pour son père.

Elle s'en voulait d'être venue sur cette île sans sa trousse médicale. Dans la maison de son père, les seuls objets susceptibles d'être utiles en de telles circonstances étaient une grande boîte de mouchoirs en papier et une petite bouteille de tequila, qu'elle avait repérée dans la bibliothèque. Et la pince à épiler qui ne la quittait jamais.

Grâce à ce petit instrument, ses sourcils étaient toujours parfaitement dessinés, et elle n'avait pas son pareil pour extraire une écharde du genou d'un petit garçon.

Que n'aurait-elle donné, en cet instant, pour une trousse de secours…

Mais ce gamin avait surtout besoin d'une transfusion sanguine et d'une perfusion d'antibiotiques. Il fallait lui faire un radio et l'intuber pour faire passer dans ses poumons l'air qui emplissait sa cavité thoracique. Il fallait donc le transporter de toute urgence à l'hôpital.

À cet instant, le bateau à moteur accosta sur la plage. L'homme qui tenait la barre avait de beaux cheveux noirs, une morphologie digne d'un mannequin et une élégance naturelle qui n'appartient qu'à un nombre très limité de mâles — ceux qu'on ne rencontre jamais dans la vraie vie. Mais une seule pensée vint à l'esprit d'Isla en découvrant tant de charmes : elle devait se méfier de ce bel inconnu.

Diego apprécia la situation en un clin d'œil. Huit hommes entouraient quelque chose ou, plus probablement, quelqu'un, qui gisait sur la plage. Sans doute le blessé qu'il devait soigner : Paz « Cruzito » Cruz, le plus jeune fils d'Axl.

Quelle absurdité ! Un jeune garçon ne devrait pas risquer sa vie pour qu'un crétin puisse gober des œufs de tortue en buvant une pinte de bière.

Axl flattait ses hommes en leur disant qu'ils étaient courageux en agissant ainsi. Révolutionnaires, même, puisqu'ils ne faisaient que reprendre ce qui leur appartenait de plein droit.

Des lâches, oui… Voilà ce qu'ils étaient. Des lâches qui semaient le désordre dans une petite nation pauvre.

Il sauta lestement hors de l'embarcation et tira le bateau sur le sable à l'aide d'une corde épaisse.

— Où est Cruzito ? demanda-t-il.

Les hommes s'écartèrent et Diego vit le jeune homme, étendu sur la plage. Le fils du grand chef de la Noche Blanca perdait son sang au milieu de quelques œufs de tortue brisés, impropres à la vente. Intacts, ils lui auraient rapporté dix dollars, vingt dollars tout au plus. On était loin du « gros coup » que Cruzito cherchait à réussir pour épater son père.

Diego l'avait déjà rencontré et jaugé. Cruzito n'était pas taillé pour faire carrière dans le crime. C'était un garçon qui cherchait à susciter la fierté de son géniteur, et il ne connaissait qu'un moyen de le faire. À dix-sept ans, il était temps qu'il apprenne qu'il n'y avait aucun moyen d'épater un type comme Axl.

Diego ravala l'engueulade que méritait le gamin. Il fallait avant tout lui sauver la vie. Il l'engueulerait *ensuite.* Avant de le remettre à son père qui l'engueulerait à son tour, mais encore plus vertement.

Son regard se porta sur les mains qui pressaient un gros morceau d'étoffe contre la blessure de Cruzito. Des mains de femme. Fines et délicates. D'un blanc laiteux. Il leva les yeux un peu et les écarquilla lorsqu'il vit son visage.

Son cœur se mit à battre violemment.

Elle ne ressemblait à aucune des femmes qu'il avait rencontrées jusque-là. Elle était... fascinante. Captivante. Le genre de fée qu'on imagine peuplant les bois enchantés en de lointaines contrées tapissées de neige. Une de ces magiciennes qui ont le pouvoir redoutable de s'emparer du cœur d'un homme.

Elle n'avait pas pour autant l'air impitoyable ni cruel. Loin de là. Elle ne semblait pas non plus avoir besoin d'aide. Tout le contraire, en fait.

Sur son visage en forme de cœur se lisait la plus grande concentration. Ses joues étaient rosies par l'effort qu'elle accomplissait. Ses cheveux soyeux, d'un auburn chatoyant, flottaient à la brise marine, rebelles et indomptables. Cette impression fut confirmée quand il détailla ses yeux bleus, son regard vif et pétillant : cette femme ne s'en laissait pas conter.

— Vous allez rester planté là ? Ou vous venez m'aider ? demanda-t-elle sèchement.

Il remarqua son accent écossais et en déduisit aussitôt qu'elle était la fille de MacLeay. Mais si le professeur adoptait volontiers une attitude conciliante face aux problèmes, sa fille semblait prête à cracher le feu.

Les hommes qui l'entouraient avaient abaissé leurs armes.

— Je trouve que les gens ne sont pas très polis, dans le coin, dit-elle. J'espère que vous faites exception. Une trousse de secours et une aiguille hypodermique, ça ne serait pas de trop, non plus.

Il sourit. Il ne s'était pas trompé, et il aimait avoir raison.

C'était vraiment une battante. Mais ses pensées s'assombrirent : Axl Cruz s'en fichait royalement que la plus belle femme de l'île soigne son fils. Elle était un témoin gênant. Elle en savait trop.

Diego se dit que la vie de Cruzito ne serait pas la seule qu'il allait devoir sauver, ce soir-là. Par sa seule présence, cette femme avait déclenché le compte à rebours qui menait à son inévitable assassinat.

— J'espère que ce bateau va servir à l'emmener à l'hôpital, dit-elle.

— Non. Mais je suis là pour vous aider. Diego Vasquez, se présenta-t-il.

Elle leva les yeux au ciel.

— Eh bien, mettez-vous au boulot, Diego Vasquez. Ce cardigan tout léger ne suffira pas à lui sauver la vie…

Il esquissa un sourire. Il n'était pas habitué à ce genre de réactions de la part de la gent féminine. En général les femmes se montraient plus aimables avec lui — flatteuses, même. Les rares mondaines de l'île bombaient la poitrine ou roulaient les hanches en sa présence. La jolie infirmière qui travaillait en pédiatrie préférait lui lancer des œillades aguicheuses.

Il donna rapidement ses ordres en espagnol, et les hommes se mirent à courir en tous sens. Il leur fallut moins d'une minute pour décharger du bateau un brancard, un nécessaire de secours aux blessés, un cathéter et une sonde trachéale.

— Vous êtes médecin ? s'enquit-il.

— Oui. Je suis le Dr MacLeay. La fille du Pr MacLeay… Isla.

— C'est un bien beau prénom pour une bien belle femme.

Il s'étonna lui-même d'avoir prononcé ce compliment si banal. Mais il le pensait sincèrement. En quelques secondes, cette femme avait réveillé en lui une flamme qu'il croyait assoupie. Éteinte à jamais, même.

— Je ne sais pas si la balle a atteint un organe vital, dit-elle. La tension artérielle élevée et le rythme respiratoire indiquent que le poumon a été perforé ou, peut-être, qu'un fragment d'os s'y est logé…

Diego connaissait la marche à suivre. Il la connaissait même un peu trop bien à son goût.

Il sortit de son sac une poignée de compresses et les partagea avec Isla. Leurs mains se frôlèrent pendant qu'ils appliquaient les carrés de gaze sur la plaie.

— J'ai deux poches pour intraveineuse, préremplies d'antibiotiques. Je vais en avoir besoin… Tout de suite !

Elle inspira profondément, ôta ses mains de la plaie et les rinça dans l'eau fraîche et salée de la mer. Elle fouilla dans le sac médical et y trouva une poche. Elle plissa les yeux pour déchiffrer l'inscription sur l'étiquette, hocha la tête et inséra d'une main experte une aiguille dans le bras de Cruzito. Elle la raccorda au goutte-à-goutte, tout en maintenant la poche entre son menton et son épaule, pendant que Diego continuait à comprimer la plaie. Lorsqu'elle eut purgé l'air du tube, elle ouvrit le bouchon du cathéter pour que la solution médicamenteuse s'écoule dans le système sanguin.

— J'espère que vous avez une réserve de sang O+ dans votre sac. Et, je vous préviens, je ne partirai pas d'ici sans mon père.

— Il vaudrait mieux le laisser se débrouiller tout seul.

— Pas question ! répliqua-t-elle d'un ton outragé. Je n'ai que lui au monde !

— S'il se cache quelque part, ne cherchez pas à le retrouver, murmura Diego. C'est plus sûr…

Il avait cru que ce serait une bonne idée de donner ces terres familiales au sanctuaire. À présent, il le regrettait amèrement.

— C'est trop tard, rétorqua Isla. Deux de vos copains l'ont emmené je ne sais où. Je demande à le voir avant de continuer à soigner ce garçon.

Elle brandit la poche et ajouta d'une voix menaçante :

— Une embolie gazeuse pourrait être fatale, pour un type qui est déjà entre la vie et la mort…

Diego ne trouva pas ce chantage très convaincant. Si cette femme avait été prête à tuer, elle n'aurait pas bravé la menace de ces *pistoleros* et comprimé la plaie de Cruzito. Seul un médecin respectueux de son serment pouvait s'agenouiller dans le sable souillé de sang pour tenter de sauver la vie d'un complice des malfrats qui venaient d'enlever son père.

Diego savait qu'il n'avait qu'un mot à dire pour que lesdits malfrats s'emparent d'elle et l'empêchent de mettre sa menace à exécution. Mais il n'était pas question qu'il embarque Cruzito en abandonnant cette femme aux mains de ces tueurs.

Il se tourna vers El Loco, le gars le plus costaud de la bande.

— Où est le professeur ?

El Loco lui répondit qu'il était « sous bonne garde ». Axl avait appelé quand il avait appris la blessure de Cruzito, et voulait « dire un mot » au professeur.

Diego pâlit : ce « mot » pouvait être accompagné d'une balle dans la tête, suivie d'une mystérieuse disparition.

Diego fut pris d'un remords. C'était à lui, en toute justice, qu'Axl aurait dû dire un mot. Il n'avait confié à personne que c'était lui qui avait donné la terre au sanctuaire. La plupart des habitants de l'île pensaient que ce terrain appartenait à l'État, qui n'aurait pas les moyens d'y investir. La Noche Blanca avait mis du temps à comprendre que Doug MacLeay disposait de fonds importants. Assez importants pour modifier le rapport de force sur l'île.

— Vous n'avez pas d'oxygène dans votre sac à malices ? demanda Isla MacLeay. Son insuffisance respiratoire s'aggrave.

Diego sortit une petite bonbonne et plaça le masque qui y était relié sur la bouche et le nez de Cruzito.

— Et cette aiguille, ça vient ? Il faut l'intuber sans plus attendre.

— Je n'ai pas de valve à sens unique, répondit Diego. Il faudra faire avec l'embout du cathéter.

— Vous avez des gants ?

Il lui tendit une paire de gants en latex stériles, qu'elle enfila avant de glisser adroitement l'aiguille dans le deuxième espace intercostal, puis elle demanda un scalpel. Alors, elle découpa l'un des doigts de son gant gauche, en couvrit l'embout du cathéter et soupira de soulagement lorsque cette valve de fortune se mit à vibrer. La respiration de Cruzito se fit plus aisée.

Impressionnant. Diego, qui était souvent amené à improviser, n'avait jamais songé à cet expédient.

— Vous avez entendu parler de la Noche Blanca ? chuchota-t-il. Vous êtes au courant de ce qui se passe sur cette île ?

— Je commence à me faire une idée, répondit-elle d'un ton pince-sans-rire.

Et, certes, elle n'avait pas l'air intimidé du tout. Alors qu'elle aurait dû crever de trouille. La vie de son père était en danger. La sienne aussi. La situation était désespérée. Le seul moyen qu'il avait de la sauver, c'était de lui attribuer un rôle essentiel dans la survie de Cruzito.

— Aidez-moi à panser la plaie, dit-il. Ensuite on le portera à bord du bateau.

Ce n'était pas une suggestion, mais un ordre.

Elle acquiesça d'un hochement de tête. Elle déroula un ruban de gaze et en couvrit l'épaule de Cruzito pendant que Diego le soulevait précautionneusement et maintenait son torse droit afin qu'Isla puisse convenablement serrer et attacher le pansement.

— Vous avez vu El Jefe ?

Elle secoua la tête.

— C'est le chef de la Noche Blanca. Ce jeune homme est son fils.

Les épaules d'Isla se raidirent, mais elle n'interrompit pas sa tâche. La plupart des gens auraient détalé ou éclaté en larmes. Elle ne fit aucun commentaire et resta impassible.

Sept ans auparavant, Diego avait vécu un drame comparable à celui qu'elle vivait — et il se souvenait encore de chaque instant comme si ce drame était arrivé la veille.

— Ça fait dix ans qu'ils font la loi sur cette île, reprit-il.

— C'est une guerre des gangs ? Il y a d'autres bandes qui leur disputent ce territoire ?

— Non. C'est… L'histoire d'El Valderon est compliquée. Toutes les îles, dans ce coin des Caraïbes… Tous ces micro-États… On dit que le fermier préfère avoir affaire au renard qu'il connaît…

— Plutôt que de voir son poulailler dévasté par un nouveau renard, plus féroce et plus rusé ?

— Exactement. C'est comme ça que ça fonctionne, ici. Il y a des gangs encore plus dangereux dans le reste de l'Amérique latine. Beaucoup plus violents. Ces gars-là, ajouta-t-il en désignant les hommes de main qui les entouraient, ne sont que du menu fretin, en comparaison.

De nombreux visiteurs refusaient d'admettre que la force puisse l'emporter sur le droit. Surtout sur une île aussi petite, dont la population n'atteignait pas le million d'habitants.

Mais la peur qu'inspiraient les armes et un sens tribal de l'identité constituaient de puissants facteurs de domination. Diego ne le savait que trop bien. C'était ainsi qu'ils avaient séduit son petit frère. Un adolescent maigrichon qui n'avait pas encore trouvé sa place dans le monde. La Noche Blanca lui en avait offert une. Et, ensuite, elle l'avait placé dans la ligne de tir.

Diego ne savait pas ce qu'il détestait le plus — l'hôpital qui avait refusé de soigner Nico, la Noche Blanca qui l'avait entraîné dans une fusillade ou lui-même, qui n'avait rien vu venir et n'avait pas forcé son frère à travailler dans l'entreprise familiale.

Il avait transcendé sa haine en actes de bienfaisance. En portant secours à toutes les victimes de la violence, quelles que soient les circonstances. Quel que soit le danger.

— Votre père s'est mis pas mal de gens à dos depuis qu'il s'est installé ici, dit-il en la regardant dans les yeux.

Elle ne cilla pas. Il n'avait jamais vu des yeux aussi bleus, ni un regard aussi déterminé.

— Vous ne semblez pas surprise. Vous êtes bien la fille de votre père !

Elle étouffa un petit rire.

— Génétiquement, seulement, fit-elle.

Diego sentit son cœur se serrer. Il fallait empêcher à tout prix qu'Isla endure, comme lui, une perte causée par un déchaînement de violence absurde.

Il se tourna vers El Loco et lui demanda en espagnol si

El Jefe consentirait à amener le père d'Isla à la clinique. Celle qui était à l'abri des regards indiscrets.

— Vous êtes dingue, ou quoi ?

L'énorme garde du corps, qui appartenait corps et âme à la bande depuis l'adolescence, paraissait stupéfié par cette requête.

— Ça se pourrait bien ! répondit Diego en haussant les épaules, comme si demander l'impossible faisait partie de son quotidien.

Oui, cette requête était insensée. Mais, si Diego sauvait Cruzito, la Noche Blanca lui devrait une deuxième faveur. Et il comptait bien demander qu'elle lui soit accordée ce soir-là.

— Appelle-le et demande-lui, insista-t-il.

Diego donna rapidement ses instructions aux autres *pandilleros*. Ils formèrent une chaîne humaine pour transporter Cruzito dans le bateau. Diego se tourna vers Isla.

— Vous êtes prête pour une escapade endiablée ?

Elle redressa le menton d'un air résolu.

— Quand vous voudrez.

3.

Isla découvrait à toute allure de nouvelles vérités sur elle-même. L'effet hors-bord, sans doute… Tandis que le bateau fendait précipitamment les flots, elle s'était surprise à prier pour la survie d'un blessé appartenant au camp des « méchants ». S'il décédait… Elle préférait ne pas y penser. Les révélations défilaient une à une dans son esprit, comme autant d'évidences qu'elle avait refusé d'admettre jusque-là.

D'abord et avant tout, elle ferait n'importe quoi pour sauver la vie de son père. Y compris aider Diego à opérer Cruzito — alors qu'elle s'était résolument détournée de cette spécialité depuis son installation à Craggen.

C'était pour le sauver qu'elle avait revêtu une blouse chirurgicale dans cette salle d'opération bien équipée, située à l'arrière d'un bungalow qui ne payait pas de mine. Diego lui avait demandé poliment son assistance, mais c'était le genre de proposition qu'on ne peut pas refuser, car elle revenait à dire : « Je vous conseille fortement de participer à l'opération si vous voulez que votre père s'en sorte vivant. »

Mais, tout bien considéré, pour quelqu'un qui n'avait pas pratiqué la médecine d'urgence depuis des années, elle ne s'en tirait pas trop mal.

Son père aurait dit : « C'est comme le vélo, ça ne s'oublie pas. » Sauf qu'au lieu d'un guidon c'était un scalpel et du fil à suturer qu'elle maniait avec dextérité, tout en gardant un œil rivé sur un cardiofréquencemètre.

Le revers de la médaille, c'était son incertitude à l'égard de Diego. Elle n'aurait pas su dire si elle se sentait simplement protégée par lui… Ou si, une fois de plus, elle était attirée par un charmant baratineur. Difficile d'imaginer un pire remède au choc causé par la rupture de ses fiançailles.

Elle jeta un coup d'œil à Diego. Son visage était dissimulé par son masque de chirurgien. On n'en voyait que ses yeux de velours, soulignés par de longs cils plus noirs qu'un trait de khôl. Pouvait-on s'y fier ? Les yeux étaient-ils réellement la clé de l'âme humaine ?

Quand ils s'étaient rencontrés, sur la plage, elle avait immédiatement ressenti une attirance magnétique pour lui. Sa réaction avait été viscérale, incontrôlable. Et là, tandis qu'ils travaillaient ensemble en silence, l'extrême sensibilité de son corps à la présence de cet homme lui semblait être l'aspect le plus terrifiant de toute cette histoire.

Cela avait commencé quand elle avait enfilé une tenue chirurgicale qui était visiblement à la taille de Diego et dans laquelle elle flottait, surtout aux épaules.

Ce n'était pas seulement le fait de porter les vêtements de cet homme qui mettait son corps en alerte maximale. Elle n'aurait pas su dire s'il était un ami ou un ennemi. Et elle se trouvait à sa merci.

Cette intimité était tout à fait malvenue et embarrassante. Et c'est sous l'effet de cette gêne que son corps se tortillait dans cette combinaison trop ample. Qui aurait envie de porter les habits de l'assassin de son père ?

Ce n'était pas le physique de mannequin de Diego qui la désarmait. Pas du tout. C'était son aisance, son sang-froid. Face à elle. Face aux *pandilleros*. Face à cette situation angoissante.

Son assurance n'avait rien de sinistre ou d'effrayant. Bien au contraire, il faisait son possible pour se montrer rassurant. Il était aux petits soins avec elle. Sans doute une ruse, pour qu'elle cesse d'être sur ses gardes. Comme son ex, qui l'avait couverte d'éloges et prétendait admirer sa force de caractère, sa stabilité, sa fiabilité — et qui l'avait larguée dès qu'il avait rencontré une femme plus intéressante. Bref, elle avait un problème de confiance vis-à-vis des hommes.

Mais le trouble qu'elle ressentait était loin d'être sa seule source d'anxiété. Car, si l'opération tournait mal, elle se voyait déjà célèbre bien malgré elle. « *UN MILITANT ÉCOLO ET SA TRÈS ENNUYEUSE FILLE RETROUVÉS MORTS APRÈS UNE MYSTÉRIEUSE FUSILLADE.* » Voilà ce que titrerait la presse.

Elle frémit. À moins qu'elle n'aide Diego à sauver la vie de Cruzito, son père et elle risquaient de perdre la leur.

Sa main se mit à trembler. Diego s'en aperçut et suspendit son ouvrage un instant.

— Tout va bien ? demanda-t-il en anglais.

— *Sí, señor. Muchas gracias.*

Pourquoi avait-elle répondu avec les seuls mots d'espagnol qu'elle connaissait ? Et pourquoi avait-elle menti ?

Elle se força à ne pas trembler, même si elle n'allait pas du tout bien. Elle jeta à Diego un regard en biais et constata qu'il s'était remis avec diligence au travail. Il semblait n'avoir rien remarqué du conflit intérieur qui la taraudait. Elle aurait tant voulu pouvoir lui faire confiance. Mais elle ne savait rien de lui, et son rôle exact n'était pas clair.

— Je crois qu'il vaut mieux ne pas extraire la balle, dit-il sans lever les yeux.

— Pourquoi ?

Elle regretta aussitôt d'avoir posé cette question. Il était dans *sa* salle d'opération. C'était *lui* qui fixait les règles. Et il était de mèche avec cette bande de tarés, dirigée par un mystérieux chef suprême, qui était peut-être déjà en train de torturer le père d'Isla.

Un soupçon lui vint à l'esprit. Et si celui qui se faisait appeler Diego était en fait Axl Cruz ? Et s'il était en train d'opérer son propre fils ?

Elle se sentit prise de vertige, tandis que lui parvenaient aux oreilles les explications de Diego. La voix du chirurgien était rauque, mais ce n'était pas le tabac qui voilait ainsi son timbre. Isla aurait parié qu'il n'avait jamais fumé un cigarillo de sa vie. Il sentait bon le café et la fève de cacao, avec une pointe de feu de bois, juste ce qu'il fallait pour accentuer son aura de mâle alpha.

— Vous en avez déjà extrait ?

Elle fit non de la tête et se força à répondre d'une voix égale et posée :

— Les blessures par balle sont plutôt rares du côté de Craggen. Les armes de poing sont prohibées en Grande-Bretagne, et les accidents de chasse sont rares, Dieu merci.

Diego laissa échapper un long soupir, comme pour souligner la chance qu'elle avait.

Au fond, peut-être était-il un honnête citoyen ? Une sorte de Robin des Bois, qui volait des fournitures médicales pour soigner des gens qui… Des gens qui séquestraient son père ?

— Vous ne craignez pas un empoisonnement au plomb ? demanda-t-elle.

Il lui demanda de lui passer le stylo à cautériser avant de répondre :

— Ces empoisonnements appartiennent au passé. De nos jours, laisser une balle fichée dans un os ne pose un problème que si elle a été contaminée par un gaz toxique avant usage. Heureusement, on n'en est pas encore arrivés là, sur cette île. Dans le cas présent, si nous l'extrayions, nous risquerions de provoquer une nouvelle hémorragie.

Il jeta un bref regard à la poche de sang O+.

— Il a eu de la chance, ajouta-t-il. Le poumon est le seul organe vital atteint. S'il en était allé autrement, nous ne serions pas en train de l'opérer… Avec l'équipement limité dont nous disposons, il vaut mieux laisser les tissus cicatriciels internes enrober la balle. Cela suffira à protéger son organisme et à éviter des complications majeures, même si Cruzito rencontre quelques problèmes aux portiques de sécurité des aéroports. Dans le cas contraire…

Il haussa les épaules avant de terminer sa phrase :

— Ils sauront où me trouver.

Un frisson parcourut l'échine d'Isla. Mais peut-être bluffait-il ?

— Mais vous… Vous faites partie de la bande ? ne put-elle s'empêcher de demander.

Elle vit le masque de Diego se gonfler, étouffant un petit rire, pour toute réponse.

Cela voulait-il dire « non » ? Au plus profond d'elle-même,

quelque chose lui soufflait que ce n'était pas un « oui ». Mais cela semblait beaucoup plus compliqué qu'un « non » pur et simple.

Il se remit à cautériser les vaisseaux sanguins et à nettoyer la plaie.

Ses cils noirs accentuaient le brun très foncé de ses iris, parsemés de reflets d'or qui adoucissaient ce regard profond et perçant.

Puis elle vit quelque chose bouger sous le masque de Diego, au niveau de sa bouche. À bord du bateau, elle avait remarqué qu'il avait pour habitude de se passer la langue sur la lèvre inférieure pendant qu'il se concentrait. Puis il se mordait la lèvre et fronçait les sourcils tout en passant ses longs doigts dans ses cheveux.

Ce tic, avait-elle découvert à sa grande horreur, déclenchait en elle une ardente vague de désir. La manière la plus facile d'éteindre ce feu était de se rappeler que le sort de son père et le sien dépendaient très probablement de cet homme.

Une heure plus tard, l'opération avait réussi, et les mains d'Isla avaient cessé de trembler.

Elle prit le clamp que Diego lui tendait et le posa sur le plateau stérile.

— Vous devez être épuisé, dit-elle. Vous devriez me laisser suturer la plaie… Comment avez-vous dit qu'il s'appelait ?

— On le surnomme Cruzito… Le petit Cruz. Son vrai prénom est Paz.

— C'est rare, comme prénom. Ça veut dire quelque chose ?

Diego la regarda droit dans les yeux.

— Cela signifie « paix »

— C'est une blague ? demanda-t-elle en riant.

— Le prénom de son papa est scandinave et signifie « père de la paix ».

— Axl Cruz ? Il a une drôle de manière de montrer qu'il est le père de la paix !

Les épaules de Diego se voûtèrent. Ses yeux très bruns se voilèrent un long moment avant qu'il ne se redresse.

— Eh bien, allez-y, refermez la plaie.

Elle comprit que le sujet était clos et n'insista pas. Il y avait anguille sous roche. Il ne s'agissait pas seulement de bandits en quête d'argent et de pouvoir. Visiblement, c'était plus compliqué.

Diego ôta son masque, s'écarta de la table d'opération et se mit à ranger ses instruments, sans plus lui accorder le moindre regard. Il s'en remettait entièrement à elle pour recoudre la plaie dans les règles de l'art, et cette marque de confiance lui allait droit au cœur.

Il ne lui donnait pourtant pas l'impression d'être le genre de chirurgien à passer volontiers les rênes au cours d'une opération. Ou à dispenser son respect et sa confiance au premier venu. Avec lui, il fallait faire ses preuves pour les mériter.

Et Isla avait fait ses preuves. Elle avait gagné son estime, et cela lui plaisait.

Elle posa les yeux sur la barbe naissante qui couvrait son cou et remarqua la fine lanière de cuir qui l'entourait, mais ne put voir le bijou qui y était accroché, caché sous sa tunique de chirurgien.

Subitement, elle eut une envie irrépressible de toucher cet objet. Elle se la reprocha aussitôt. Jamais un homme n'avait provoqué en elle ce genre de réactions instinctives. Et cet homme-là était son ravisseur.

Comme si elle avait besoin d'être encore plus vulnérable.

— Où est mon père ?

— Chaque chose en son temps, *cariña*.

Cariña ? Elle savait que ce mot était affectueux, mais il lui parut carrément inconvenant dans de telles circonstances. Pour autant qu'elle sache, cet homme était l'un des chefs des *pandilleros*. Le seul, à l'exception d'Axl Cruz, auquel ils obéissaient, en tout cas. Il était plus grand que la plupart d'entre eux. Mince mais pas maigre. Musclé. Il se déplaçait avec l'assurance gracieuse d'un grand félin. Cette confiance en soi reflétait le pouvoir que les chirurgiens détiennent au bout de leurs doigts habiles. Le pouvoir de donner la vie — ou de la prendre.

Elle détacha son regard de celui de Diego et, lentement,

méticuleusement, entreprit de refermer la plaie en alternant agrafes et sutures. Lorsque enfin Cruzito fut recousu, Diego appela deux hommes, qui emmenèrent le blessé dans une petite salle de réveil attenante.

Pendant qu'ils nettoyaient les instruments chirurgicaux, un autre homme fit son entrée dans la pièce, suivi de deux porte-flingues. Physiquement, il n'avait rien d'intimidant, ni par sa musculature ni par sa taille. Mais il émanait de lui une aura de puissance — qu'il avait acquise à force d'inspirer la peur. Axl Cruz, sans nul doute.

Il jeta un coup d'œil à la table sur laquelle son fils avait été opéré, puis il adressa quelques mots saccadés à Diego.

— Qu'est-ce qu'il dit ?

Que n'aurait-elle donné pour comprendre l'espagnol, en cet instant ! D'autant plus qu'elle était, à l'évidence, le sujet de la conversation.

Mais les deux hommes continuèrent à parler sans se soucier d'elle. Quant aux deux gardes du corps, ils paraissaient parfaitement indifférents. Blasés. Comme si ce genre de situations faisait partie de leur quotidien.

Soudain, le ton monta entre les deux hommes. Diego frappa du poing sur la table, renversant avec fracas des instruments. Son attitude était celle d'un homme qui vient de lancer un ultimatum.

Isla déglutit.

Qu'était-il en train de négocier ? La vie d'Isla ? Sa liberté ? Il n'y avait pas d'ambassade britannique à El Valderon. Elle ne connaissait même pas le numéro d'urgence que les ressortissants du Royaume-Uni étaient censés appeler en cas de problème. Et, même si elle avait pu rameuter des secours, elle craignait qu'une telle intervention ne mette un peu plus d'huile sur le feu, sans rien donner de bon.

Elle se tourna vers Axl, qui la regarda d'un air indifférent avant de hausser les épaules. Il avait lui aussi, visiblement, formulé son ultimatum. Il sortit de la pièce sans se retourner.

Les mains de Diego agrippèrent son collier de cuir, tandis qu'il posait une question, d'un ton sarcastique, à l'un des deux gorilles d'Axl. Diego le regarda droit dans les yeux pendant un moment avant que l'homme ne hausse lui aussi les épaules et ne quitte la pièce à son tour.

Alors, Diego glissa son index droit sous son collier et, d'un coup sec, le détacha de son cou.

— Enlevez vos gants, ordonna-t-il à Isla.

— Quoi ?

Sans comprendre pourquoi, elle obéit. Une douce chaleur l'envahit lorsqu'il lui prit la main. Puis elle sentit quelque chose de froid glisser le long de son annulaire gauche.

C'était une bague. Un magnifique trio d'anneaux entrelacés, où l'or se mêlait à l'argent et au platine. Un énorme diamant y était enchâssé.

— Qu'est-ce que ça veut dire, ça… ?

La stupéfaction l'empêchait de réfléchir.

— Pourquoi avez-vous fait ça ? ajouta-t-elle en levant les yeux vers Diego.

— Épousez-moi.

La proposition que Diego s'entendit prononcer le troubla autant qu'elle semblait troubler Isla, qui resta un moment bouche bée.

— Épousez-moi, Isla, répéta-t-il.

Il ne reconnaissait pas sa propre voix, tant elle était altérée par l'émotion. Pressante. Dénuée de la désinvolture qu'il arborait comme une armure depuis que son cœur avait été réduit en miettes. Mais c'était un cas de force majeure.

Aux grands maux les grands remèdes.

Isla secoua la tête, comme si cela pouvait changer le sens des mots.

— Excusez-moi, mais cela veut-il dire la même chose qu'en Écosse ? Là-bas, c'est une demande en mariage.

— Je crois vous avoir prouvé que je parlais couramment anglais.

Sans le vouloir, il avait répondu d'un ton sec, bien loin de celui qu'emploierait un futur époux énamouré.

— Je ne comprends pas, fit-elle.

Comment aurait-elle pu comprendre ? Elle vivait dans un autre monde, moins dur. Où la survie n'était pas un problème quotidien. Où les demandes en mariage se faisaient avec ferveur, entre deux êtres qui avaient appris à se connaître au préalable.

— Épousez-moi. Pour sauver la vie de votre père. Et la vôtre.

Axl avait été parfaitement clair. Il ne consentirait à renoncer au sanctuaire que si Doug MacLeay disparaissait. Pour toujours.

Diego n'avait trouvé qu'un moyen de sauver la vie d'Isla et celle de son père : bénéficier d'une vieille promesse qu'Axl lui avait faite. Après la mort du frère de Diego, Axl s'était engagé à garantir la sécurité de tous les membres de sa famille. Et il n'y avait qu'une seule manière de faire entrer Doug et Isla dans cette famille. Il avait donc dit, le plus sincèrement possible, qu'il était amoureux d'Isla. Et que c'était réciproque.

Axl l'avait pris au mot.

« Tu dis que tu l'aimes, cette femme ? Parfait. Eh bien, épouse-la ! Ce soir. »

Sinon ?

C'était à cette question qu'Axl avait répondu en haussant les épaules. Faute de mariage, c'était la mort qui attendait les deux Écossais.

C'était aussi simple que ça.

Diego attendait maintenant sa réponse, en priant pour qu'elle accepte.

— Mais c'est ridicule ! protesta Isla. Maintenant que Paz est tiré d'affaire, ils vont sûrement nous relâcher.

— Non. Ça ne marche pas comme ça. Vous en savez trop, tous les deux. Votre père a causé trop de désordre.

— De désordre ! Vous vous moquez de moi ?

— Ils vont tuer votre père. C'est certain. Quant à vous… Vous, vous avez aidé à sauver la vie du fils d'Axl. Il pourrait en tenir compte.

Pendant une fraction de seconde, il discerna de la peur dans les yeux d'Isla. L'instant d'après, elle affichait de nouveau son masque de médecin habitué à faire face au pire. Celui que

Diego affichait lorsqu'il devait annoncer à un patient qu'il était atteint d'un cancer. Et qu'il n'ôtait guère depuis que son frère était mort en sauvant la vie du fils du criminel qui tenait toute l'île en otage.

Elle hocha la tête pour lui signifier qu'elle avait compris.

— Enfilez une autre paire de gants, ordonna Diego. Il faut le convaincre que c'est un vrai mariage d'amour. Que nous nous sommes rencontrés dès votre arrivée dans l'île, et que nous sommes fiancés.

— Mais je ne séjourne ici que depuis quelques jours !

— Vous n'avez jamais entendu parler du coup de foudre ?

Elle rougit et détourna les yeux.

Était-ce possible ? Avait-elle, elle aussi, ressenti cette attirance spontanée en le voyant ? Le même amour ?

Mais, non, ce n'était pas de l'amour qu'il avait ressenti. C'était du désir.

Diego croyait au désir. À la passion, même. Mais l'amour ? L'amour, il n'y croyait plus. Il ne pouvait plus y croire. Il avait perdu toutes ses illusions sur le genre humain.

— Quand ils reviendront, vous enlèverez vos gants. Ils ne remarqueront pas que c'est une autre paire. Tournez-vous vers la lumière pour qu'ils voient bien briller le diamant. Il faut qu'ils remarquent que vous avez la bague au doigt.

Isla paraissait contrariée — mais pas tant que ça. Agacée, tout au plus. Quelle femme ne l'aurait pas été en apprenant que sa vie et celle de son père dépendaient de son mariage avec un parfait inconnu ?

— Vous vous promenez toujours avec une bague de fiançailles autour du cou ? demanda-t-elle. Juste au cas où…

Il perçut dans ses yeux bleus une pointe de méfiance, au lieu de la gratitude à laquelle il s'attendait.

Elle ôta la bague de son doigt.

— J'ai une idée, dit-elle. Gardez votre bague et prêtez-moi votre téléphone pour que j'appelle la police.

Il faillit éclater de rire. Il admirait son tempérament de feu et comprenait son point de vue. Épouser quelqu'un contre son gré, ce n'est pas l'idéal. Dans de telles circonstances, néanmoins, il ne voyait pas d'autre solution.

Il prit la bague et la lui remit au doigt.

— Les murs ont des oreilles, *mi amor*, murmura-t-il. Ne parlez pas si fort.

— Pourquoi ne peut-on pas appeler la police ?

— La police n'interviendra pas. Elle laisse les problèmes de ce genre se résoudre d'eux-mêmes.

Comme lorsque les policiers avaient refusé d'escorter l'ambulance qui aurait pu sauver la vie du frère de Diego.

— Qu'est-ce que ça veut dire, ça ?

— Les flics se laissent acheter avec de l'argent mal acquis.

Diego savait qu'ils craignaient surtout pour la vie de leurs femmes et de leurs enfants. Face à la Noche Blanca, ils ne faisaient pas le poids.

— Vous plaisantez ? demanda-t-elle.

Diego baissa la tête, sans répondre.

— Cette bague appartenait à ma grand-mère, dit-il au bout d'un moment. Je ne l'ai jamais passée au doigt d'une femme. Je n'en ai jamais eu le désir.

La sincérité de son ton le surprit lui-même. Était-il amoureux d'elle ? Bien sûr que non. Mais accepterait-il de jurer qu'il lui devait assistance et protection ? Sans l'ombre d'un doute.

Pourquoi cet engouement ? Pourquoi son cœur l'avait-il choisie, elle ? Il décida de laisser ces questions en suspens et ferma la porte d'un coup de pied.

— Donnez-moi une raison de vous croire, dit-elle. Une seule.

— Votre vie est en danger. Ainsi que celle de votre père.

Le regard d'Isla se perdit un instant dans le vague, puis s'éclaira. Elle enfila une nouvelle paire de gants et le diamant étincelant disparut sous le fin latex bleu ciel.

La porte s'ouvrit, laissant le passage à un homme vêtu de noir. Il avait l'air fatigué. Échevelé. Il semblait être venu sous la contrainte.

Isla écarquilla les yeux en découvrant sa chemise noire et son faux col blanc. Mais Diego ne partageait pas son étonnement : la Noche Blanca était capable de tout, même de tirer un prêtre de son sommeil pour célébrer un mariage à une heure indue.

Mais peut-être avait-il été amené sur place un peu plus tôt... Pour administrer les derniers sacrements à Isla et à son père. Ou, plus probablement, à Paz.

Diego ne put réprimer un sourire. Axl le mettait à l'épreuve. Le « toubib » prétendait être épris de cette femme ? Eh bien, qu'il le prouve ! Comme Axl lui-même l'avait autrefois prouvé : il avait épousé sa propre femme vingt-quatre heures après l'avoir rencontrée et être tombé follement amoureux d'elle.

— Pourquoi nous force-t-il à faire ça en pleine nuit ?

— C'est un test. Il a promis, il y a longtemps déjà, de ne jamais faire de mal à ma famille. Et il me doit une faveur. Je lui ai dit que vous étiez ma fiancée et que nous avions eu le coup de foudre l'un pour l'autre. Et que je ne pouvais pas vivre sans vous.

Isla agrippa des deux mains le rebord de la table. Diego crut voir une lueur dans ses yeux bleus. Comme si elle espérait qu'il y avait du vrai dans cette dernière phrase.

Mais, non, il se faisait des illusions et devait à tout prix éviter d'emprunter cette voie. Il en allait de leur survie.

Il avait juré de faire tout son possible pour soulager les souffrances d'autrui et préserver des vies. Quelles que soient les circonstances. Cela ne lui rendrait pas son frère adoré. Mais, s'il sauvait Isla et son père, cela apaiserait peut-être un peu son insurmontable chagrin. Tel était son but. Rien de plus — même s'il ne pouvait nier que cette femme excitait son désir et sa curiosité.

Diego tendit la main et saisit délicatement le menton d'Isla, comme le ferait un fiancé avec sa promise.

— Si vous voulez sauver votre père, faites comme moi.

Elle secoua la tête, effarée. Diego n'aurait su dire si c'était un oui ou un non. Il la prit dans ses bras, non pas pour l'intimider, mais pour cacher l'expression paniquée de leur captive aux hommes de main qui venaient de faire irruption dans la pièce.

Ce lieu, qui tenait à la fois de la clinique et de la planque, n'était pas vraiment l'endroit idéal pour convoler. Diego imaginait aisément qu'Isla aurait préféré une cérémonie informelle sur la plage. Avec une petite robe toute simple, et quelques fleurs dans les cheveux. Rayonnante d'un amour pur et sincère…

Il réprima de justesse une envie insensée de lui promettre quelque chose de mieux quand cette épreuve serait passée.

Les *pandilleros* et le prêtre attendaient d'un air impatient qu'Isla se décide. Elle n'avait que quelques secondes pour prendre cette décision.

Isla ferma les yeux pendant que Diego lui frôlait la nuque d'une main et lui caressait le menton de l'autre. Elle savait qu'il jouait un rôle. Un rôle aberrant pour mener à bien un plan aberrant. Mais avait-elle encore le choix ?

Elle rouvrit les yeux en l'entendant chuchoter :

— Isla… Je vous en prie. Épousez-moi.

Elle aurait dû trouver dans cette étreinte trop intime et dans l'intensité de cette demande quelque chose de menaçant. De terrifiant, même. À sa grande surprise, il n'en fut rien. Venant de la part de Diego, ces gestes et ces mots lui semblaient plutôt protecteurs et bienveillants. Si quelqu'un ne les connaissant ni l'un ni l'autre les avait vus en cet instant, il aurait pu croire qu'ils se connaissaient et s'aimaient tendrement depuis des années. Et la façon qu'elle avait de se prêter naturellement à ses caresses n'aurait fait que renforcer cette impression.

Pouvait-elle faire ça ? Épouser un inconnu ?

Axl apparut sur le seuil de la porte et se mit à parler à Diego à voix basse.

Diego leva la main.

— *Momentito, por favor, Axl.*

Le regard d'Isla croisa celui d'Axl avant qu'il ne sorte. Il lui adressa un sourire, dénué de toute chaleur humaine.

— Vous avez de la chance, lui dit-il en désignant Diego d'un geste de la tête. C'est le seul homme en qui j'ai une entière confiance sur cette île.

Isla allait lui répondre que son père était tout aussi digne de confiance que Diego, mais elle sentit celui-ci lui pincer l'épaule.

Axl se retourna et quitta la pièce.

— Isla ! Écoutez-moi ! Épousez-moi. Il n'y a pas d'autre moyen de sauver la vie de votre père.

Pour la première fois depuis que les *pandilleros* avaient fait irruption au sanctuaire, elle ressentit une véritable peur. Jusque-là, tout cela lui avait paru surréaliste, un peu comme un mauvais rêve. Mais la réalité l'avait rattrapée.

Il fallait qu'elle le fasse.

— Le travail qu'accomplit votre père est très important, mais ces hommes ne sont pas… très cool.

Sans blague. Les gens qui brandissaient des fusils d'assaut et tiraient sur tout ce qui bougeait étaient rarement cool.

Elle recula d'un pas, en proie à une nouvelle crainte.

— Ce sera un… un vrai mariage ?

Diego se raidit. Son expression en disait long sur la noblesse de ses sentiments. Il n'était pas du genre à profiter d'une femme.

— Ce n'est qu'un expédient, répondit-il. Une fiction. Vous avez besoin de protection. Si nous nous marions, vous ferez partie de ma famille, ainsi que votre père.

— Vous en avez de la veine, dit-elle d'un ton sarcastique.

À sa grande surprise, il hocha la tête.

— C'est vrai, acquiesça-t-il, j'ai de la chance. Il faudra que vous restiez ici quelque temps mais, si nous nous prêtons à leur jeu, on pourra négocier la libération de votre père. Et le mettre dans un avion pour l'Écosse. Sain et sauf.

Ces mots lui mirent un peu de baume au cœur.

— C'est quoi, quelque temps ? demanda-t-elle.

Il haussa les épaules, comme si le temps n'importait pas.

— Le mariage est une institution que les gens prennent au sérieux sur cette île. Vous devez rester au moins un mois avec moi avant de…

— Un mois ! Mais pourquoi ?

Les problèmes pratiques que poserait un tel contretemps se bousculaient dans son esprit pragmatique.

— C'est la fin de la saison des accouplements... Pour les tortues de mer, précisa-t-il.

Comme s'il avait besoin d'apporter cette précision. Car il était hors question qu'il y ait quelque accouplement que ce soit, pendant ce maudit mariage.

Mais elle était disposée à rester dans cette île éternellement, si cela pouvait sauver la vie de son père.

— Bon, d'accord, fit-elle. Un mois.

Elle aurait voulu ergoter. Mettre en doute son explication. Mais elle se contenta de répéter :

— D'accord. Un mois, pas plus.

— Il faut que nous paraissions en public en tant que mari et femme. Quand nous serons chez moi... je veux dire chez nous, nous verrons en détail comme nous y prendre...

— Avec le mariage ?

— *Sí, mi amor*, avec le mariage.

C'était un des autres rares mots d'espagnol qu'elle comprenait. La contraignait-il ou la cajolait-il ?

Elle se mit en quête d'une réponse dans ses yeux noirs. Elle y puisa du réconfort. Elle y lut de la sincérité. Et du respect. Non, cet homme-là ne pouvait pas lui faire du mal. Avec lui, elle était en de bonnes mains.

Mais, si ces hommes étaient aussi violents qu'ils en avaient l'air, et s'ils ne lui devaient qu'une seule faveur, pourquoi en faire usage pour elle ? Pourquoi sacrifiait-il son propre avenir ainsi ?

Pour elle ? Mais non, c'était pour son père, bien sûr ! Sauver son père, tel était le but de Diego. Son père avait promis d'apporter la paix et la stabilité économique sur cette île. Aux yeux d'un homme comme Diego, qui aimait visiblement sa patrie et son métier, l'objectif d'une nation prospère et paisible répondait sûrement à ses plus chères prières.

Le prêtre se racla la gorge. Diego lui adressa un petit signe de tête, puis se tourna vers Isla.

— Je sais que c'est étrange, dit-il. Je sais que vous avez peur. Mais vous pouvez me faire confiance. Nous verrons plus tard comment nous dépêtrer de nos liens conjugaux.

Pour l'instant, ce qui importe, c'est de sauver votre père. Et pour cela il faut nous marier. Tout de suite.

— Tout de suite ?

Le prêtre s'approcha d'eux.

Il n'y avait plus moyen d'y échapper.

Une folle pensée lui traversa la tête. Le destin l'avait-il jetée dans les bras de Diego ? Ses fiançailles s'étaient-elles conclues par un fiasco, à Craggen, parce qu'elle était *destinée* à se marier sur cette île lointaine ?

Un mois… Elle savait déjà que sa vie en serait changée pour toujours. Les pensées défilaient si vite dans sa tête qu'elle en avait le vertige.

Son père était le plus doux, le plus bienveillant des hommes. Après la mort de la mère d'Isla, la bonté naturelle de son père s'était accrue, au lieu de s'éteindre. Rares sont les hommes ayant perdu leur femme aussi tragiquement qui ont assez de ténacité pour réaliser leurs rêves. Il aurait pu se contenter d'étudier les mœurs des loutres écossaises. Mais, non, il avait tenu à poursuivre les travaux de son épouse sur les espèces menacées.

Isla savait qu'il préférerait se sacrifier plutôt que de compromettre l'avenir d'une espèce en voie de disparition. Il allait falloir le sauver malgré lui.

Elle devait donc accepter de jouer son rôle dans ce plan insensé. Heureusement, elle n'était pas obligée de tomber amoureuse de Diego. Mais un doute la taraudait encore.

— Comment puis-je être certaine qu'ils laisseront mon père revenir en Écosse ?

— Axl a donné sa parole, répondit-il en serrant les poings.

Elle ne put retenir un rire sardonique.

— Vous voulez me faire croire que, si j'accepte de vous épouser, ils vont laisser mon père partir en Europe, sans lui faire le moindre mal ? Ces brutes qui nous ont enlevés, mon père et moi, par la force des armes ?

— Oui, dit-il sans la moindre trace d'ironie dans la voix.

— Et s'il refuse de partir ?

— Mais il le faut ! Du moins, temporairement... Jusqu'à la fin de la saison de la ponte. Sinon, ils le tueront, c'est certain.

— Et moi, qu'est-ce qui me dit qu'ils ne me tueront pas, quand mon père sera parti ?

— Cela n'arrivera pas, dit-il d'un ton ferme et catégorique.

— Je n'ai aucune raison de me fier à leurs promesses.

— Quand la Noche Blanca conclut un accord, elle l'honore toujours.

Il se tourna et son regard se porta vers la porte. Dans le couloir, deux *pandilleros* poussaient un lit à roulettes, sur lequel était allongé Paz, alias Cruzito. On le transférait de la salle de réveil à une chambre où son père l'attendait.

— Ils me doivent une faveur.

Elle n'avait pas besoin d'en entendre davantage.

— Je n'ai pas d'autre choix que de vous faire confiance, dit-elle. J'accepte.

4.

— *Sí, quiero.*

Diego avait prononcé la phrase rituelle presque machinalement. Il n'avait pas prévu que son mariage ressemblerait à ça. D'ailleurs, il n'avait jamais prévu de se marier. Accablé par les tragédies familiales qui avaient émaillé sa vie, il avait fait depuis longtemps son deuil de toute félicité conjugale.

Il adressa au prêtre un petit signe de la tête.

Il allait bientôt être marié. Isla n'avait plus qu'à prononcer à son tour ce vœu sacré. Après… Il y aurait des écueils à éviter, des précautions à prendre… Mais son expérience l'avait préparé à faire preuve de souplesse.

Telle était la vie, à El Valderon. On choisissait un mode d'existence, et on s'y tenait. Légal ou illégal. Ou ni l'un ni l'autre, à la manière de Diego, qui frôlait sans cesse la ligne rouge en venant en aide à tous ceux qui avaient besoin de ses soins.

Un jour, la paix et la justice régneraient dans cette île. Mais, en attendant, il fallait faire avec les conflits et les iniquités.

Cette femme aux cheveux de feu semblait aussi emballée par ce mariage qu'Axl avait paru enthousiasmé par l'idée de laisser repartir le Pr MacLeay en toute sécurité pour l'Écosse. Une sécurité garantie pour la vie. En échange de laquelle Axl avait posé comme condition qu'Isla devait rester dans l'île, auprès de son légitime époux.

Dans un instant, elle deviendrait Isla Vasquez.

Curieusement, il aimait la sonorité de ce nom. La perspective de former une équipe avec Isla avait quelque chose d'exaltant. Diego était un solitaire, mais voulait-il le rester ?

Il chassa de son esprit ces divagations. Ce n'était qu'une union *pour la forme*, où l'amour n'avait aucune part.

Diego fit signe au prêtre d'accélérer la cérémonie — mais le saint homme l'ignora. Il semblait, au contraire, vouloir n'en omettre aucun détail. Il donnait ainsi à Isla une dernière chance de se raviser.

Il fut pris d'une subite envie d'embrasser sa promise. Mais il se souvint que ces noces étaient bidon et s'en garda bien. Le médecin en lui savait que l'adrénaline et la testostérone pouvaient l'emporter sur le bon sens. C'est la raison pour laquelle les hommes poussent des cris de guerre sur le champ de bataille avant de s'étriper. Alimentée par la volonté biologique de survie, la peur se déguise en bravoure.

Isla s'efforçait visiblement de comprendre ce que psalmodiait le prêtre.

— *Quiere a Diego Vasquez por esposo ?* acheva celui-ci.

Diego prit la main d'Isla et lui adressa un sourire.

— Là, tu es censée dire comme moi : « *Sí, quiero.* »

Il était passé tout naturellement au tutoiement. Après tout, ils étaient sur le point de convoler.

— Je ne vais pas dire des mots que je ne comprends pas, dit-elle sèchement.

Loin d'être agacé par les réticences d'Isla, il éprouva pour elle de la compassion. Ce mariage avait lieu sous la contrainte. Dans une langue étrangère, de surcroît. La plupart des gens auraient déjà éclaté en pleurs.

Mais pas Isla. Il lut dans ses yeux qu'elle combattait sa peur. Et qu'elle la vainquait.

Il n'était guère plus à l'aise qu'elle. Il n'était pas du genre à voler au secours des damoiselles en détresse. Isla n'était pas une faible femme. Mais, là, elle avait vraiment besoin d'aide. Une aide qu'il était seul à pouvoir lui apporter.

— Et si je traduisais ? proposa-t-il.

Il lui effleura la joue et, contre toute attente, elle ne se raidit pas. L'intimité de cet instant rendait les vœux qu'ils étaient en train d'échanger beaucoup plus réels. Il leur fallait affronter ensemble cette épreuve.

— Il t'a demandé si tu consentais à me prendre pour époux. Il ne te reste plus qu'à dire, comme moi : *« Sí, quiero. »* Pour accepter à ton tour.

Il crut qu'elle allait craquer et refuser, au dernier moment, de se prêter au jeu. Puis il vit sa résolution renaître. Elle allait se jeter à l'eau. Pour son père. Cette preuve de dévouement inspira de la fierté à Diego : il sut alors qu'il avait fait le bon choix pour éviter une tragédie. Il n'avait jamais ressenti autant d'estime pour lui-même depuis la mort de Nico.

— *Sí*, dit-elle.

Elle lui serra fort la main en affirmant d'une voix ferme :

— *Sí, quiero.*

Le prêtre les déclara mari et femme, et Diego céda à l'impulsion. Il prit Isla par la taille et l'embrassa.

Il aurait aimé pouvoir dire que son épouse réticente n'avait jamais encore été embrassée plus tendrement, plus délicatement.

Mais Diego était submergé par l'émotion. Et, quand sa bouche affamée s'unit à celle d'Isla, ce fut avec une ardeur incontrôlable.

Une activité frénétique succéda au mariage au cours des heures suivantes. À tel point qu'Isla n'eut pas le temps de se désoler d'être, aux yeux de l'Église catholique et du gouvernement d'El Valderon, la *señora* Isla Vasquez.

Cela semblait si grotesque, si irréel. En quelques jours, elle avait été répudiée par son fiancé et avait épousé un parfait inconnu.

Elle était devenue une épouse.

En titre, seulement. Évidemment.

Mais... Mais elle ne parvenait pas à oublier ce baiser. Jamais elle n'avait encore ressenti une telle fusion. Ce n'était pas un baiser ordinaire. Diego l'avait savourée. Explorée. *Possédée.*

Elle ferma les yeux, et une image mentale de cet homme lui apparut. Grand. Une peau couleur caramel. Des yeux d'ébène striés d'or. De longs doigts souples. Des bras robustes. Une élégance naturelle.

Un chirurgien hors pair. Qui avait sauvé trois vies en une nuit. Celle de Paz. Celle de son père. Et celle d'Isla.

Décidément, Diego avait tout du prince charmant.

Oui, mais les contes de fées ne se terminent pas toujours bien pour la princesse…

Elle tendit un autre livre à son père.

— Tu l'emportes, celui-là ? demanda-t-elle.

— Oui, celui-là, j'y tiens.

— Papa, tu ne peux pas tous les emporter. On doit être à l'aéroport dans moins d'une heure, et le poids des bagages est limité.

Cela la fit penser à son propre sac de voyage, tout miteux, qui ne contenait que deux jupes et deux T-shirts. Elle portait toujours la tenue médicale que Diego lui avait donnée. Elle aurait voulu se changer, se débarrasser de ces étranges vêtements nuptiaux. Et exiger qu'on lui permette, pour une fois, d'être elle-même.

N'être plus la fille dévouée, ou le médecin généraliste conciliant. Non, il était temps qu'elle prenne ses propres décisions. Qu'elle choisisse sa propre voie.

Mais on venait de l'obliger à épouser un homme sous la menace d'une arme.

— Il n'y a pas de limite de poids en classe affaires, objecta son père.

— En classe affaires ?

— Je suppose que ton mari a pensé que cela rendrait ce voyage moins douloureux…

Il lui adressa un sourire las avant d'ajouter :

— Tu l'as bien choisi, celui-là, tu sais.

— Comment cela ?

— Diego fera un excellent mari pour toi.

— Papa ! s'exclama-t-elle, indignée. J'ai épousé Diego pour éviter que la Noche Blanca ne nous tue *tous les deux*. Tu as déjà oublié ?

Il la regarda d'un air dubitatif. Comme si elle avait eu un autre choix que d'épouser cet inconnu sous la contrainte.

— De toute façon, ce n'est que pour un mois, dit-elle en rangeant les livres dans le vieux sac à dos de son père.

— C'est ce qu'il t'a dit ?

— Tu crois qu'il m'a menti ? demanda-t-elle.

— Le temps, sur une île, ne s'écoule pas de la même manière. Et Diego Vasquez est un insulaire.

Isla s'apprêtait à lui demander d'être plus explicite mais, à cet instant, Diego passa la tête par la porte du bungalow.

Le cœur d'Isla fit un bond. Instinctivement, elle s'effleura les lèvres du bout des doigts, comme si la seule vue de cet homme lui faisait revivre ce baiser torride.

Diego entra dans la pièce et se mit à parler tranquillement avec le père d'Isla des dispositions qu'il avait prises pour le voyage — pendant qu'elle tentait de trouver un sens à sa réaction physique, qui semblait échapper à tout contrôle et à toute raison.

Comment expliquer autrement le lien fusionnel qu'elle avait ressenti quand leurs lèvres s'étaient mêlées avec tant d'ardeur ?

Son baiser avait été avide, intense. Il l'avait serrée contre lui en amant conquérant. Comme s'il l'avait enfin séduite après lui avoir fait longuement la cour. Comme s'il l'aimait de tout son être, de tout son cœur.

Aurait-elle embrassé Kyle avec la même fougue, devant l'autel ? Le moment était-il venu d'admettre qu'elle avait toujours su que Kyle n'était pas plus fait pour elle qu'elle n'était faite pour lui ? Et qu'elle était destinée à trouver la véritable âme sœur chez un autre ?

— Bon, vous êtes prêts ? demanda Diego. Allons-y. Je vais vous y conduire dans ma voiture, mais ne vous étonnez pas si nous avons une… escorte.

— Axl ? fit le père d'Isla en secouant distraitement la tête, comme si tout cela était parfaitement dans l'ordre des choses.

Ils se mirent à discuter d'un itinéraire qui n'attirerait pas trop l'attention.

— Je veux que les habitants sachent que je ne renonce

pas, dit le père d'Isla. Que le sanctuaire sera toujours un sanctuaire. Et pas seulement pour les tortues.

C'était sa manière de surmonter la mort de sa femme. Procurer un sanctuaire à tout ce qui vivait et souffrait. Même au prix de sa propre sécurité.

C'était un scientifique. En tant que tel, il connaissait la part du risque dans la vie. Isla aussi, d'ailleurs, en tant que médecin. Une opération n'était pas toujours couronnée de succès. Une petite fièvre pouvait dégénérer en maladie mortelle. À tout moment, un cœur pouvait cesser de battre.

Mais le savoir scientifique ne pouvait compenser la perte d'un être cher. Le jour où sa mère avait été tuée, Isla était devenue une femme pragmatique, soucieuse d'efficacité avant tout. Une femme sur laquelle on pouvait compter. Une fille dévouée, qui venait d'épouser un inconnu pour que son père puisse vivre et sauver d'autres vies.

Elle vit Diego se retourner dans l'embrasure de la porte, tandis qu'un homme approchait du bungalow.

Elle éprouva un sentiment qui l'aidait à combattre sa peur : la gratitude. Elle devait la vie au Dr Diego Vasquez. La veille encore, elle ignorait son existence et, aujourd'hui, elle était son épouse ! Il était clair que cet homme n'était pas ordinaire. Les hommes de sa trempe étaient rares.

Il semblait exercer un pouvoir invisible sur les habitants de l'île. Non pas le pouvoir que donne la force brute. Ou la cruauté. Non, c'était le pouvoir que donnent la *vision* et la *détermination*. La volonté d'améliorer le sort de ses compatriotes. Son influence les incitait à se remettre en cause. Il était même parvenu à convaincre le père d'Isla de suspendre son projet pour que subsiste une petite chance de réussite. Ce qui, aux yeux d'Isla, tenait du miracle.

— Isla ? Que dirais-tu si je ratais cet avion ? demanda son père.

— Non, papa. C'est hors de question. Cet avion, tu vas le prendre.

Les rôles étaient inversés : l'enfant réprimandait le père.

— Si tu meurs, quel bien cela fera-t-il aux tortues ? demanda-t-elle.

C'était l'ultime argument, et il n'insista pas.

— La clé de la maison se trouve au cabinet de consultation, reprit-elle. Mon remplaçant, le Dr McCracken, te la remettra. Ne t'étonne pas si Miss Laird vient de temps en temps arroser les plantes. Je n'ai pas encore réussi à la joindre pour la prévenir de ton arrivée.

— Miss Laird ? C'est qui, celle-là ?

Son père n'avait pas la mémoire des noms. Surtout des noms des habitantes de Craggen. Une seule femme avait compté dans sa vie, comme il l'avait confié à Isla l'une des rares fois où il avait évoqué le passé, avant d'ajouter tristement : « Et elle est partie, maintenant. »

— Oui, Mary Laird. Ça fait quatre ans qu'elle habite Craggen. Tu vas voir, elle est très gentille. Elle tient un petit refuge pour animaux, tout près du cabinet. Des chiens, surtout… Mais elle accepte toutes les bêtes. Un jour, elle a même recueilli un phoque qui s'était échoué sur la plage.

Mais son père semblait ailleurs. Elle ne pouvait pas lui en vouloir. Cette nuit mouvementée l'avait bouleversé.

Lorsqu'ils eurent fourré le dernier livre dans le sac, ils se levèrent, prêts pour le départ. Jamais il ne lui avait paru plus las. Pourtant, à cinquante-huit ans, il n'était pas encore vieux. Ses rides s'étaient toutefois creusées. Et ses cheveux étaient plus gris — plus sel que poivre. Cette transformation ne s'était pas produite en une seule nuit, bien sûr. Mais c'est pourtant l'impression qu'elle avait, en cet instant. Elle avait le sentiment de découvrir pour la première fois combien ses travaux et ses épreuves l'avaient prématurément vieilli.

Les rides, les cheveux gris, les épaules légèrement voûtées… Elle se rendait compte à présent que cela ne venait pas seulement de la fatigue. C'étaient autant de marques laissées par la défaite.

Quoi qu'il en soit, les MacLeay n'étaient pas du genre à s'avouer vaincus. Peut-être était-ce l'une des raisons pour lesquelles elle avait si longtemps fermé les yeux sur tous les problèmes, pourtant flagrants, que posait sa relation avec Kyle…

— Que vais-je raconter aux gens de Craggen ? fit-il.

Il se frotta l'œil droit, dont les contours noircissaient rapidement. Il prétendait qu'il avait malencontreusement heurté une chaise pendant qu'il « bavardait » avec la famille Cruz. Elle le croyait autant qu'elle croyait que Diego était amoureux d'elle.

— Je leur dirai que j'ai dû rentrer en Écosse pour me ressourcer. Et que tu es restée pour t'occuper du sanctuaire pendant mon absence. Tu n'y manqueras pas, hein ?

Elle le lui promit. L'entretien orageux qu'il avait eu avec la Noche Blanca avait effrayé son père. Isla en bouillait encore de rage. Cela lui donnait envie de s'installer sur cette île et de veiller à ce que les projets de son père se réalisent. Ramener la paix dans l'île ainsi que la longévité et le bien-être aux tortues de mer.

Oui, mais comment ? Et puis, en aurait-elle la force ?

Pour la première fois de sa vie, elle n'avait absolument aucune idée de quoi serait fait son avenir.

Elle se força à sourire pour masquer devant son père l'angoisse qui lui crispait les entrailles.

— Je reviendrai, murmura-t-il en la serrant dans ses bras. Pas seulement pour les tortues. Je reviendrai pour toi.

Comme elle aurait voulu croire que c'était vrai !

Elle avait passé presque toutes ses vacances scolaires avec sa grand-mère, parce que son père oubliait le plus souvent, malgré ses promesses, d'aller la chercher à l'école où elle était en pension. Elle adorait son père, mais il n'avait jamais été très doué pour tenir ses engagements.

Avec Kyle, elle avait fait preuve de la même naïveté. Elle avait accepté sa demande en mariage, parce qu'elle avait cru en ses beaux discours. Parce qu'elle espérait, contre toute probabilité, qu'elle parviendrait à transformer ce coureur de jupons avéré en un fidèle compagnon.

Cela lui apprendrait à vouloir changer un homme. La seule personne qu'elle pouvait changer, c'était elle-même.

Diego apparut de nouveau sur le pas de la porte. Cet homme semblait doué d'un sixième sens lui permettant de savoir quand elle avait besoin de sa présence.

— Tout va bien, *corazón* ? demanda-t-il.

Il prit le lourd sac à dos, bourré de livres, du père d'Isla et les précéda jusqu'à sa voiture, une jeep décapotable. Comme prévu, deux SUV menaçants aux vitres teintées les suivirent pendant tout le trajet. La Noche Blanca voulait s'assurer que le Pr MacLeay monterait bien à bord de l'avion.

Après une dernière embrassade, elle salua son père d'un geste d'adieu, et il disparut au-delà des portiques de sécurité. Le premier réflexe d'Isla, après cette séparation forcée, fut de se tourner vers Diego pour puiser un peu de réconfort dans son regard tranquille.

Tout en conduisant, Diego tendit une main vers la cuisse d'Isla et dut se retenir pour ne pas la caresser. Il était sans cesse tenaillé par l'envie de la toucher, de la réconforter. Et il devait sans cesse se rappeler qu'il n'était pas du genre à se marier. Il n'avait jamais rêvé d'être un époux ou un père.

— Ton père ne court plus aucun risque.

Isla inspira profondément, comme si elle était sur le point de se lancer dans une diatribe contre cette odieuse situation. Puis elle sembla se raviser.

— Merci, répondit-elle simplement.

La sincérité qu'il perçut dans sa voix le réjouit un instant. Mais il se souvint que seul le sauvetage du professeur lui valait cette gratitude. Et non le baiser torride. Et moins encore le mariage. Cette fille aurait fait n'importe quoi pour sauver son père. Tout comme Diego aurait tout fait pour sauver son petit frère, s'il avait été présent au moment de sa mort… Mais il se trouvait alors sous d'autres cieux, sur les bancs de la fac de médecine.

— C'est tout naturel, finit-il par dire.

— Que dit le proverbe ? « Qui trop en hâte se marie, toute sa vie se repentit. »

— Ce n'est pas faux.

Ce qui l'était encore moins, c'était qu'Isla MacLeay n'était pas son grand amour. Ce n'était qu'une belle rousse, qui lui avait tapé dans l'œil, voilà tout.

Elle remua les épaules et relâcha son souffle. Une façon, peut-être, de se préparer mentalement à sa vie nouvelle.

— Eh bien ! dit-elle en giflant violemment sa cuisse. Ça nous donne un mois de loisir.

Elle avait prononcé ces derniers mots sans le moindre enthousiasme. Il fut sur le point de la détromper. De lui avouer qu'il était loin d'être certain de cette durée. Il avait parlé d'un mois pour l'amadouer. À force de soigner des gens qui enfreignaient la loi, il était devenu circonspect. Et c'est en diplomate avisé qu'il préféra dire avec entrain :

— À nous et à notre mois de loisir !

Cette fois, il ne put s'empêcher de lui prendre la main et de la porter à sa bouche pour y déposer un baiser. Ce geste spontané parut étrangement naturel à Diego. Il avait eu la même impression lorsqu'il l'avait prise dans ses bras, après le départ de son père, puis lorsqu'ils avaient regardé ensemble l'avion décoller et disparaître dans le bleu du ciel.

— Tu dois être épuisée, dit-il.

— C'est vrai. J'aurais bien besoin de faire une sieste.

— On est bientôt arrivés, dit-il en détournant les yeux.

Tout ça, c'était un simulacre. Dès qu'elle serait hors de danger, il la laisserait sortir de sa vie. Il n'avait aucun droit sur elle.

— Je croyais que tu habitais près du sanctuaire, fit-elle. Nous n'avons roulé que quelques minutes pour arriver à ton… cabinet.

— Ce n'est pas vraiment mon cabinet… C'est un local qu'Axl a eu la bonté d'accepter de la part de la communauté.

En réalité, c'était Diego qui avait fait don à Axl de ce bungalow et du terrain environnant, peu après que son frère avait été atteint par une balle destinée au fils aîné d'Axl.

— Axl Cruz ? Le chef de la Noche Blanca.

— C'est exact.

— Ah bon ? Il ne m'a pas vraiment fait l'effet d'un type qui se soucie de la communauté. Je parie que cette petite clinique ne sert qu'aux membres de la Noche Blanca.

Difficile de lui cacher la vérité.

Il songea aux dizaines de blessures à l'arme blanche qu'il avait suturées. Aux balles qu'il avait extraites. Aux blessés qu'il avait opérés. À ceux qui n'avaient pas survécu. Il était impensable qu'il habite cette maison, hantée par des fantômes.

— Disons que cette clinique est un service public.

— Un service public qui permet à des bandits, blessés en commettant des crimes, d'être soignés ?

— L'unique hôpital de l'île n'a pas assez de personnel pour soigner tous ceux qui en ont besoin. La plupart du temps, les personnes impliquées dans ce genre d'activités craignent d'aller à l'hôpital, où elles risquent d'être arrêtées.

— Mais d'autres gens peuvent-ils bénéficier de la clinique d'Axl ? Les paysans du coin, par exemple ? Ce serait plus pratique, pour eux, l'hôpital étant à l'autre bout de l'île.

— Non. Ce lieu est réservé aux membres de la Noche Blanca.

— Et quand les victimes n'appartiennent pas à la Noche Blanca ? L'hôpital envoie-t-il une ambulance pour leur porter secours ?

— Oui, sauf si elles ont le moindre lien, familial ou amical, avec la Noche Blanca…

— Je ne comprends pas, dit Isla. Dans mon pays, tous les patients, quels qu'ils soient, ont le droit d'être soignés.

— J'aimerais qu'il en aille de même ici, dit-il.

Il soupira avant de réciter son explication, comme une leçon bien apprise :

— À El Valderon, les ressources sont extrêmement limitées. L'île n'a jamais vraiment été gouvernée démocratiquement depuis qu'elle a été décolonisée, malgré certains progrès. La direction de l'hôpital public ne veut pas risquer la vie de son personnel en l'envoyant sur des scènes de crime.

— Vous voulez dire, en fait, que les méchants sont plus forts que les gentils ?

— Non, ce serait simpliste.

Il se retint à nouveau de lui effleurer la cuisse. Il ne fallait pas qu'il se laisse aller et qu'il oublie que ce mariage n'était qu'un simulacre. Il fallait qu'il s'en tienne aux faits. Un mois, cela passerait vite. Ensuite, il pourrait reprendre le cours de sa croisade personnelle : restaurer progressivement la paix et la bonne entente sur son île tant aimée.

— Axl n'est pas le seul prédateur à sévir dans les petites nations des Caraïbes, qui ne sont indépendantes que depuis peu. Beaucoup de gens, des paysans surtout, ont pensé que leur sort allait s'améliorer, mais ils sont toujours aussi pauvres. Axl et les autres chefs de bande ont tiré parti de cette situation. Ils ont encouragé les pauvres à ne pas laisser une minorité d'héritiers s'enrichir à leurs dépens.

Il songea avec un peu de honte à l'histoire de sa propre famille, mais n'en dit rien. Isla aurait bien le temps d'apprendre qu'il appartenait à cette minorité de nantis.

— Comment les riches ont-ils acquis leur fortune ?

— En exploitant des plantations de canne à sucre et de café. Le tourisme rapporterait beaucoup plus, si l'île n'avait pas la réputation d'être sous la coupe des criminels.

— Mais pourquoi les habitants volent-ils des œufs de tortue, s'ils savent que l'écotourisme les rendrait plus prospères ?

— As-tu déjà passé deux ou trois jours sans rien manger ? Ici, c'est le cas d'un grand nombre de gens.

— Et le gouvernement ne leur vient pas en aide ?

— Il fait ce qu'il peut. Mais, comme les habitants sont presque tous très pauvres, les rentrées fiscales sont faibles et le budget de l'État s'en ressent. Les forces de police, les services de santé manquent donc de ressources.

Diego était disposé à travailler davantage, jour et nuit si nécessaire, mais les soins qu'il prodiguait « en coulisse » ne lui en laissaient guère le loisir. Il fallait avant tout qu'il fasse pénitence pour son frère, jour après jour.

— Pourquoi ne travailles-tu pas à plein temps à l'hôpital ? Cela pourrait compenser le manque de personnel.

— C'est ce que je fais.

Mais il ne s'étendit pas davantage sur ce sujet douloureux.

— Et ta famille ? demanda Isla. Comment les Vasquez ont-ils vécu cette transition vers la démocratie ?

— Tu fais partie de cette famille, désormais, ma chérie. N'oublie pas que tu seras considérée comme une Vasquez, désormais.

— Raison de plus pour répondre à ma question ! dit-elle, agacée. Quel rôle joue ta famille à El Valderon ?

— Ça dépend à qui tu poses la question.

— *Ay, papi !* Ça a l'air bien mystérieux.

Diego éclata de rire, oubliant sa morosité.

— Où as-tu appris cette expression ?

— Laquelle ? fit-elle en rougissant.

— *Ay, papi !* Où as-tu pêché ça ?

Elle fronça les sourcils, comme si elle cherchait la réponse dans sa mémoire.

— En regardant la télévision, sans doute, avoua-t-elle au bout d'un moment. Ce n'est pas ce qu'on dit, en espagnol, quand on réprimande quelqu'un ? Quand on veut dire : « Pas de ça avec moi ! Ne cherche pas à répondre à côté ! Dis-moi la vérité ! »

Diego s'efforça en vain de déguiser un deuxième éclat de rire en quinte de toux.

— Non, la détrompa-t-il. Ça ne signifie pas du tout ça. C'est une expression très familière, qui se dit surtout quand…

Il lui passa la main dans les cheveux. Voulait-il vraiment aborder ce sujet ?

— Quand quoi ?

Elle avait l'air sincèrement intéressé.

Il se frotta le menton et la bouche, pour tenter de masquer son sourire.

— C'est quelque chose que tu me dirais peut-être si nous avions tous deux vingt ans…

Il se garda bien d'ajouter : « Et que nous étions tout nus. Dans un lit. »

— Je n'ai que trente et un ans, protesta-t-elle. Je ne suis pas encore croulante.

Elle lui adressa un regard farouche. Elle attendait visiblement une explication plus complète.

Mais comment aurait-il pu décemment lui expliquer que si elle devait lui dire ces deux mots un jour — ce dont il doutait — ce serait en faisant l'amour avec lui. Entre deux râles de plaisir ou à l'approche de l'orgasme. Elle aurait le corps trempé de sueur, il aurait les deux mains plaquées sur sa chute de reins…

Il toussota. Ces évocations devenaient un peu trop vivaces. Mais pourquoi diable se montrait-il aussi timide avec elle ? Il était régulièrement confronté à des *pandilleros* armés jusqu'aux dents, quand même ! Il était plus direct avec ces brutes qu'il n'osait l'être avec cette femme.

Il se souvint du billet de première classe qu'il avait acheté pour le Pr MacLeay. Il s'y était décidé quand il avait lu dans les yeux d'Isla son horreur en découvrant les plaies et bosses que son père avait récoltées lors de sa « conversation » houleuse avec Axl.

Diego leva les yeux au ciel, cherchant un moyen convenable d'expliquer à sa pseudo-épouse qu'elle venait de dire deux mots qu'une jeune femme bien élevée ne prononce, le plus souvent, que lors d'une étreinte passionnée.

Par-delà son attirance physique indéniable pour cette femme, il avait conscience de vouloir la protéger. Avant tout. Envers et contre tout.

Il savait très bien ce qu'il faisait quand il l'avait convaincue de l'aider à opérer Paz. Et quand il l'avait convaincue de l'épouser. Il la protégeait.

Mais il savait aussi *très bien* ce qu'il faisait lorsqu'il l'avait embrassée au terme de cette cérémonie insolite. Il avait cédé à un désir irrépressible. Né en lui à l'instant même où il l'avait vue pour la première fois. Et qui n'avait cessé de croître depuis.

Mais pourquoi continuait-il à vouloir la ménager, maintenant que le danger était passé ? Alors qu'il savait aussi bien qu'elle que ce mariage n'était qu'une ruse pour sauver le professeur…

Il préférait ne pas répondre à cette question. Admettre qu'elle avait éveillé en lui un désir charnel longtemps assoupi, c'était prendre le risque de lui ouvrir son cœur. Et, ça, c'était absolument hors de question.

Ce mariage blanc allait durer quelques semaines. Puis chacun reprendrait seul le cours de son existence, reléguant dans l'oubli cet épisode ridicule.

— Allez, dis-moi ce que ça veut dire ! insista-t-elle. *Ay, papi !*

Diego décida de se jeter à l'eau.

— C'est ce que les amants se disent parfois, quand ils sont dans l'intimité… Dans une intimité très… fougueuse.

Mortifiée, Isla posa un doigt sur ses lèvres — ces lèvres qu'il avait savourées à son corps défendant, mais avec tant de plaisir.

Diego l'observa un instant. Il la soupçonnait de manquer d'assurance. La chemise fripée et le T-shirt taché qu'elle portait lorsqu'il l'avait vue pour la première fois ne donnaient pas l'impression d'une femme qui privilégiait son apparence sur ce qu'elle avait dans le crâne.

Néanmoins… Quand il avait vu sa silhouette svelte flotter dans sa tenue de chirurgien…

Caramba ! Muy caliente !

Elle était d'une beauté bouleversante, qui n'avait pas besoin de se parer. Son look un peu décalé n'y changeait rien : il avait envie d'elle. Il allait donc devoir réprimer ses émotions, jusqu'à ce qu'Isla soit, comme son père, à bord d'un vol à destination d'un pays où les membres de la Noche Blanca n'oseraient jamais s'aventurer. Il y faisait bien trop froid pour eux — et ils ne se risqueraient pas à braver des flics qu'on ne pouvait pas acheter aussi facilement qu'à El Valderon. Tant qu'il y resterait bien sagement, Doug MacLeay demeurerait hors de leur portée.

Épuisée, Isla commençait à s'assoupir.

— Je vois qu'il est temps que je te mette au lit, dit-il ingénument.

Elle le regarda d'un œil horrifié.

Bien joué, Roméo, songea-t-il.

5.

Diego quitta la route côtière dix minutes plus tard. Un silence gêné s'était installé entre eux.

Un silence horrifié, plutôt.

Isla se demandait comment elle avait fait pour se méprendre à ce point sur la signification d'une expression qu'elle avait tant de fois entendue à la télé ? Preuve supplémentaire, si besoin en était, qu'elle avait eu raison de quitter Craggen pour se ressourcer.

L'allée sur laquelle ils roulaient à présent n'était pas goudronnée, mais elle était bordée de palmiers et d'arbres fleuris qui donnaient l'impression qu'elle menait à une demeure soigneusement entretenue.

Au détour d'une courbe, Isla eut le souffle coupé en découvrant une magnifique hacienda traditionnelle, nichée parmi les buddleias en fleur. Les murs du vaste bâtiment étaient faits de poutres en bois patinées et brunies par le temps, de pisé ambré et de briques ocre. Ces tons terreux étaient accentués par la lumière éblouissante du soleil et le chatoiement bigarré des fleurs du jardin.

Un large porche central était encadré par un bougainvillier phénoménal. Ses fleurs innombrables étaient d'un pourpre profond, digne des joyaux d'un prince. Ou d'un roi.

Diego se gara devant le porche et la gratifia d'un sourire à se pâmer.

— Tu habites là ? demanda-t-elle, ébahie.

— Mais oui, *mi amor.*

Il sortit de la voiture et en fit le tour pour lui tenir la portière.

Elle apprécia ce geste attentionné, qu'aurait eu un gentleman ou un soupirant délicat. Et que son ex-fiancé n'avait jamais pris la peine d'avoir avec elle.

— C'est vraiment ta maison ?

Elle n'en croyait pas ses yeux.

— Elle ne te plaît pas ?

Elle lui plaisait énormément. Tout à fait le genre de demeures qu'on espère trouver quand on recherche sur Internet un lieu de villégiature idyllique dans les Caraïbes.

Décidément, ce Diego était un cachottier. Un soupçon vint troubler son ravissement.

— C'est la Noche Blanca qui te l'a offerte ?

Il étouffa un petit rire.

— Non, pas du tout ! Je ne me fais jamais payer par ces gens-là. Jamais ! Mais je ne la dois pas non plus à mon mérite. Ma famille est dans le négoce du café et du sucre.

Il leva les yeux vers la façade, puis détourna le regard. Isla en déduisit que le sujet était clos.

Il appartenait donc lui-même à « la minorité qui s'était enrichie » aux dépens des pauvres. Et on aurait dit que ça le mettait mal à l'aise.

Diego prit en bandoulière le sac, presque vide, d'Isla.

— Tu voyages léger, dit-il.

— Je ne m'étais pas préparée à un mois de captivité. Si j'avais su, j'aurais emporté ma robe de bal et mon diadème.

— Nous nous débrouillerons pour trouver quelque chose de plus convenable, pour la femme d'un éminent médecin de l'île, qu'une tenue de chirurgien ou une robe de bal.

Elle lui adressa un sourire contrit. Il n'y était pour rien si elle avait fait ses bagages avec son cœur plutôt qu'avec son cerveau. Elle avait laissé, quelque part au fond de sa penderie à Craggen, deux ou trois petites robes d'été qui n'étaient pas mal du tout… Mais quelle importance ? Elle n'allait quand même pas se mettre sur son trente et un pour lui…

Diego s'inclina courtoisement et lui donna le bras. En passant sous le porche, qui donnait sur un patio baigné de lumière, Isla sentit son estomac se serrer. Cette expérience pourrait-elle lui être bénéfique ? Était-ce l'occasion de réinventer la femme que Kyle avait trouvée si ennuyeuse, si terne ? Cette même femme qui savait qu'elle était capable d'être forte, résiliente et courageuse. Ces traits de caractère ne méritaient-ils pas d'être admirés ?

Diego la conduisit au pied d'un large escalier en spirale qui menait à une coursive surplombant le patio, illuminé par le soleil des tropiques.

— Mais cette maison est immense ! J'ai cru t'entendre dire que tu n'avais pas de famille.

— Je n'ai pas parlé de ma famille…

Il s'arrêta, s'adossa à la rampe de l'escalier et jeta un regard circulaire aux murs de la vaste demeure.

— C'est compliqué, ajouta-t-il avant de changer aussitôt de sujet. Tu veux te reposer ? Ou préféres-tu me rejoindre sur la galerie pour boire un café, après avoir fait un brin de toilette ?

Elle se rendit compte qu'elle n'avait plus sommeil. Une montée d'adrénaline, produite par un maelström mental d'incertitudes, la maintenait en éveil.

Elle sentit que Diego l'observait avant même qu'elle ne se tourne vers lui. Il ne paraissait pas fatigué. Ses longs cils noirs masquaient à peine la chaleur de son regard.

Une flamme s'alluma en elle, tandis que Diego la dévorait ainsi des yeux. Était-elle furieuse d'être jaugée comme une prise de guerre ? Ou fière d'être ainsi ouvertement admirée par un homme aussi séduisant ? Même s'il se trouvait à un bon mètre d'elle, son regard était tellement… tactile. Intense.

Elle baissa les yeux et fut choquée de découvrir combien elle était débraillée. Sa tenue médicale n'était pas seulement salie par la poussière rougeâtre des routes en terre de l'île, elle était souillée du sang de Cruzito. Elle avait oublié quelle triste apparence elle offrait depuis l'opération.

En un pareil cas, Kyle aurait exigé depuis longtemps qu'elle se change. Oui, mais Diego n'était pas Kyle. Diego avait tout simplement plus de classe.

Elle soutint son regard en espérant qu'il y percevrait toute la gratitude qu'elle éprouvait à son égard, pour avoir sauvé sa vie et celle de son père. Et cependant, depuis le début, il n'avait jamais insinué qu'elle lui en était redevable. Bien au contraire, il s'était tout du long comporté avec elle en complice plutôt qu'en chevalier blanc.

Cette idée avait quelque chose de risible. Elle, la petite Écossaise prudente et raisonnable, voilà qu'elle était de mèche avec un toubib pas très net, qui soignait gratuitement des criminels à ses heures perdues.

Diego parut déchiffrer dans les yeux d'Isla les pensées troublantes qui l'habitaient. Il attendit la réponse de son invitée patiemment, en esquissant un sourire.

— Tu préférerais peut-être prendre une douche ? demanda-t-il enfin.

Il la taquinait. Elle le sentait à son ton badin. Suggestif. Tout ça parce qu'elle avait utilisé sottement cette expression… *Ay, papi !* Ah, ça, on ne l'y reprendrait pas !

— Oui, une douche, ça me ferait le plus grand bien…

Elle avait répondu d'un ton beaucoup trop guindé. Mais il y avait des limites à ne pas franchir.

Et une fille ne doit pas avoir des pensées grivoises à l'égard d'un homme qui se trouve être, de fait, son ravisseur.

Diego fut tenté un instant de s'emparer sans plus de façons d'Isla et de la porter dans ses bras jusqu'à la salle d'eau de sa propre chambre, histoire de lui montrer tout le bien que peut faire une bonne douche…

Mais il se trouvait dans la maison familiale, et sa mère lui avait appris à respecter les femmes. En outre, il savait très bien qu'une douche chaude et parfumée ne serait qu'un début… Voilà pourquoi il valait mieux ne rien commencer du tout.

Les femmes dont il recherchait les faveurs étaient soit des membres du corps médical en visite dans l'île, soit des touristes en quête d'une aventure sans lendemain. Peu lui importait — du moment qu'il était certain de la date de leur départ.

Oui, mais le départ d'Isla n'était-il pas programmé, lui aussi ?

— Permets-moi de te montrer ta chambre.

Elle hocha la tête et, lorsque le regard de Diego croisa celui d'Isla, il y perçut de la crainte. Pourtant, jamais il ne lui ferait de mal ni ne lui causerait de chagrin.

Il était dans son propre sanctuaire. Il révérait ce lieu, où il avait grandi. Ses amourettes épisodiques ne s'étaient jamais consommées dans cette maison. Ce n'était pas un endroit où il amenait des femmes. Et, cependant, voilà qu'il était en train d'en faire les honneurs à sa légitime épouse. Une femme qu'il ne connaissait que depuis vingt-quatre heures, à peine, et qui n'était pas ici de son plein gré.

— Ah ! *Señor* Diego !

Carmela, de longue date gouvernante de la maison, sortit de la chambre qu'il s'apprêtait à montrer à Isla.

— La chambre est prête, dit-elle. Qui va y dormir ?

C'est alors qu'elle aperçut Isla. Elle vit la tenue médicale. Les taches de sang. Les yeux cernés de cette jeune femme rousse. Ses traits tirés. La bague qu'elle portait au doigt.

Carmela connaissait Diego depuis l'âge où il était haut comme trois pommes. Il la regarda mesurer d'elle-même l'étrangeté de la situation et déduire en silence que cette visite insolite était due à la Noche Blanca.

Toujours prête à prôner la résistance contre les voyous qui avaient semé la violence dans son île natale, Carmela afficha un sourire chaleureux et se tourna vers Diego.

— Tu as besoin de mon aide ?

Diego aurait voulu l'embrasser. La loyauté de Carmela était indéfectible. Il pouvait compter sur elle. D'ailleurs, la situation n'était pas si grave. Il se retrouvait avec une épouse réticente sur les bras, et cela ne le transportait pas de joie. Mais deux vies avaient été sauvées et, dans l'ensemble, le bilan des dernières heures était plutôt positif.

Il trouverait bien un moyen de s'arranger avec Axl.

Comme d'habitude.

Dans l'immédiat, il fallait qu'il s'occupe de sa femme.

Isla était visiblement épuisée. Ses yeux pâles étaient cernés, son énergie l'abandonnait. Mais, depuis qu'elle avait constaté qu'elle n'était pas seule dans la maison avec lui, elle paraissait moins apeurée.

— Tu peux montrer sa chambre à la *senõra* Vasquez, s'il te plaît ? demanda-t-il à la gouvernante.

Carmela ne lâcha aucun soupir. Elle ne haussa pas même les sourcils. Elle se garda bien de lui rappeler que cette chambre avait été celle de sa mère. Elle ne releva pas le fait qu'il lui avait présenté cette inconnue comme son épouse. Au lieu de tout cela, elle fit ce qu'elle avait toujours fait : le traiter comme le fils qu'elle n'avait jamais eu.

Elle le fusilla du regard au moment où Isla allait franchir le seuil de la chambre.

— Comment ça ? s'indigna-t-elle. Tu vas laisser cette pauvre fille entrer en marchant dans sa chambre de mariée ?

Diego eut le plus grand mal à ne pas éclater de rire.

Il était nécessaire que Carmela joue le jeu, et il fallait donc lui faire quelques concessions.

— Bien sûr que non !

Il tendit la main à Isla.

— Qu'est-ce que…

— Je t'avais bien dit qu'on ne badinait pas avec le mariage dans cette île.

Pour couper court à d'autres questions, il la fit basculer dans ses bras et la porta par-dessus le seuil d'une chambre où il n'avait pas posé le pied depuis cinq ans. Il se dirigea vers le lit, mais…

Tout avait changé.

Il s'était attendu à trouver une sorte de mausolée, mais Carmela avait fait du zèle quand elle avait reçu le SMS de Diego la priant de « ranger un peu la chambre principale ».

— Je crois que tu en fais un peu trop, protesta Isla.

— Pourquoi ? Tu n'aimes pas qu'on te porte ?

— Pas vraiment, dit-elle en rougissant. Dépose-moi, je crois que je peux atteindre le lit sans ton aide.

— Carmela sera déçue. Elle va m'en vouloir.

Elle se mit à gigoter. Il se fit une raison et la déposa délicatement à terre.

— Je trouve que tu aurais dû nous présenter, lui reprocha-t-elle. J'ai un nom, une profession. J'ai un autre but dans la vie que d'être ta… ta poupée.

— Carmela a compris la situation.

— Tu lui as tout dit ? Combien de personnes sont au courant, exactement ?

— Toi, moi, ton père et Carmela.

— Et tous les membres de la Noche Blanca !

— *Si, mi amor.*

— Arrête de m'appeler comme ça !

— Ce n'est qu'un mot affectueux, comme « ma chérie » ou « mon cœur ».

— Oui… Eh bien, moi, je ne me sers jamais de ces mots-là. Et je trouve que, dans de telles circonstances, ils sont parfaitement déplacés.

De toute évidence, elle était désemparée. Elle avait l'impression d'avoir perdu tout contrôle sur sa propre existence. Mais ils étaient tous les deux dans le même bain. Confrontés aux mêmes incertitudes. La seule manière pour eux de se tirer de ce pétrin était de travailler en binôme.

Il recula d'un pas, pour la laisser respirer, s'apaiser.

— Nous en reparlerons après nous être reposés un peu. Tu peux me demander tout ce que tu veux.

— Comme d'appeler mon gouvernement pour lui faire savoir que je suis retenue contre mon gré ?

— C'est ça que tu penses ? Que je t'ai manipulée ? demanda-t-il en frémissant d'indignation.

Elle recula à son tour et heurta le lit. Il l'avait effrayée.

— Pardonne-moi, dit-il. Nous sommes tous deux un peu à cran. Après une petite sieste, nous serons moins tendus.

— Je ne veux pas dormir… Je veux savoir ce qui se passe !

— J'ai besoin de prendre une douche. Toi aussi, d'ailleurs, fit-il en désignant ses vêtements tachés.

Lui prendrait certainement une douche glacée…

— Retrouvons-nous dans le patio dans une heure, conclut-il. Carmela nous fera du café et nous pourrons discuter. Ça te va ?

— Parfaitement, répondit-elle d'une voix crispée.

Il tourna les talons pour qu'elle ne voie pas sa grimace. L'avenir immédiat allait être un enfer.

Pas seulement à cause de la Noche Blanca. Ces malfrats étaient dangereux, mais Diego savait comment s'y prendre avec eux. Non, ce qui serait infernal, ce serait de se rappeler sans cesse qu'il avait épousé cette femme pour une noble raison — pas seulement pour tenir la dragée haute à Axl, dans le but de faire d'El Valderon un havre de paix.

En refermant derrière lui l'épaisse porte en cèdre, il eut le sentiment, pour la première fois depuis très longtemps, qu'il avait enfin rencontré une femme capable de le comprendre.

Et c'était bien ça qui lui flanquait la trouille.

Lorsque Diego eut disparu derrière la porte, Isla eut sa première pensée lucide depuis le début de ce drame.

Cet homme cachait bien son jeu.

Elle voulait découvrir ce qui le motivait vraiment.

Le comportement de Diego avec la gouvernante lui avait dévoilé un autre aspect de sa personnalité. Il était doux et bon. Il aimait faire plaisir aux autres. Carmela était à l'évidence une domestique, mais il l'avait traitée comme une grand-mère adorée. C'était pour lui complaire qu'il s'était livré à cette coutume ridicule qui consiste à franchir le seuil de la chambre nuptiale en portant la mariée à bout de bras.

Sa personnalité avait bien des facettes. Elle avait vu Diego dans le rôle du héros providentiel. Du chirurgien habile. Du négociateur inflexible. De l'époux prévenant…

Elle chassa les pensées érotiques que cette idée faisait naître en elle. Il n'était son époux que pour la forme.

Et pourtant…

Mais non, en fait, il ne s'était rien passé.

Il lui avait fait franchir le seuil d'une chambre séparée de la sienne, et s'était éclipsé. Car c'était un homme de parole. Il avait promis de ne lui faire aucun mal. Et elle l'avait cru.

Il est vrai qu'elle ne l'avait pas invité à tester le moelleux du matelas avec elle…

Son regard se posa sur l'immense lit en bois. Les étoffes chatoyantes dont il était couvert. L'abondance de coussins. Et la tête de lit, qu'elle imagina pouvoir agripper pendant que…

Non, elle ne devait pas imaginer ce genre de choses.

Un frisson lui parcourut le dos. Elle n'avait pourtant pas froid. Bien au contraire. *C'est donc cela que l'on ressent quand on a quelqu'un dans la peau.*

Son ex ne lui avait jamais fait cet effet-là.

Elle s'aperçut que c'était la première fois, depuis quelques jours, qu'elle pensait à Kyle sans éprouver un sentiment de chagrin ou de trahison.

Elle se frotta les joues.

Pas une larme.

Elle posa une main sur son cœur.

Pas la moindre douleur.

Elle essaya d'imaginer Kyle et ne vit que du néant.

Mais alors, pourquoi avait-elle passé une semaine à pleurer sur leur séparation ?

La vérité lui apparut dans toute sa nudité. Son chagrin ne venait pas d'une peine de cœur. Il venait du lamentable échec de son projet raisonnable : se marier et avoir deux enfants, et, grâce à cela, faire revenir son père à Craggen.

Car elle n'avait jamais réussi à le convaincre de rentrer au pays, et il avait fallu les événements de la nuit pour qu'il y soit contraint. Tandis que, elle, elle était retenue sur cette île, loin de l'Écosse, où tous ses espoirs s'étaient brisés.

Quelle ironie !

Néanmoins, Kyle était un menteur et un coureur, et elle avait toutes les raisons de se féliciter de leur rupture. Elle avait eu tort de fuir au loin, la tête basse. Elle avait cru que son plus grand espoir — le retour de son père — serait anéanti par cet échec sentimental. Elle comptait en effet sur ses futurs enfants pour attirer son père à Craggen. Oh ! elle savait bien qu'il ne serait pas revenu pour elle ! Mais pour ses petits-enfants ? Qui résisterait à l'envie de faire sauter ses petits-enfants sur ses genoux ?

Ce n'était donc pas sa rupture avec Kyle, qu'elle était loin d'aimer passionnément, qui lui avait fait couler tant de larmes. C'était le dépit de voir son père accorder, une fois de plus, la priorité à son travail et non à sa fille unique. Même quand, éplorée, elle était venue le retrouver dans son sanctuaire, en quête de consolation.

Elle avait sincèrement cru que son cœur brisé inciterait son père à revenir avec elle à Craggen.

Mais non. Il avait préféré ses chères tortues de mer. Et c'était sous la menace de la Noche Blanca qu'il avait plié bagage.

Diego était d'une séduction désarmante. Elle n'avait guère eu le loisir de s'en rendre compte, tant que sa vie et celle de son père étaient en péril. Mais, maintenant qu'ils étaient seuls avec pour unique chaperon Carmela…

Le mois à venir s'annonçait long.

Elle inspecta la pièce du regard. Une star de Hollywood aurait pu y séjourner. Ou un millionnaire. Tout le contraire de sa modeste chambre à Craggen.

Elle était plus grande que sa maison tout entière. Les murs étaient d'un jaune caramel profond. Des poutres majestueuses soutenaient le plafond. Des fauteuils en teck tendus d'étoffes colorées avoisinaient une porte-fenêtre qui donnait sur un balcon avec vue imprenable sur une mer turquoise. Des fleurs fraîchement cueillies répandaient leur parfum dans la pièce.

C'était le genre d'endroit qu'elle n'aurait jamais cru visiter un jour, même dans ses rêves les plus fous. Et c'était chez elle.

Mais, non, ce n'était pas chez elle. Elle n'était que de passage.

Elle se laissa tomber sur le bord du lit, au bout duquel se trouvait un énorme coffre en bois dont les ferrures étaient en fonte. Le genre de coffres où les femmes d'autrefois rangeaient leur trousseau ou conservaient leur robe de mariée, pour la montrer à leur fille un jour…

Elle eut soudain une étrange vision : elle et Diego, entourés d'une ribambelle de gamins, sur ce vaste lit. Et tout ce petit monde riait, se faisait des chatouilles, des papouilles.

Elle chassa cette image de son esprit et se souvint d'une scène beaucoup plus réelle. Quand son père l'avait embrassée une dernière fois à l'aéroport.

« Tu en es capable, Isla. Tu peux sauver les tortues. », lui avait-il chuchoté à l'oreille.

Elle était incapable d'en vouloir à un animal en voie d'extinction, mais quand même ! Voilà tout ce qui préoccupait son père. Le choc émotionnel avait été grand, et expliquait pourquoi, sans doute, elle s'était montrée si sèche avec Diego. Alors qu'en toute justice il avait bien mérité qu'elle se montre aimable avec lui.

Elle entendit frapper délicatement à la porte.

— *Señora ?* C'est moi, Carmela.

Isla alla ouvrir la porte et la gouvernante entra. Elle avait à l'épaule le sac de voyage d'Isla et tenait dans les mains un gros paquet, qui semblait provenir d'un grand magasin.

— Le *señor* Vasquez m'a demandé de vous apporter ceci.

Isla prit le sac et Carmela posa le paquet sur le coffre.

— Mais… ça ne m'appartient pas.

Elle était mal à l'aise, mais la gouvernante demeurait imperturbable. Comme si elle était habituée à accueillir à l'improviste de mystérieuses épouses venues du Nord.

— Le *señor* Vasquez a pensé que vous en auriez besoin. Je peux vous apporter autre chose ?

Les réponses affluèrent à son esprit. Son père, pour commencer. Son existence antérieure, ensuite. La liste de ses patients. Sa petite maison coquette au bord d'une tout autre mer, où un paquet de biscuits entamé voisinait avec une boîte de cacao en poudre. Mais pas Kyle. Kyle, elle pouvait s'en passer. Ainsi, d'ailleurs, que de tout petit ami ou fiancé.

Mais ces choses si familières, les voulait-elle vraiment ? Cette histoire de fou n'allait-elle pas être bénéfique, en fin de compte ? Le destin lui offrait-il enfin une chance de devenir la femme qu'elle avait toujours voulu être ? Résolue. Indépendante. Méritant d'être aimée.

— C'est un chic type, vous savez, dit Carmela.

Isla sentit les larmes lui monter aux yeux. Elle hocha la tête. Elle savait bien que Diego était dévoué et courageux. Jamais elle ne pourrait payer la dette qu'elle avait envers lui. Elle lui devait la vie.

Combien de temps allait-elle devoir attendre pour qu'elle lui doive aussi sa liberté ?

Carmela lui pressa doucement le bras, comme pour lui dire qu'elle pouvait compter sur son aide.

— Diego fait la sieste, murmura-t-elle. Il en a pour une heure. Ensuite, il vous attendra dans le patio. Entre-temps, vous devriez vous reposer, vous aussi.

Et, en petite fille obéissante qu'elle avait toujours été, Isla se rassit sur le lit, tandis que Carmela sortait de la chambre.

Le matelas était incroyablement confortable.

Si elle s'allongeait un peu… Rien qu'une minute…

Diego s'attarda un instant, non sans une pointe de remords. Regarder quelqu'un dormir pouvait être considéré comme intrusif, mais la beauté de cette femme était envoûtante.

Et cette femme n'était pas n'importe qui. C'était *sa* femme.

Mais non ! Elle ne l'était que de nom.

Cette pensée vint gâcher son soulagement d'être enfin rentré chez lui, après cette nuit mouvementée.

Axl Cruz n'était certes pas un truand de renom mondial. Aux yeux d'Interpol, il n'était qu'un petit chef de bande sans réelle envergure. Mais ici, à El Valderon, c'était un caïd. À cause de lui, Diego avait perdu son frère, et son cœur en était encore tout meurtri. Il fallait l'empêcher de nuire, lui et sa bande de vauriens.

Diego couvrit les épaules d'Isla d'un dessus-de-lit bleu ciel. Elle ne méritait pas ce qui lui arrivait. Pas plus que son père. Mais le professeur en avait vu d'autres, alors que sa fille était une ingénue. Une innocente.

Il tendit la main et écarta une mèche du front d'Isla. Elle remua et prit la main de Diego, qu'elle serra bien fort sans toutefois s'éveiller — comme si elle savait d'instinct qu'il était là pour l'aider. Puis elle lâcha un petit soupir et joignit les mains sur sa poitrine, comme un ange en prière.

Il sut alors qu'il ferait tout pour la protéger. Pour la défendre. Et puis elle repartirait, elle ferait sans vie sans lui.

6.

Émergeant du sommeil, Isla cligna des yeux. Pourquoi la chambre n'était-elle plus inondée de soleil et baignait-elle maintenant dans une douce lumière tamisée ? Elle examina le dessus-de-lit bleu ciel qui lui couvrait le corps et essaya, en vain, de se souvenir à quel moment elle s'en était enveloppée.

Elle se redressa, se rappelant subitement où elle se trouvait. Elle se souvint aussi qu'elle était censée éclaircir certains détails avec Diego.

Comme elle tournait la tête vers la porte-fenêtre, elle constata que le soleil disparaissait à l'horizon. Elle avait dû dormir plusieurs heures. Or elle avait décidé d'exiger de Diego qu'il la conduise à l'ambassade britannique. Mais y en avait-il une sur cette île ?

Elle se leva. Avant toute chose, une douche était absolument nécessaire. Elle ouvrit son sac et en sortit sa jupe et son T-shirt de rechange. Ils étaient crasseux et fripés. Elle n'avait pas trouvé de machine à laver au sanctuaire. Mais elle avait au moins des sous-vêtements propres, qu'elle avait lavés à la main.

Elle scruta la mer, embrasée par le soleil couchant. Son père n'allait pas tarder à atterrir de l'autre côté de l'océan.

En Écosse. À la maison.

Il aurait voulu rester, et il avait dû déguerpir. Et Isla, qui aurait voulu rentrer au plus vite chez elle, était coincée dans cette île où tout lui était étranger. Elle se consola en songeant qu'il y avait de pires prisons que cette somptueuse hacienda.

Son regard se posa sur le coffre. Elle ouvrit le couvercle et découvrit à l'intérieur une pile de vêtements bien repassés.

Il y avait de ravissants débardeurs en coton et en lin, ornés de motifs floraux. Il y avait aussi des pantalons corsaire aux couleurs neutres. Et deux robes courtes et amples qu'elle n'aurait jamais osé acheter.

Elle en choisit une et alla l'essayer devant le miroir de la salle d'eau. Elle la trouva très seyante et se trouva elle-même jolie. Or elle ne pensait jamais à elle-même comme étant une jolie femme. Du coup, elle décida de la porter toute la soirée, ne serait-ce que parce qu'elle n'aurait pas d'autre occasion de le faire — car elle comptait bien convaincre Diego de lui permettre au plus tôt de rejoindre son père sur sa terre natale.

Après sa douche, elle enfila la robe et se regarda une fois de plus dans le miroir.

Elle fut surprise de constater combien elle semblait énergique. Pleine de vie. Le vert profond de la robe que Diego avait choisie s'accordait à la perfection avec son teint pâle et ses cheveux auburn. Et cette robe lui allait comme un gant. Mais elle n'en vérifia pas moins que son ventre et ses cuisses n'avaient pas épaissi depuis qu'elle s'était gavée de chocolat, le soir où elle avait appris que Kyle la trompait.

Jamais elle ne s'était sentie aussi humiliée. Jamais elle n'avait éprouvé une telle colère.

Elle admit, non sans réticence, que son ex avait eu raison sur un point. Elle était tellement obnubilée par ses projets d'avenir qu'elle en avait oublié d'être spontanée. Son ambition de devenir un médecin généraliste dévoué allait de pair avec son rêve de fonder une famille à Craggen. Jusqu'à ce que sa rupture avec Kyle l'oblige à se remettre en question.

Elle secoua la tête. Ce n'était pas le moment de ressasser le passé. C'est au présent qu'elle devait songer. Il fallait qu'elle se concentre sur les questions qu'elle comptait poser à Diego.

Elle jeta un ultime coup d'œil à son reflet et pria pour que sa chevelure ne s'emmêle pas trop sous l'effet de la brise marine. Elle allait devoir se montrer persuasive avec Diego.

Et, pour y parvenir, elle était prête à déployer tout son charme féminin — qu'elle avait tant sous-utilisé jusque-là.

Elle vit dans le miroir la bague étinceler. La bague qu'il lui avait offerte peu avant qu'elle ne consente à l'épouser et n'échange avec lui le plus passionné des baisers…

Les apparences étaient toutefois trompeuses. Diego n'était son époux que de nom, et elle ne devrait pas oublier son objectif : partir au plus tôt de cette île.

D'un pas résolu, elle sortit de sa chambre pour rejoindre Diego dans le patio. Elle le trouva en train de contempler le coucher de soleil.

— Ah, te voilà, Isla ! Tu t'es bien reposée ? Tu te sens plus détendue ?

Les derniers rayons du soleil mettaient en valeur sa peau caramel. Ses cheveux de jais étaient encore un peu ébouriffés, mais il s'était lavé, rasé et changé. Isla était prise d'une envie de le toucher, de le caresser.

C'était bien pour cela que la décision la plus sage était de rentrer en Écosse, loin de cet homme trop séduisant — d'autant plus qu'il la dévorait des yeux.

— La *señora* Vasquez désire-t-elle un verre de vin ? demanda Carmela.

Isla se tourna vers la gouvernante, qui venait d'apparaître comme par enchantement.

— Appelez-moi Isla. *Por favor.*

— *Si, señora.* Un verre de vin ? Ou une sangria, peut-être ?

— Une sangria, s'il vous plaît.

Elle se tourna vers Diego, qui la regardait encore d'un œil avide.

Pourquoi donc avait-elle mis cette robe ? Elle aurait dû opter pour un des corsaires et le maillot à manches longues qu'elle avait trouvés dans le coffre au trésor.

Diego ferma les yeux un instant. Lorsqu'il les rouvrit, ils avaient perdu leur lueur de désir. Ce regard si ardent, une seconde auparavant, était devenu glacial.

— Tu as bien dormi ?

La question était simple. Et, pourtant, elle ne parvint pas

à articuler la moindre réponse. Aussi resta-t-elle plantée là, comme une idiote.

Le regard d'Isla se posa sur la bouche de Diego. Le dessin de ses lèvres avait quelque chose d'outrageusement sensuel. Et elle se souvint du moment où elles s'étaient collées, conquérantes, aux siennes.

Il lui fallait à tout prix ignorer cette bouche tentatrice. Et ces cheveux qui appelaient les caresses. Et tout ce que cet homme avait de séduisant — ce qui faisait beaucoup…

— Ça va, Isla ? demanda-t-il avec une pointe d'inquiétude.

Le Diego rassurant et protecteur était de retour.

Les bras croisés, elle hocha la tête d'un air méfiant. Elle aurait voulu lui répondre qu'elle se portait aussi bien qu'une femme qui vient de vivre l'événement le plus dramatique de son existence et se retrouve captive dans une hacienda, à plusieurs milliers de kilomètres de chez elle.

Comme s'il devinait son trouble, il lui prit le bras pour la conduire à un banc en chêne, copieusement garni de coussins à motifs queue de paon.

— Je t'en prie, assieds-toi. Carmela va arriver avec ta boisson dans un instant. Veux-tu boire un verre d'eau en attendant ?

Il souleva une carafe remplie d'eau bien fraîche. Elle fut tentée de se la renverser sur le crâne. Ou sur celui de Diego. Mais elle ne parvint qu'à hocher mollement la tête.

Sa soif étanchée, elle recouvrit un peu de son bon sens écossais. Elle resta assise sur le bord de ce banc si confortable, qui invitait à s'y caler et à s'y relaxer. Puis elle rassembla son courage.

— Donc… Voilà… Je crois que nous avons pas mal de choses à nous dire…, commença-t-elle.

— C'est bien ce que je pense aussi, dit-il d'un ton amusé.

Il s'assit dans un fauteuil juste à côté d'elle. Leurs genoux se frôlaient presque. Elle s'écarta un peu, histoire de se préserver un espace personnel.

— Bon, dit-elle. Tu pourrais commencer par me dire qui tu es vraiment.

— Sur un plan spirituel ? Où préfères-tu que je m'en tienne aux faits ?

Diego prit plaisir à voir Isla froncer les sourcils, puis afficher promptement un petit sourire forcé. Contrairement à lui, elle n'avait pas envie de plaisanter.

— Je me contenterai des faits, si tu n'y vois pas d'inconvénient, dit-elle sèchement.

Elle était décidément adorable quand elle prenait un air guindé pour se protéger. Mais Diego décida d'arrêter de badiner. Ce n'était pas l'envie qui lui manquait, mais cette femme avait traversé bien des épreuves depuis la veille.

— Tu veux que je commence au tout début ? Ou peut-être qu'un aperçu rapide suffirait, après quoi tu pourrais me demander des précisions ?

— Un aperçu rapide, répliqua-t-elle sans hésitation.

— Tu es bien sûre que ça suffira à te satisfaire ?

Elle le fusilla du regard.

Il venait pourtant de se promettre de ne plus la taquiner. Mais c'était plus fort que lui : il aimait tant la voir réagir à ses insinuations.

— Alors, voilà…, commença-t-il.

Il s'interrompit pour laisser Carmela poser des boissons fraîches sur la table carrelée et se retirer aussitôt, aussi silencieusement qu'elle était venue. Ce diable de femme avait dû être un chat dans une vie antérieure. Et, dans une autre, un grand cuisinier étoilé par le guide Michelin. Il se promit de lui demander de préparer un ou deux de ses plats préférés pour Isla. Il avait hâte de voir comment elle réagirait en découvrant les talents culinaires de sa gouvernante.

— Il y a quinze ans, El Valderon a changé de gouvernement. Mais le nouveau gouvernement a eu bien du mal à se maintenir au pouvoir.

— Pour quelles raisons ?

— La principale, c'est qu'il lui manque un dirigeant énergique, capable d'enterrer le passé colonial de l'île et de la guider vers la prospérité. Les riches sont toujours trop riches et les pauvres sont restés beaucoup trop pauvres.

Comme il prononçait ces mots, Isla regarda tout autour d'elle. Cette demeure respirait la richesse, il en avait conscience. Lorsque ses parents s'étaient séparés, peu après la mort de Nico, Diego avait pris les rênes de la société familiale et avait transformé les entreprises qu'elle possédait en coopératives, vouées au commerce équitable.

Mais il restait bien des obstacles à franchir avant que ces entreprises ne soient réellement égalitaires. Et son projet d'employer des membres de la Noche Blanca faisait grincer bien des dents à El Valderon.

Les gens avaient la mémoire longue sur cette île. Il faudrait quelques générations avant que le nom de Vasquez y soit réhabilité. Au cours des deux ou trois derniers siècles, les Vasquez y avaient fait beaucoup plus de mal que de bien.

— Je n'ai pas besoin de préciser dans quel camp se trouvait ma famille.

— Le camp des possédants ?

Diego hocha la tête.

— J'en ai, de la chance ! dit Isla d'un ton sardonique. Je suis tombée sur le plus beau parti de l'île.

Il éclata de rire. Elle cherchait visiblement à être désagréable. Mais lui trouvait cela rafraîchissant de ne pas être traité comme un prince, pour une fois.

— Disons plutôt que, quand nous sortirons d'ici demain, il y a des chances pour que les gens te témoignent de la…

— Attends ! le coupa-t-elle. Ça veut dire quoi : « Quand nous sortirons demain » ? Je croyais que j'étais censée croupir ici, comme la Belle au bois dormant, pendant un mois…

Il se pencha vers elle et la regarda droit dans les yeux.

— Je sais que ce qui s'est passé, la nuit dernière, doit te sembler ahurissant…

— Mais pas du tout, voyons ! dit-elle d'un ton sarcastique. Hier soir, à la même heure, j'étais destinée à rester vieille fille jusqu'à la fin de mes jours et à vanter sans succès à mes patients les mérites du régime basses calories… Tout en me rongeant les sangs pour mon père et en m'attendant à recevoir la nouvelle de sa mort à tout moment…

C'était instructif, ça. Vieille fille ? Inquiétude pour son père ? Elle savait donc que le professeur vivait dans un endroit dangereux. Mais alors, qu'est-ce qui l'avait incitée à braver le danger et à venir ?

Diego aurait lui-même risqué le peloton d'exécution pour sauver Nico.

Quant à la vie amoureuse d'Isla, il décida d'éviter le sujet. Trop personnel. Et puis, il n'aimait pas s'imaginer Isla en intime compagnie avec d'autres hommes.

— Ton père, c'est une sorte de militant écolo.

— Ce n'est pas peu dire… C'est un farouche défenseur du vivant. Si ma mère n'avait pas…

Elle s'interrompit et but une longue gorgée d'eau.

Diego crut voir une larme voiler le regard d'Isla. À l'évidence, elle ne tenait pas à s'étendre sur ce qui s'était passé avec sa mère. Il la comprenait. Il préférait, lui aussi, ne pas parler de sa propre mère. Le sujet était trop compliqué.

Une fois par an, tout au plus, la mère de Diego passait quelques jours à l'hacienda. Habituellement, c'était au prétexte de donner à Diego une fête d'anniversaire — même si ce n'était jamais à la bonne date. Elle savait très bien qu'il avait passé l'âge de ce rituel familial. Et elle ne refusait jamais les sommes qu'il transférait sur l'un de ses nombreux comptes offshore, chaque fois qu'elle mentionnait « en passant » ses problèmes d'argent.

— Tu es en contact avec ta mère ? demanda-t-il à Isla.

— Non.

Il n'en saurait pas plus, c'était clair. Inutile d'insister. D'ailleurs, la conversation n'avait pas pour sujet son passé, mais le pétrin dans lequel elle s'était fourrée.

— J'ai pensé que tu pourrais m'accompagner à l'hôpital, demain. La nouvelle de notre mariage aura circulé d'ici là.

— Attends… À l'hôpital ? Mais pourquoi ? Et comment les gens peuvent-ils déjà savoir que nous sommes…

Elle s'interrompit, éblouie par l'éclat de sa bague, ravivé par la lampe en verre dépoli qui éclairait le patio. Elle répondit à sa propre question :

— Mais bien sûr… On nous a vus ensemble au sanctuaire… Et à l'aéroport. Je ne comprends toujours pas pourquoi Axl Cruz n'a pas vérifié lui-même que mon père prenait bien l'avion.

— C'est une façon de montrer son pouvoir. Il veut que les gens sachent que ton père a obéi à ses ordres. Axl savait que la blessure de Paz allait être connue de toute l'île. Ne pas sanctionner ton père, d'une manière ou d'une autre, aurait été interprété comme un signe de faiblesse.

— Mais ce n'est pas mon père qui a tiré sur Paz !

— Non, mais c'est un des vigiles qu'il employait.

Elle parut réfléchir un instant.

— Mais pourquoi devons-nous aller à l'hôpital ?

— Premièrement, parce que j'y travaille. Deuxièmement, je fais fonctionner une clinique mobile qui, je crois, devrait t'intéresser.

— J'ai du mal à croire que l'hôpital puisse t'employer, alors que tu travailles aussi pour ces… ces criminels.

— Je soigne des *patients*. Quels qu'ils soient. Et sache que je ne travaille pas pour Axl Cruz. Je ne suis pas non plus payé par l'hôpital. Comme tu peux le constater, je n'en ai pas besoin, je suis suffisamment riche. Je travaille pour moi. Voilà tout.

— Oui, bien sûr, je comprends…

Mais elle semblait perplexe. Elle se doutait que ce n'était pas tout. Loin de là. Et les sautes d'humeur de Diego la désorientaient et l'effrayaient.

Il allait donc falloir qu'il lui parle de son frère.

Il but une longue gorgée de sangria puis remplit à nouveau leurs verres. Il n'était pas habitué à se confier ainsi, en toute franchise. Certes, Carmela n'ignorait rien de lui, et il lui faisait entièrement confiance. Mais elle était son employée, ce qui créait une sorte de barrière entre eux.

Or ce mariage forcé ne constituait-il pas, entre Isla et Diego, un obstacle encore plus infranchissable ?

Isla s'était montrée courageuse. Elle avait fait preuve de

bon sens et s'était adaptée à des circonstances peu banales. Et voilà qu'elle attendait des explications.

Il décida de lui dire la vérité.

— Mon frère Nico est mort il y a sept ans. L'hôpital a refusé d'envoyer une ambulance pour le secourir, parce qu'il avait été victime d'une blessure par arme à feu.

Elle se pencha vers lui, réduisant l'espace qui les séparait.

— Il appartenait à la Noche Blanca ?

— Non, c'est plus compliqué. Quand il était adolescent, Nico a contracté une méningite septique… C'était le chouchou de toute la famille. Il avait quelques années de moins que moi… Tu es fille unique ?

— Oui.

— Les petits frères sont comme de jeunes chiots fous qui ont la tête pleine de rêves. Nico avait de grands projets d'avenir. Il voulait devenir architecte. Attirer les touristes à El Valderon en y construisant des bâtiments remarquables et originaux. Il espérait créer des musées d'artisanat local et des restaurants où l'on dégusterait la cuisine traditionnelle de l'île. Il n'avait pas d'ennemis. Tout le monde appréciait sa compagnie. Il fréquentait des jeunes gens de son âge qui étaient vulnérables et faciles à manipuler…

— Par Axl Cruz ?

— Exactement. En bref, Axl vivait autrefois sur une autre île. Il y faisait figure de caïd… Jusqu'à ce qu'un caïd plus redoutable que lui ne l'en chasse. Axl s'est alors installé ici. L'instabilité de notre démocratie naissante était une aubaine, pour lui. Après l'accession au pouvoir de l'actuel gouvernement, beaucoup de tâches agricoles ont été mécanisées, et de nombreux journaliers se sont retrouvés sans emploi. Axl a recruté parmi les chômeurs et en a fait des parasites et des voyous. Ensuite, Nico est tombé malade, et ma vision du monde a changé…

— C'est là que tu as décidé de devenir médecin ?

— Oui. Auparavant, je prévoyais de succéder à mon père à la tête de l'entreprise familiale. Je projetais de subvenir aux besoins des futures générations de Vasquez et, autant que possible, à ceux des habitants d'El Valderon. Contrairement à mon père, j'étais convaincu que le changement social était aussi souhaitable qu'inévitable. Mais, quand Nico a failli être emporté par sa méningite, je me suis senti tellement désarmé face à sa maladie…

Il s'interrompit un instant. C'était une histoire qu'il n'avait encore jamais racontée à personne.

— Il a guéri, mais la méningite avait endommagé son cerveau. À partir de là, il est resté un gamin de quatorze ans. Il s'est mis à fréquenter la Noche Blanca. Mais il ne voulait pas être un voyou. Il était vulnérable et cherchait à être l'ami de tout le monde. Un jour, il a été pris entre deux feux, lors d'une fusillade entre le fils aîné d'Axl et une bande rivale, venue d'une autre île. L'hôpital n'a pas voulu risquer la vie de son personnel et a refusé d'envoyer une ambulance. Et il a succombé à ses blessures…

Après cet aveu, le regard d'Isla s'était assombri. Diego y lisait de la compassion.

— C'est après sa mort que tu as commencé à aider la Noche Blanca, une fois tes études médicales achevées ? dit-elle doucement.

Comment faisait-elle pour lire ainsi en lui, comme dans un livre ouvert ? Jusqu'à ce jour, *personne* n'avait deviné ce rapport de cause à effet, qui n'allait de soi que pour lui. Bien au contraire, ses amis avaient pensé, à l'époque, qu'il chercherait à assouvir sa vengeance, en faisant des études de droit pour devenir avocat, ou en faisant de la politique. Mais il ne voulait pas se venger. Il voulait que les choses changent.

— Tu as tout compris !

— Et cela t'a aidé à surmonter la perte de ton frère ?

— Je n'en sais rien, en fait.

Certains jours, c'était en effet ce qu'il pensait. Le reste du temps, il n'en était pas du tout certain.

Isla lui adressa un sourire complice.

— Tu préfères tenir tes ennemis à l'œil, pour être informé de leurs projets ? Tu attends ton heure ?

— Quelque chose comme ça, fit-il en lui rendant son sourire.

— C'est de bonne guerre. Ça me fait penser à un de mes patients, Dougray Campbell… J'essaye de le convaincre d'arrêter de fumer. Nous avons conclu un accord : chaque année, il doit fumer une cigarette de moins par jour.

— Moralité : il faut être tenace et persévérant…

Elle le comprenait. Elle savait que les changements auxquels il aspirait ne se produiraient pas du jour au lendemain.

Ils entrechoquèrent leurs verres et burent chacun une petite gorgée. C'était la première fois qu'ils trinquaient depuis leur mariage. Ils s'accordaient au moins sur un point : le monde était un endroit compliqué.

Isla posa son verre et le regarda droit sans les yeux.

— Et moi ? demanda-t-elle. Tu me considères aussi comme une ennemie ? C'est pour ça que tu veux que je t'accompagne à l'hôpital ? Pour me tenir à l'œil ?

— Non, c'est parce que tu es ma femme.

Elle rougit adorablement, et Diego se dit qu'il allait avoir du mal à tenir ses chastes résolutions.

— Quand nous irons ensemble à l'hôpital pour que tu me présentes à tes collègues, dis-toi bien que je ne compte pas me tourner les pouces pendant que tu travailles.

Diego n'avait qu'une certitude : il ne la laisserait pas seule dans l'hacienda. Son devoir était de veiller sur elle.

— Fais comme si tu étais en vacances. Ou en lune de miel…

— Il faut être deux pour une lune de miel, objecta-t-elle. Il faudrait donc que tu prennes toi aussi un congé. Je ne suis pas un trophée qu'on exhibe. Je veux me rendre utile.

— Je vois. Et qu'est-ce que tu comptes faire, exactement ?

— Je voudrais vérifier que le sanctuaire continue de fonctionner en toute sécurité. La meilleure manière, ce serait que j'y sois tous les jours, toute la journée…

— Hors de question. Le risque est trop important.

Elle ignora son refus et poursuivit :

— Mais, l'étude des mœurs des tortues, ce n'est pas trop mon truc. En fait, j'aimerais transformer le bungalow de mon père en dispensaire médical.

— C'est une très mauvaise idée, dit Diego en frémissant.

— Moi, je la trouve excellente, répondit-elle, farouche. Ce dispensaire serait consacré à la médecine préventive plutôt qu'à la médecine d'urgence. Cela enverrait un message très clair aux gens d'ici : je reste ici pour empêcher des malheurs, pas pour en provoquer.

Elle n'avait pas tort. Les habitants de l'île avaient soif de paix et besoin de soins, et un tel message leur irait droit au cœur. Mais le danger était trop grand.

— Il vaudrait mieux que tu fasses cela à l'hôpital, proposa-t-il.

Il aurait tant voulu qu'elle accepte. Mais pourquoi ? Que lui importait la sécurité de cette femme ? Qu'est-ce qui l'avait poussé à la sauver ? Pourquoi l'avait-il épousée ?

— Non.

Il leva les yeux au ciel devant son entêtement.

— Je viens de te dire que je voulais aussi vérifier qu'il n'arrive rien de fâcheux au sanctuaire, insista-t-elle.

Diego décida de temporiser.

— Mais c'est un endroit où il vient d'y avoir une fusillade, plaida-t-il. Les gens auront peur de s'y rendre. Tu n'auras pas un seul patient. Il vaudrait mieux que tu commences par travailler dans ma clinique mobile… Ensuite, quand tu te seras fait connaître, tu pourras installer ton dispensaire au sanctuaire.

Il se garda bien de préciser qu'il préférait l'avoir à tout moment sous les yeux. Pour la protéger. Axl se tiendrait à carreau pendant quelques jours. Mais ensuite ? Avec ce salaud, il fallait s'attendre à tout.

Isla sourit en haussant les épaules, comme pour signaler qu'elle réfléchissait à son conseil. Mais aussi qu'elle en avait assez qu'on lui donne des ordres et qu'on décide à sa place.

— Je veux faire sensation, dit-elle.

— Oh ! pour ça, tu n'auras aucun mal, dit-il en vidant son verre. El Valderon aura du mal à s'en remettre.

7.

Le lendemain matin, Isla se réveilla pleine d'entrain.

Avoir repris en main son destin et revêtu une nouvelle robe, encore plus élégante que celle de la veille, lui avait redonné confiance en elle. Ainsi que les sous-vêtements sexy qu'elle n'aurait jamais osé acheter elle-même.

Adieu culottes en coton, adieu soutien-gorge de jeune femme sage. Ce qu'elle avait mis ce matin-là, ce n'étaient pas des sous-vêtements, c'était de la lingerie fine. En soie et dentelle. Aux couleurs chatoyantes.

Était-ce ainsi que Diego l'imaginait ? Voyait-il en elle une femme que seule la soie et la plus belle dentelle pouvaient parer ? Elle était un peu horrifiée, bien sûr, qu'il sache ce qu'elle portait sous sa robe. Mais elle était surtout fière qu'il la considère comme une femme sensuelle, et non comme une pauvre fille, terne et vouée aux tâches ménagères.

Elle se regarda dans le miroir en pied, se caressa les flancs et les hanches, ravie de se découvrir aussi *féminine*.

En choisissant ces vêtements, Diego lui indiquait qu'il percevait chez elle de la force. Du caractère. Et de la beauté.

C'est cette pensée qui lui remontait le moral et la stimulait. Et elle savait à quoi elle allait consacrer toute cette belle énergie.

À montrer à Axl Cruz ce qui arrivait quand on cherchait à intimider une femme de Craggen.

Comme si elle allait y arriver toute seule ! Ce qui ferait la différence, c'est qu'elle aurait Diego Vasquez comme allié — et comme mari. Il avait lui-même clairement dit que son but était de ramener la paix sur son île natale.

Comme elle arrivait dans le patio, elle avisa Diego, déjà assis à la table carrelée, buvant son café matinal. Ses yeux noirs s'allumèrent à son approche.

Elle descendit l'escalier en se déhanchant comme une star de cinéma. Elle voulait qu'il soit fier de sa femme — même si ce mariage n'était qu'une fiction.

Ou était-ce son propre désir qui lui donnait envie de séduire cet homme ?

Ils étaient restés debout jusqu'à une heure tardive, à se raconter des histoires de fac de médecine. Le courant passait bien entre eux, c'était incontestable, et ils s'étaient découvert plus d'un point commun. Mais, si Isla avait veillé si tard, c'était surtout parce qu'elle brûlait de savoir, sans vraiment se l'avouer, s'il avait autant envie de l'embrasser qu'elle avait envie qu'il l'embrasse.

Mais, lorsqu'elle s'était mise à bâiller de fatigue, c'était par un chaste baiser sur la joue qu'il avait conclu la soirée.

— Quelle jolie robe, dit-il en la voyant apparaître.

— Tu es bien matinal, répondit-elle.

Elle jeta un coup d'œil à l'horloge et se rendit compte qu'il n'était pas si tôt que ça.

— Tu es déjà sorti ? demanda-t-elle.

Il l'invita à s'asseoir en désignant le fauteuil qui faisait face au sien.

— Je suis allé changer les pansements de Paz Cruz et lui donner ses médicaments.

Par réflexe professionnel, Isla lui posa quelques questions sur l'évolution de l'état de son patient. Diego y répondit en quelques mots, et Isla se rendit compte qu'elle aurait dû se rendre au chevet du blessé, elle aussi. Axl Cruz avait peut-être été présent, et Isla se demandait s'il n'avait pas interrogé Diego sur la consommation du mariage.

Officiellement, ce mariage à la va-vite pouvait être annulé. Il n'avait pas été consommé. Et il ne le serait jamais.

Elle but une gorgée de café en épiant du coin de l'œil l'homme qui lui avait sauvé la vie en devenant son mari.

Il était honorable et fier. Solide et courageux.

Mais elle se promit de ne pas céder à son attirance pour lui. Elle allait être raisonnable et compter les jours. Ensuite, elle rentrerait à la maison et n'y penserait plus.

— Quand allons-nous travailler ? s'enquit-elle.

— Nous, médecins des îles, avons pour coutume de nous nourrir substantiellement avant de soigner nos malades, dit-il en souriant.

Il désigna une corbeille pleine de gâteaux appétissants.

— Tu en veux un ? proposa-t-il.

— C'est exactement le genre d'aliments que je conseille à mes patients d'éviter.

Avec un haussement d'épaules, il posa la corbeille devant elle.

— Fais-toi plaisir. C'est ta lune de miel, après tout.

Elle sentit ses joues rougir. Comme un rappel des pensées lubriques qui l'avaient tenue éveillée trop longtemps dans ce lit trop vaste, trop vide…

Quand elle avait fini par trouver le sommeil, elle avait rêvé de Diego. Et quels rêves ! Il y avait de quoi rougir, en effet.

C'était nouveau, tous ces fantasmes. Kyle n'avait pas eu totalement tort quand il lui avait reproché sa fadeur : les élans charnels d'Isla n'avaient guère été passionnés. Avec lui. Mais voilà que Diego lui inspirait des émotions inédites, des désirs extravagants.

Elle croqua dans l'un des gâteaux, se délectant sans remords de son goût de sucre, de beurre et de fruit.

— Mange, *mi amor*. Une longue journée de travail nous attend.

Il se passa le bout de la langue sur la lèvre pour en ôter une miette. Ce petit geste banal raviva le désir d'Isla. S'il l'avait prise dans ses bras pour l'embrasser à cet instant, elle aurait été incapable de lui résister. Pire, elle n'aurait pas *voulu* lui résister.

Isla s'était attardée dans le vestibule de l'hôpital, et Diego était tombé nez à nez avec Maria. Il lui avait fait part de son projet de s'adjoindre les services d'Isla. L'atmosphère était pour le moins tendue.

— Mais c'est qui, cette nana, au juste ?

— Je te l'ai déjà dit : c'est mon épouse, répondit-il en s'efforçant de rester calme.

Il ne supportait pas qu'on traite Isla ainsi. Elle avait fait preuve de plus d'intégrité en une nuit que la plupart des gens tout au long de leur vie.

— C'est la fille de Doug MacLeay. Ça s'est passé très vite. Et d'une manière complètement inattendue. Mais je suis sûr que tu ne verras aucun inconvénient à l'accueillir à El Valderon. Et dans cet hôpital. Elle est médecin, et son aide me sera précieuse à la clinique mobile.

En fait, ce camion aménagé en dispensaire ambulant était une source permanente de conflits entre Diego et Maria. Elle n'y voyait qu'un gaspillage d'argent. Il le considérait comme une ressource inestimable.

— Je suppose qu'elle voudra être payée, lança Maria avec mépris.

Elle comptait sans doute arguer de raisons financières pour mettre son veto.

— Non, elle tient à travailler bénévolement.

Un homme plus cruel se serait sans doute réjoui de voir la fureur que cette réponse allumait dans les yeux de Maria. Mais Diego s'en fichait. Il voulait simplement se mettre au travail et veiller sur Isla en même temps. Il s'apprêtait à faire l'éloge des mérites professionnels de son épouse lorsqu'il vit celle-ci se diriger vers eux dans le couloir. Il fit les présentations.

— Je suis ravie de vous rencontrer, dit Isla en regardant Maria droit dans les yeux. J'ai hâte de travailler dans cette clinique mobile.

Mais Maria ne se montra pas aussi cordiale.

— Je crains que nous ne manquions de fonds pour payer votre assurance. Et, bien sûr, il faudrait d'abord que vous passiez un test d'aptitude très rigoureux. Il vous faudra des semaines, peut-être des mois, pour en venir à bout. Et, puisque vous venez de vous marier, je suppose que vous avez autre chose à faire de votre temps.

— Je vois, dit Isla sans se démonter. Dans ces conditions, je pense que vous ne verrez aucun inconvénient à ce que j'ouvre un dispensaire de médecine préventive au sanctuaire des tortues…

Diego dut se retenir pour ne pas éclater de rire. Isla venait non seulement de remettre Maria à sa place, mais elle avait aussi fait, du même coup, preuve d'indépendance à l'égard de lui. Et, loin d'en prendre ombrage, il trouvait cela admirable.

— Un dispensaire ? dit Maria sans prendre la peine de cacher son dédain.

— Oui. Je travaille dans des structures du même genre, en Écosse. Deux fois par semaine. Je trouve que la médecine préventive nous évite pas mal d'interventions en urgence. Les résultats sont particulièrement positifs pour les patients sujets au diabète, aux maladies cardiaques et aux insuffisances respiratoires. Elle permet aussi de détecter les cancers avant qu'ils ne deviennent incurables. Traiter ces patients tardivement s'avère beaucoup plus coûteux, dans notre région, qui est très reculée. Je pense qu'il en va de même ici.

— Merci pour ce petit exposé, lâcha Maria d'un ton sarcastique.

Elle ne cherchait même pas à dissimuler son agacement. Quant à Diego, il aurait applaudi aux projets d'Isla et à son approche pragmatique, s'il n'avait craint de la perdre de vue et de la laisser exposée à tous les dangers.

— Entre votre père qui soigne les tortues, et vous qui soignez les humains, votre famille est décidément *très* intéressante, ricana Maria.

— C'est ce que Diego a pensé, en tout cas, répliqua Isla. N'est-ce pas, *mi amor* ?

Elle lui décocha un regard si complice, si affectueux, qu'il aurait juré qu'elle était sincère. Quel aplomb ! Quelle comédienne ! Cette femme aurait pu faire de la politique…

Il lui posa un bras sur l'épaule en esquissant un sourire. Quelle équipe ils auraient faite, si elle n'avait pas agi sous la contrainte. Si elle l'avait vraiment aimé. Et qu'elle se souciât vraiment de cette île. Il se décida à plaider sa cause.

— L'hôpital ne peut que bénéficier de la bonne image que cette initiative lui donnerait auprès des habitants de l'île. Isla est titulaire d'un doctorat de médecine britannique, quand même… Je ne vois pas pourquoi elle ne pourrait pas consulter en médecine préventive. D'autant plus que je serais constamment à ses côtés, pour l'aider en cas de problème.

— Un communiqué de presse serait une excellente idée ! dit Isla à Maria. Vous pourriez y annoncer que je suis habituée à travailler avec un minimum d'équipement. Avec un stéthoscope, un tensiomètre et un thermomètre, on peut faire des merveilles. Et ça ne coûterait pas un sou à l'hôpital.

Maria se renfrogna, mais réagit plus calmement que lorsqu'elle se disputait avec Diego à propos des soins qu'il apportait aux membres de la Noche Blanca.

— Et si vous n'avez aucun patient ? demanda-t-elle. Vous comptez passer vos journées à vous tourner les pouces ?

Son hostilité flagrante aurait fait renoncer n'importe quelle autre femme. Diego l'avait déjà vue à l'œuvre : son animosité avait rebuté plus d'une jeune recrue.

— Mais pas du tout, rétorqua fermement Isla. Ce serait un honneur pour moi que de travailler avec mon mari. Ça le soulagerait d'une bonne partie de ses tâches. Et cela serait utile aux habitants d'El Valderon.

— Le moindre pansement coûte cher, de nos jours, dit Maria. Qui va payer ?

— Moi, répondit Diego.

— Tu dépenses ton argent par gloriole, lâcha Maria avec amertume. Tu te maries sur un coup de tête… Tout est si facile, pour toi, hein ?

— Non, Maria, rérorqua Diego. Rien n'est facile pour moi, depuis la mort de mon frère.

Maria blêmit. Elle s'apprêtait visiblement à répliquer vertement lorsque Isla s'interposa, désamorçant la situation explosive en claquant des mains.

— Bon. Quand vous aurez fini de vous chamailler, j'aimerais bien me mettre au boulot, moi.

— Bien joué, *mi amor*, murmura Diego avec un large sourire.

Isla lui rendit son sourire. Elle avait tenu ferme, face à la directrice de l'hôpital, c'était vrai. Mais le soutien de son époux avait stimulé sa combativité. Jamais elle n'avait éprouvé ce sentiment avec Kyle. Cette complicité avait quelque chose d'enivrant, qu'elle n'aurait su définir.

— J'aurais préféré travailler au sanctuaire, fit-elle.

Diego hocha la tête. À l'évidence, il comprenait son point de vue, mais il était non moins clair qu'il ne ferait aucune concession. Il avait peur de la laisser seule. Il tenait avant tout à ce qu'elle soit en sécurité. Et, de fait, sous la garde de cet homme, elle se sentait bien protégée.

Attention ! Si elle continuait comme ça avec lui, elle risquait de connaître les mêmes déboires qu'avec Kyle et son père, en commettant la même erreur : chercher l'amour et l'estime là où il n'y en avait pas pour elle.

— Chaque chose en son temps, Isla. Tu voulais te rendre utile, non ? Et puis, tu peux être fière d'avoir tenu tête à la directrice. Maria del Mar a une forte personnalité… Et elle a beaucoup de pouvoir.

— Elle aurait peut-être préféré que ce soit elle qui porte cette bague au doigt ?

— C'est possible… Il y a longtemps… Mais elle s'est mariée, depuis. Et le couple qu'elle forme avec son mari est solide et heureux, si étrange que ça puisse paraître. Mais on dirait qu'elle prend plaisir à tourmenter les autres. Cela doit faire partie de ses attributions de directrice d'hôpital…

Isla ne chercha pas à en savoir davantage. Il y avait anguille sous roche, sans nul doute. Mais Isla avait ses propres secrets et ses propres blessures, et Diego ne s'en était pas montré curieux. À chacun son jardin secret.

Et puis, Isla vivait dans un monde différent, désormais.

Elle se sentait elle-même toute changée. Ne venait-elle pas de défier une femme de caractère, qui était visiblement habituée à imposer ses volontés aux autres ? Cette assurance nouvelle venait peut-être du fait que, pour une fois, quelqu'un croyait en elle.

Elle écarta la main que Diego venait de lui poser sur la nuque.

— Alors, elle est où, cette clinique mobile ?

Cinq jours avaient passé, et Isla avait établi une petite routine. Tous les matins, elle bavardait avec son père par vidéocommunication, afin qu'il puisse constater que sa fille était vivante et en bonne santé. La liaison, quelque peu défaillante, était souvent coupée avant qu'ils n'aient le temps de décrire en détail leurs existences respectives. Mais Isla trouvait étrangement réconfortant de voir son père dans le cadre de la petite maison écossaise qui les avait vus tous les deux naître.

Ensuite, dès qu'Isla et Diego avaient revêtu leur tenue médicale, celui-ci la traitait comme elle l'avait espéré : en professionnelle.

En parcourant l'île à ses côtés, elle apprenait à connaître l'homme qui y était né. L'homme qui tenait son destin entre ses mains. Et son admiration pour lui ne faisait que croître.

Diego était généreux. Bienveillant. Patient. Et il pensait sans cesse à la sécurité d'Isla. Il n'exigeait rien d'elle : ni gratitude ni soumission à ses désirs. Bien au contraire, il appréciait visiblement l'esprit indépendant et bagarreur dont elle avait fait preuve face à Maria.

Ce matin-là, ils passèrent prendre, comme tous les jours, la petite-fille de Carmela, Sofia, qui venait d'avoir vingt ans, parlait très bien anglais et servait d'interprète, si nécessaire, entre Isla et ses patients. Ils s'arrêtèrent ensuite dans un village reculé puis dans une petite école rurale.

— Quelle est notre prochaine étape ? demanda Isla quand ils eurent terminé leur consultation.

— Cette visite risque de durer plus longtemps que les autres. Nous allons à la plantation de café Vasquez.

— Celle de ta famille ?

Il hocha la tête et lui adressa un clin d'œil, qui mit les sens d'Isla en émoi. Il allait falloir qu'elle trouve un moyen de lui suggérer, avec tact, d'arrêter de l'aguicher ainsi. Elle le trouvait déjà craquant mais, quand il lui faisait du charme, elle avait le plus grand mal à résister à la tentation.

Prudence, donc ! Et patience… Encore vingt-cinq jours et elle serait rentrée chez elle, auprès de son père. Elle se voyait déjà en train de lui préparer un chocolat chaud, dans la petite cuisine de leur modeste maison de la campagne écossaise.

Mais un sentiment de malaise vint brouiller cette vision bucolique. Était-ce vraiment ce qu'elle souhaitait ? Revenir au train-train quotidien ? N'avait-elle donc jamais nourri de plus nobles aspirations ?

Diego ne semblait pas avoir remarqué son trouble.

— La plantation s'est diversifiée, ces derniers temps, disait-il. Quand mon père est parti et que j'ai dû reprendre les rênes de l'entreprise, j'ai transformé les plantations en coopératives, vouées au commerce équitable. Les travailleurs sont mieux lotis qu'avant. Ces coopératives ont constitué une caisse commune pour couvrir les frais de santé. C'est avec cet argent que la clinique mobile est financée, avec le soutien de l'hôpital. Grâce à cela, les travailleurs me voient davantage comme un médecin que comme un patron. Sans que Maria ait à débourser un sou…

Comme Sofia ne perdait pas une miette de la conversation, Isla renonça à interroger Diego sur sa famille. Elle lui demanda plutôt ce qu'il en était des gens qu'ils s'apprêtaient à visiter.

— Ils sont pauvres, pour la plupart. Des journaliers, qui travaillent dur, mais qui ne deviendront sans doute jamais riches, dit-il d'un ton affligé. Mais ils s'en sortent mieux que du temps de mon père.

— Et ton père, il est où ?

— Au Nicaragua, répondit-il d'un ton neutre. Avec sa

quatrième ou cinquième épouse… En train de monter son sixième ou son septième empire commercial.

Comme Diego gardait les yeux rivés sur la route, Isla n'insista pas. C'était compliqué de parler de ses parents. Elle n'avait toujours pas dit à Diego que sa mère était morte. C'était l'un de ces secrets intimes que l'on garde précieusement au fond de son cœur, dans l'espoir absurde qu'il puisse changer le passé. Un rêve de petite fille qui ne se réaliserait jamais.

— Ma mère est aux États-Unis, reprit Diego. Sans doute en train de faire à peu près la même chose que mon père… Elle collectionne les maris, mais pas les empires commerciaux.

— Chacun réagit à sa manière au deuil, dit Isla.

— Tu as raison. Et tu es l'une des seules personnes qui l'expliquent ainsi. La plupart des habitants de l'île pensent que mes parents sont des enfants gâtés, qui ont quitté le navire dans la tourmente.

Isla regarda par la vitre et écrasa une larme inattendue.

— Disons que mon père n'a pas vraiment surmonté la mort de ma mère, fit-elle.

Voilà qu'elle venait de révéler son secret.

— Ah bon ? dit-il posément.

Il ne chercha pas à en savoir davantage. Mais il lui posa doucement la main sur la cuisse. Il avait compris qu'elle voulait éviter de parler de sa famille ou de ses amours malheureuses. Il y avait véritablement une connivence innée entre elle et lui. Et Isla allait devoir mettre un frein à ses émotions pour éviter de succomber aux charmes de Diego.

Ils arrivèrent enfin à un immense portail en bois qui donnait sur une route bien entretenue menant à des habitations traditionnelles, aux murs blanchis à la chaux.

— Bienvenue à la plantation, dit Diego. Les travailleurs logent dans ces maisons. Un peu plus loin, il y en a d'autres où vivent les retraités.

— Elles sont charmantes, ces maisons !

— Ce n'est pas grand-chose, quand on tient compte de la richesse que leur travail a apportée à ma famille, dit-il en haussant les épaules.

Isla ne fut pas surprise de constater que Diego était adoré des vieilles dames du village. Elles voulaient toutes être auscultées par lui, et non par elle. L'une d'elles piqua même un fard lorsqu'il l'aida à s'asseoir pour lui prendre sa tension. Isla rougit, elle aussi, quand Diego, entre deux patients, effleura ses fesses d'un geste nonchalant, comme s'ils étaient mariés depuis des années.

Il était en train d'ausculter le dernier patient lorsque Isla entendit frapper à la portière ouverte du petit camion.

Une belle femme aux longs cheveux noirs et luisants, élégante et bien habillée, fit son apparition. Elle n'était pas du tout vêtue comme les autres femmes du village, qui portaient des habits de travail en coton grossier ou des robes traditionnelles multicolores. Sa robe à elle était d'excellente coupe et en soie naturelle. Les bagues qui ornaient ses longs doigts délicats n'étaient pas en toc, non plus.

Elle s'assit à côté d'Isla dans le minuscule espace d'attente qu'une cloison séparait de la salle d'examen.

— En quoi puis-je vous être utile ? demanda Isla.

— Vous êtes Isla Vasquez ? demanda la belle dame d'une voix brisée par l'émotion. Je m'appelle Serena Cruz.

Isla mit un moment à comprendre. Quand elle fit le rapprochement, elle se décomposa.

Serena lui prit le bras.

— N'ayez pas peur, ajouta-t-elle. Je suis venue en tant que mère.

— Eh bien, dit Isla en redressant la tête, je vous répondrai en tant que fille. La fille d'un homme qui a été chassé de l'endroit qu'il chérit le plus au monde. Par des hommes en armes.

— Je tiens à vous remercier.

Ah bon ? Et pourquoi donc ? aurait voulu rétorquer Isla. Pour avoir accepté d'épouser un inconnu afin de sauver son père ? Mais elle se souvint que Diego avait dit à Axl qu'Isla et lui étaient amoureux l'un de l'autre.

— Si mon fils est vivant, c'est grâce à vous. Et aussi, bien sûr, à Diego.

— Il paraît même que vos deux fils lui doivent la vie, dit Isla d'un ton égal.

— C'est vrai, dit Serena en souriant tristement. Mais je sais que c'est vous qui avez fait le plus courageux des sacrifices.

— Je ne crois pas, répliqua-t-elle sèchement. Je suis encore en vie.

Mais Serena n'était visiblement pas venue pour se quereller. Et Isla se radoucit.

— On pourrait éviter toute cette violence, ajouta-t-elle avec un soupir.

Serena secoua la tête.

— Quand j'ai rencontré mon mari, c'était un homme honorable et droit, plein de force. Il travaillait dur. Quand le gouvernement a changé, dans notre pays, il a perdu son emploi. Ce jour-là, il a aussi perdu son âme.

— Il sait que vous êtes ici ?

— Non.

— Pourquoi ne le lui avez-vous pas dit ?

Une larme coula sur la joue de Serena.

— J'aimerais tant qu'il redevienne tel qu'il était lorsque nous nous sommes mariés… Mais je l'aime. Et je me tiendrai toujours à ses côtés. Vous me comprenez ?

Étrangement, Isla la comprenait très bien. Elle avait agi de même à l'égard de ses parents. Elle leur avait fait confiance, avait cru en eux, les avait aimés. Envers et contre tout. C'est cet amour indéfectible qui lui avait permis de tenir le coup aux heures sombres de sa vie.

— Vous pourriez le quitter ? suggéra Isla.

— Non, je veux le *changer.* Et je veux aussi que les choses changent sur cette île. Je sais que Diego fait de son mieux, mais…

— Tout va bien, par ici ? demanda Diego d'une voix crispée.

Au son de sa voix, le cœur d'Isla fit un bond. Il se tenait sur le pas de la porte et la regardait d'un air protecteur.

Serena se leva et fit une petite courbette.

— *Señor* Vasquez, je suis enchantée de vous voir.

— Qu'est-ce qui vous amène ici ? demanda-t-il d'un ton

méfiant. Nous avions prévu de passer chez vous un peu plus tard…

— Je sais, mais j'avais hâte de féliciter votre épouse.

Diego se tourna vers Isla d'un air inquiet.

Elle leva la main, pour lui indiquer que tout allait bien et qu'elle lui expliquerait plus tard.

— C'est très gentil de votre part, dit Diego d'un ton peu chaleureux. Maintenant que vous l'avez rencontrée, nous allons pouvoir nous remettre en route. Pour voir votre fils. Celui qui a été blessé par balle.

Diego savait qu'il retournait le couteau dans une plaie qui ne guérirait jamais. Il savait que Serena ne méritait pas qu'il lui batte froid comme il venait de le faire. Mais, plus que tout, il ne voulait pas qu'Isla découvre son côté sombre, cette part de lui-même qui frémissait encore de colère au souvenir de la mort de son petit frère.

Il prodiguait des soins aux habitants de l'île, tel un moine guerrier voué à une cause sacrée. Il poussait l'abnégation jusqu'à soigner d'abjects voyous. Mais, quand il avait vu Serena jouer avec les nerfs de la femme qu'il avait juré de protéger, il s'était cabré et mis en mode défensif.

Il montra la porte à Serena.

— Vous passerez le bonjour à Axl.

Serena se dirigea vers la porte puis se retourna brusquement. Elle voulut dire quelque chose, mais se ravisa en voyant Diego se dresser de toute sa taille. Et elle sortit du camion.

Il rejoignit Isla, qui arborait un air consterné. Il lui caressa les cheveux puis les joues. Lorsqu'il lui posa les mains sur les épaules, elle fit un pas de côté, visiblement irritée.

— Pourquoi as-tu été si impoli avec elle ?

— Je n'étais pas impoli, je voulais juste te protéger…

— Dans mon pays, ce genre de comportement est considéré comme impoli.

C'était indéniable. Il avait été impoli. Il s'était comporté comme le dernier des rustres avec Serena. Et voilà que, pour la première fois de sa vie, il avait affaire à une femme qui le tenait pour comptable de ses imperfections. Trop longtemps, il s'était vu comme un loup solitaire. Un homme obsédé par son projet de ramener la paix sur son île, par des moyens dont il n'était pas certain qu'ils soient vraiment efficaces.

Isla croisa les bras et le fusilla du regard. Elle était vraiment splendide quand elle s'emportait. Plus il la côtoyait, plus il l'avait dans la peau.

— Tu sais pourquoi elle est venue ? demanda Isla.

— J'ai pensé que c'était pour te narguer. Mais je crois deviner à ta réaction que je me suis trompé.

— Exact. Et tu as été odieux avec elle.

Il fit un pas vers elle. Puis un autre. Et il lui posa délicatement la main sur les hanches. Elle lui lança un regard indigné, mais ne fit rien pour se dégager. Il n'aurait pas dû avoir ce geste trop osé. Elle n'aurait pas dû le laisser faire. Et, pourtant, ni l'un ni l'autre ne bougeaient.

— Serena est venue pour faire la paix, c'est cela ? demanda-t-il.

— C'est ce qu'il m'a semblé. Mais nous avons été interrompues par *quelqu'un* qui l'a fichue à la porte. Je crois qu'elle voulait me tendre un rameau d'olivier. Et, si tu n'avais pas joué les preux chevaliers, j'aurais peut-être su où elle voulait en venir, exactement.

Elle avait beau le réprimander, elle se rapprochait imperceptiblement de lui. Il crut même sentir qu'elle se cambrait sous ses mains.

— Tu ne me crois pas ? demanda-t-elle.

— Je crois tout ce que tu me dis, ma chérie…

Il lui passa la main dans les cheveux et se pencha vers elle.

— Mais, pour l'instant, poursuivit-il, je voudrais te parler d'autre chose… En fait, ajouta-t-il d'une voix rauque, je préférerais ne pas parler du tout.

Il se pencha un peu plus, entraîné par le désir. Sofia était sortie du camion. D'un coup de pied, Diego ferma la porte.

À l'instant où leurs lèvres entrèrent en contact, il sentit une chaleur se propager dans tout son corps. Ce baiser était aussi intense que le précédent, mais plus délicieux encore, car Isla était indubitablement consentante, cette fois.

Comment le savait-il ? Il le *sentait*. Elle s'abandonnait sans retenue à ce baiser torride. Et il ne doutait plus, désormais, qu'elle éprouvait pour lui le même désir charnel qui s'était allumé en lui dès leur première rencontre.

Car, ce baiser, elle le savourait tout autant que lui. Et, tandis que leurs bouches ne faisaient plus qu'une, elle lui caressait la nuque, les cheveux. Puis ses mains s'aventurèrent plus bas, sous la chemise de Diego, massant la peau nue et chaude de ses reins. Puis elle glissa une main entre leurs deux corps en feu et sentit toute la force de son désir. Cette caresse leur arracha à tous deux un gémissement rauque. Il la souleva et s'enveloppa en un clin d'œil dans les jambes souples d'Isla, lorsque…

— Oh ! Je suis désolée…

C'était Sofia. Elle se tenait, pétrifiée, dans l'embrasure de la porte.

Diego relâcha doucement son épouse, sans oser se tourner vers Sofia. Il ne tenait pas à ce qu'elle voie son visage congestionné, son regard égaré.

— Je… Euh… Vous voulez que je vous laisse seuls ? demanda Sofia.

La jeune fille ne savait plus où se mettre. Isla rajusta sa tenue et sourit tranquillement à Sofia, comme si elle avait l'habitude de se faire surprendre en plein élan passionnel.

— Mais pas du tout. Il faut nous pardonner, Sofia, dit-elle en montrant sa bague. Ça arrive, avec les nouveaux mariés…

Mais Sofia bredouilla qu'elle avait oublié quelque chose et qu'elle reviendrait « dans une vingtaine de minutes ». Et elle sortit précipitamment, en claquant la porte derrière elle.

Isla se tourna vers Diego, la poitrine toujours haletante.

— Ne me touche plus ! s'écria-t-elle. Je ne suis pas un objet ! Je ne t'appartiens pas !

Il aurait voulu protester. Lui dire qu'il savait très bien qu'elle le désirait autant qu'il la désirait. Mais ses vieux démons l'en empêchèrent. Ils lui soufflèrent que son amour pour Isla nuisait à sa concentration, à son combat pour la paix, et lui enjoignirent de se maîtriser.

8.

Isla indiqua d'un signe à son patient que la consultation était terminée. Dès qu'il fut sorti, elle enfonça les embouts de son stéthoscope dans ses oreilles et posa la membrane sur son propre cœur.

Bam-boum, bam-boum…

Miracle ! Il battait encore !

Elle avait passé les derniers jours à feindre qu'elle n'était pas attirée par Diego. Et cette fausse indifférence était une sorte de torture qu'elle s'infligeait. Elle ne savait que répondre quand des patients l'interrogeaient sur leurs projets d'avenir. Que comptaient-ils faire du sanctuaire ? Allaient-ils partir en lune de miel ? Projetaient-ils d'avoir des enfants ?

C'était surtout cette dernière question qui la plongeait dans l'embarras. Car Isla avait toujours voulu être mère. Lorsque Kyle l'avait plaquée, sa première pensée avait été : « Tic-tac, tic-tac… » Elle avait pris conscience, alors, du passage du temps — de ce qu'on appelle l'horloge biologique. Et elle en souffrait d'autant plus que, lorsqu'on posait cette même question à Diego, il répondait avec enthousiasme : « Mais bien sûr ! Plein, plein d'enfants ! »

En outre, il n'était pas facile, pour elle, de simuler la froideur, depuis ce baiser… Ces deux baisers. Et cependant il fallait qu'elle combatte ses émotions et qu'elle se concentre sur l'aboutissement de cette épreuve : son départ de l'île. Alors même que la tension entre les deux nouveaux époux croissait de jour en jour.

Le baiser qu'ils avaient échangé le jour du mariage ? Étonnamment léger. Badin, même.

Celui de la clinique mobile ? Plus intense. Plus fougueux.

Lequel de ces deux baisers trahissait-il le plus la vraie personnalité de Diego ? Elle aurait bien aimé le savoir… Mais quelle importance, après tout ? La raison lui dictait de renoncer à percer les mystères de cet homme qui avait éveillé en elle des émotions insoupçonnées — et des désirs inavouables.

Ce jour-là, tandis qu'ils travaillaient dans un village montagnard, Isla était sur les charbons ardents. Elle avait l'impression d'être possédée par le démon de la luxure. D'être une insatiable vénus, dévorée par le désir qu'elle éprouvait pour cet homme.

Sur le plan pratique, elle savait que cela la rendait vulnérable, et elle se méfiait d'elle-même. D'autant plus qu'il restait encore une bonne quinzaine de jours avant la fin prévue de son séjour à El Valderon.

Certes, elle avait embrassé d'autres hommes avant lui. Elle avait déjà trouvé le plaisir et la volupté en leur intimité. Mais jamais le désir criant d'un homme n'avait autant exacerbé son propre appétit sexuel.

— Isla ? dit Diego en frappant à la porte de la petite salle d'examen du camion.

Sa voix suffisait à elle seule à propager le feu dans les veines d'Isla, tel le plus puissant aphrodisiaque.

— Tu peux venir m'aider, s'il te plaît ? Sofia s'est éclipsée je ne sais où. Et je voudrais que tu tiennes une enfant de quatre ans pendant que je lui enlève des éclats de bois du genou.

— Pourquoi as-tu besoin de mon aide pour ça ? s'étonna Isla.

— La gamine a peur. Et elle souffre. Sa mère n'est pas là, l'institutrice est occupée et elle a besoin d'être rassurée.

— Mais personne n'est plus rassurant que toi, objecta Isla.

— Pas avec les enfants.

— Mais je croyais que… que tu voulais avoir plein, plein d'enfants…

— Je dis souvent aux gens ce qu'ils ont envie d'entendre. Mais, avec toi, je préfère être parfaitement sincère.

Cet aveu fit à Isla l'effet d'une douche froide. Il ne voulait pas avoir d'enfants... Pourtant, elle l'avait vu s'amuser comme un petit fou avec des gamins au cours de leurs tournées dans les villages. Un nouveau mystère ?

— Isla ? Il faut s'occuper de notre jeune patiente.

— Oui, bien sûr, fit-elle en se forçant à sourire.

Quelques minutes plus tard, le bon sens d'Isla était une fois de plus aux prises avec ses émotions. Assise dans cet espace minuscule et tenant dans ses bras un adorable bout de chou, elle regardait Diego tandis qu'il ôtait un à un d'énormes échardes du genou de la petite.

Ce spectacle aurait fait fondre le cœur le plus endurci.

Elle effleura de la joue la tête de la fillette. Celle-ci était si douce, si craquante. Isla se demanda ce qu'elle ressentirait si c'était sa propre fille qui était assise sur ses genoux. Et si Diego était son père, aux petits soins pour la chair de sa chair.

Elle leva les yeux et croisa le regard de Diego. Il la contemplait, l'air admiratif. Elle sentit son cœur se serrer si violemment qu'elle eut du mal à respirer.

Était-elle en train de tomber amoureuse de son ravisseur ?

Mais non, ce n'était pas son ravisseur. C'était son sauveur. Et dans deux semaines, quand le danger serait passé, il la laisserait repartir.

— Voilà, ma petite chérie, dit-il à la gamine. C'est réparé. On va laisser Isla se remettre au travail, maintenant.

Après deux doigts cassés, une éruption cutanée mystérieuse, trois bilans diabétiques, quatre consultations générales, l'heure vint où leur journée de travail touchait à sa fin.

Lorsqu'ils revinrent à l'hacienda, Carmela était déjà rentrée chez elle. Après avoir franchi la porte, Isla se tourna vers Diego et vit que ses yeux noirs étaient embrasés par le désir. Sans dire un mot, il s'approcha d'elle, la saisit par la taille et dénoua la fine ceinture de sa robe.

Quinze jours plus tôt, elle aurait été outrée et l'aurait vertement rabroué. Mais, là, elle se sentait assez belle, assez forte, pour laisser enfin libre cours à son envie de lui. Elle écarta elle-même les pans de sa robe pour lui donner un aperçu suggestif de ce qu'il y avait sous l'étoffe légère.

Il n'eut pas besoin de lui dire combien il goûtait ce spectacle. Ses pupilles se dilatèrent. Il humecta ses lèvres. Presque involontairement, elle en fit autant. Elle baissa un peu les yeux et fut tentée de déboutonner la chemise en lin noir de Diego. Mais son regard glissa plus bas… Et une bouffée de chaleur l'envahit des pieds à la tête lorsqu'elle découvrit l'érection volumineuse qui tendait son pantalon.

Il s'approcha un peu plus, les yeux rivés sur sa poitrine. Déjà, ses tétons se durcissaient, affamés de caresses. De baisers ardents. Elle l'imaginait déjà en train de lui lécher voluptueusement les seins.

Mais elle recula de quelques centimètres lorsqu'il voulut se coller contre elle.

— Pas encore, murmura-t-elle.

— Tu me tortures, ma chérie.

— Une jeune mariée n'a-t-elle pas le droit d'être timide ?

Mais ce n'était pas de la timidité. Ce n'était pas non plus une minauderie. Son attirance pour Diego n'avait rien d'une amourette de vacancière enhardie par quelques verres de tequila. Elle avait besoin de réponses avant de céder au désir.

— Et n'est-elle pas en droit de se demander si l'amour de son époux est bien réel ? ajouta-t-elle.

— Mon amour est aussi réel que le sang qui coule dans mes veines, affirma-t-il.

— Aussi réel que ça ? demanda-t-elle en levant le doigt qu'ornait sa bague de mariage.

Le regard de Diego s'assombrit, mais resta ferme. Elle savait qu'elle était injuste en lui suggérant ainsi de s'engager pour l'avenir. Alors qu'elle n'avait, en cet instant, qu'une envie, qui la consumait tout entière : se donner à lui. Mais elle voulait aussi l'entendre avouer que ce qu'ils s'apprêtaient à partager n'était qu'un moment de tendresse et de plaisir. Rien de plus. Rien de… conjugal.

— Ma grand-mère a porté cette bague avant toi, dit-il. C'était la plus honorable des femmes. Elle aimait la vérité, l'honnêteté et les gens de conviction. Je lui ai juré que je ne mettrais jamais cette bague au doigt d'une femme qui n'en soit pas aussi digne qu'elle… Mais, pour ce qui est de l'avenir, je ne peux te faire aucune promesse.

Isla apprécia sa franchise. Elle n'aurait pas pu, elle-même, lui jurer qu'elle était assez amoureuse de lui pour vivre avec lui le restant de ses jours. Mais elle le respectait et l'admirait, c'était indéniable. Aussi indéniable que le désir charnel qu'il lui inspirait.

Elle fixa un instant le diamant qui brillait à son doigt. Et songea à sa propre grand-mère, qui l'avait tant épaulée dans son enfance. Avec des parents qui étaient tout le temps en voyage pour voler au secours des espèces menacées, Isla aurait pu se sentir négligée. Mais sa grand-mère lui avait prodigué les marques d'affection dont un enfant a besoin. Et il était aisé de deviner, au son de la voix de Diego, combien il avait, lui aussi, aimé sa grand-mère.

Et elle renonça à l'interroger davantage.

En cet instant, elle avait envie de lui. Et ce désir était réciproque. C'était aussi simple que cela.

Elle laissa sa robe glisser le long de son corps.

À peine le vêtement s'était-il étalé à ses pieds que Diego se collait contre elle et l'embrassait à pleine bouche. Ses mains parcouraient maintenant ses reins, sa taille, ses fesses, laissant dans leur sillage des ondes de chaleur et de plaisir.

Elle se délecta de sentir contre son ventre la preuve très concrète du désir qui submergeait Diego. Une douce brise tropicale s'insinuait entre les cuisses nues d'Isla et lui chatouillait les orteils, sur lesquels elle s'était dressée pour mieux savourer ses baisers.

Mais il se décolla brusquement d'elle.

— Ce n'est qu'une fiction, murmura-t-il d'une voix rauque. Dans quinze jours, tu repartiras chez toi.

Il avait raison. Mais…

— Je ne suis pas encore partie, susurra-t-elle.

*
* *

À ces mots, tous les scrupules de Diego s'évanouirent. Il la souleva et la porta jusqu'à la galerie — un petit coin de paradis, agrémenté de plantes grimpantes aux parfums capiteux. Avec vue sur les flots irisés des Caraïbes. Et un canapé de jardin bien confortable…

Il ouvrit la moustiquaire qui enveloppait le canapé et regarda Isla disparaître derrière les plis ondulés du tulle diaphane. Elle était belle, sa femme. Dangereusement belle. Sa chevelure flamboyante pavoisait les coussins vert émeraude d'un roux châtain profond, telle une mantille de soie rare et raffinée, rehaussée par l'éclat des rayons rubescents du soleil couchant. Le pur azur de ses yeux contrastait avec le rose délicat de ses joues empourprées.

Il avait combattu son désir d'Isla comme on tient un fauve affamé à distance. Il avait cru pouvoir le dompter. En vain.

— J'aime le goût de ta langue, murmura-t-elle.

— Où aimerais-tu que je t'embrasse ? demanda-t-il.

— Surprends-moi.

Quelque chose lui disait que tout cela était nouveau pour Isla. Sa sensualité. Son audace. Son impudicité. Elle s'offrait à lui. Et ce n'était pas par gratitude. C'était parce qu'elle avait envie de lui autant qu'il avait envie d'elle. Alors, il allait prendre son temps et lui donner tout le plaisir qu'elle méritait.

Il l'embrassa longuement sur la bouche, avec ardeur. Il la sentit plus lascive, plus hardie encore qu'au moment où elle s'était débarrassée de sa robe et lui avait exposé ses charmes. Elle exerçait tout autant son pouvoir d'attraction que lui. Et elle en était consciente.

Ils avaient été francs l'un avec l'autre. Dans une quinzaine de jours, comme convenu, elle s'en retournerait dans son pays natal. Et il ne s'y opposerait pas…

— Déboutonne ma chemise, chuchota-t-il en se redressant.

Elle tendit une main et lui effleura les lèvres. Il lui lécha goulûment les doigts. Son autre main glissa sur la soie qui enrobait ses seins, puis le long de son ventre avant de s'arrêter au bord de sa minuscule culotte en dentelle. L'érection de Diego se fit presque douloureuse.

— Je ne peux plus attendre, grogna-t-il.

Et il se débarrassa lui-même de sa chemise, pendant que les doigts fébriles d'Isla débouclaient son ceinturon. Puis ces diables de doigts massèrent doucement son érection au travers de l'étoffe du pantalon, tandis qu'elle se cambrait en lâchant un petit gémissement énamouré.

Il lui saisit les poignets d'une main et passa l'autre sous sa nuque.

— Allonge-toi, lâcha-t-il d'une voix à peine audible. Je vais te donner du plaisir…

— Pas avant que tu sois entièrement nu, fit-elle en déboutonnant son pantalon.

Lorsqu'elle eut détaché le dernier bouton, il ôta promptement le vêtement et s'étendit sur elle. Il lui caressa un sein d'une main et se mit à lécher l'autre au travers de la fine dentelle. Les ongles d'Isla lui labouraient le dos. Il lui suça le téton, de plus en plus fort, jusqu'à ce qu'il ne supporte plus l'obstacle du soutien-gorge. Il le dégrafa et l'envoyer voler, sans cesser de lécher, de sucer et d'embrasser ses seins.

Il lui mordilla le ventre avant de glisser une main entre ses cuisses humides, et constata qu'elle était aussi excitée que lui. Il introduisit un doigt… puis un autre lorsqu'elle se mit à se trémousser, comme pour l'encourager à poursuivre son exploration.

— J'ai envie de toi, lui chuchota-t-elle dans le creux de l'oreille. Je veux te sentir en moi.

Il tendit le bras vers son pantalon, au pied du lit, et en extirpa un petit paquet argenté. Il avait prélevé deux ou trois préservatifs dans les réserves de la clinique mobile, le jour où Sofia les avait surpris en train de s'embrasser. Depuis, ces petits sachets si légers avaient pesé dans ses poches comme une enclume. Maintenant, il regrettait de ne pas en avoir pris davantage — un paquet tout entier n'aurait pas suffi.

Il gaina rapidement de latex son membre érigé, puis se coucha de tout son long sur Isla.

*
* *

Le corps d'Isla vibrait d'impatience. Elle inspira profondément tandis que Diego redressait le torse, prêt à la pénétrer. Elle avait perdu toute maîtrise de ses réactions physiques, comme si un aimant, sous sa chair en émoi, la poussait irrésistiblement vers cet homme.

— Enroule tes jambes autour de ma taille, murmura-t-il.

Sa voix était tellement chargée d'émotion qu'Isla sentit des larmes naître dans ses yeux. Un râle de plaisir lui échappa lorsqu'elle le sentit pénétrer son intimité, trempée par le désir qu'il avait avivé. Il s'enfonçait lentement, trop lentement. À tel point qu'elle dut le supplier.

— Prends-moi ! Prends-moi vite !

Et elle n'eut aucune honte de cette impatience. Ce n'était pas un cri de soumission. C'était la voix du désir le plus pur, le plus naturel. Et le plus impérieux.

Mais il continua de prendre son temps ainsi, savourant ce voluptueux prélude jusqu'à ce que, lui non plus, il ne puisse plus résister à ses pulsions. Il adopta brusquement une cadence plus vive. Il donna à ses assauts plus de force et d'ardeur. Jusqu'à ce qu'Isla devine qu'il avait, lui aussi, perdu tout contrôle de son corps, qui n'obéissait plus qu'à un pur instinct animal.

Et, subitement, leurs deux êtres se crispèrent en même temps, leurs hanches se soudèrent en un spasme fusionnel. Une vague de plaisir déferla en elle, tandis qu'il atteignait lui aussi l'orgasme.

Elle reprit ses sens et s'accrocha à lui, physiquement épuisée — mais moralement regonflée à bloc.

Au bout d'un moment, il roula sur le côté et s'allongea sur le dos, tout contre elle. La sensualité de ce contact menaçait déjà de rallumer le feu en elle.

Une brise venue de la mer s'infiltra dans l'espace clos par la moustiquaire. Elle frissonna, mais ce n'était pas de froid.

— Tout va bien, *mi amor* ? demanda Diego en se serrant un peu plus contre elle.

— Tout va très, très bien, murmura-t-elle.

Elle lui caressa le torse et se redressa pour mieux voir son visage. Pour la première fois depuis qu'elle le connaissait, il avait l'air parfaitement détendu. Heureux. Rien en lui n'avait vraiment changé. Non… Au contraire, il lui parut plus… plus lui-même.

— Tu veux en parler ? demanda-t-il.

Elle secoua la tête et lui effleura la joue.

— Non.

Il n'insista pas. Mais elle lut dans ses yeux qu'il n'était pas près d'oublier cette étreinte.

Elle se devait, désormais, de lui révéler que, lorsqu'elle avait débarqué sur cette île, elle venait d'être rejetée par un homme qui la méprisait et la trompait. Et que sa vie, jusque-là, avait été régie par la peur. La peur du changement. La peur de la dépossession. La peur d'être solitaire jusqu'à la fin de sa vie.

Et voilà qu'elle était en train de tomber amoureuse d'un homme qu'elle allait devoir quitter bientôt, si elle tenait à la vie.

Diego remit en place l'une des mèches rebelles d'Isla.

— Tu sembles bien pensive, lui dit-il doucement. Tu es sûre que tu n'as pas envie de me confier quelque chose ?

— Sûre et certaine, prétendit-elle. Je me disais simplement que notre aventure était carrément extraordinaire… Elle fera date dans l'histoire des idylles de vacances.

— Ça n'est que ça, pour toi ? s'indigna-t-il. Une idylle de vacances ? Une amourette sans lendemain ?

— Non… mais… comment l'appellerais-tu, toi ?

Elle détourna les yeux. Elle préférait ne pas connaître la réponse. Ils savaient tous les deux ce qu'était leur liaison : un faux-semblant. Tout comme leur mariage.

Mais Diego ne répondit pas. Au lieu de cela, il la prit dans ses bras et déposa un tendre baiser sur son front.

Il fallait qu'elle arrête de poser tant de questions et vive l'instant présent, sans se soucier sans cesse de l'avenir.

Elle n'avait pas connu, depuis très longtemps, les joies de l'insouciance. Et pourtant elle n'avait guère de raisons de s'inquiéter, présentement. Son père était en sûreté. Son remplaçant, au cabinet médical, était un excellent praticien. Et, cerise sur le gâteau, son père lui avait appris que Kyle avait demandé à être muté dans un endroit « un peu plus dynamique » que Craggen.

La seule personne dont elle avait à se soucier, c'était elle-même.

Elle agrippa les épaules de Diego et se blottit contre lui. Loin d'être une vacancière oisive en quête d'une amourette, elle exerçait son métier sur cette île. Elle s'y était mariée et vivait une grande passion. C'était trop beau pour durer…

Mais son estomac se noua lorsqu'elle laissa la réalité reprendre ses droits. Cette demeure si luxueuse, cette étreinte si voluptueuse, cet homme si noble et généreux… Rien de tout cela n'avait de réalité. Pour elle, du moins. Tôt ou tard, il lui faudrait admettre que sa liaison avec Diego n'était qu'un mirage.

Pour cacher les larmes qui lui montaient aux yeux, elle se colla un peu plus contre le torse chaud de Diego, et elle se fit une promesse. Dorénavant, elle vivrait l'instant. Et, quand il lui faudrait quitter Diego, elle le ferait la tête haute.

9.

Nuit après nuit, ils avaient partagé le même lit.

Un jour, après son service à l'hôpital, Diego rentra à l'hacienda et ouvrit en grand la porte en bois qui donnait sur le patio. Il éclata de rire en voyant la scène qui s'y déroulait.

Carmela avait fait monter Isla sur la boîte en bois qui lui servait à prendre ses mesures de couturière. Et elle l'avait drapée de toutes les couleurs de l'arc-en-ciel.

Lorsque Isla s'aperçut de la présence de Diego, son visage s'éclaira. Elle prit la pose de la statue de la Liberté.

— Qu'en penses-tu ? demanda-t-elle.

— J'adore.

Il adressa un sourire entendu à Carmela. La gouvernante s'était prise d'affection pour Isla et approuvait visiblement le choix qu'avait fait Diego — même si elle se doutait que ce choix n'en avait pas vraiment été un. C'était sa manière de dire à Diego : « Ne te défile pas, comme tu l'as toujours fait. Cette femme est digne de toi. Garde-la à tes côtés. »

— Tu lui confectionnes une robe de tous les jours, ou à porter dans les grandes occasions ? demanda-t-il à Carmela.

— Diego ! s'écria Isla. Avec toi, la vie est tous les jours une grande occasion.

Il aurait voulu la croire. Mais c'était impossible. Et cependant il se prêtait au jeu — comme elle-même s'y prêtait. Face à l'absurdité de la situation, ils faisaient contre mauvaise fortune bon cœur et acceptaient l'un et l'autre de jouer leurs rôles de jeunes mariés.

Si insensé que cela puisse paraître, il se serait bien vu

jouer ce rôle jusqu'à la fin de sa vie, et rester confortablement dans la petite bulle de bonheur artificielle qu'ils s'étaient créée. Force était de reconnaître que leur complicité était aussi stimulante qu'exaltante. Jamais Diego ne s'était autant senti déterminé.

Depuis la fuite du père d'Isla, le sanctuaire avait été épargné par les désordres. Et la femme d'Axl n'était plus revenue faire à Isla de mystérieuses propositions. La visite de Serena à la clinique mobile le travaillait un peu. Elle n'avait, jusque-là, jamais cherché à le rencontrer hors de la présence d'Axl. Et, comme il ne l'avait pas bien accueillie, il était fort possible qu'elle ne s'y risque plus jamais.

— Alors ? demanda-t-il. Que comptes-tu faire de cette robe ?

— On verra bien, quand elle sera prête. Pour l'instant, il faut que je remette ma tenue médicale. On va entrer dans la deuxième phase de l'usage de la clinique mobile…

— La deuxième phase ? s'étonna-t-il. Je ne savais même pas que nous en étions à la première…

— Mais oui ! Absolument !

Elle ôta une épingle du morceau de tissu qui lui couvrait l'épaule et le tendit à Carmela. Elle la remercia en espagnol et lui demanda :

— Ça vous ennuierait si on finissait ça demain ?

— Pas du tout, *señora*. Comme vous voudrez. Je vous prépare votre dîner pour 20 heures ?

— Pas la peine. On se débrouillera sans vous. Je ferai découvrir la cuisine écossaise à Diego. Un ragoût de patates… Une brioche aux raisins…

Carmela lui jeta un regard dubitatif, presque hostile, suggérant qu'aucun plat écossais ne pouvait se mesurer aux mets tropicaux qu'elle concoctait avec un savoir-faire insurpassable. Mais Isla ne s'en offusqua pas. Au contraire, elle rit de bon cœur — comme si elle avait été une familière de Carmela. Comme si elle était chez elle.

Et c'était vrai, en quelque sorte : elle était chez elle. Depuis le jour où il lui avait passé cette bague au doigt. Cette bague qui lui avait sauvé la vie.

Tandis que Carmela se dirigeait vers son atelier de couture, Isla se frotta les mains.

— Bon, il faut que je te parle de mon projet… Autour d'un verre de vin sur la galerie, peut-être ?

Il l'embrassa sur la bouche et sut aussitôt que ce simple baiser ne lui suffirait pas. Il se colla contre elle et le fit durer délicieusement. Jusqu'à ce qu'il entende Isla émettre un petit miaulement énamouré, l'avertissant qu'il fallait soit se maîtriser tout de suite, soit aller directement au lit.

Mais il résista à la tentation et se décolla du corps brûlant d'Isla. Elle avait à lui parler. La moindre de choses était d'écouter ce qu'elle avait à dire.

— Donc, voilà de quoi il s'agit, en gros, conclut-elle lorsqu'elle lui eut exposé les grandes lignes de son projet.

Isla ne fut pas surprise de voir Diego réagir avec scepticisme. Mais elle avait besoin d'être encore plus active. Plus utile. Pour oublier qu'elle allait bientôt devoir quitter cette île qu'elle aurait tant voulu fuir au moment où Diego lui avait passé la bague au doigt.

— Maria n'acceptera jamais, objecta-t-il.

— Mais elle verra sûrement tous les avantages d'une collecte de sang qui ne peut que profiter à l'hôpital.

— Oui mais… tu souhaites que la moitié des dons de sang aille à l'hôpital ? C'est une très bonne idée, mais Maria mettra son veto, parce qu'elle sait qu'une partie du sang collecté bénéficiera à des membres de la Noche Blanca.

— Si la Noche Blanca disparaissait, tout le monde serait soigné ?

— Oui.

— Eh bien, il est temps que nous rencontrions Axl Cruz pour lui dire d'arrêter ses conneries.

— Quoi ? Mais ça ne marche pas comme ça, sur cette île. Les choses prennent du temps…

— Ces accès de violence ridicules n'ont aucune raison de se produire. Il n'y a d'ailleurs pas eu la moindre balle tirée depuis le jour de… notre mariage.

— La fusillade qui a eu lieu au sanctuaire a fait du bruit. La Noche Blanca observe toujours une sorte de trêve après des faits aussi graves. Tous les mauvais garçons de l'île se font discrets pendant quelque temps… Et puis ça recommence. Certains diront que la violence et le conflit sont dans la nature humaine.

— C'est une approche assez pessimiste.

Il la regarda au fond des yeux, et elle se souvint qu'il avait perdu son frère en raison de ces violences insensées.

— Il n'y aura jamais de monde sans conflits. Ni sans crimes. Ou sans deuils…

— Je crois que la paix est possible à El Valderon, protesta Isla. Et je crois aussi que cette collecte de sang est nécessaire. Ne serait-ce que pour rappeler aux gens qu'ils ont le pouvoir de sauver des vies.

— Elles sont toutes aussi têtues que toi, les Écossaises ?

Elle détourna les yeux. S'il avait su combien elle était paumée et fragile, moins d'un mois auparavant.

Diego dut sentir son changement d'humeur, car il lui tendit la main et l'attira vers lui sur le canapé moelleux. Elle se nicha au creux de ses bras. Son mariage avait beau être une fiction, son amour pour Diego était bien réel.

Car elle en était certaine, à présent : elle l'aimait. De tout son cœur. Et de toute son âme.

Elle était sûre que c'était le genre d'amour qui avait uni ses parents et les avait poussés à poursuivre les mêmes buts. À partager les mêmes rêves et les mêmes combats. Et c'était du même ordre, le don que Diego lui avait fait quand il lui avait offert la bague. Le don de la foi en soi. Et en sa capacité à faire bouger les choses. Pour elle. Et pour les autres.

— Bon, d'accord, concéda-t-il. On en touchera deux mots à Maria. Il est temps que ça change, sur cette île.

Elle lui prit la main et la serra bien fort, sans oser le regarder. Non, ce n'était pas une amourette de vacances. Être mariée à Diego Vasquez avait bouleversé la vie d'Isla. Et, même si ce moment de bonheur était voué à ne durer que quelques jours encore, elle se jura de faire tout son possible, d'ici là, pour venir en aide à la population locale.

Maria était en mode tigresse. Diego recula d'un pas. Il savait d'expérience que la meilleure manière d'apaiser le courroux de la directrice était de la laisser rugir tout son soûl.

— L'unique raison pour laquelle je t'autorise à utiliser la clinique mobile pour effectuer cette collecte, c'est parce qu'on manque de personnel pour la faire nous-mêmes. Et on a besoin de sang, bien évidemment… Mais écoute-moi bien, Diego… Si les donateurs apprennent que la moindre goutte de ce sang pourrait servir à soigner un membre de la Noche Blanca, ils ne viendront pas.

Isla hocha la tête.

— Votre générosité me va droit au cœur, intervint-elle. Ce sera une bonne chose pour l'hôpital. Et pour El Valderon.

Maria la toisa d'un œil dédaigneux. Puis elle désigna les fauteuils de donateurs qu'Isla avait demandé à emprunter à l'hôpital.

— Je veux qu'ils reviennent en parfait état, dit-elle sèchement.

— Je vous le promets.

Maria les salua d'un bref signe de la tête et sortit de la pièce. Isla se tourna vers Diego et s'exclama :

— Ouf ! C'est une dure à cuire, celle-là…

— C'est notre dame de fer, à nous.

— De fer et de glace.

Diego savait que la réaction de Maria avait des causes plus compliquées que cela.

— Elle ne défend pas seulement les intérêts de l'hôpital, dit-il.

— Elle défend sa décision de ne pas avoir envoyé une ambulance pour sauver ton frère ?

Pour toute réponse, Diego eut un sourire crispé.

Le regard d'Isla s'attarda sur l'équipement destiné à la collecte.

— Tu crois que c'est de la folie ? demanda-t-elle. Tu as peur que personne ne vienne ?

— On sera fixés dans quelques jours. Je vais en parler à Carmela et aux gens qui travaillent à la plantation. Il y aura forcément quelques donateurs. Le message va circuler comme quoi nous avons besoin de sang.

— Ce n'est pas nous qui en avons besoin ! C'est El Valderon ! C'est la population de l'île !

Diego se dit que c'était surtout Isla qui semblait en avoir besoin. Concentrait-elle toute son énergie dans son travail pour ne pas penser au billet d'avion qu'il lui avait acheté la veille ? En réservant un aller simple pour l'Écosse, il avait pris acte du fait que le départ d'Isla était inéluctable.

— Tu prêches un converti, Isla. On verra bien comment les gens réagissent…

— Tu es bien défaitiste, fit-elle en croisant les bras.

— C'est ce que tu penses ? Que je me résigne ? As-tu oublié pourquoi je suis intervenu, au beau milieu de la nuit, pour te sauver la vie, et celle de ton père ?

Diego vit des larmes perler dans les yeux d'Isla, mais elle demeura ferme.

— Et si j'appelais la femme d'Axl Cruz ? Serena a l'air ouverte au changement. Après tout, c'est avec du sang donné que tu as sauvé la vie de son fils. Ça pourrait les inciter à donner le leur.

— Les gens liés à la Noche Blanca ne viendront pas. Et d'ailleurs je préfère qu'ils ne viennent pas. Leurs tatouages ont été faits dans des conditions d'hygiène douteuses… Certains d'entre eux se droguent… Il y a des risques de contamination.

Isla sembla vouloir répliquer, mais se ravisa.

Une vieille idée refit surface dans l'esprit de Diego. L'offre d'emploi qu'il avait faite à Axl peu après la mort de son petit frère. L'offre qu'Axl avait déclinée. Le moment était peut-être venu de la remettre sur le tapis.

— Bon d'accord, fit-il. Nous parlerons de la collecte à Axl.

— C'est-à-dire ? demanda Isla. Quel petit arrangement à l'amiable vas-tu lui proposer ?

Et, subitement, Diego eut une révélation. Il avait fait tout son possible pour éviter des ennuis à la Noche Blanca. Personne n'était allé en prison après la mort de son frère. Pas un de ces voyous n'avait fait la moindre journée de travaux d'intérêt général. Et, en continuant de les faire profiter de son savoir-faire médical, il les encourageait à mener la vie criminelle qu'ils avaient choisie.

— Laisse-moi faire, dit-il. C'est important, pour moi.

Elle lui jeta un regard dubitatif.

— Je sais, dit-il. Toi aussi, tu as un combat personnel à mener contre Axl. Mais mon combat a des raisons encore plus viscérales… Fais-moi confiance, je t'en supplie ! Je sais ce que tu ressens…

Il lui posa une main sur l'épaule et, délicatement, lui redressa le menton pour qu'elle voie le fond de son cœur.

— Je te jure que je cherche à atteindre le même but que toi.

— Bon, dit-elle. Alors, au travail !

Deux jours plus tard, Isla s'assura que tout était fin prêt et ouvrit la porte de la clinique mobile. Elle s'apprêtait à apposer à l'extérieur le panneau qu'elle avait confectionné lorsqu'elle leva les yeux et demeura stupéfaite un instant.

Il y avait déjà une longue file d'attente. Près de quarante personnes étaient venues pour donner leur sang. Et les dix premiers donateurs étaient des proches de membres de la Noche Blanca. Sœurs, cousins, oncles…

Elle sentit son cœur se serrer. Diego avait dû en toucher un mot à Axl, comme promis.

Le diamant de sa bague de mariage étincelait au soleil matinal. Bientôt, Isla la rendrait à l'homme qui la lui avait passée au doigt. Elle retint une larme et déglutit.

Les meilleures choses ont toujours une fin.

— Bienvenue, tout le monde ! cria-t-elle en espagnol. On va faire ça pour El Valderon !

La petite foule l'acclama et applaudit. L'instant était extraordinaire. Elle avait le sentiment de faire partie d'une communauté. Et d'un mouvement en faveur du changement.

Elle se retourna et vit Diego, qui se tenait derrière elle. Elle se dressa sur ses orteils et l'embrassa.

— Merci, Diego, chuchota-t-elle.

Il lui dit tout bas en espagnol quelques mots qu'elle ne comprit pas vraiment. Mais, lorsqu'il lui prit la main tout en invitant les donateurs à entrer un par un dans la clinique mobile, Isla sut, sans l'ombre d'un doute, que le lien qui les unissait venait d'être renforcé.

10.

— Voilà, ma chérie, c'est fini. J'ai fait ton pansement.

Isla adressa un large sourire à Natalia, la fille de Gloria, l'assistante de son père au sanctuaire.

La fillette, âgée d'une dizaine d'années, était allée se baigner parmi les bébés tortues de mer. Elle les avait suivies jusqu'au récif de corail et s'était profondément entaillé le pied.

— La prochaine fois que tu vas nager, évite le récif, d'accord ? Tu n'as pas de carapace, toi…

Isla regarda la plage. C'était la première fois qu'elle revenait au sanctuaire depuis la fusillade. La collecte de sang avait connu un tel succès que Diego avait fini par céder. Ils avaient garé le camion à l'ombre d'une petite palmeraie. Quelques patients étaient déjà venus, dont la petite Natalia.

Gloria prit le flacon d'antibiotiques que lui tendait Isla. C'était elle qui s'était occupée du sanctuaire au jour le jour, depuis le départ précipité du père d'Isla.

— Il faudra changer son pansement ? demanda-t-elle.

— Pas avant deux jours, répondit Isla. Sauf si elle le trempe dans l'eau. Mon père vous aurait aidée à le changer… Mais je reviendrai. Les antibiotiques, c'est par précaution. Ne lui en donnez que si elle persiste à se plaindre de la douleur. C'était une plaie assez profonde, donc difficile à nettoyer parfaitement, mais il faut d'abord voir si elle cicatrise naturellement avant de recourir aux médicaments…

Gloria prit sa fille dans ses bras et l'embrassa sur le front. Ce geste était si simple. Si naturel. Banal, même. Mais il provoqua une telle émotion chez Isla qu'elle en eut le souffle coupé. Sa propre mère ne s'était montrée que très rarement aussi tendre avec elle. Sa mère l'aimait beaucoup, pourtant. Mais elle la voyait si peu. Et, quand Isla, plus tard, avait été amenée à passer plus de temps avec elle, elle ne lui avait témoigné son affection qu'avec timidité et maladresse.

Elle se demandait souvent si ses parents avaient réfléchi à ce qu'implique le don de la vie. Au fond, ils n'avaient vraiment aimé que leur travail, leur mission, leur cause. Ils pouvaient vivre à des milliers de kilomètres l'un de l'autre sans que cela les empêche de s'aimer. Alors qu'Isla ne pouvait plus se passer de la compagnie de Diego.

Mais à quoi bon ces comparaisons ? En quelques courtes semaines, il venait de lui montrer qu'une relation pouvait être fusionnelle — alors même que leur mariage était un simulacre !

Quand ils faisaient l'amour, c'était pourtant bien réel. La fusion, l'amour étaient réels.

— Isla ? Tout va bien ? s'inquiéta Gloria.

— Oui, oui... Je me suis mise à rêvasser, tout à coup... Je disais donc qu'il faut éviter la septicémie. Pour cela, Natalia doit boire beaucoup d'eau. Il faut éviter de souiller la plaie. Si elle se met à enfler, ça pourrait être un symptôme d'infection. Je l'examinerai après-demain...

Quelques jours avant le jour fatal du vol de retour.

Gloria jeta un coup d'œil par-dessus son épaule, se pencha vers Isla.

— Nous tenions à vous dire que votre présence et celle de M. Vasquez ici, au sanctuaire, nous ont redonné espoir, murmura-t-elle. Et la force de poursuivre notre travail. Nous n'avons pas renoncé à accomplir les projets de votre père.

Isla tendit la main et ébouriffa doucement les cheveux de Natalia. Donner un avenir à cette petite et aux autres enfants de l'île avait précisément été l'un des buts du combat que son père avait mené pour protéger les tortues de mer.

— Si vous le souhaitez, proposa Isla, on en reparlera plus longuement quand je reviendrai après-demain.

— Ce serait super, dit Gloria en souriant.

Isla griffonna quelques notes sur la fiche de Natalia puis se rendit dans la « salle d'attente » exiguë de la clinique mobile, qui n'était qu'une grande ambulance améliorée.

La veille au soir, Diego et Isla avaient dressé une liste de changements nécessaires, au cas où ils trouveraient assez de fonds pour financer un vrai dispensaire. Une salle d'examen supplémentaire. Le renfort d'un autre médecin, peut-être. Elle se rendait compte, à présent, qu'ils avaient fait ensemble des projets d'avenir.

Un avenir dont elle serait absente.

Elle resta un instant devant la porte du réduit où Diego examinait l'un des vigiles qui avaient été blessés la nuit de la fusillade. Depuis, elle avait été adoptée par les insulaires, elle s'était intégrée. En un mois seulement.

Son billet d'avion était acheté. Son sac de voyage, posé sur un coffre dans sa chambre, attendait d'être rempli. Mais elle n'avait toujours pas rencontré Axl, pour négocier une sorte de trêve. Elle regrettait de devoir partir dans une telle incertitude.

Elle sentit son estomac se nouer douloureusement. En fait, elle n'avait aucune envie de partir.

C'était une révélation. Le genre de révélation qui change le cours d'une vie.

Elle voulait rester auprès de ses nouveaux patients, qui avaient tant besoin d'elle.

Et, surtout, elle ne voulait pas quitter Diego.

À cet instant, il franchit la porte, raccompagna son patient hors du camion puis revint vers elle. Après lui avoir fait une petite bise sur la joue, il se mit à rédiger quelques observations sur son ordinateur. Il dut sentir qu'elle le regardait, car il leva soudain la tête vers elle.

— Ça te dirait de dîner au restaurant, ce soir ? proposa-t-il.

— Il y a quelque chose à célébrer ? demanda-t-elle.

— Cela fait un mois que nous sommes mariés, *mi amor*. Il ne faut pas que les bonnes gens d'El Valderon s'imaginent que je ne traite pas mon épouse comme une princesse.

Elle sourit, mais au fond d'elle-même ce ton badin la faisait souffrir. Il continuait de jouer son rôle de médecin amoureux, qui s'était marié après un coup de foudre.

Un *faux* coup de foudre. Un subterfuge pour sauver sa vie et celle de son père.

Déjà, un soupçon grandissait en elle. Et si cette sortie au restaurant — cette démonstration publique d'affection — n'était en fait qu'une manière, pour Diego, d'annoncer à toute l'île que la comédie était finie ?

Elle regarda Diego, détailla son noble profil, ses yeux pleins de bonté. En était-il capable ? Projetait-il de la couvrir de honte, comme Kyle l'avait fait en Écosse ?

Impossible. Le Diego qu'elle avait appris à connaître ne se comporterait jamais comme un goujat.

À moins que, depuis le début, elle n'ait été un pion qu'il manipulait à son gré, dans une partie d'échecs qui la dépassait. Une partie où son adversaire se nommait Axl Cruz. Il fallait qu'elle en ait le cœur net.

Elle s'apprêtait à lui demander de l'accompagner chez Axl Cruz lorsqu'on frappa à la porte de la clinique mobile.

C'était Sofia. Isla accueillit avec le sourire la jeune femme, dont l'aide était si précieuse. Et qui prenait toujours soin de frapper avant d'entrer, depuis qu'elle les avait surpris en train d'échanger un baiser passionné.

— Vous êtes prêt à recevoir le prochain patient ?

— Absolument, répondit Diego en se frottant les mains. Comment s'appelle-t-il ?

— Paz Cruz, répondit Sofia en grimaçant.

— Ah. Eh bien, tant mieux. Ça fait plaisir d'apprendre qu'il est suffisamment rétabli pour venir jusqu'ici.

— Non, intervint Isla. Il n'est pas le bienvenu au sanctuaire de mon père.

Diego fit signe à Sofia de faire patienter Paz.

— Tu l'as rencontré récemment, hein ? demanda Isla.

Elle vit qu'il avait compris qu'elle parlait d'Axl, et non de son fils.

— Mais non, protesta-t-il. Je ne l'ai pas revu depuis notre mariage. Personne ne l'a revu. Il ne se montre plus.

Elle en doutait fortement. Elle sentait bien que Diego faisait tout pour la tenir à distance d'Axl Cruz. Mais elle voulait savoir ce qui se tramait.

Elle fixa Diego d'un œil perplexe. Elle était partagée entre la méfiance et l'amour.

— Bon, je te propose un compromis, dit-elle. Si tu ne veux pas me dire ce que tu mijotes avec Axl, laisse-moi examiner Paz… S'il est vraiment venu se faire examiner…

— Ce n'est pas nécessaire, fit Diego.

— Moi, je crois que c'est indispensable, répliqua-t-elle en arborant son sourire têtu.

— Je te propose un autre compromis, dit Diego en se rapprochant d'elle. On le reçoit ensemble. Tous les deux.

Elle fit semblant d'y réfléchir un instant et s'aperçut, au sourire narquois qu'il esquissait, qu'il était sûr de son charme et de son pouvoir de persuasion. Il était difficile de se fâcher longtemps contre l'homme qui la faisait rire, qui veillait sur elle et qui lui faisait sentir qu'elle était la seule femme au monde qu'il souhaitait tenir dans ses bras.

Même si tout cela n'était qu'un mensonge.

— D'accord, finit-elle par murmurer. Fais-le entrer.

— Ça cicatrise bien, déclara Isla en puisant quelques pansements dans sa trousse. Les abords de la plaie ne sont pas enflés. Pas de sécrétions. Vous avez été bien soigné…

Paz hocha la tête. Il n'avait pas prononcé plus de deux mots depuis son arrivée. Diego regarda Isla du coin de l'œil. Il cherchait à savoir si elle était irritée par sa présence ou par celle de leur patient.

Mais il fallait qu'il parle à Paz. Il fallait qu'il soit certain que son redoutable géniteur laisse Isla repartir en Écosse. Ce qui n'avait rien d'évident.

Il aurait suffi de convaincre Isla de rester. En lui révélant toute la vérité sur ses sentiments. Sur l'amour unique, lumineux, vital, qu'il avait pour elle.

Mais était-il vraiment sûr d'éprouver de tels sentiments ?

Tout ce dont il était certain, c'était du plaisir incroyable qui le submergeait quand il la tenait dans ses bras. C'était de leur excellente entente quand ils travaillaient ensemble au bien commun. C'était de l'énergie nouvelle qu'il puisait dans cette double connivence.

Ressentait-elle la même chose ? Difficile à dire. Le visage d'Isla demeurait impassible. Indéchiffrable.

— On dirait que les bandelettes de suture ont fait leur temps, ajouta-t-elle. Elles se sont désintégrées toutes seules ? Vous les avez enlevées ?

Paz marmonna quelque chose d'inaudible. Il était visiblement embarrassé.

— Je sais que vous avez revu mon mari deux ou trois fois depuis votre blessure… Ça s'est bien passé ?

Paz bredouilla deux ou trois mots qu'elle ne comprit pas plus. Son ton n'était ni chaleureux ni hostile. Il n'était pas venu pour proférer des menaces ou leur rappeler la force de son clan.

— Vous avez eu de la chance, poursuivit Isla. Cette blessure aurait pu vous coûter la vie. Heureusement, mon père avait donné pour instruction aux vigiles de ne pas tirer pour tuer. Comme vous le savez sans doute, la plupart d'entre eux sont d'anciens militaires et sont tireurs d'élite. Mais ils connaissent la vraie valeur de la vie, eux…

Diego voulut intervenir pour arrondir un peu les angles, mais Paz ne se hérissait pas, comme on aurait pu le craindre. Après tout, Diego et Isla lui avaient sauvé la vie.

— Je suppose que le Dr Vasquez vous l'a déjà dit, mais je crois que nous pourrons enlever les fils des autres sutures la semaine prochaine…

— Mon père est mort.

Diego se figea, abasourdi.

Isla semblait tout aussi stupéfaite.

— Mon père a été tué, il y a trois jours, sur une île au large du Salvador.

— Mais que faisait-il là-bas ?

Et Paz leur expliqua qu'Axl s'était mis au vert dans cette île, de peur qu'Isla ne prévienne Interpol. En arrivant sur l'île, il avait tenté d'y faire sa loi, mais la police locale avait une politique de tolérance zéro à l'égard des *pandilleros*.

Axl Cruz était mort.

— Et moi je ne veux pas lui succéder, poursuivit Paz.

Il se redressa et les regarda droit dans les yeux l'un après l'autre.

— Vous m'avez sauvé la vie, reprit-il. Je veux honorer les sacrifices que vous avez faits… Je veux m'amender et changer de mode de vie.

— Que… qu'allez-vous faire ? lui demanda Isla, les larmes aux yeux.

Le moment était décisif. Le fils du caïd qui avait tenu l'île sous sa coupe faisait volte-face et choisissait le camp de la paix.

— Ta mère est au courant ? demanda Diego.

Paz se détourna un instant. Puis il les regarda de nouveau au fond des yeux, l'un et l'autre. Il se comportait avec eux comme avec un vrai couple marié. Il n'avait pas assisté au mariage forcé. Il n'avait pas vu la peur dans les yeux d'Isla lorsque Axl avait menacé de la tuer, elle et son père. Il savait seulement qu'ils avaient eu le courage de s'interposer lors d'une fusillade, pour lui sauver la vie.

Diego eut alors une révélation. Ce courage venait du fait qu'il ne voyait aucune raison de préserver sa propre vie. Avait-il des tendances suicidaires ? Non. Mais avait-il une vraie raison de vivre ?

Il jeta un regard à la femme qui se tenait à ses côtés. Entière. Courageuse. Pleine de compassion. Et d'amour.

Oui, il avait enfin trouvé une raison d'aimer la vie.

Bâtir un couple, dévoué au bien-être de la communauté.

Il scruta le regard du jeune homme qui était en deuil de son père, mais qui surmontait son chagrin en se vouant au bien de tous.

— Que veux-tu faire, Paz ? lui demanda-t-il. Quel mode de vie veux-tu adopter ?

— Je veux étudier la médecine.

Isla et Diego échangèrent un regard. Il comprit qu'elle

pensait comme lui. On était à un tournant de l'histoire de l'île. Ils auraient été fous de ne pas saisir cette occasion.

Il avait perçu de la résolution dans la réponse de Paz. De la force. Diego lui-même sentait une énergie nouvelle croître en lui. Comme lorsqu'il avait passé la bague sacrée de sa grand-mère au doigt d'Isla. L'énergie du changement.

Paz s'attendait visiblement à ce que les deux médecins trouvent sa réponse risible et cherchent à le dissuader. Mais Diego la prit tout à fait au sérieux. Il s'assit sur un tabouret face au jeune homme et le regarda au fond des yeux. D'homme à homme. Diego se redressa lorsque Isla vint se placer derrière lui et lui posa les mains sur les épaules. Ils formaient une équipe. Une entité unique.

— Il faudra que tu partes à l'étranger pour devenir docteur, dit Diego. L'université locale ne forme que des infirmiers et des secouristes. Tu pourrais aller aux États-Unis…

Il expliqua à Paz qu'il faudrait d'abord qu'il suive des cours préparatoires. Il lui parla des sujets qu'il devrait étudier dans l'optique de faire des études médicales. Il ne lui cacha pas que celles-ci étaient longues et ardues.

Le jeune homme buvait ses paroles. Il posait des questions, demandait des précisions. Il était clair qu'il était fermement décidé à suivre cette voie. Il avait pris la bonne décision et comptait bien s'y tenir.

— Au bout de quelques années, tu devras choisir une spécialité…

Diego en dressa la liste sur une feuille de papier. Le garçon sembla un peu perdu en découvrant ces noms savants.

— J'ai une idée, dit Isla. Je crois que ça pourrait marcher…

Ils se tournèrent tous deux vers elle.

— Diego, tu vas travailler à l'hôpital, ces prochains jours, hein ? En salle d'urgence ?

— Oui, répondit-il. Où veux-tu en venir ?

— Je serai donc seule. Pourquoi ne pas garer la clinique mobile ici, au sanctuaire, de manière plus permanente ? L'endroit est facile d'accès, près de plusieurs villages. Paz peut m'aider à en faire un sanctuaire pour les gens autant que pour les tortues. Ça vous convient ?

Elle tendit la main vers Paz, comme pour conclure un marché.

Paz la fixa un moment, sidéré.

C'était beaucoup lui demander.

C'était faire connaître à toute l'île qu'ils étaient unis dans une mission de paix.

— Vous voulez que je vienne travailler ici ? Au sanctuaire ?

Il n'en revenait pas.

— Je ne suis pas sûr que ce soit très sage, *mi amor*, intervint Diego.

Il s'était mis automatiquement en mode protecteur. Les risques et les inconvénients d'une telle collaboration, pour Isla, n'étaient pas à écarter. Et Diego ne serait pas là pour veiller sur elle. Mais, cette fois, il se demandait en même temps s'il n'était pas également en train de protéger l'ancien ordre des choses.

— Si mon père ne peut pas vivre ici, dit Isla, je veux, *moi*, y rester. Et qui mieux que Paz peut faire de cet endroit un véritable sanctuaire pour tous les habitants de l'île ?

Diego aurait pu lui proposer des dizaines d'autres options, mais il était fasciné par la détermination qui animait Isla et faisait luire ses yeux d'un éclat farouche.

Elle croisa les bras et jeta un regard sérieux à Paz.

— Je vous fais confiance pour ne pas faire miroiter des œufs de tortue gratuits à vos copains, dit-elle.

Il eut l'élégance d'afficher une mine contrite.

Isla se hissa sur l'autre tabouret, pour que leurs trois visages soient tous à la même hauteur. Paz était venu en toute bonne foi, porteur d'un rameau d'olivier. Il leur accordait d'emblée sa confiance. Isla faisait de même, tout simplement.

— Que pense votre mère de cette démarche ? demanda Isla.

Paz soutint son regard, et Diego comprit. C'était pour ça que Serena était venue leur rendre visite, l'autre jour. Elle voulait, elle aussi, que les choses changent. Ils avaient tous les deux peur d'Axl… Ou, plutôt, du tyran sans scrupule qu'il était devenu. Mais ils avaient eu le courage de demander de l'aide au couple de médecins.

— Croyez-vous que votre présence quotidienne ici et votre travail à la clinique risquent de provoquer la colère des autres gars de la Noche Blanca ? demanda Isla.

La question était cruciale. Ce plan ne pouvait pas marcher si sa mise en œuvre déclenchait de nouvelles violences.

— Sans mon père, la Noche Blanca n'existe plus, répondit Paz d'un ton empreint de certitude.

— Très bien, dit Isla en pressant légèrement le bras de Paz. Je vous reverrai ici, demain matin. Je vais vous trouver une tenue médicale. Pour que vous ayez encore plus l'air de faire partie de l'équipe.

— Pour de vrai ? Une tenue de docteur ? Génial ! Comme dans *Urgences* !

— Ce sera *mieux* qu'à la télé, objecta Isla. Parce que vous aiderez *réellement* vos voisins, vos amis, vos compatriotes.

Diego regarda sa femme saluer son nouvel employé en le serrant bien fort dans ses bras, un sourire radieux aux lèvres.

Cet instant émouvant lui donna envie d'y croire. Croire qu'ils étaient un vrai couple marié. Qu'ils allaient contribuer ensemble au bonheur de cette île ensoleillée. Et, pendant un bref instant, il sentit qu'il pouvait se débarrasser de sa colère et affronter l'avenir en souriant. Il sentit l'espoir renaître en lui comme une sève printanière et féconde.

11.

Assise face à Diego, au restaurant, Isla songeait aux rebondissements de la journée.

— Sers-toi, *mi amor*, lui dit son époux en désignant les amuse-gueules. Le reste du repas ne va pas tarder à arriver.

Ils grignotèrent quelques cacahuètes en silence, tout en contemplant le coucher du soleil.

— Je dois avouer que je suis encore sous le choc, reprit Diego.

— À cause de la mort d'Axl ? Ou parce que son fils a accepté de travailler avec nous ?

Ils avaient eu le temps, depuis leur entrevue avec Paz, de vérifier la nouvelle. Axl était mort et bien mort. Pour Isla, cela changeait tout. Elle pouvait rentrer chez elle, désormais, sans que personne songe à s'y opposer. Ou elle pouvait attendre l'inévitable retour de son père.

Car celui-ci ne voudrait plus moisir à Craggen. Dès qu'il apprendrait la mort d'Axl et la dissolution de la Noche Blanca, il reviendrait à El Valderon, pour travailler dans son cher sanctuaire.

Diego avait l'air pensif. Comme il allait lui manquer !

— La mort d'Axl ne m'a pas surpris, répondit-il enfin. Mais elle m'a soulagé… Je regrette seulement qu'il n'ait jamais été jugé par un tribunal. Quant à la démarche de Paz, ses projets… C'est tout simplement incroyable ! Et je trouve ça génial qu'il ait choisi de travailler avec toi.

Elle se mordit les lèvres. Pourquoi faisait-il semblant de

croire que cette collaboration durerait davantage que quelques jours ? Sa place dans l'avion était réservée.

— Avec toi, il en apprendra bien autant qu'avec moi, fit-elle d'une voix songeuse.

Il lui prit la main pour la porter à sa bouche. Ce geste tendre brouilla toutes les pensées par lesquelles Isla tentait de se persuader que son départ serait, en fait, une bonne chose.

— Que veux-tu dire par là ? demanda Diego.

— Je serai bientôt partie, tu le sais.

Elle avait prononcé ces mots d'un ton désinvolte, mais ils n'en jetèrent pas moins un froid. Elle crut lire dans le regard de Diego qu'il était prêt à leur séparation.

— Tu pourrais rester un peu plus longtemps, proposa-t-il pourtant.

Mais elle avait besoin de rentrer chez elle. Le plus tôt serait le mieux. Prolonger cet amour qui, à l'évidence, n'était pas partagé serait trop douloureux. En outre, Diego s'était peut-être débarrassé de certains de ses vieux démons au cours des derniers jours, mais Isla n'avait fait que les mettre de côté, provisoirement. En se réfugiant sur cette île lointaine. Et en tombant amoureuse de Diego. Le moment était venu de remettre les pieds sur terre. Et d'être franche.

— Avant de venir sur cette île, j'étais fiancée…

À ces mots, Diego la fixa d'un air attentif, mêlé d'inquiétude.

— Et tu as rompu ?

— Non. C'est tout le contraire. Mon fiancé a préféré une autre femme.

— Selon toute évidence, cet homme est un imbécile.

Elle aurait voulu dire que c'était vrai. Un imbécile doublé d'un menteur et d'un tricheur. Un amant indélicat et volage. C'était un fait. Mais elle savait aussi qu'elle avait sa part de responsabilité dans ce fiasco.

— Pour être franche, je lui dois des remerciements. Je pourrais dire les pires horreurs sur lui, mais la vérité est que nous n'étions pas faits l'un pour l'autre.

— Si quelqu'un doit le remercier, c'est moi. Grâce à lui, j'ai trouvé à me marier, dit Diego d'un ton narquois.

— Non, c'est grâce à Axl. C'est la peur qui a fait notre mariage. J'avais peur pour mon père. Pour moi, aussi…

— Pas du tout, *mi amor* ! protesta Diego. Seule une femme dotée d'un courage hors du commun peut se comporter ainsi.

— Un courage que je n'aurais jamais eu si tu n'avais pas été à mes côtés, avoua-t-elle. Pour en revenir à mon fiancé, Kyle, je peux vraiment lui être reconnaissante. Je suis revenue à Craggen après la mort de ma mère parce que je croyais que si j'avais un bon boulot, une famille parfaite et que je donnais à mon père des petits-enfants…

À ces mots, elle vit Diego tressaillir légèrement.

— Comme une idiote, je croyais que cela suffirait à le faire revenir en Écosse. Maintenant, j'ai bien compris que c'est ici qu'il accomplit ses rêves. Qu'il n'est pas fait pour être un père exemplaire. Alors oui, merci, Kyle ! Et bon débarras !

— Mais pourquoi le remercier ? Ne t'a-t-il pas privée de ton rêve d'avoir des enfants ?

— Tant pis, fit-elle d'une voix plus sombre qu'elle ne l'aurait voulu. Mais c'est grâce à cette rupture que je me suis retrouvée dans une situation où je n'avais que deux choix…

— Lesquels ?

— Combattre ou me résigner. Il s'avère que le combat a été plus gratifiant que la résignation.

Et c'était bien pour ça que, tout au fond de son cœur, elle aurait tant voulu rester. Elle avait pris goût à cette île. À ce mode de vie. À son nouveau travail. À ses patients.

Et à Diego…

Elle lui avait caché que son père lui avait appris que son remplaçant semblait disposé à s'installer durablement à Craggen. Quant à son père, il avait changé, lui aussi. À en juger par leurs échanges vidéo en ligne, il semblait tout ragaillardi. Il passait pas mal de temps avec Mary Laird…

— Je ne t'ai jamais dit comment ma mère avait trouvé la mort, dit-elle en sentant les larmes lui monter aux yeux.

Heureusement, ils étaient assis à l'écart sur la terrasse du restaurant, à l'abri des regards indiscrets. Elle maîtrisait mieux ses émotions, d'habitude… Mais, elle allait devoir quitter Diego. Pour toujours. Autant lui laisser un aperçu plus complet de la femme pour laquelle il avait risqué sa peau.

La femme que, sans regret, il laissait filer à l'autre bout du monde.

— Mes parents se sont toujours consacrés à la protection des espèces menacées. Leur amour pour moi passait au second plan. Ils m'adoraient, mais ne me choyaient pas comme des parents « normaux ». Ma mère a été assassinée en tentant de protéger l'un de ses jeunes assistants et un orang-outan. Par des braconniers. Ils étaient armés. Pas elle… L'assistant a voulu défendre le pauvre animal. Ma mère s'est interposée et a été criblée de balles.

Diego grimaça. Il savait maintenant que leurs itinéraires avaient été similaires. Même si sa réaction, après la mort de son frère, avait été plus dynamique — tandis qu'Isla avait cherché à se tisser un cocon, loin des horreurs du monde.

— Après cette tragédie, poursuivit Isla, je n'ai plus songé qu'à protéger mon père en lui offrant un refuge dans la maison que m'a laissée ma grand-mère, à Craggen. Mais c'est moi, en fait, que je cherchais à mettre à l'abri. J'ai fui Londres et ses tentations. Je suis devenue médecin de campagne. Je buvais du chocolat chaud, pas du vin…

— Et tu t'es fiancée à un homme que tu n'aimais pas ?

— Oui, mais il a fini par se lasser de moi… De mon manque de passion… Et voilà comment je me suis retrouvée ici, pour digérer mes échecs…

— Pourquoi me confies-tu tout cela ? Ça m'intéresse, évidemment, mais tu aurais pu m'en parler plus tôt…

Elle lui en parlait parce qu'elle était folle amoureuse de lui. Parce qu'elle voulait qu'il sache qui elle était exactement. Elle voulait être franche. Mais, si elle n'avait pas mentionné plus tôt ses vieilles blessures, c'était parce qu'elle pensait qu'il ne s'en souciait pas.

À juste titre. Comme le prouvait son invitation à rester seulement « un peu plus longtemps ».

— C'est une manière de t'expliquer que tu es le seul, en fait, à qui je doive des remerciements, dit-elle en se forçant à rire.

— Et c'est tout à fait réciproque.

Les plats qu'ils avaient commandés arrivèrent.

— Eh bien, il ne nous reste plus qu'à savourer notre repas avant de… de nous coucher tôt. Si ça te dit…

Isla sentit sa poitrine s'embraser et le feu se propager dans les plus intimes recoins de son anatomie. Ce que son corps désirait, elle le savait bien. Et elle savait qu'elle en serait bientôt privée.

— Très bonne idée, lança-t-elle. Bon appétit !

Elle harponna une crevette avec sa fourchette et la porta à sa bouche. À l'instant même où l'odeur du petit crustacé lui parvint aux narines, elle fut prise d'un accès de nausée.

Elle leva les yeux vers Diego. Leurs regards se croisèrent longuement, formant entre eux un lien indestructible et sacré.

À cet instant, elle comprit pourquoi son corps réagissait de la sorte. Les larmes qu'elle avait du mal à retenir. Les émotions changeantes. Et maintenant la nausée…

Malgré leurs précautions, malgré le mensonge qu'était leur mariage, Isla était enceinte d'un enfant tout ce qu'il y avait de plus réel.

12.

Depuis son intoxication alimentaire, Isla était d'une humeur maussade. Et Diego ne savait comment lui rendre le sourire.

— Tout va bien ? lui demanda-t-il, à la table du petit déjeuner.

— Oui, merci.

Elle but une gorgée de tisane, au lieu de son habituel café matinal. Diego était contrarié par l'attitude d'Isla. Elle feignait de le connaître à peine, alors que quelques jours auparavant ils partageaient le même lit et y goûtaient tous les plaisirs que s'offrent les amants.

Il avala son café brûlant d'une traite.

— Tu veux en parler ? proposa-t-il.

— Il n'y a rien à dire.

Cela faisait deux jours qu'elle répétait la même chose. Qu'elle boudait. Qu'elle lui battait froid. Et, ce soir-là, elle devait prendre l'avion qui la ramènerait en Écosse.

Elle évitait soigneusement toute conversation n'ayant pas trait à la clinique mobile. Elle avait cessé de dormir avec lui. Cette séparation anticipée faisait à Diego l'effet d'une lame de poignard en plein cœur. Il aurait voulu insister. Il aurait voulu que ce mariage soit bien réel.

Mais Isla avait visiblement pris une tout autre voie. Elle ne songeait sans doute plus qu'à son prochain retour à Craggen. Il ne pouvait quand même pas lui demander de rester. Elle avait subi une dure épreuve sur cette île, et il était naturel qu'elle ait hâte de retrouver sa terre natale.

— Essaye de manger quelque chose, *mi amor*, l'encouragea-t-il en lui tendant une corbeille de pain. Tu n'as rien avalé depuis deux jours.

Mais il vit qu'elle était, une fois de plus, prise de nausée.

— Il faut que j'arrive tôt à la clinique, aujourd'hui. Je mangerai au sanctuaire.

— Pourquoi aller travailler, alors que tu ne te sens pas bien ? Ce soir, tu seras partie…

— Pas la peine de me le rappeler, répliqua-t-elle sèchement.

Diego décida de changer de tactique.

— Paz doit venir travailler au sanctuaire, aujourd'hui ?

— Oui. Hier, c'était Sofia qui était de service. Donc, aujourd'hui, c'est au tour de Paz.

— Il semble s'être bien adapté à son rôle d'infirmier.

Elle sourit, malgré la douleur évidente qui lui nouait l'estomac.

— Je me demande si c'est juste la tenue médicale qui lui plaît ou s'il a vraiment l'intention de persévérer.

— Les deux, peut-être… Tu as parlé avec ton père ?

— Non. Je lui ai envoyé un courriel, pour lui annoncer mon retour… Mais…

Diego lui prit la main.

— Parle-moi, *mi amor*. Je suis là pour te soutenir. Je vois bien qu'il y a quelque chose qui te préoccupe. Dis-moi ce qui te pèse sur le cœur. À nous deux, nous pouvons affronter toutes les vicissitudes.

— Justement ! s'exclama-t-elle. C'est ça, le problème ! Il n'y a pas de « nous » !

Cette pensée fit frémir Diego. L'idée de vivre sans Isla était insupportable.

— Il ne tient qu'à toi qu'il y ait un « nous », plaida-t-il. Un vrai couple. Stable et solide.

Elle le regarda comme s'il venait de lui cracher à la figure.

— Quoi ! Vivre un mensonge ? Dire à notre enfant… ?

Prise de nausée, elle posa une main protectrice sur son ventre.

— Qu'as-tu dit ? demanda Diego.

— J'ai dit « notre enfant », répondit-elle en redressant le menton d'un air de défi.

— Tu es enceinte ?

Le choc était rude. Depuis la mort de son petit frère, il s'était juré de ne jamais avoir d'enfants.

— Je ne comptais pas te le dire. Je ne voulais pas que cette nouvelle trouble le mensonge que tu nommes notre mariage.

— Tu penses ce que tu dis ? Tu penses que notre mariage n'est qu'un mensonge ?

— Comment appeler autrement un mariage fait sous la contrainte ? Sous menace de mort ?

— Mais pas du tout, j'ai eu le coup de foudre pour toi ! lâcha Diego. Je t'aime, Isla !

Ce cri du cœur fut suivi d'un moment de silence, pendant lequel Isla parut prise de court. Perplexe. Hésitante.

— C'est ce que tu ressens sincèrement ? finit-elle par demander. De l'amour ? Tu es sûr que ce n'est pas un besoin maladif de protéger les personnes vulnérables, qui t'obsède depuis la mort de ton frère ?

Un instant plus tôt, il lui avait avoué son amour. Spontanément. Dès leur première rencontre, il avait été ébloui et attiré par Isla. Il avait ressenti le besoin impérieux de la protéger… Mais cet élan protecteur était-il vraiment de l'amour ? Il n'en était pas si certain, au fond.

— Tu ne réponds pas ? dit Isla en se levant et en reculant d'un pas. Ton silence vaut toutes les réponses.

— Isla, attends !

— Non ! fit-elle en tendant la main comme pour le tenir à distance. Je ne veux pas que tu me traites en faible femme. Je sais maintenant que je suis forte et résiliente. Je n'ai pas besoin de toi pour me protéger. Ni pour veiller sur moi. Et c'est mon amour pour toi qui m'a donné cette force…

Elle se prit la tête à deux mains, en lâchant un sanglot.

Ainsi, elle l'aimait ?

Il voulut la prendre dans ses bras, mais elle le repoussa.

— Je ne veux pas de ta tendresse, si tu ne m'aimes pas !

— Isla, si tu portes mon enfant…

— Arrête ! Cesse de vouloir tout contrôler ! Je me suis donnée à toi. Cœur et âme. De mon plein gré. Tu ne comprends pas combien ça me fait mal que cet amour ne soit pas réciproque ? Tu ne veux pas d'enfants, Diego. Tu as toujours été clair, là-dessus. Moi, c'est mon plus grand désir. Alors, laisse-moi vivre ma vie !

Il lui saisit le poignet. C'était trop bête. Leur histoire ne pouvait s'achever ainsi, sur une dispute.

— Lâche-moi ! s'écria-t-elle, consternée. N'essaye pas de me retenir de force !

Et elle s'éloigna de lui à grands pas. Arrivée au pied de l'escalier, elle se retourna.

— As-tu la moindre idée de la confiance que j'avais en toi ? Je suis tombée amoureuse de toi parce que j'avais foi en toi, Diego… Parce que je me suis convaincue que tu n'étais pas comme les autres… Que tu étais bon et généreux. Que tu faisais de ton mieux pour te distinguer et pour agir dignement. Je me rends compte maintenant que tu ne vaux pas mieux que mon père. Toi aussi, tu as lié ton destin à une noble cause, et tu l'aimes plus, cette cause, que les gens qui t'aiment. Toi aussi, tu es en guerre contre l'injustice… Grand bien vous fasse… Mais, moi, j'en ai marre d'être une victime collatérale de vos combats.

Sur ces fortes paroles, elle gravit les marches quatre à quatre et alla s'enfermer dans sa chambre. Pas besoin d'être un génie pour comprendre que c'était pour y faire ses bagages.

13.

Isla entendit frapper à la porte de sa chambre, et Mary fit son entrée.

— Un chocolat chaud, ma chérie ?

Isla secoua la tête.

— Non merci, Mary. Un thé à la menthe me suffira.

Elle souleva la tasse qui était posée sur sa table de nuit. Comme pour se convaincre que le thé à la menthe était ce qu'elle désirait le plus au monde. La potion magique qui lui permettait de trouver sa situation parfaitement normale depuis son retour à Craggen, où elle se retrouvait esseulée, enceinte et vivant sous le même toit que son père — et que sa nouvelle petite amie…

— Tu as eu des réponses à tes demandes d'emploi ? s'enquit Mary, qui restait adossée à la porte.

Elle n'avait visiblement pas l'intention d'en bouger avant qu'Isla ne réponde à sa question. Sa persistance fit sourire Isla. Pas étonnant que son père se soit entiché de cette femme. Elle avait les pieds sur terre. Elle savait contrôler ses émotions. Elle nourrissait autant d'amour pour ses chiens qu'il en nourrissait pour ses tortues. Et, surtout, elle savait se montrer discrète avec Isla et ne cherchait pas à lui tirer les vers du nez.

— Eh bien…

Isla écarta son ordinateur portable et croisa les jambes.

— J'ai posé ma candidature pour quatre postes à Londres. Mais, comme je suis enceinte de deux mois, les employeurs ne se bousculent pas pour me répondre…

— Ne t'en fais pas, répondit Mary. Tu es une fille raisonnable. Tu as des économies. Et puis, bien sûr, ton père et moi sommes ravis de t'avoir ici. Tu peux rester aussi longtemps que tu veux.

Mais Isla ne voulait pas rester à Craggen. Elle voulait retourner à El Valderon, où son père était parti pour quelques jours, afin de tâter le terrain. Il avait transmis les rênes du sanctuaire à Gloria, mais comptait bien y revenir tous les ans, à la saison de la ponte et de l'éclosion des œufs de tortue.

Isla se crispait chaque fois qu'elle songeait qu'il avait peut-être croisé Diego à El Valderon et échangé des confidences avec son pseudo-époux. Elle rêvait de Diego et de son île tropicale toutes les nuits depuis son retour en Écosse. Elle était partie fâchée. Outrée. Blessée. Elle avait refusé d'entendre son plaidoyer. Car elle était certaine que si elle y avait prêté l'oreille, ne serait-ce qu'un instant, elle aurait fait comme d'habitude : elle se serait sacrifiée pour faire plaisir à quelqu'un d'autre.

Elle posa une main sur son ventre. Désormais, elle avait quelqu'un d'autre sur qui veiller en priorité. Et à qui prodiguer son amour. À juste titre, pour une fois.

Mais y avait-il de la place, dans son cœur, pour quelqu'un d'autre ?

Elle avait du mal à l'admettre, mais Diego lui manquait un peu plus chaque jour qui passait. Elle se rendait compte que les accusations qu'elle lui avait jetées au visage étaient destinées avant tout à se protéger elle-même. À se cacher la vérité. Rien n'est parfait, dans la vie. Les gens ne sont pas parfaits. Et Diego, comme elle, avait ses défauts. Il lui arrivait de commettre des erreurs. Elle aussi.

Et elle l'aimait de tout son être.

Mary inclina la tête de côté.

— Tu as parlé avec ton père, aujourd'hui ? demanda-t-elle.

— Pas encore, mais on a eu de longues conversations avant son départ. On s'est dit ce qu'on avait sur le cœur. Et on a décidé d'être plus ouverts, plus francs l'un envers l'autre.

— M'est avis que ton père est le président du fan-club Isla MacLeay, plaisanta Mary.

— À d'autres ! répliqua Isla en rougissant.

En vérité, elle ne s'était jamais sentie aussi proche de son père que depuis son retour à Craggen. Bien sûr, leurs retrouvailles avaient eu un parfum de déjà-vu. Pour la deuxième fois en quelques semaines, elle revenait vers lui, le cœur brisé par un homme. Mais cette fois elle ne doutait plus d'elle-même, elle ne se sentait pas paumée. Et elle ne cherchait pas non plus désespérément réconfort et consolation auprès de son père. Cette fois, elle savait que le soutien paternel ne lui avait jamais fait défaut.

Elle avait fait de longues promenades le long du tonifiant littoral écossais, en compagnie de son père. Et, depuis, elle était certaine qu'elle avait toujours été aimée par ses parents. Ils étaient atypiques, certes — et elle en avait souffert. Mais, à leur manière, ils l'avaient aimée de tout leur cœur.

— Ça te dirait de venir avec moi promener les chiens ? proposa Mary en brandissant deux laisses en cuir.

Une balade au grand air, voilà exactement ce qu'il lui fallait après avoir eu les yeux rivés pendant deux heures sur l'écran de son ordinateur. Le vent marin lui ferait le plus grand bien et lui remettrait les idées en place. Avec ou sans Diego, son avenir s'annonçait radieux. Les peines de cœur elles-mêmes peuvent contribuer à l'amélioration d'une personne. Et stimuler sa détermination.

Elle allait faire de son mieux pour offrir à son enfant la meilleure vie possible.

Isla s'amusait comme une petite folle. Les chiens de Mary étaient drôles et attachants. Elle se promit de les promener plus souvent. Et la nouvelle copine de son père était amusante, elle aussi. Et, surtout, elle était pleine de sagacité.

Par exemple, elle avait dit à Isla qu'il existait toutes sortes de familles. Certaines étaient prétendument « traditionnelles ». Une maman. Un papa. Deux enfants virgule deux. Mais il n'y avait pas que celles-là. Il y en avait beaucoup d'autres, très diverses. Et formées, elles aussi, de gens qui s'aimaient et se serraient les coudes.

— C'est comme Rufus, ajouta-t-elle en désignant son saint-bernard. Il est toujours là quand j'ai besoin de m'épancher un peu. Il ne m'envoie jamais balader. Il ne me traite jamais d'imbécile. Il m'écoute et me laisse pleurer tout mon soûl… Et tout ce qu'il demande, en échange, c'est que je lui frotte le ventre.

Isla laissa Mary se débrouiller avec les chiens et décida de rentrer. En approchant de la maisonnette, elle eut un choc.

— Diego ! s'écria-t-elle. Que fais-tu là ?

Le regard familier se posa sur elle, intense et rayonnant.

— Je suis venu tenter de convaincre ma femme de rentrer à la maison.

Machinalement, Isla regarda sa main gauche. Elle avait laissé la bague sur sa table de nuit, pour ne pas être submergée par l'émotion à tout instant de la journée.

— Pour la convaincre ou pour lui forcer la main ? demanda-t-elle avec circonspection.

Il se renfrogna aussitôt.

— Désolée, dit-elle. Je… C'est…

— Je sais. Ma visite doit te paraître incongrue… Mais je ne suis pas venu pour te contraindre à quoi que ce soit. J'espérais simplement que… tu offrirais à un voyageur épuisé une tasse de café.

Cela lui faisait tellement plaisir de le revoir. Elle dut se retenir pour ne pas se précipiter sur lui et le couvrir de baisers. Mais elle garda les mains sur son ventre. Pour protéger l'enfant dont il ne voulait pas.

Mary fit son apparition, tenant dans chaque main un chihuahua. C'étaient ses deux chiens « d'intérieur ». Le reste de la meute était logé dans le luxueux chenil de Mary, à deux pas de là.

En voyant Diego, elle ouvrit de grands yeux.

— Tout va bien, Isla ? demanda-t-elle avec une pointe d'inquiétude.

— Oui, je…

— Je viens de me souvenir que j'avais un ou deux trucs à faire au chenil, dit Mary. Si tu n'y vois pas d'inconvénient, je vais te laisser avec ton ami. Euh… À moins que tu ne préfères que je reste ?

Isla regarda Diego puis Mary. Elle n'avait jamais eu peur de lui. Jamais. Ce qui lui faisait peur, c'étaient les sentiments qu'elle éprouvait pour lui. C'était son incapacité à se faire aimer par lui. Elle savait maintenant qu'on ne peut pas se faire aimer sur commande. Et sa grossesse avait changé la donne. Pour elle comme pour lui.

— Non, Mary, tout va bien.

Quelques minutes plus tard, Diego et Isla étaient attablés dans la cuisine, face à la fenêtre qui donnait sur la mer du Nord.

— Il suffirait de planter quelques palmiers par-ci par-là, et cet endroit ressemblerait à El Valderon, dit Diego d'un ton pince-sans-rire.

Ils restèrent un instant sans rien dire, le nez dans leurs boissons chaudes.

— Alors ? fit Isla.

— Je…

C'était plus difficile que prévu. Tous les beaux discours qu'il avait remâchés à El Valderon depuis le départ d'Isla, puis dans l'avion, s'étaient effacés de son esprit.

— Diego ? s'impatienta Isla.

— Je t'aime.

— C'est possible, dit-elle. Mais tu ne veux pas de notre enfant. Et, moi, je veux être mère.

— Je t'en supplie, écoute-moi…

— C'est mon père qui t'a suggéré de venir ici ? C'est lui qui t'a demandé de faire de moi une honnête femme ?

Diego éclata de rire.

— Pas du tout. C'est tout le contraire, en fait.

— Quoi ? s'exclama-t-elle, indignée.

Diego ne put s'empêcher de sourire. C'était tout Isla, ça.

La femme pleine de fougue dont il était tombé irrémédiablement amoureux.

— Tu veux que je sois franc ?

Isla hocha la tête, mais une lueur d'inquiétude vint furtivement atténuer la pureté azuréenne de ses yeux.

— Je t'aime, dit-il.

— Tu l'as déjà dit, et je t'ai fait remarquer…

— Et je veux être le père de mon enfant, la coupa-t-il. De nos enfants. Si tu y consens.

— Ah bon ? Tout à coup, après un mois de solitude… et toute une vie d'adulte à jurer que tu ne te reproduirais pas, tu as décidé d'avoir une grande famille ? Qu'est-ce qui t'a fait changer d'avis ?

Diego comprit qu'elle adoptait ce ton bravache pour protéger son enfant. Leur enfant.

— *Mi amor*, écoute-moi, je t'en prie.

Il lui prit les deux mains et les porta à ses lèvres.

— Une fois que tu auras accepté de m'épouser une seconde fois, réellement cette fois, je te promets que tu pourras me faire toutes les remarques que tu veux. Mais aujourd'hui, si tu me le permets, j'aimerais t'expliquer pourquoi je me suis comporté comme un *huevón* avec toi.

— Je ne sais pas ce que ça veut dire, dit-elle en reniflant.

— Ça veut dire « con ». Et ça veut dire que je n'ai pas été à la hauteur, au moment où il aurait fallu que j'assume mes responsabilités. Pour nous. Pour notre enfant. Tu n'es pas tombée enceinte toute seule…

— Non. Et je ne l'ai pas fait exprès, non plus.

Elle se passa les mains sur le ventre, et un sourire doux et magnifique illumina son visage.

— Diego, il faut que tu saches que je suis heureuse d'être enceinte. Très heureuse.

Elle n'avait pas l'air vraiment euphorique. Mais elle semblait très déterminée.

— Cet enfant, je le désire et je l'élèverai.

— Moi aussi.

— Mais tu étais tellement intransigeant…

— Ça, c'était avant. Quand la colère et le désir de revanche étaient mes seules motivations. La mort d'Axl a été si soudaine que j'ai eu du mal à me rendre compte qu'une nouvelle vie s'ouvrait pour moi. Et qu'il fallait que je change, moi aussi.

Elle lui jeta un regard sceptique.

— Et j'ai changé. Depuis le moment où je t'ai rencontrée…

— Couverte de sang et de boue ? Je n'étais pas belle à voir, pourtant…

— Tu es la plus belle femme du monde, Isla. Rien ne peut t'enlaidir. Et mon plus grand désir est que tu reviennes à la maison. Chez toi.

— Avoir un enfant n'est pas une mince affaire… Surtout si tu ne supportes pas de le prendre dans tes bras !

— En fait, je me suis rendu compte que je me racontais un mensonge, depuis la mort de mon frère.

— Quel mensonge ?

— Je m'étais persuadé que je ne ferais jamais un bon père. Qu'on ne pouvait pas compter sur moi dans les moments cruciaux.

— Et qu'est-ce qui t'a fait changer d'avis ?

— Paz.

— Paz Cruz ? s'étonna-t-elle.

— En personne. Nous avons eu, lui et moi, un certain nombre de conversations à cœur ouvert ces derniers temps. Et ça m'a donné à réfléchir. Si un être aussi odieux qu'Axl a pu faire et élever un enfant aussi gentil, aussi serviable, je ferais moi aussi, peut-être, un bon père. Mais il faut que j'enterre mes vieux démons… Que j'étouffe la colère que j'éprouve contre moi-même, pour n'avoir pas été présent le jour où mon petit frère a eu vraiment besoin de moi.

— Et alors ? Tu y es parvenu ? Tu t'es enfin pardonné à toi-même ?

— Oui… et non. Je regretterai toute ma vie de ne pas avoir été là pour le protéger. Mais…

Il la regarda droit sans les yeux avant de poursuivre :

— Je sais aussi que, tant que tu seras à mes côtés, j'en aurai la force. J'en suis certain.

Pour la première fois depuis qu'il lui avait avoué son amour, elle sourit. Et son sourire était radieux. Encourageant.

— Tu crois que tu pourrais quitter Craggen à nouveau ?

— Pour toi ?

Isla fit semblant de réfléchir un court instant avant de se jeter dans les bras de Diego.

— Pour toi, je ferais n'importe quoi, mon amour ! s'écria-t-elle. Sauf manger des betteraves, évidemment.

— D'accord… J'ai compris. Je promets de ne jamais te faire manger de betteraves… Je peux embrasser mon épouse, maintenant ?

— Oui.

À l'instant où leurs lèvres se joignaient, Diego sut qu'il ferait l'impossible pour rendre Isla heureuse. Pour lui apporter le bonheur, à elle et à leurs enfants. La paix était encore fragile à El Valderon, mais elle venait d'être déclarée dans son cœur.

Épilogue

— C'est incroyable ce qu'elles sont nombreuses ! dit Isla en agrippant la main de Diego.

— Il y en a plus de trois cents, à en croire le dernier dénombrement, répondit son époux en désignant la plage où les bébés tortues, à peine éclos, se dirigeaient vers la mer. Regarde ton père. Il est aux anges !

— Pour lui, c'est le bonheur suprême, fit-elle en riant. Il a retrouvé sa famille et elle vient de s'élargir.

Elle se pencha vers le bébé que Diego tenait en écharpe contre sa poitrine, à la mode des mamans d'El Valderon. Et déposa un bisou sur sa petite tête plantée de cheveux noirs et frisés.

— *Mi amor*, murmura-t-elle.

Son cœur bondit dans sa poitrine quand son fils lui prit l'index de ses petits doigts potelés.

— C'est grâce à toi, tout ça ! murmura Diego en l'embrassant tendrement sur le front.

— Pas du tout ! C'est grâce à toi ! Et à Paz ! Vous avez travaillé main dans la main pour rétablir la paix à El Valderon.

Serena était venue, elle aussi, assister au spectacle émouvant de l'éclosion collective. Elle regardait, rayonnante de fierté, son fils mener un groupe d'enfants parmi les bébés tortues, qui avançaient d'un pas lent et malhabile vers l'eau nourricière.

Paz avait revêtu sa tenue médicale et retroussé son pantalon jusqu'aux genoux. Les gamins tout joyeux prirent chacun un bébé et le déposèrent dans les vagues qui léchaient le sable fin de la plage.

— Disons que c'est grâce à nous tous, conclut Diego.

Il fit glisser sa main le long du dos d'Isla et lui massa doucement les reins. Elle en frissonna d'aise. Les caresses de son mari lui faisaient toujours autant d'effet.

— Je t'aime, Isla, dit-il d'une voix rendue rauque par l'émotion.

Isla se sentit parcourue par une nouvelle vague de chaleur.

— Moi aussi, je t'aime. Même si on s'est connus dans de drôles de circonstances, cette rencontre a changé ma façon de voir le monde et la vie.

Diego lui effleura délicatement la joue du bout des doigts.

— Tu me fais trop d'honneur, ma chérie. Sans toi, je ne serais pas l'heureux papa de deux garçons. Sans toi, je ne serais pas ici, en train d'assister à la renaissance d'El Valderon, dans la paix et la sécurité.

— Bon, dit Isla en riant. Arrêtons de nous complimenter l'un l'autre !

Diego la parcourut des yeux un instant sans cesser de lui caresser le dos. Puis il la gratifia d'une petite tape coquine sur les fesses.

— Je crois qu'on devrait trouver le temps de faire ensemble une sieste, déclara-t-elle en souriant.

— Excellente idée.

Leur fils aîné Emilio vint les rejoindre en courant, échappant à son grand-père et à Mary. Isla remarqua que celle-ci portait une bague de fiançailles. L'apparition de ce bijou laissait présager une annonce solennelle, lors du dîner que les époux Vasquez donneraient ce soir-là pour célébrer le deuxième anniversaire de leur mariage.

Deux ans ! Le temps semblait s'être écoulé si rapidement, entre le travail médical et les deux naissances. Mais il suspendait son cours dans les moments de tendresse qu'elle partageait avec Diego.

Emilio s'empara de la main de sa mère.

— *Mamá !* Les bébés tortues !

Elle souleva ce petit bout d'homme et l'entoura de ses bras.

— Tu veux en porter un dans la mer ? proposa-t-elle.

Il répondit par un large sourire. Évidemment qu'il voulait se joindre aux autres gamins dans cette œuvre exaltante.

— Tu veux qu'on y aille tous ensemble ? demanda Diego.

— Oui ! Super !

Et la famille au complet se mit en marche vers la plage, pour se mêler aux voisins et aux amis. Tous participaient à la première opération pacifique de mise à l'eau collective des tortues tout juste écloses. Tous célébraient le bonheur d'être ensemble.

MARIE FERRARELLA

Un médecin dans la tourmente

Traduction française de
MARCELLE COOPER

Blanche

HARLEQUIN

Titre original :
FALLING FOR THE M.D.

Ce roman a déjà été publié en 2008

1.

La vie était indissociable de la mort. Le Dr Peter Wilder avait beau privilégier les aspects positifs de l'existence, il le savait et l'éprouvait une fois de plus douloureusement ce matin.

Cinq ans plus tôt, un cancer emportait sa mère, Alice. À présent, la Faucheuse lui volait son père.

Malgré les nombreuses personnes présentes, il se sentait seul. Aux côtés de son frère et de l'une de ses sœurs, il assistait à la mise en terre en compagnie de la foule d'amis et d'admirateurs que le Dr James Wilder s'était attachés au fil de sa longue carrière de chirurgien et chef du personnel de l'hôpital de Walnut River — une carrière menée comme un sacerdoce et couronnée par sa nomination à la tête du conseil d'administration.

En dépit du froid mordant de janvier et des flocons qui voltigeaient dans l'air, tous avaient répondu présent pour rendre un dernier hommage à leur bienfaiteur et ami.

Médecin totalement dévoué à ses malades autant qu'époux et père irréprochable, James laissait le souvenir d'un homme unanimement aimé et respecté. Il allait être bien difficile de lui succéder.

Ce serait désormais vers lui, Peter, l'aîné, que se tourneraient David, Ella et Anna.

Peut-être pas Anna. Il lui jeta un coup d'œil.

Le fait qu'elle soit allée se poster de l'autre côté de la tombe, face à eux, ne relevait pas du hasard. De dix ans sa cadette, Anna avait toujours été à l'écart, comme la brebis galeuse de la famille.

Alors que David et Ella ainsi que lui-même marchaient dans les pas de leur père, Anna s'était démarquée. Elle avait bien tenté de se conformer à la tradition familiale en s'inscrivant en école de médecine, mais, faute de vocation, avait jeté l'éponge dès le premier trimestre.

En lieu et place, elle avait passé une maîtrise de gestion et trouvé sa voie dans le monde de la finance.

Ce n'était cependant pas son orientation professionnelle qui lui valait l'étiquette de brebis galeuse.

Leur père l'appelait affectueusement « sa fille d'élection », en référence aux circonstances de son adoption. Car il l'avait bel et bien trouvée, âgée d'à peine quelques jours, sur les marches de l'établissement auquel il consacrait sa vie.

Étant donné que James Wilder prenait personnellement à cœur tout ce qui concernait l'hôpital de Walnut River, il lui avait semblé naturel d'adopter ce bébé qu'une âme égarée avait abandonné « chez lui ».

Du moins étaient-ce les arguments qu'il avait avancés pour convaincre Alice de se ranger à sa décision.

Leur mère avait essayé d'accepter l'enfant, sans jamais y parvenir. Sans doute la réserve de son épouse avait-elle poussé James à multiplier les attentions envers Anna afin qu'elle ne se sente pas rejetée. Dans son souci de l'intégrer à la famille, il en avait parfois négligé ses enfants biologiques.

Paradoxalement, alors que son attitude partait de bonnes intentions, elle avait contribué à renforcer l'isolement d'Anna puisque David et Ella, jaloux du traitement de faveur qu'elle recevait, se liguaient contre elle à la moindre occasion.

Peter, pour sa part, avait été pris entre deux feux. En tant qu'aîné, il se sentait tenu de protéger sa sœur adoptive quand son inclination naturelle le poussait à rejoindre le camp de sa fratrie.

Au fil des ans, le fossé entre Anna et eux s'était creusé.

Conscient de la scission, James leur avait plus d'une fois demandé ce qui n'allait pas, comment il pourrait remédier à la situation. Chaque fois, des adolescents au visage fermé lui répondaient que « tout allait bien ».

Ce qui avait été loin d'être le cas.

David et Ella s'étaient sentis spoliés de l'amour paternel par cette étrangère qui n'en demeurait pas moins leur sœur.

Quant à la pauvre Anna, qui n'avait au départ rien fait pour s'attirer leur inimitié, elle avait souffert d'être tenue en marge du cercle familial.

Aujourd'hui, l'occasion leur était peut-être donnée de tracer un trait sur cette période, songea Peter. De redémarrer de zéro et d'admettre enfin vraiment Anna dans la famille. Ne serait-ce que pour respecter la volonté de leur père.

Au fond, tous les quatre n'étaient pas si différents, et Anna avait aimé leur père autant qu'eux.

Comme il secouait la neige de ses cheveux, Ella tourna vers lui ses yeux bruns qui exprimaient toute sa peine.

— J'ai l'impression de vivre un cauchemar dont je vais me réveiller. Je croyais papa immortel, une force de la nature, indéracinable comme un vieux chêne.

— La seule chose qui soit en chêne, c'est son cercueil, dit David. Si tu as du mal à te convaincre de son décès, regarde-le bien. Ils sont en train de le descendre au fond du trou.

Ce n'était pas de l'insensibilité ; sa voix trahissait son désespoir.

Suite à des divergences d'opinion, David et son père avaient été en froid dernièrement. Sans doute David s'en voulait-il de ne pas s'être réconcilié avec lui.

Il était à présent trop tard pour le faire.

Peter reporta son attention sur le couvercle de bois verni et sentit une nouvelle vague de chagrin l'envahir.

Quand la bière fut placée dans la fosse, il s'avança pour y jeter une rose rouge.

— Adieu, papa. Repose-toi. Tu l'as bien mérité…

Sa voix se brisa. Il céda la place à Ella qui ajouta sa rose et ses mots aux siens.

Un par un, tous défilèrent. Amis, collègues ou patients reconnaissants, ils rendirent un hommage ému à cet homme bon et généreux qu'ils avaient eu le privilège de connaître.

Anna ne se joignit pas à eux.

Lorsqu'il n'y eut plus personne devant la tombe, Peter la vit s'approcher enfin.

Sans doute voulait-elle être seule avec son père une dernière fois.

Naguère, ils l'avaient tenue à l'écart. À présent, elle s'en chargeait elle-même.

Elle murmura quelque chose, si bas que Peter ne put l'entendre. Bien qu'elle dissimule son visage à leurs regards, il aperçut des larmes dans ses yeux.

Les remords l'assaillirent. C'était sa sœur. Adoptive, sans doute, et alors ? Ils n'auraient dû faire aucune différence. Elle n'avait que quelques jours quand leur père l'avait amenée à la maison.

— Je sais que ton anniversaire n'est que le mois prochain, Alice. Mais je t'ai apporté un cadeau, avait annoncé James en rentrant ce jour-là.

Jusqu'à l'instant de sa mort, Peter se souviendrait de la surprise et de l'incrédulité de sa mère quand elle s'était approchée pour voir ce que son mari tenait dans les bras. Puis, de manière inexplicable, ses traits s'étaient durcis.

Respectivement âgés de dix et six ans, Peter et David avaient assisté à la scène.

Leur mère émergeait à l'époque d'une longue dépression qui l'avait confinée au lit durant des mois, et Peter avait mis sa réaction sur le compte de sa fragilité psychologique.

Dans son esprit de petit garçon, toute femme normalement constituée aurait dû sauter de joie à la vue d'un bébé et se mettre à bêtifier tendrement.

Leur mère avait fait exception à la règle. Les lèvres pincées, elle avait pris le nourrisson des mains de son mari.

— N'est-ce pas qu'elle est jolie ? leur avait demandé James qui attendait un peu de coopération de la part de ses fils.

— Difficile à dire, elle n'arrête pas de pleurer, avait marmonné David. En plus, elle sent mauvais.

Leur père avait ri.

— Parce qu'elle a besoin d'être changée.

David l'avait pris au mot.

— On pourrait l'échanger contre un poney ?

— Non, David. Que penses-tu d'elle, Peter ?

— Elle est très petite.

Déjà, à dix ans, Peter savait ce que prudence signifiait. D'ailleurs, il avait été trop occupé à observer sa mère pour s'intéresser au bébé. Inquiet et angoissé aussi.

Leur père lui reprochait parfois d'être né vieux, non sans raison. Peter ne se souvenait pas d'avoir jamais été insouciant.

— Justement, avait acquiescé James avec empressement. Il faut la protéger.

Il avait posé sa large main sur l'épaule de son fils pour lui signifier qu'il comptait sur lui.

— Tu es son grand frère. Je t'en charge.

Peter avait hoché gravement la tête. La tâche ne l'enchantait guère, mais il n'était pas question de décevoir son père.

Les sourcils froncés, sa mère avait suivi leur conversation en silence avant de disparaître dans la pièce voisine avec le bébé.

La cellule familiale n'avait jamais accepté la nouvelle venue. David la considérait comme une rivale et Peter comme un fardeau qu'il était de son devoir de porter. La situation n'avait guère évolué au fil des ans.

Lorsque Peter lui tendait un rameau d'olivier, Anna le repoussait avec méfiance. Et les rares fois où elle avait esquissé de timides tentatives de rapprochement, c'était lui qui n'avait pas saisi la balle au bond.

La seule personne avec laquelle Anna s'entendait à peu près bien était Ella.

De malentendus en disputes et silences assassins, le fossé s'était creusé entre les deux frères et leur sœur adoptive.

Le moment était venu d'y remédier.

— Anna ! l'appela-t-il comme elle se dirigeait vers la sortie du cimetière.

Elle se retourna. Le vent fit voler ses mèches blondes qu'elle remit en place derrière ses oreilles. Une question muette se lisait dans ses yeux bleu clair.

En quelques rapides enjambées, Peter franchit la distance qui les séparait. Un sentiment d'urgence l'habitait, comme s'il ne disposait que d'un temps limité pour ramener la paix dans la famille et que le compte à rebours avait déjà commencé.

Toutefois, quand il se trouva à côté d'Anna, il ne sut que lui dire.

En temps normal, il n'était jamais à court de formules pour consoler ou réconforter. Sa faculté de compassion était l'une de ses qualités principales. Il n'avait par exemple aucun mal à s'identifier à un patient en attente d'une greffe du foie et, comprenant ses angoisses, pouvait donc les apaiser.

À l'instar de son père, il disposait d'une capacité d'empathie illimitée qui, liée à la sûreté de ses diagnostics et à son expertise chirurgicale, faisait de lui un excellent médecin, unanimement apprécié par les patients.

La situation n'était cependant pas comparable. Anna faisait partie de la famille. Qu'ils le veuillent ou non, ils avaient un passé en commun. Des contentieux, aussi.

Il s'efforça d'adopter un ton cordial. Après tout, ne partageait-elle pas leur douleur ?

— On se réunit chez moi après les obsèques…

David et Ella les avaient rejoints et se tenaient derrière lui sans rien dire.

— Je ne savais pas si tu étais au courant.

Dès que les mots franchirent ses lèvres, il regretta sa maladresse. Il avait l'air de l'inviter à contrecœur.

— Je l'ignorais, répondit-elle calmement.

Elle les regarda à tour de rôle. De toute évidence, se joindre à eux ne lui disait rien. Comment lui en vouloir ?

À sa grande honte, Peter s'aperçut qu'il souhaitait presque qu'elle refuse. Il y aurait moins de tension, sans elle. Pourtant, il n'aurait pas été correct de l'évincer. Anna avait le droit de recevoir les condoléances au même titre que ses frères et sa sœur.

Il fit un nouvel effort.

— J'ai pensé que ce serait une bonne idée de nous retrouver avec les amis de papa pour parler de lui, échanger des anecdotes. Tout le monde en a des dizaines, ajouta-t-il avec un sourire forcé.

Sans attendre la réponse d'Anna, David prit la parole.

— C'est une excellente idée, Peter, en effet. Malheureusement, ce sera sans moi. Mon avion part dans deux heures. J'ai juste le temps d'accomplir les formalités d'embarquement.

— Prends le vol suivant.

Même si le prix du billet n'était pas remboursé, David pouvait se le permettre. Spécialiste en chirurgie plastique et reconstructrice, il commençait à se faire un nom dans cette profession fort lucrative. Le magazine *People* lui avait récemment consacré un article : « David Wilder, le chirurgien en pleine ascension ». Il était certainement celui qui avait réussi dans la famille, du moins sur le plan financier.

Ella, pour sa part, venait de finir son internat et bataillait pour joindre les deux bouts avec son salaire de médecin débutant.

Peter, qui dirigeait pourtant le service de médecine interne de Walnut River, ne gagnait pas non plus des mille et des cents. Trop démunis pour avoir une couverture maladie, la moitié de ses patients ne le payaient pas, ou alors de manière symbolique. Cela ne l'empêchait pas de leur accorder la même attention et la même qualité de soins qu'aux autres.

Il avait oublié Anna. S'il fallait en juger par ses vêtements et la luxueuse voiture au volant de laquelle elle était arrivée lors de sa dernière visite, elle réussissait fort bien dans le monde des affaires. Comme elle ne parlait jamais de son travail, il en était réduit aux hypothèses.

David secoua la tête.

— S'il ne tenait qu'à moi, je l'aurais fait. Mais j'ai une intervention prévue à la première heure demain. Le voyage me fatigue toujours et il me faut mes huit heures de sommeil pour récupérer. D'autant que j'ai obtenu mon billet grâce à une annulation de dernière minute…

Ses justifications et son air coupable témoignaient de sa mauvaise conscience.

— Tu ne m'en veux pas, Peter ?

Si, songea Peter, mais inutile de provoquer des tensions supplémentaires en exprimant sa déception.

— Je comprends, dit-il. Quand le devoir nous appelle…

S'engouffrant dans la brèche, Anna annonça également son intention de partir.

— Moi aussi, je dois rentrer.

Son regard évitait celui de son frère aîné.

— J'ai une réunion à préparer, ajouta-t-elle.

Elle mentait, Peter en aurait mis sa main au feu, mais il n'insisterait pas plus avec elle qu'avec son frère.

— Tu nous manqueras.

Qui mentait, à présent ?

— Permets-moi d'en douter, répliqua-t-elle.

Ils la dévisagèrent, stupéfaits. Ce n'était pas dans les habitudes d'Anna de répondre.

— Je ne manquerai à aucun d'entre vous, ajouta-t-elle.

— À moi, si, intervint Ella.

Ce fut au tour d'Anna d'afficher un air étonné. Pourtant, l'affection d'Ella, avec qui elle n'avait qu'un an d'écart, lui avait toujours été acquise. Depuis son entrée dans la vie active, Anna n'était revenue à Walnut River que pour les anniversaires de son père et pour la remise du diplôme d'Ella.

— Merci, Ella. Mais il faut vraiment que je parte.

— Une petite heure ? se surprit à demander Peter. Pour papa, pas pour moi.

— Reste pour nous deux, intervint David d'un ton désinvolte.

Il embrassa Ella et donna l'accolade à Peter.

— Je vous appelle bientôt… Anna, poursuivit-il avec un signe de tête à son intention, ça m'a fait plaisir de te revoir.

Les épaules d'Anna se raidirent.

Au temps pour l'entente cordiale que Peter souhaitait de ses vœux. Une autre fois, peut-être.

Alors que Peter escortait Ella vers la limousine de location qui les avait amenés, Bethany Holloway s'approcha d'eux.

Il avait beau vivre comme un moine, les jolies femmes accrochaient son regard. Et Bethany était plus que jolie avec sa longue silhouette, son teint de porcelaine, ses yeux d'un bleu limpide et ses cheveux roux flamboyant.

— Peter, je voulais vous présenter mes condoléances. Votre père était aimé de tous.

Connaître James Wilder, c'était l'admirer et l'aimer. Même le plus obscur des patients ressortait de sa salle de consultation avec l'impression qu'il comptait, puisque le Dr Wilder s'intéressait à son cas et mettait tout en œuvre pour le soigner. En retour, il lui vouait une affection sans bornes.

Il n'était pas donné à tous d'inspirer ainsi le respect *et* l'amour.

— Merci.

Peter ne comptait plus le nombre de fois où il avait dit « merci » ce matin. Peut-être était-ce égoïste de sa part, mais il aurait voulu pouvoir se retrouver seul avec son chagrin. Hélas ! ce luxe lui était interdit. Quelles que soient ses émotions, il devrait les tenir en bride afin que tous les amis et collègues de son père puissent lui rendre hommage à leur guise.

De toute manière, il ne pouvait pas se permettre de s'effondrer devant Ella. Elle avait besoin d'une épaule solide sur laquelle s'appuyer pour supporter l'épreuve.

Bethany leur emboîta le pas.

— En un sens, cela vaut mieux…

— Quoi donc ?

— Le décès du Dr Wilder.

Peter s'arrêta pour la regarder. La logique de Bethany lui échappait.

— Comment cela ?

— Votre père n'aurait pas supporté que Northeastern Healthcare prenne les rênes.

De quoi parlait-elle ?

— Les rênes de quoi ?

— Mais… de l'hôpital de Walnut River, bien sûr.

2.

Pendant un instant, le silence fut total.

— Je ne comprends pas à quoi vous faites allusion. Excusez-moi un instant…

Sans laisser à Bethany le temps de répondre, il prit Ella par le bras pour la reconduire à la limousine. Sa sœur était déjà suffisamment éprouvée : inutile de lui infliger une épreuve supplémentaire.

— Attends-moi, dit-il après l'avoir installée dans la voiture. Je reviens.

Peter Wilder ne semblait pas au courant, songea Bethany. La nouvelle paraissait même le contrarier. Il n'y avait pourtant pas de quoi. On ne pouvait que se féliciter qu'un grand consortium médical s'intéresse à Walnut River, et seuls les gens réfractaires au progrès en prendraient ombrage.

Quand Peter la rejoignit, elle eut quelques scrupules à poursuivre. Le moment était mal choisi, mais il avait le droit de savoir.

— Ce n'est pas une rumeur, c'est officiel, lui expliqua-t-elle. Northeastern Healthcare a annoncé publiquement son intention de racheter notre établissement.

Elle sourit.

— Ils le considèrent comme une excellente acquisition qui viendra grossir leur famille d'hôpitaux. Tout le mérite en revient bien sûr à votre père. C'est à lui que Walnut River doit sa réputation d'excellence et sa notoriété.

— Il ne l'a pas fait pour qu'un conglomérat vienne nous piller !

Peter sentit la colère l'envahir. Ces grands groupes de mutuelles médicales ne respectaient absolument rien. La preuve : NHC lançait son offensive alors que le corps de son père n'était même pas encore enseveli !

— Ne me faites pas rire en parlant de famille ! Ces requins vendraient père et mère pour augmenter leurs profits !

Embarrassée, Bethany s'éclaircit la gorge.

— Quoi qu'il en soit, le conseil d'administration se réunit demain matin pour en discuter. Je voulais vous prévenir, étant donné que ce sera votre première séance.

Peter faisait en effet partie du conseil, désormais.

Il n'avait pas hérité du siège de président de son père qui revenait à Wallace Ford. Toutefois, par respect envers James, les administrateurs lui avaient proposé la place libérée par Wallace.

Poussé par son sens du devoir, Peter avait accepté, mais non sans appréhension. Tout ce qu'il voulait, c'était exercer la médecine. Ces discussions sans fin dans le grand bureau directorial seraient autant de temps volé à ses patients.

Malheureusement, pour l'heure, il n'avait guère le choix.

Il hocha la tête en s'efforçant de ravaler sa colère. Rien n'était fait, se raisonna-t-il.

Dans le monde sans foi ni loi des O.P.A., les annonces étaient souvent des écrans de fumée destinés à masquer des manœuvres souterraines visant d'autres objectifs.

Si NHC persistait et faisait une offre en bonne et due forme, il serait toujours temps de lancer une contre-offensive en rameutant des alliés.

— Merci d'y avoir pensé.

Il s'efforça de sourire pour compenser son ton guindé.

— Vous venez à la réception ?

— Bien sûr.

Elle lui serra gravement la main.

— Je suis sincèrement désolée pour ce qui vous arrive. Sachez que je suis de tout cœur avec vous…

Son regard se porta vers la limousine.

— Et avec votre sœur.

Au moins, c'était la mort qui avait arraché James Wilder à ses enfants, songea Bethany en s'éloignant vers son propre véhicule.

Hélas ! certains parents, bien vivants, se comportaient comme s'ils étaient morts en oubliant complètement leur progéniture.

Les siens, par exemple.

David et Anna, qui avaient observé la confrontation, se rapprochèrent de Peter.

— Hum, un nouveau visage…, commenta David en regardant Bethany s'éloigner. Une belle ossature, d'après ce que j'ai pu constater. De superbes pommettes saillantes…

Un soupir exaspéré échappa à Anna.

— Es-tu obligé de détailler chaque personne que tu vois comme si elle allait passer sous ton scalpel ?

— Désolé… Pure déformation professionnelle. C'est l'artiste en moi qui s'exprime. Remarque, poursuivit-il à l'adresse de Peter, il n'y aurait pas grand-chose à retoucher chez cette femme. Qui est-ce ?

— Bethany Holloway.

Ils s'étaient peut-être croisés une demi-douzaine de fois depuis l'arrivée de Bethany à Walnut River, six mois plus tôt.

— Elle siège au conseil d'administration.

David poussa un petit sifflement.

— Si jeune et déjà parmi les décideurs… Elle doit s'ennuyer ferme, parmi ces fossiles.

Peter ne put s'empêcher de rire.

— De l'eau a coulé sous les ponts depuis ton départ pour la côte Ouest. Sache que le conseil s'est considérablement rajeuni. Ces derniers temps, papa en était le doyen.

Cela lui fit mal de parler de son père au passé.

— Ceux de l'ancienne garde ont pris leur retraite, poursuivit-il. Pour en revenir à Bethany, elle est expert en exploitation des ressources et rendement…

Il songea à ce qui l'attendait le lendemain.

— De gré ou de force, il va me falloir m'intéresser à cet aspect des choses, maintenant que je fais partie du conseil.

— Tu reprends le poste de papa ?

— Oh non ! J'ai mes armes à faire avant d'en être capable. Et je ne pense pas y prétendre un jour.

Cette nomination au conseil d'administration ne représentait pas une promotion pour Peter, mais un mal nécessaire.

— Rappelle-toi : papa regrettait d'avoir accepté la présidence, car cela l'empêchait de consacrer tout son temps à ses patients.

— On n'en fait plus des comme lui. Sans vouloir manquer de respect à sa mémoire…

David jeta un coup d'œil à sa montre.

— Il faut que j'y aille, maintenant. Mon taxi attend.

Il désigna le véhicule jaune et noir garé non loin.

— Tu sais que je n'aime pas les adieux. Ne t'inquiète pas pour demain. Tout ira bien.

— Je ne m'inquiète pas, répondit Peter qui ne pouvait cependant s'empêcher de ressentir une pointe d'appréhension qu'il s'efforça de chasser.

La médecine était sa raison d'être. En cela, il était bien le fils de son père. Ce qui le distinguait de ce dernier, c'était son célibat.

Il n'était pourtant pas un solitaire. Ses amis se comptaient par dizaines, mais il n'y avait pas la moindre femme dans sa vie.

Dès l'instant où il avait prêté le serment d'Hippocrate, il s'était juré de ne nouer aucune relation qui l'engagerait à long terme. Il y avait bien eu quelqu'un des années plus tôt, mais le chapitre était clos depuis longtemps.

Après une dernière accolade, David s'éloigna vers son taxi.

— Je ferais mieux de m'en aller, moi aussi, dit Anna. Euh… Pourrais-tu me déposer à mon hôtel, s'il te plaît, Peter ? Tu me rendrais un grand service.

Elle lui parlait comme à un inconnu.

— Aucun problème.

Le chauffeur de la limousine leur ouvrit la portière. Peter prit place à l'avant tandis qu'Anna s'installait à côté d'Ella.

— Es-tu sûre de ne pas vouloir venir à la réception ? Même quelques minutes ?

Anna secoua la tête.

— Impossible. J'ai également un avion à prendre. Mon travail ne consiste pas à siliconer les seins de quelques starlettes en devenir, mais, ne vous en déplaise, il est aussi important que celui de David.

— Personne n'a jamais prétendu le contraire, Anna, répliqua Peter un peu sèchement.

Pourquoi prenait-elle toujours la mouche ?

Pourtant passé maître dans l'art d'apaiser les conflits, il sentait son humeur conciliatrice fondre au fil des secondes. La mort de leur père exacerbait les tensions.

— Vous n'allez pas commencer à vous disputer, tous les deux, alors qu'on vient d'enterrer papa ! les apostropha Ella avec agacement.

— Ella a raison…

« On ne devrait pas se conduire ainsi », faillit-il ajouter. Il s'en garda néanmoins, sachant qu'Anna le prendrait à coup sûr comme un reproche la visant personnellement. Inutile de mettre de l'huile sur le feu.

Mieux valait changer de sujet.

— Anna, je vais avoir besoin de ton aide.

Dans le rétroviseur, il vit la surprise se peindre sur le visage de sa sœur adoptive.

— *Mon* aide ?

— Mais oui. Dans les semaines à venir, je vais devoir décoder le jargon des financiers et des gestionnaires. J'apprécierais une ou deux leçons.

Après une infime hésitation, le visage d'Anna se ferma.

— Désolée, Peter. Je suis complètement débordée ce mois-ci.

— Je vois.

Pourquoi avait-il pris la peine de le lui demander ? Dans son esprit, ce pseudo-service qu'il sollicitait était une manière de l'intégrer de nouveau à la famille. Une fois de plus, elle avait refusé la main tendue.

*
* *

La petite maison de Peter grouillait de monde. Presque tous ceux qui avaient assisté aux obsèques étaient là.

Peter tira mentalement son chapeau à Ella. Elle avait contacté un traiteur et tout organisé dans les moindres détails. Un buffet avait été dressé dans le salon et des plateaux de petits-fours et amuse-gueules divers s'y alignaient.

À la vue de ces victuailles, il avait d'abord pensé qu'il pourrait se nourrir sur les restes pendant une semaine. C'était compter sans la voracité des convives. En les voyant se jeter sur la nourriture, il comprit qu'il aurait de la chance s'il lui restait de quoi se préparer un sandwich pour le déjeuner du lendemain.

Le chagrin aiguisait-il l'appétit ? En ce qui le concernait, c'était plutôt le contraire. Il n'avait pas dû faire un seul repas correct depuis le jour où son père avait succombé à cette soudaine crise cardiaque.

« Comme tu vas me manquer, papa. Tu es parti trop tôt. »

— Vous ne mangez pas ?

Ces mots le ramenèrent à la réalité. Ou plutôt la voix. Douce, un peu rauque ; celle de Bethany Holloway, la dernière recrue du conseil d'administration.

David avait raison, se dit-il en se tournant vers la jeune administratrice. Du point de vue physique, elle était la perfection faite femme. Sur le plan des idées, en revanche, il pressentait qu'il aurait avec l'experte en rendement quelques divergences d'opinion.

La manière dont elle lui avait annoncé avec un grand sourire les intentions de Northeastern Healthcare constituait en soi une indication. Sauf erreur, Bethany ferait campagne pour NHC.

Dommage.

— Tout simplement parce que je n'ai pas faim.

— Vous devriez vous forcer un peu.

Sans prévenir, elle lui mit entre les mains sa propre assiette chargée de plusieurs tranches de rosbif.

— Je vous trouve un peu pâle.

Il essaya de lui rendre l'assiette. En vain.

— Etes-vous médecin ? s'enquit-il.

Elle eut une petite moue.

— Inutile de l'être pour voir que vous n'avez pas ouvert votre réfrigérateur depuis des jours. Vous me rappelez mon père. Son travail l'absorbait tellement qu'il en oubliait de manger.

Cela faisait partie des quelques souvenirs que Bethany gardait de l'enfance. L'heure n'était toutefois pas aux réminiscences personnelles.

Peter semblait pétrifié de chagrin. D'après les confidences de ses collègues, James et lui étaient très proches. Si elle pouvait l'aider, ne serait-ce qu'en le persuadant de se nourrir un peu, elle le ferait volontiers.

— Vous en parlez au passé, observa-t-il. Est-il…

Il se tut, comme s'il ne pouvait se résoudre à prononcer le mot.

— Disparu ? termina-t-elle en choisissant l'expression la moins brutale. Non. Aux dernières nouvelles, mes parents étaient en parfaite santé et travaillaient toujours comme des forcenés.

Elle haussa les épaules d'un air qu'elle espérait désinvolte.

— Puisque ça les rend heureux, ma foi, je ne trouve rien à y redire.

Faux, songea Peter. Sa voix trahissait son amertume. La superbe Bethany Holloway aurait-elle souffert dans son enfance ?

Elle promena son regard autour d'elle. Les gens jouaient des coudes pour accéder au buffet.

— Eh bien, il y a foule ! Votre père comptait manifestement beaucoup d'amis. Je regrette de ne pas l'avoir connu davantage, mais je l'estimais beaucoup. C'était un homme généreux, altruiste, qui ne pensait qu'à faire le bien autour de lui.

Comme elle plongeait ses yeux azur dans les siens, Peter se sentit fléchir malgré lui. L'experte en rendement révélait un côté humain, sensible.

À moins que ce ne soit une stratégie pour endormir sa méfiance…

Était-elle à la solde de l'ennemi et tentait-elle de le séduire pour le gagner à la cause du repreneur potentiel ?

— Vous lui ressemblez, poursuivit-elle. La photo affichée à l'étage directorial pourrait être la vôtre. Vous avez le même menton volontaire, le même regard à la fois sage et bon…

Soudain, elle laissa échapper un petit rire.

— Désolée ! Ma mère m'a dit plus d'une fois que ma franchise me jouerait des tours.

Il ne s'agissait pas d'une gentille taquinerie d'une mère à sa fille, mais d'un reproche sévère, comme tous ceux que Jillian Holloway lui adressait depuis l'enfance. De toute façon, rien de ce que disait ou faisait Bethany ne trouvait grâce à ses yeux.

Par-dessus l'épaule de Peter, elle vit un homme qui agitait la main dans leur direction.

— Je crois qu'un monsieur là-bas essaie d'attirer votre attention…

Peter se retourna et vit Fred Trinity, le notaire de son père. Que pouvait-il bien vouloir ? La lecture du testament était fixée au lendemain et elle ne devrait en principe leur réserver aucune surprise.

— Excusez-moi.

Il en profita pour lui rendre l'assiette.

L'air chagrin, elle observa la nourriture à laquelle il n'avait pas touché.

— N'oubliez pas de manger quelque chose.

Un soupir résigné aux lèvres, elle s'éloigna vers un groupe de collègues qui discutaient à l'autre bout de la pièce.

Ayant fendu la foule non sans difficulté, Fred parvint à la hauteur de Peter.

Celui-ci ne lui accorda aucune attention, et pour cause : il était occupé à détailler la silhouette de Bethany.

De dos comme de face, elle valait le coup d'œil.

3.

Boudiné dans un complet qui datait d'avant sa bedaine, Fred ressemblait à un poulpe, avec sa moustache tombante et son crâne dégarni et luisant. S'il négligeait quelque peu son apparence ces temps-ci, son esprit n'en restait pas moins affûté comme la lame d'un rasoir.

— Peter, dit-il en le rejoignant. Puis-je vous dire un mot en privé ?

La gravité de son ton n'augurait rien de bon.

Peter sentit un frisson courir entre ses omoplates. Se pourrait-il que ce soit en rapport avec la menace que représentait NHC ?

L'hôpital employait un cabinet d'avocats de Chicago alors que Fred était le conseiller juridique de son père depuis toujours. Mais peut-être détenait-il quelque information qui circulait dans la profession. Les hommes de loi, tout comme les médecins, devaient bien parler entre eux…

— Bien sûr. Allons dans mon bureau.

Le notaire le suivit dans le couloir.

— Je n'étais jamais venu chez vous…

— Vous n'avez pas raté grand-chose. Je n'ai guère le temps de m'occuper de la maison, et la situation commence à m'échapper. Vous savez ce que c'est.

— Justement, non. Selma est là pour veiller au grain. Il vous faut une femme, Peter !

— Je vous promets de l'ajouter à ma prochaine liste de courses.

La maison datait d'une cinquantaine d'années. Le besoin

de rénovations se faisait cruellement sentir, tant à l'intérieur qu'à l'extérieur.

Depuis que Peter y avait emménagé à sa sortie de l'école de médecine, il se bornait à engager périodiquement une entreprise de nettoyage. Un bon coup de peinture ne serait évidemment pas du luxe, mais à quoi bon ? Il y passait si peu de temps.

Sa résidence principale était l'hôpital où il se partageait entre les urgences, le service de médecine interne et son bureau au quatrième étage. Il ne rentrait chez lui que pour récupérer son courrier, dormir et laver son linge.

Comme toutes les autres pièces de la maison, le bureau était grand ouvert. Peter détestait les portes fermées, synonymes de secrets. Un reliquat de son enfance. Les rares fois où son père et sa mère se disputaient, ils s'enfermaient dans le salon. Quand la porte s'ouvrait, ils apparaissaient l'air tristes et accablés.

Peter alluma la lampe posée sur la table et se tourna vers Fred.

— Alors, quel est le problème ?

L'air embarrassé, le notaire tira de la poche de sa veste une volumineuse enveloppe blanche qu'il tendit à Peter.

Son nom figurait sur l'enveloppe, inscrit dans la belle calligraphie de James, si atypique d'un médecin.

— Votre père voulait que je vous remette ceci. À n'ouvrir qu'après sa mort.

Un soupir échappa à Fred. Lui et James étaient allés à l'école ensemble.

— L'heure est venue, hélas ! Comme il va me manquer… Vous ai-je raconté comment il m'avait sauvé la vie ?

Peter regarda un instant l'enveloppe avant de la prendre avec quelque réticence.

Que contenait-elle de si terrible que son père n'ait pu lui dire de son vivant ?

— Plusieurs fois. Quand vous a-t-il donné ceci ?

— Il y a cinq ans. Après le décès de votre mère. Je crois que ça lui a fait prendre conscience que nul n'était éternel, pas même lui. Il a couché certaines choses sur papier pour être en paix avec sa conscience. Mais bon sang ! si je m'attendais à ce qu'il parte si tôt…

Son père était l'homme le plus droit et le plus honnête de la terre, songea Peter. Point de squelettes dans ses placards ni de secrets honteux. Sa vie avait été un livre ouvert.

— Qu'est-ce qui vous fait penser que mon père voulait soulager sa conscience ?

— Euh… Vous noterez qu'il n'y a pas de lettres pour David ni Ella ni Anna, dit Fred sans répondre à la question. C'est à vous seul, le nouveau chef de famille, qu'il a choisi de s'adresser.

Il fronça ses sourcils broussailleux en voyant Peter mettre la lettre dans sa poche.

— Vous ne la lisez pas ?

— Plus tard. À tête reposée.

Le visage du notaire trahissait sa déception. Sans doute brûlait-il d'envie de connaître le contenu de l'enveloppe. Cependant, beau joueur, il acquiesça.

— Vous avez raison. Au fait, demain soir vous convient-il toujours ?

— Bien sûr.

Fred s'attarda sur le seuil.

— Où sont Anna et David ?

— Repartis. Le travail les appelait.

Le notaire en fut choqué.

— Ils n'assisteront pas à la lecture du testament ?

— S'il devait y avoir quelque chose qui sort de l'ordinaire, je les appellerai.

Ils s'engagèrent dans le couloir côte à côte.

— On dit que NHC va venir frapper à la porte de l'hôpital. Que comptez-vous faire, Peter ?

— Ne pas répondre.

Son ton sans réplique fit sourire Fred.

— Vous êtes le digne fils de votre père. Il serait fier de vous. Il vous regarde de là-haut, j'espère que vous le savez ?

Peter se borna à sourire. La vie après la mort, il n'y croyait pas trop. Plutôt qu'un père veillant éventuellement sur lui depuis l'au-delà, il l'aurait préféré vivant à ses côtés, menant l'offensive contre l'envahisseur.

James Wilder aurait été mieux armé que lui pour repousser les barbares.

Or, il allait devoir livrer bataille seul.

Le lendemain, la première personne que Peter remarqua en entrant dans la salle du conseil fut Bethany Holloway. Sans doute par respect pour leur ancien chef du personnel, elle avait revêtu une robe noire qui mettait en valeur la rousseur de sa chevelure et la blancheur de porcelaine de sa peau.

Les huit autres membres du conseil étaient également en noir ou bleu marine. Son père aurait été surpris de voir tant de gens porter son deuil, mais il avait toujours été modeste…

Penser à son père lui rappela l'enveloppe que Fred lui avait remise la veille.

Ne se sentant pas le courage de l'ouvrir, il l'avait posée sur la cheminée du salon.

Depuis, dans l'ignorance de son contenu, il en était réduit à de folles conjectures.

Peut-être accordait-il à cette enveloppe plus d'importance qu'elle n'en avait. Au lieu de révélations fracassantes, elle ne contenait peut-être tout simplement qu'un legs moral, quelques recommandations d'outre-tombe.

Pourtant, il avait l'intuition que ce qu'il y découvrirait changerait sa vie.

Pour l'heure, il préférait donc ne pas l'ouvrir. Il avait suffisamment de sujets d'inquiétude pour les jours à venir, surtout si la menace de NHC se concrétisait.

Ce matin, le soleil de janvier montrait le bout du nez. Quelques rayons filtraient par la baie vitrée pour éclairer la grande pièce, ce qui n'empêcha pas Peter de frissonner en avançant vers la table ovale. Tous les membres étaient déjà installés, en avance sur l'heure convenue. Fallait-il y voir un présage ?

Wallace Ford, le nouveau président du conseil, se leva et vint au-devant de lui pour lui serrer la main.

— Merci de votre présence, Peter. De nouveau, recevez toutes mes condoléances…

Il les lui avait déjà présentées à l'enterrement.

— Le décès de votre père est une perte inestimable, pour nous tous.

— Merci, Wallace. Euh… Où voulez-vous que je m'assoie ?

Wallace lui désigna le siège libre à côté de Bethany, non sans adresser un sourire complice à celle-ci.

— Il va vous falloir renoncer à votre titre de dernière arrivée, mademoiselle Holloway.

— Bien volontiers.

Quand Peter eut pris place, Wallace déclara la séance ouverte.

— Puisque cette réunion ne figure pas au programme et que nous avons tous des agendas chargés, je vais nous dispenser de la lecture de l'ordre du jour pour entrer directement dans le vif du sujet.

Ses petits yeux bruns se posèrent sur Peter.

— *Des* sujets, pour être exact. Tout d'abord, Peter, les membres du conseil ici réunis et moi-même…

Comme il englobait d'un geste théâtral de la main ses collègues, Peter songea que le style de Wallace était aux antipodes de celui de son père. L'un avait été tout en sobriété et discrétion ; l'autre faisait déjà des effets de manches et se prenait pour un tribun.

— … avons décidé de vous nommer chef du personnel, conclut Wallace après avoir ménagé le suspense.

Peter en resta interdit. Cela avait été le poste de son père. Il avait cumulé les fonctions de chef du personnel et de président du conseil tout en menant à bien ses consultations et ses gardes. Ces trois emplois bien distincts exigeaient chacun un travail à plein-temps. Son père les avait tenus tous les trois à la perfection en jonglant avec les horaires et en rognant sur ses pauses repas ainsi que sur ses heures de sommeil ce qui, conjugué au stress, avait fini par nuire à sa santé.

L'offre était flatteuse, mais Peter connaissait ses limites.

Un sourire d'excuse aux lèvres, il secoua la tête.

— Je vous remercie, mais je suis loin d'avoir l'expérience nécessaire.

Wallace rit.

— Votre modestie vous honore ! Vous êtes bien le fils de votre père. En fait, nous vous proposons la place à titre provisoire, jusqu'à ce que nous ayons déniché le candidat idéal. Inutile de vous préciser qu'il va nous falloir du temps pour trouver une personne qui supporte la comparaison avec feu le Dr Wilder. Vous nous rendriez un grand service en assurant la relève. Pour tout dire, vous nous ôteriez une sacrée épine du pied…

Très habilement, Wallace avait manœuvré de manière à le mettre dos au mur.

Impossible de refuser sans passer pour le dernier des derniers.

« Courage ! s'exhorta Peter. Ce n'est que l'affaire de quelques semaines. »

— Eh bien, si vous me prenez par les sentiments, j'accepte.

— À la bonne heure ! Peter Wilder est à partir de cet instant le nouveau chef du personnel. À titre provisoire.

Wallace prit un air grave pour aborder la suite.

— Passons au second sujet de la matinée. Comme vous n'êtes pas sans le savoir, Northeastern Healthcare a annoncé son intention d'acquérir notre hôpital. Je crois que leur offre mérite discussion.

Peter sentit son estomac se nouer.

— Du moment que la réponse finale est non.

Le regard de Wallace se durcit. Peter venait de violer une règle sacro-sainte de la procédure. En n'attendant pas son tour de parole, il avait bel et bien contrevenu à l'étiquette. Novice dans les us et coutumes de ce genre de réunion, il s'en souciait de toute façon bien peu. La diplomatie n'avait jamais été son fort. Quand il avait quelque chose à dire, il le disait, tout simplement.

Ce qui l'intéressait, ce n'étaient pas les discours, mais le travail sur le terrain, les patients qui avaient autrement besoin de ses compétences que ces beaux messieurs.

Comment son père, un homme simple au demeurant, avait-il pu supporter cette atmosphère empesée et ce cérémonial qui allaient à Wallace comme un gant ?

Ce dernier prit un air offensé.

— Je vous demande pardon ?

Maintenant qu'il avait mis les pieds dans le plat, songea Peter, autant exprimer le fond de sa pensée.

— J'espère que vous n'envisagez pas d'accepter leur offre, Wallace ?

— Attendez d'en connaître le montant !

Peter lâcha un rire amer.

— Quand bien même il s'agirait de billions de dollars, ça ne changerait rien. Le travail que nous accomplissons ici n'est pas à vendre.

Bethany prit la parole.

— Je doute que les compagnies d'assurances partagent votre point de vue, docteur Wilder. Les soins sont payants, une réalité que certains praticiens qui se piquent de philanthropie ont tendance à oublier, au détriment des caisses de l'hôpital. Si nous avions les reins solides financièrement, la pérennité et l'efficacité des soins seraient garanties et tout le monde y trouverait son avantage, les patients comme les médecins. N'oubliez pas que nous sommes un petit établissement. Une seule action en justice pourrait nous ruiner et nous obliger à fermer nos portes.

— Personne n'a jamais intenté de procès contre notre hôpital.

— Le risque existe. Contrairement à l'époque où votre père débutait dans le métier, les gens sont mieux informés de leurs droits. Ils n'hésitent plus à traîner médecins et chirurgiens devant les tribunaux et à réclamer des dommages et intérêts — abusivement parfois, mais là n'est pas notre propos. Si un grand groupe comme NHC prenait Walnut River sous son aile, nous serions invulnérables.

Le débat tournait à l'affrontement verbal entre eux. Les

autres membres du conseil semblaient être passés à l'arrière-plan. L'un d'eux murmura quelque chose que Peter n'entendit même pas.

Il ne pouvait tolérer que leur hôpital tombe dans les griffes de NHC. Ni même que l'on envisage l'éventualité d'un rachat. Parce que son père avait sacrifié sa santé et sa vie à cet endroit, Peter en faisait une affaire personnelle.

Sous ses allures d'ange, Bethany Holloway cachait un caractère froid et insensible.

— Et quelle est la place du patient dans votre logique comptable ?

— Il aurait tout à y gagner.

Cet homme se braquait avant même de savoir de quoi il retournait, songea Bethany avec irritation. Elle entreprit de lui expliquer.

— Une fois que NHC nous aura intégrés à sa carte hospitalière, les crédits afflueront de partout. Nous serons en mesure de rénover les locaux, d'acheter du matériel neuf, voire quelques appareils ultrasophistiqués. Avouez que ce n'est pas négligeable, tout de même…

— Non, bien sûr. Tout établissement qui se respecte doit suivre les progrès de la technologie et adapter son matériel en conséquence. Les appels aux dons privés servent à cela. Jusqu'à présent, ils ont suffi à nos besoins.

C'était un raisonnement étriqué, constata Bethany. Cet homme manquait vraiment d'ambition pour son hôpital.

— Les chèques des particuliers permettent le financement de quelques opérations ponctuelles, soit. Mais songez à ce que nous pourrions accomplir tout au long de l'année avec le soutien financier d'un grand groupe qui renflouerait nos caisses à l'infini.

Seigneur ! Était-elle à ce point naïve, ou faisait-elle commerce de mauvaise foi pour le compte de NHC ? Jusqu'à preuve de sa duplicité, Peter préférait la croire naïve…

— Somme toute, vous prônez de vendre notre âme au plus offrant ? Par simple curiosité… j'aimerais savoir à combien vous l'estimez ?

Wallace s'interposa.

— Inutile de dramatiser, Peter.

— Au contraire, je suis extrêmement pragmatique. Je n'ai pas fait douze ans d'études pour pratiquer une médecine à la chaîne.

Il s'adressait à Bethany. Si elle n'était pas à la solde de l'ennemi, il parviendrait peut-être à lui démontrer les failles de son argumentation.

— Les médecins de Walnut River traitent le patient dans sa globalité, et non en « pièces détachées ». Je ne veux pas qu'un contrôleur me surveille, chronomètre en main, et me dise d'accélérer la cadence pour ne pas mettre en péril le taux de rendement de l'établissement.

— L'optimisation du temps à laquelle vous faites allusion permet de soigner plus de patients. Vous devriez plutôt la considérer comme un avantage…

— Bel avantage qui m'oblige à expédier mes malades pour respecter les quotas des comptables ! Mais ouvrez donc les yeux, bon sang !

Bethany serra les dents. C'est tout juste s'il ne l'accusait pas d'être stupide.

Elle réagissait mal aux critiques pour en avoir trop reçues durant son enfance. À présent, rien ne l'obligeait à les accepter.

— Et vous, êtes-vous sûr de juger objectivement ? Vous êtes tellement convaincu d'avoir raison que vous refusez d'écouter les arguments de la partie adverse. Pourtant, je vous assure que votre hôpital gagnerait à rallier le camp de Northeastern Healthcare, sur tous les plans : infrastructures, crédits, personnel…

— Notre chère Mlle Holloway a manifestement bien étudié son dossier, dit Wallace.

Son ton était admiratif, et son regard à l'avenant. De là à croire qu'il militerait pour NHC, il n'y avait qu'un pas, songea Peter. Ou peut-être Wallace essayait-il simplement, en séducteur patenté qu'il était, de marquer des points auprès de Bethany.

Peter ne perdait pas souvent patience mais, depuis la mort de son père, il ne se sentait plus lui-même.

— Dans ce cas, donnez-lui une médaille, Wallace. Mais de grâce, ne vous laissez pas berner par le chant des sirènes de NHC ! Si vous leur cédez, nos malades seront les premiers à en pâtir.

Peter se leva ; les pieds de sa chaise raclèrent le sol.

— Maintenant, si vous voulez bien m'excuser, je vais aller rejoindre mes patients.

Il dut se retenir pour ne pas claquer la porte en sortant.

4.

Le départ de Peter jeta un froid dans la salle. Un quart d'heure plus tard, Wallace leva la séance et Bethany sortit dans le couloir, pensive.

Dire qu'elle avait été persuadée que le rachat de l'hôpital par NHC ne serait qu'une formalité ! Au temps pour son intuition.

Au premier abord, Peter Wilder ne donnait pas l'impression d'être un homme du passé. Il l'était pourtant par son acharnement à refuser le changement.

Tout en se dirigeant vers le bureau du nouveau directeur du personnel, elle peaufina sa stratégie. Elle avait en effet décidé de le convaincre de son erreur, quitte à le harceler.

Cette tâche lui incombait. Manifestement tous extrêmement respectueux du fils du grand homme, aucun des autres membres du conseil ne se risquerait à chanter les louanges de NHC devant lui pour ne pas s'attirer ses foudres. Ce respect était-il simplement une marque de condoléances ou le signe d'une profonde affection envers Peter ?

Peu importe, songea-t-elle avec détermination. Personne n'avait le droit de vouloir empêcher le progrès.

Ce n'était pas le premier individu rétrograde qu'elle affronterait. Ces gens étaient toujours pétris de certitudes. En dehors de leur « vérité », il n'y avait pas de salut. Ils poussaient l'intolérance jusqu'à refuser d'entendre le moindre avis contraire au leur. Tels des mammouths du quaternaire, ils s'accrochaient à leurs habitudes et à leur mode de vie. La seule différence était que les animaux n'avaient pas eu le choix. Wilder, lui, l'avait et préférait malgré tout croupir à l'ère glaciaire.

Pas question bien sûr d'interrompre sa consultation. Elle se posta donc devant son bureau. Comme tous les médecins de sa connaissance, il ferait sans doute une pause à midi.

À 13 heures, elle attendait toujours.

Perplexe, elle s'approcha de la porte afin de voir s'il était encore dans la place ou s'il s'était esquivé par une autre sortie. Elle venait de saisir la poignée quand le battant s'ouvrit brusquement.

Prise au dépourvu, elle se trouva tirée vers l'avant et heurta le Dr Wilder de plein fouet.

Il la rattrapa par les épaules pour lui éviter de tomber. Le souffle coupé, elle se ressaisit rapidement.

Elle détestait se trouver à son désavantage. À ses yeux, une femme devait être maîtresse de ses réactions et afficher un self-control parfait en toutes circonstances.

— Oh, docteur Wilder…

— C'est le nom inscrit sur la porte, en effet.

Pourquoi semblait-elle si surprise de le voir sortir de son bureau ? se demanda Peter.

— Je ne vous ai pas fait mal ? reprit-il.

— Mais non, dit Bethany en défroissant machinalement sa robe qui n'avait pourtant pas souffert dans la collision. Je suis plus solide que j'en ai l'air.

— Tant mieux.

Là-dessus, il s'éloigna vers l'ascenseur.

Elle le rattrapa et se rendit compte qu'elle devait presque courir pour rester à sa hauteur. S'il essayait de la semer, il ne s'y prendrait pas autrement.

— J'espérais tomber sur vous…

— Et vous avez réussi. Bravo.

Il se moquait d'elle et elle n'était pas sûre que ce soit gentiment. Les sarcasmes de ses parents qui ne laissaient jamais passer la moindre occasion de la ridiculiser avaient laissé des traces.

— Ce n'était pas prévu.

Peter s'arrêta devant l'ascenseur et appuya sur le bouton pour descendre.

— Qu'est-ce qui était prévu ?

Tu aurais mieux fait de te taire, songea-t-il aussitôt en enfonçant les mains dans les poches de sa blouse.

— Je voulais vous parler de la proposition de NHC.

Il la regarda un long moment.

N'avait-elle donc prêté aucune attention à sa diatribe contre les multinationales dans la salle du conseil ? Bien sûr que si, mais cette femme était du genre qui ne s'avouait jamais vaincue.

— Je vous signale que vous l'avez déjà fait.

— Vous ne m'avez pas écoutée jusqu'au bout.

— Ce n'était pas très poli de ma part, je l'admets, mais je ne voyais pas l'intérêt de nous faire perdre notre temps à tous les deux. Le peu que j'ai entendu m'a suffi.

— Vous ne m'avez même pas laissée vous expliquer…

— Oh si ! Et ma limite de tolérance était atteinte avec les mots « Northeastern Healthcare » et « rachat ».

Existait-il plus borné que cet homme ?

Qu'à cela ne tienne ! Bethany en avait vu d'autres. Il lui faudrait de la persévérance, voilà tout.

Ce serait un défi à relever, ce qui n'était pas pour lui déplaire. Elle aimait Walnut River et son travail à l'hôpital, et elle ne laisserait pas cet individu faire obstacle au progrès.

— Vous pourriez au moins prendre connaissance de leurs propositions.

— Je ne suis pas un ermite vivant dans une grotte, mademoiselle Holloway. Je sais exactement ce que NHC propose. Des tonnes d'équipements flambant neufs dont il faudra user avec parcimonie tant leur fonctionnement coûte cher. Je ne suis pas un enfant qu'on peut amadouer avec un beau jouet.

Une petite sonnerie annonça l'arrivée de l'ascenseur. Peter s'y engouffra, Bethany sur ses talons.

Les portes d'acier se refermèrent sur eux.

« Garde ton calme », s'exhorta-t-elle. Avec un personnage tel que Wilder, elle ne parviendrait à rien en haussant le ton.

— Je ne vous considère pas comme un enfant, docteur Wilder.

Contre toute attente, il sourit. Force était de reconnaître qu'il avait du charisme.

— Vos collègues du conseil seront ravis de l'apprendre.

De nouveau, il s'amusait à ses dépens. Tant pis, il l'aurait voulu.

— En revanche, je vous trouve rétrograde, ajouta-t-elle.

— Merci du compliment…

Il se moquait ouvertement d'elle, à présent.

Bethany redressa les épaules.

— C'est mon avis, je vous le donne.

— Vous en avez tout à fait le droit.

Cette escarmouche n'allait mener nulle part. Bethany se força à faire marche arrière.

— Disons que le terme « rétrograde » ne convient peut-être pas.

— Et que proposeriez-vous à la place ? s'enquit-il, la tête levée pour regarder défiler les numéros des étages sur le panneau lumineux.

— Je n'en sais rien, mais admettez que vous vous accrochez au passé.

Le sourire de Peter disparut. Il se tourna vers elle.

— Au contraire. Je suis de plain-pied dans le présent.

Il sentit la colère monter. Alors que cela ne lui arrivait pratiquement jamais, c'était la deuxième fois aujourd'hui, et toujours à cause de cette femme ! Elle avait manifestement le don de l'exaspérer.

— Et sachez que je ne renoncerai pas sans combattre, poursuivit-il. NHC devra me passer sur le corps pour faire main basse sur l'hôpital.

Ce fut au tour de Bethany de sourire.

— Vous avez le goût du mélodrame, docteur Wilder.

— Appelez-cela comme il vous plaira, mademoiselle Holloway.

Au rez-de-chaussée, Peter se dirigea à grands pas vers la cafétéria, Bethany dans son sillage.

Que n'avait-il apporté un sandwich ! Il aurait pu rester tranquillement dans son bureau sans avoir à subir le harcèlement de l'experte en rendement.

Ce matin, quand il avait voulu se préparer un en-cas, il avait découvert que son réfrigérateur ne contenait en tout et pour tout qu'un tube de mayonnaise, un yaourt périmé et quelques pommes de terre qui commençaient à germer. Il était temps de faire les courses.

— Avez-vous l'intention de me suivre tout l'après-midi, mademoiselle Holloway ?

— S'il le faut, oui.

Ils entrèrent dans la cafétéria. Peter tendit un plateau à Bethany et en prit un pour lui-même.

— Si vous voulez partager ma table, il faudra manger.

— Entendu.

Bethany promena son regard autour d'elle. C'était la première fois qu'elle descendait à la cantine. À midi, elle avait ses habitudes dans l'un ou l'autre des restaurants du quartier.

— Et vous consentirez à m'écouter ?

— Je ne fais que ça depuis que vous m'avez accosté à la porte de mon bureau.

Comme ils arrivaient devant la section des desserts, Bethany se rendit compte que leur conversation semblait vivement intéresser une jeune infirmière qui tenait un plateau chargé de sucreries.

Il ne manquait plus que ça !

— D'ici à ce soir, tout l'hôpital saura que nous avons déjeuné ensemble.

Peter haussa les épaules.

— Ça leur fera un sujet de conversation.

Il lui indiqua la machine à café.

— Un café ?

— Je préfère un cappuccino, dit-elle en s'approchant du petit percolateur à cet effet.

— J'aurais dû m'en douter…

Le café « normal » était bon pour le commun des mortels.

Il fallait à madame l'experte en rendement des boissons plus chic, plus raffinées.

Jusqu'à présent, constata Peter, il ne s'était pas trompé sur son compte. Pour combattre efficacement son ennemi, il fallait le connaître, et il réussissait assez bien. À la fin du repas, il serait peut-être en mesure de cerner la personnalité de Bethany Holloway.

— Vous avez quelque chose contre les cappuccinos ? s'enquit-elle d'un ton aigre.

— Absolument rien. Ce que je n'aime pas, ce sont les prétentieux, les frimeurs, ceux qui ne jurent que par le changement pour suivre la mode, être dans le coup, et non parce que le changement pourrait apporter quelque chose de bon.

Les doigts de Bethany se crispèrent sur le bord de son plateau. « Du calme », s'ordonna-t-elle. La victoire n'en serait que plus belle quand Peter se rendrait enfin à ses arguments.

— J'espère que vous ne me rangez pas dans cette catégorie, dit-elle de son ton le plus conciliant. Si je soutiens le rachat par NHC, c'est parce que je suis persuadée qu'il est dans l'intérêt de l'hôpital.

Peter prit un sandwich sous Cellophane sans même jeter un coup d'œil à sa composition.

— Et vous avez tort. Je suis déjà allé dans des hôpitaux gérés par des mutuelles ou de grands groupes médicaux et je sais quel type de médecine on y pratique. Je refuse catégoriquement de voir cela chez nous. À Walnut River, on a une approche humaine, familiale, de la médecine. Le patient ne se résume pas à un foie malade ou un ulcère ! C'est une personne qu'on prend le temps d'écouter et qu'on soigne dans sa globalité, que ses maux soient graves ou bénins.

Un beau discours, mais qui appartenait à une autre époque, se dit Bethany.

— Une telle approche n'est guère viable en milieu hospitalier. Ne serait-ce qu'en raison du temps qu'elle nécessite…

« Et de l'argent », ajouta-t-elle en son for intérieur.

Une réaction prévisible, songea Peter.

Voilà exactement le genre de discussion qui l'attendait si les administrateurs décidaient d'accepter l'offre de NHC.

— Ici, on la pratique pourtant tous les jours, et fort efficacement. Si on ne traite pas le malade dans son ensemble, on risque de laisser passer un symptôme. Je cite toujours à mes internes l'« exemple » à ne pas suivre : un patient se présente aux urgences en se plaignant de douleurs au foie. Le médecin de garde diagnostique un dérèglement hépatique et lui donne un traitement en conséquence. Ce qu'il a omis de faire, ce sont des examens complémentaires qui auraient permis de détecter la pathologie cardiaque dont souffrait le malade et qui se manifestait, entre autres, par ce problème hépatique. En l'occurrence, l'arbre cachait la forêt et le praticien est tombé dans le piège.

— Et ce genre de situation se produit à quelle fréquence ?

Une question digne d'un expert en rendement.

— Plus souvent que vous ne le croyez. Et quand bien même ce serait une fois tous les cent mille cas, cela vaut la peine de pratiquer ces bilans globaux. Songez que ce cent millième patient pourrait être vous, et vous serez d'accord avec moi.

Il marquait un point, concéda Bethany. Mais combien de fois un médecin rencontrait-il une maladie cardiaque qui entraînait une insuffisance hépatique ? Une fois tous les 36 du mois !

Elle le suivit à la caisse.

— Pourtant, dans la pratique…

Peter ne l'écoutait plus. Après avoir dit bonjour à la caissière, il lui désigna leurs deux plateaux et tendit un billet de vingt dollars.

— Je peux payer mon repas, protesta Bethany en sortant son portefeuille.

Autant parler à un mur. Il empocha la monnaie, sourit à l'employée et s'éloigna vers les tables.

— Je n'en doute pas un seul instant, mademoiselle Holloway.

Elle reprit son plateau et le suivit. Son calme fondait au fil des minutes.

— Vous rendez-vous compte que vous prononcez mon nom comme s'il s'agissait de l'incarnation du mal ?

Il ne prit pas la peine de se retourner.

— C'est vous qui l'imaginez. Parce que vous n'avez pas la conscience tranquille.

— Faux !

— À votre place, je ne l'aurais pas non plus si je votais pour NHC…

Il s'assit à une petite table au fond de la salle.

— … Ce qui n'est pas près d'arriver, précisa-t-il.

— Donc, sans connaître les tenants ni les aboutissants, vous avez déjà pris votre décision ? demanda-t-elle en s'installant face à lui.

— Je les connais fort bien, et rien ne me fera changer d'avis.

Consternée, Bethany secoua la tête.

— Je ne vous imaginais pas aussi… borné !

— Désolé de vous décevoir. Cela dit, j'aimerais bien savoir pourquoi vous tenez tant à me convaincre, moi, en particulier. Je ne suis que le dernier arrivé au conseil.

En tant que tel, son pouvoir d'influence sur les autres membres était presque nul. Manifestement, elle ne le voyait pas ainsi.

— Parce que votre opinion a du poids. Vous êtes Peter Wilder, médecin respecté de tous, quasiment élevé au rang de saint par les patients. De surcroît, vous êtes le fils de James Wilder dont tous révèrent la mémoire. Pour ces raisons, on vous aime et on vous admire. Si vous émettez un avis tranché sur un sujet, les gens vous écouteront et seront tentés de vous suivre — et de voter comme vous. Parce que Peter Wilder ne peut pas se tromper.

Il sourit, ce qui ajoutait encore à son charme.

Le moment était mal choisi pour y être sensible, se sermonna-t-elle.

— Mais vous ne pensez pas comme eux, n'est-ce pas ? demanda-t-il.

— Non. Moi, je vote avec ma tête, pas avec mon cœur.

— Dommage. Le cœur est souvent de meilleur conseil.

Mais vous m'intriguez, mademoiselle Holloway… Pourquoi tenez-vous tant à ce que NHC parvienne à ses fins ? Que gagnez-vous dans l'affaire ?

Dans l'esprit de Bethany, la réponse ne faisait aucune doute.

— Personnellement, rien. L'hôpital de Walnut River a, en revanche beaucoup à y gagner…

— Inutile de développer. Je connais la rengaine.

La petite demi-heure qu'il lui restait avant de reprendre sa consultation serait mieux employée ailleurs, songea-t-il.

Son sandwich dans une main, sa tasse de café dans l'autre, il se leva.

— Excusez-moi, le devoir m'appelle.

Il mentait, Bethany était prête à le parier. Sinon, pourquoi descendre à la cantine et s'y asseoir pour repartir aussitôt ?

— Où ?

— Des rendez-vous.

Sans plus d'explications, il tourna les talons.

Stupéfaite, Bethany regarda autour d'elle pour voir si quelqu'un avait suivi leur conversation et lui jetait à présent des regards apitoyés.

Heureusement, sa déconfiture n'avait pas eu de témoins, mais Peter Wilder ne perdait rien pour attendre.

Depuis l'adolescence, Bethany n'avait eu de cesse de se battre pour être la première, qu'il s'agisse d'examens ou de compétitions sportives. Dès qu'elle avait atteint son but, elle passait au défi suivant.

C'était la victoire qui était enivrante, pas la remise du trophée. Hélas ! ce sentiment de dominer le monde ne durait que quelques minutes et le quotidien se chargeait vite de vous ramener sur terre.

Une fois de plus, elle était en quête d'un challenge à sa mesure, et il lui semblait bien l'avoir trouvé en la personne de Peter Wilder. Pour le convaincre, elle le poursuivrait sans relâche et finirait bien par le gagner à sa cause.

Quand l'hôpital aurait rejoint le giron de NHC, il bénéficierait d'importants apports financiers pour s'agrandir, se moderniser, créer des postes de chercheurs, attirer de jeunes talents. Et qui la remercierait alors ? Celui-là même qui l'accusait aujourd'hui de vendre son âme au diable !

Si la situation actuelle perdurait, elle ne donnait pas cher de l'avenir de l'hôpital. James Wilder l'avait porté sur les fonts baptismaux et en avait fait un établissement modèle. Peter veillait sur l'héritage de son père. La réputation de l'hôpital reposait en grande partie sur cette médecine de campagne qu'ils pratiquaient, familiale, bienveillante, charitable. Mais que se passerait-il le jour où il n'y aurait plus de Wilder pour accomplir un tel sacerdoce et se dévouer sans relâche auprès des malades ?

Il ne fallait pas être grand clerc pour l'imaginer. La qualité des soins se dégraderait, la renommée de l'établissement en pâtirait et il n'attirerait plus l'élite de la profession. En quelques années, Walnut River régresserait au rang d'hôpital médiocre peuplé de praticiens de seconde zone.

Si NHC prenait en main ses destinées, les dirigeants feraient un pont d'or aux meilleurs chirurgiens et spécialistes pour les attirer à Walnut River. La renommée de l'hôpital dépasserait les frontières de l'État, voire du pays.

De toute façon, songea Bethany en finissant son cappuccino, la bataille était inégale. Le pot de terre contre le pot de fer… Au XXIe siècle, le pot de terre avait peu de chances de l'emporter.

En sortant de la cafétéria, elle se dirigea d'un pas déterminé vers l'ascenseur.

Prête pour le deuxième round.

Il était temps que le Dr Wilder ouvre les yeux. S'il continuait à s'obstiner, son précieux hôpital finirait par en subir les conséquences.

Dès qu'il l'aurait compris, ils pourraient passer à des négociations plus constructives.

5.

Le testament de James Wilder ne réserva aucune surprise.

Comme prévu, tous ses biens, c'est-à-dire sa maison et le peu d'argent qu'il possédait en banque, étaient partagés équitablement entre ses quatre enfants.

James n'avait ni frère, ni sœur, ni famille lointaine. À part quelques objets qu'il léguait à des amis et dont la seule valeur était sentimentale, tout le reste faisait partie de la modeste succession à répartir entre Peter, David, Ella et Anna.

Selon les dernières volontés du défunt, Peter fut nommé exécuteur testamentaire.

— Et voilà, dit Fred en repliant le document et en le rangeant dans sa mallette. Si tous les testaments pouvaient être aussi simples… Tout de même, je regrette que David et Anna ne soient pas restés un jour de plus pour assister à sa lecture.

Ella déplorait également l'absence de son frère et sa sœur. Selon elle, ils avaient pris la fuite en invoquant des prétextes.

Peter faisait preuve de plus d'indulgence. En proie à leurs démons respectifs, David et Anna avaient préféré regagner leurs terres d'élection, celles où ils existaient de plein droit, indépendamment de la famille. Qui était-il pour leur jeter la pierre ?

Il prit leur défense.

— Ils ont estimé que cette séance ne serait qu'une pure formalité, et il faut reconnaître qu'ils avaient raison. De plus, le travail les appelait.

Fred esquissa une moue sceptique.

— Ça m'a fait plaisir de vous revoir, Ella. J'espère que la prochaine fois, ce sera en des circonstances moins tragiques.

Les yeux voilés de larmes, Ella serra la main du notaire. Afin de lui permettre de laisser libre cours à son chagrin, Peter prit l'homme de loi par le coude.

— Je vous raccompagne.

Dans le vestibule, Fred revint à la charge à propos de la lettre qu'il lui avait remise la veille.

— L'avez-vous ouverte, Peter ?

— Non, pas encore.

Fred lui jeta un regard perçant.

— Auriez-vous peur ?

Peur ? Peut-être… La vue de cette enveloppe sur la cheminée mettait Peter mal à l'aise. Il avait toujours placé son père sur un piédestal. Or, s'il ouvrait cette enveloppe, il avait le sentiment que ce qu'il y découvrirait ternirait son image.

— Ça ne peut pas être une bonne nouvelle, n'est-ce pas ? Sinon, mon père n'aurait pas fait tant de mystères. Il n'était pas du genre « À lire après ma mort ». Du moins, pas à ma connaissance.

L'avait-il bien connu, finalement ? Jusqu'à hier, il aurait juré que oui. À présent, il ne savait plus.

— Quand vous aurez lu la lettre, soyez gentil de me tenir au courant.

— Quelle que soit sa teneur, il s'agit du secret de mon père !

Un petit rire échappa à son interlocuteur.

— Avez-vous oublié que James n'en avait aucun pour moi ? J'étais son notaire, et qui plus est son ami d'enfance.

— Vous voulez dire que vous savez ce qu'il y a dans cette enveloppe ?

En notaire qui se respecte, Fred se garda bien de confirmer.

— Disons que j'ai mon idée.

À quoi rimaient tous ces secrets, dans ce cas ? Et pourquoi Fred lui demandait-il de le tenir au courant s'il savait déjà ?

— Du diable si je…

— Je ne peux rien vous révéler, Peter. Comme les

médecins, les hommes de loi sont tenus à une obligation de confidentialité envers leurs clients.

Il tapota le bras de Peter.

— Gardez l'esprit ouvert, mon garçon, c'est tout ce que je peux vous conseiller. Vous êtes le fils en qui James avait confiance.

N'aurait-ce pas été une meilleure preuve de confiance que de partager son secret avec lui de son vivant ?

— Je commence à en douter…

— Mais non. Considérez qu'il n'a pas voulu mettre ce fardeau sur vos épaules avant d'y être absolument obligé. Au revoir, Ella, ajouta-t-il en élevant la voix. Et avertissez-moi, reprit-il en sourdine à l'intention de Peter, quand vous aurez… vous savez quoi.

La porte venait de se refermer derrière Fred quand Ella déboucha dans le vestibule.

— De quoi parliez-vous ?

En bon petit soldat, elle avait séché ses larmes. D'ailleurs, songea Peter, il devrait perdre cette habitude de la considérer comme une gamine. Elle était désormais une femme adulte *et* un médecin diplômé, s'il vous plaît. De taille à se défendre toute seule.

Pourtant, il ne put s'empêcher de la protéger.

— Oh, de détails administratifs, répondit-il, désinvolte. Il y a des tonnes de papiers à signer.

— Je croyais qu'on en avait fait le tour tout à l'heure.

— Tu connais Fred ! C'est un bavard impénitent.

Voyant qu'Ella attendait des détails, il improvisa.

— Figure-toi qu'il me suggère de rédiger mon testament, maintenant que je suis chef de famille.

— Ah non ! Je te défends de mourir, tu entends ?

Il rit.

— D'accord. Je dirai à Fred que ma sœur s'y oppose.

— C'est cela.

Elle passa son bras sous le sien.

— Et si nous sortions dîner ? C'est moi qui invite.

— Tu n'es pas d'astreinte, ce soir ?

— J'ai échangé ma garde avec ma collègue de nuit, ce qui me laisse quelques heures.

Il lui sourit tendrement.

Au retour, il ouvrirait l'enveloppe. Peut-être. Rien ne pressait.

— Alors, en route. Et je te préviens que je ne me contenterai pas d'un hamburger. Un trois étoiles ou rien.

La plaisanterie dérida Ella qui joua le jeu.

— Mon budget est sans limites. Tant qu'on ne dépasse pas dix dollars.

— Je vais chercher les manteaux, miss Rockefeller.

— NHC nous envoie un émissaire à la fin du mois pour entamer les négociations, annonça Bethany en entrant en coup de vent dans le bureau de Peter.

Il n'était même pas 8 heures du matin. La consultation en ambulatoire ne commençait qu'à 9 h 30, après la tournée des lits.

Les sourcils froncés, Peter leva la tête de la publication médicale qu'il lisait. Voilà qui lui apprendrait à ne pas fermer sa porte. L'étage était encore désert, et il s'était cru tranquille. Même Eva, son infirmière-réceptionniste, n'était pas encore arrivée.

Il observa froidement l'intruse.

— N'avez-vous rien de mieux à faire que de vous promener par ici ?

Bethany ne se laissa pas démonter.

— Non, dit-elle avec un grand sourire. Je ne vois pas de meilleur endroit pour commencer la journée !

La veille, il ne s'était pas privé de se moquer d'elle ; la perfide lui rendait la monnaie de sa pièce.

Résigné, il glissa un marque-page dans la revue et se leva.

— Libre à vous de perdre votre temps. En ce qui me concerne, le devoir m'appelle.

Elle se plaça en travers de la porte.

Tous ses collègues avaient beau chanter les louanges de Peter Wilder — il n'y avait pas plus gentil, calme, attentif aux autres… —, elle ne voyait en lui qu'une tête de mule doublée d'un mufle. Fort séduisant au demeurant, mais mufle tout de même.

— Vous m'avez dit la même chose à la cafétéria hier. À présent, qui débite des rengaines ?

— Il n'empêche que c'est vrai. Je ne sais pas à quoi vous, les administrateurs, employez votre temps en dehors des conseils, mais moi, je le passe à exercer mon métier qui consiste à soigner les gens.

Pour se débarrasser de Bethany, il déformait quelque peu la vérité. Quatre des membres du conseil étaient médecins. Ils jonglaient avec leurs horaires comme l'avait fait son père afin de mener de front leurs activités médicales et les interminables séances de budgets et de bilans. Séances auxquelles Bethany devait apporter une contribution majeure, puisqu'elle était l'« experte en rendement ».

Rien que le terme lui faisait froid dans le dos. Comment pouvait-on parler de rendement en médecine ?

Les attributions précises de Bethany ne l'intéressaient pas, en fait. Il se doutait que les chiffres étaient son domaine, mais un point l'intriguait. Avait-elle appartenu au corps médical ? En tout cas, personne ne l'appelait Dr Holloway. La demoiselle était selon toute probabilité l'un de ces comptables de haut vol chargés d'« optimiser » les performances d'un établissement. Encore des notions qui le laissaient perplexe…

— J'ai ma ronde des lits à effectuer, dit-il en se dirigeant vers la porte. Alors, à moins que vous ne vouliez passer votre temps à attendre dans le couloir, je vous conseille de vaquer à vos affaires.

Sur ce, il échappa à sa persécutrice pour la seconde fois en deux jours.

6.

— Que savez-vous de Bethany Holloway ?

À la fin de sa tournée des lits, Peter avait décidé de faire un détour par le bureau de l'administrateur en chef afin de glaner quelques informations qui lui permettraient de mieux contrer son adversaire.

Henry Weisfield leva la tête du dépliant touristique qu'il était en train d'étudier et rajusta ses verres à double foyer sur son nez.

L'air mélancolique, il sourit.

— Ah, Bethany ! Si j'étais plus jeune de trente ans, je lui ferais assidûment la cour... Mais pourquoi cette question, mon garçon ? Vous intéresserait-elle ?

Peter réprima un soupir. À quarante ans, il se serait cru à l'abri des entremetteurs de tout poil. Que nenni ! De bonnes âmes continuaient à vouloir le caser.

Elles se fatiguaient pour rien.

Naguère, il avait aimé et souffert une cruelle désillusion. À présent, il était marié avec son métier et plus aucune femme ne lui briserait le cœur.

— Pas comme vous l'entendez. J'aimerais en savoir plus sur son parcours professionnel, sur les raisons pour lesquelles elle est venue s'installer chez nous.

Henry s'adossa dans son fauteuil.

— C'est une tête bien faite et bien pleine. Jugez-en : elle n'a pas *un* mastère de gestion et de management, mais *deux*. Sortie première de sa promotion de Princeton. C'est une gagnante. Wallace ne jure que par elle. Entre nous, je crois qu'il a le béguin…

Les soupçons de Peter se confirmaient.

— Sa femme doit en être ravie, commenta-t-il sèchement.

— Votre père pensait aussi le plus grand bien de Bethany. Après tout, c'est lui qui l'a engagée.

S'il avait su qu'elle militerait pour vendre l'hôpital à l'une des plus puissantes mutuelles médicales, il y aurait réfléchi à deux fois, songea Peter.

Bethany était-elle un cheval de Troie, introduit dans la place par NHC pour noyauter toute opposition de l'intérieur ?

L'accusation était grave, et il ne disposait d'aucune preuve. La belle prétendait n'avoir aucun intérêt dans la reprise par NHC et œuvrer uniquement pour le bien de Walnut River. Mais pouvait-on se fier à sa parole ?

— Si elle est si brillante, pourquoi ne siège-t-elle pas dans le conseil de quelque multinationale cotée en Bourse ? Pourquoi a-t-elle choisi de nous honorer de ses compétences ?

— Bonne question… Je ne peux qu'émettre des hypothèses. Ambitieuse comme elle l'est, elle n'a peut-être pas voulu être un petit poisson parmi d'autres dans une grande mare.

Peut-être…

Songeur, Peter alla se poster à la fenêtre. Quatre étages plus bas, le parking commençait à se remplir. Les équipes du matin embauchaient ; les premiers visiteurs venaient accomplir leur pèlerinage quotidien auprès de leurs proches et les patients arrivaient, la plupart à reculons, pour consulter ou passer des examens.

L'hôpital fonctionnait à merveille. Ils n'avaient pas besoin qu'un conglomérat tentaculaire vienne leur dire comment faire.

En soupirant, il posa les mains sur le rebord de la fenêtre.

— Alors, elle préfère s'approprier notre mare pour se faire une place au soleil.

Henry réfléchit un instant.

— Je crois qu'on peut le résumer ainsi…

Il rit.

— Votre départ avec pertes et fracas de la salle du conseil

alimente toutes les conversations depuis hier. Il paraît que vous n'avez même pas laissé Bethany finir sa phrase.

Peter se tourna vers son interlocuteur.

— Mes patients m'attendaient.

Une indulgence amusée se lut dans le regard de Henry.

— C'est faux. J'ai vérifié votre emploi du temps. Vous êtes parti une demi-heure avant le début de votre consultation.

Henry était une fine mouche. Un brin excentrique, mais un administrateur hors pair capable de réunir des fonds de nulle part pour couvrir des dépenses imprévues. Peter ne comptait plus le nombre de fois où il leur avait sauvé la mise.

Une profonde affection les liait.

Inutile de lui mentir.

— J'ai préféré m'en aller avant de perdre mon calme.

— Perdre votre calme ? Vous ? J'aurais bien voulu voir cela ! Tout le personnel vous décrit comme la patience incarnée…

Tout cela commençait à irriter Peter. Hier, Bethany l'avait traité de « saint ». Maintenant, il était un ange de patience…

Au fond de lui-même, il savait qu'il n'était ni l'un ni l'autre, mais simplement un homme essayant de faire au mieux en toutes circonstances.

— On me prête des qualités que je n'ai pas. J'essaie juste d'accomplir correctement mon travail.

Henry se pencha en avant pour l'observer.

— Doux Jésus ! Si je ne m'abuse…

Une main posée sur la poitrine, il feignit la surprise.

— … Vous êtes effectivement en colère ! À cause de Mlle Holloway ?

— Qui d'autre ? Cette femme est un agent infiltré de NHC.

— Ça y est, nous voilà en plein roman d'espionnage ! Votre imagination vous égare, mon garçon.

— À l'entendre développer les arguments en faveur d'un rachat, on pourrait la prendre pour leur chargée de relations publiques.

— Il est vrai qu'elle affiche clairement sa position, ce qu'on ne peut lui reprocher. En ce qui me concerne, je ne serais pas loin de partager ses vues. Northeastern Healthcare n'est tout de même pas le diable…

Peter se sentit blêmir ; il avait espéré trouver un allié en Henry.

— Vous n'êtes pas sérieux ?

Habile tacticien, Henry fit marche arrière.

— Oh, je ne sais pas. Je serais tenté de maintenir le *statu quo*, mais nous sommes au XXIe siècle. Il faut évoluer avec notre temps et nous doter de structures nous permettant d'affronter la concurrence, de résister aux crises. Celui qui n'évolue pas meurt, et je crains qu'en nous accrochant à nos acquis, nous ne laissions passer notre chance.

— Notre chance de quoi ? D'engranger des bénéfices ? De nous développer ? La seule chose qui compte, Henry — et je suis sûr que vous êtes de mon avis —, c'est de donner des soins de qualité à nos patients. Vous savez comme moi que quand un hôpital s'agrandit, il y a un risque qu'il se transforme en usine à soigner. Dans les établissements gérés par NHC, les médecins ne doivent pas dépasser un quart d'heure par patient afin de respecter les quotas qui leur sont imposés. On mesure le rendement et la productivité, comme dans les entreprises. Dans le but de satisfaire les actionnaires toujours plus avides de dividendes, on n'hésite pas à sacrifier l'intérêt des malades.

Il s'interrompit pour reprendre son souffle. Henry avait-il subi un lavage de cerveau ou se faisait-il l'avocat du diable ?

— Il ne faut pas généraliser, Peter. Tous les médecins employés par NHC n'ont pas perdu leur âme.

— Peut-être pas, mais l'organisation pour laquelle ils travaillent s'efforce d'étouffer cette partie de leur personnalité. Le but est de les formater. Les moins exigeants sur le plan de l'éthique se font aisément une raison car les salaires versés par NHC sont plus qu'attractifs.

L'un des fidèles amis de son père allait peut-être passer à l'ennemi. Peter avait l'impression que le sol se dérobait sous ses pieds.

— Laissez-les jeter leur dévolu sur un autre hôpital.

Nous ne sommes qu'un petit point sur la carte. Pourquoi s'intéressent-ils soudain à nous ?

La surprise se peignit sur le visage de Henry.

— Vous sous-estimez l'œuvre de votre père, Peter. C'est sous sa houlette que Walnut River est devenu un établissement modèle, cité en exemple par les professionnels. Avant que James ne prenne en main sa destinée, cet hôpital n'était qu'une antenne médicale de campagne. Aujourd'hui, il a acquis ses lettres de noblesse. S'il suscite les convoitises de NHC, c'est précisément à cause de l'excellence de son personnel et de la qualité des soins. Ne vous méprenez pas, Peter ! NHC ne s'intéresse qu'aux établissements de premier plan.

— Vous m'excuserez de ne pas m'en sentir flatté ! D'ailleurs, si nous sommes si performants, pourquoi David n'est-il pas chez nous au lieu d'exercer sur la côte Ouest ?

— David a quitté Walnut River car il était en désaccord avec votre père. Ils n'ont, hélas ! jamais réglé leur différend. Son choix de la Californie s'avère par ailleurs fort judicieux. S'il y a un endroit où les gens ont le culte du physique, c'est bien Los Angeles. Ce n'est par hasard que tous les chirurgiens esthétiques s'y établissent et font recette.

Henry afficha sur son ordinateur la liste du personnel éditée par le service des ressources humaines.

— Nous avons d'excellents cardiologues, des orthopédistes renommés. L'oncologue recrutée l'année dernière est diplômée de Yale.

Ces médecins resteraient-ils à bord du navire si NHC prenait la barre ?

Peter en doutait.

— Dans ce cas, pourquoi avons-nous besoin de NHC ?

— Parce qu'il nous faut rénover notre équipement et nos locaux, répondit son ami d'une voix soudain lasse. Acheter du matériel neuf, des appareils de pointe…

— Donc, vous préconisez d'accepter l'offre de NHC ? demanda Peter, le cœur lourd.

Un haussement d'épaules lui répondit.

— Je ne préconise rien du tout, hormis ma mise à la retraite.

Peter ne s'attendait pas à cela.

— Henry, non.

— Si. Je suis vieux, Peter. Plus vieux que votre père. Et je me sens usé. Je n'ai plus la force de me battre avec le ministère sur des points de règlement, de m'évertuer à trouver des crédits pour financer tel programme ou tel autre. À force de réfléchir aux moyens de joindre les deux bouts, j'en ai fini par perdre le sommeil.

— Pourtant, vous avez toujours accompli des prodiges, Henry. Dans la famille, on vous surnomme « le magicien ».

— Il est temps que quelqu'un d'autre sorte les lapins du chapeau. Ma santé n'est plus ce qu'elle était, mon garçon. Croyez-moi, il vaut mieux que je m'en aille, la tête haute, avant d'être poussé vers la sortie par ces messieurs du conseil.

Il est vrai que Henry semblait fatigué. Le diabète dont il souffrait — le sexagénaire croyait que personne n'était au courant — s'était aggravé ces derniers temps.

Pour cette raison, Peter n'insista pas.

— Votre décision est prise ?

— Pour mon départ à la retraite ? Oui. Pour le reste, je demande à réfléchir… Ce ne sera pas de gaieté de cœur que je laisserai NHC s'emparer de notre hôpital, mais nous ne rendrons pas non plus service à nos malades si nous devons un jour fermer faute d'argent. Une excellente réputation ne sert à rien si le budget ne suit pas. Le fait que nous dispensions les plus démunis de régler leurs factures ne fait qu'accroître notre déficit, car il faut bien que quelqu'un paie les soins et les opérations. Les fonds alloués à la caisse sociale n'y suffisent pas, et nous sommes parfois obligés de prélever sur nos crédits de fonctionnement pour payer les chirurgiens. À ce rythme, nous ne tiendrons pas longtemps, d'autant que chaque service ne cesse de réclamer davantage. Satisfaire tout le monde exige des talents d'équilibriste, et j'ai passé l'âge de ces acrobaties.

— Céder l'établissement à un conglomérat ne constitue pas pour autant une solution. Il doit bien y avoir une alternative !

— Peut-être… Moi, en tout cas, je n'ai pas la réponse. C'est bien pour cela que je veux passer la main.

— Dans combien de temps ? s'enquit Peter, résigné.

Henry tourna les pages du calendrier posé sur son bureau.

— Avril. Mai au plus tard. J'ai déjà commencé à chercher un remplaçant.

— Vous nous manquerez, Henry. Sans vous, ce ne sera pas pareil.

— Je compte sur vous pour tenir le cap, Peter. Vous êtes un Wilder. Et les Wilder s'en sortent toujours.

Ces mots résonnèrent en Peter longtemps après qu'il a quitté le bureau de Henry. Son père et, avant lui, son grand-père auraient pu les prononcer. Ils avaient une confiance inébranlable en leurs capacités à surmonter les épreuves. Malheureusement, ils ne la lui avaient pas transmise.

7.

La séance n'en finissait plus. Peter sentait ses paupières s'alourdir. Malheureusement, il n'était pas question de fermer les yeux pour s'abandonner à une petite sieste.

Dans cette salle surchauffée, coincé au milieu de débats interminables, il se sentait pris au piège. Dire qu'il avait tant d'autres choses plus importantes à faire !

En dehors de ses heures de consultation, il avait passé la semaine à regarder par-dessus son épaule pour éviter — avec succès — la personne qui se trouvait assise à sa droite.

La voix de Larry Simpson, l'orateur du moment, possédait de puissantes vertus soporifiques, mais elle n'était pas entièrement responsable de sa somnolence. Peter avait travaillé jusqu'à l'aube. Puis, trop épuisé pour prendre le volant, il avait dormi sur le canapé de son bureau. Sur le moment, ça lui avait semblé une bonne idée, mais son dos s'en ressentait cruellement, tout comme son cou et sa tête…

Quand Larry eut enfin terminé son laïus, Wallace aborda le sujet suivant à l'ordre du jour : le départ de Henry Weisfield. Il se lança dans un panégyrique qui lui permit quelques belles envolées lyriques.

— Henry laissera son empreinte… Un homme entre mille… irremplaçable… Je charge néanmoins chacun d'entre vous de se mettre en quête d'un candidat apte à prendre sa relève.

— On pourrait proposer à Henry une augmentation de ses émoluments, suggéra Gladys Cooper, une endocrinologue qui siégeait au conseil depuis quinze ans.

— Tout ne se règle pas par de l'argent, laissa échapper Peter.

— C'est vrai, dit Bethany. Mais il constitue parfois une entrée en matière efficace pour des négociations.

Peter refusait de se laisser entraîner sur ce terrain.

— Difficile de vous contredire, acquiesça-t-il prudemment.

— Mais je suis sûre que vous y parviendrez, docteur Wilder…

Pour la première fois, elle lui souriait d'un air malicieux, presque amical.

Pourquoi fallait-il que son parfum soit si enivrant ? Oh, il n'était pas capiteux, mais sa subtile fragrance suffisait à pénétrer insidieusement ses sens et à paralyser ses neurones qui fonctionnaient déjà au ralenti à cause du manque de sommeil.

Il ouvrait la bouche pour répondre quand la sonnerie d'un portable jouant une samba résonna. Wallace porta aussitôt la main à la poche intérieure de sa veste.

— Désolé, dit-il, sourire penaud à l'appui. J'ai oublié de l'éteindre.

Avant d'appuyer sur la touche correspondante, il jeta un coup d'œil au numéro affiché sur l'écran.

— Pardonnez cette interruption, chers collègues, mais il faut que je prenne cet appel. Si nous faisions une pause de quelques minutes ?

Sans attendre leur accord, il quitta la pièce.

Les administrateurs se levèrent afin de se dégourdir les jambes.

Bethany, qui était restée assise, regarda son voisin. Cette suspension de la séance lui offrait l'occasion ou jamais de lui parler du rachat de l'hôpital autrement qu'entre deux portes.

Échaudée par ses précédentes tentatives, elle ne l'aborda pas de front.

— Vous n'êtes pas rentré vous coucher, n'est-ce pas ?

— Est-ce que par hasard vous m'espionneriez, mademoiselle Holloway ?

— Non, répondit-elle calmement. J'ai simplement remarqué que votre voiture n'avait pas bougé de place depuis hier.

Elle se garda de lui dire qu'clle avait attendu un quart d'heure la veille au soir sur le parking, dans l'espoir de le voir apparaître. Vaincue par le froid de janvier, elle avait fini par rentrer chez elle avant de se transformer en glaçon.

— À cause de la neige qui est tombée cette nuit, précisa-t-elle.

— Vous êtes très observatrice.

Presque malgré lui, Peter lui rendit son sourire. Inutile de se mentir plus longtemps. Tout experte en rendement qu'elle était, elle lui plaisait et ce constat avait de quoi l'inquiéter.

— Arrêtons de jouer au chat et à la souris, docteur Wilder. Je désire vous parler et vous ne cessez de m'éviter. Tout ce que je vous demande, c'est d'écouter mes arguments…

Attirés par la promesse d'un bel échange, leurs collègues reprirent leurs places.

— Inutile de vous fatiguer. Je sais tout ce qu'il y a à savoir sur les motivations et les méthodes de NHC.

— Avez-vous eu accès aux dernières statistiques des hôpitaux ?

— Je m'occupe de patients, mademoiselle Holloway, éluda-t-il avec un geste impatient de la main. Pas de statistiques.

— Elles sont établies à partir des patients, docteur. Les chiffres ne nous tombent pas du ciel !

Les statistiques n'avaient jamais constitué un argument recevable. Un repreneur habile pouvait leur faire dire n'importe quoi.

— Mademoiselle Holloway, commença-t-il d'un ton exagérément patient, ce n'est pas à vous que je vais apprendre comment on peut manipuler les chiffres à son avantage. C'est un jeu d'enfant pour un conglomérat à l'appétit d'ogre, avide d'étendre sa domination sur le marché. À coups de sondages prétendument indépendants, il va se faire passer pour une entreprise philanthropique œuvrant pour le bien de la médecine. Et le tour sera joué auprès des crédules et de ceux qui ne demandent qu'à être convertis pour des raisons que je n'approfondirai pas.

Les yeux de Bethany étincelèrent.

Elle lui rappelait Lisa, la femme dont il s'était cru naguère amoureux. Rectification : dont il *avait été* amoureux. Il l'avait été au point d'envisager de passer le restant de ses jours avec elle jusqu'à ce qu'elle lui annonce, en dernière année de médecine, qu'elle le quittait pour un nommé Steven. Celui-ci lui offrirait « de meilleures perspectives » puisque, dès l'obtention de son diplôme, il rejoindrait en tant qu'associé un cabinet très lucratif à Manhattan.

Un frisson le parcourut alors qu'il en prenait conscience. Bethany Holloway avait la même silhouette, le même teint de rousse, les mêmes lèvres sensuelles que Lisa.

Et la même ambition chevillée au corps. Ces femmes-là ne faisaient pas de quartier.

— Mes collègues ne tarissent pas d'éloges sur votre compte. On vous dit gentil, attentionné, compréhensif, ouvert… Jusqu'à présent, je n'en suis pas convaincue.

Pendant quelques instants, on aurait pu entendre voler une mouche dans la pièce.

— Je n'ai aucun désir de vous convaincre de quoi que ce soit à mon sujet, mademoiselle Holloway.

Il mentait. L'opinion des autres lui importait, et il n'aimait pas qu'on le prenne pour ce qu'il n'était pas. Cela le contrariait.

Tout comme ce parfum qui émanait d'elle et qui lui paralysait le cerveau. Faisait-il partie de la stratégie de Bethany pour mettre son adversaire en position de faiblesse, le déstabiliser ? Elle en serait bien capable.

Le parfum n'était pas la seule chose qui l'irritait. Même en dehors de sa présence, il s'était surpris à penser à elle plus d'une fois ces jours-ci. Au beau milieu de l'étude d'un dossier, il laissait son esprit vagabonder… vers elle.

Non contente de le harceler dans les couloirs, elle le poursuivait jusque dans ses pensées !

S'il persistait dans sa dérive, il allait droit au désastre.

Il devait tout faire pour protéger l'hôpital, l'empêcher de tomber entre les griffes de NHC, plutôt que de fantasmer sur celle qui militait activement pour l'ennemi !

— Pardon, mes amis, pardon, dit Wallace en revenant dans la salle.

Il éteignit ostensiblement son portable.

— J'espère que vous en avez profité pour vous dégourdir les jambes. On vient de m'avertir que le service de radiologie a besoin d'un nouvel appareil d'imagerie par résonance magnétique. Selon Mme Fitzpatrick, la manipulatrice en chef, l'ancien est en panne plus souvent qu'il ne fonctionne. Des idées sur la manière de financer cet achat ?

À peine avait-il fini sa question que Bethany demanda la parole.

— Si nous acceptons la proposition de reprise, nous pourrons acquérir l'I.R.M. et bien d'autres appareils. NHC paiera.

— En résumé, vous suggérez de nous vendre, pour un I.R.M., dit Peter. Cela me semble cher payé !

Qu'attendaient les autres pour le soutenir ? Ils savaient tous que le but ultime des grandes mutuelles était le profit, le leur, et non la promotion de la médecine !

— Que voulez-vous dire, Peter ? s'enquit Wallace.

Encore un qui jouait au sourd et à l'aveugle. Sans doute pour s'attirer les faveurs de Bethany…

— Vous le savez très bien, Wallace. On connaît tous les histoires qui circulent sur les établissements qui sont tombés entre les mains des conglomérats médicaux.

— Mais elles datent des années quatre-vingt-dix ! rétorqua Bethany. Les choses ont changé, depuis.

— En pire ! Au lieu de rester assis à attendre que NHC vienne renifler sa proie, nous ferions mieux de diligenter une enquête sur les autres établissements tombés dans son escarcelle depuis, disons, les cinq dernières années. Elle sera fort instructive.

Mal à l'aise, Wallace s'éclaircit la gorge.

— Nous ne disposons pas des crédits, Peter.

Ne comprenait-il donc pas la gravité de la situation ?

Si Wallace était tenté d'accepter l'offre de NHC, il valait mieux qu'il sache à quoi il exposait l'hôpital.

— Pourtant, nous ne pouvons faire l'économie de cette démarche ; il va falloir trouver l'argent. Pour en revenir à l'appareil d'IRM, il suffit de demander à Henry Weisfield de solliciter nos mécènes en organisant une soirée de gala ou quelque tombola dont il a le secret. Il ne part pas avant au moins trois mois.

— C'est la solution que vous recommandez ? s'enquit Bethany, incrédule. Une tombola ?

— Jusqu'à présent, de tels événements ont toujours renfloué nos caisses.

— Et quand nous aurons besoin de moderniser les blocs opératoires, vous ferez encore appel à la charité publique ? Il y a des limites à la générosité de nos donateurs. Si vous persistez dans cette voie, on les perdra tous les uns après les autres.

— On avisera le moment venu.

Se moquait-il d'elle ? se demanda Bethany.

— Ce problème ne se poserait pas si NHC nous reprenait. Ils financeraient sans discuter tous nos projets de rénovation et nos besoins en matériel.

— Se peut-il que vous soyez à ce point naïve ? Ne vous rendez-vous pas compte qu'une entreprise disposée à tout vous donner sur un plateau est également prête à tout vous reprendre si vous ne jouez pas le jeu à sa manière ?

Inutile d'essayer de convaincre Bethany. Il se tourna vers Wallace.

— Si on tire mes ficelles, je veux pouvoir mettre un nom sur le responsable pour me confronter à lui. Avec NHC, nous nous heurterons à un mur. En cas de réclamations, on nous opposera que l'intérêt des actionnaires prime…

Son beeper sonna à cet instant. Peter inclina le petit appareil accroché à sa ceinture pour lire le message.

— Désolé, Wallace. Une ambulance nous amène des accidentés de la route. On me réclame aux urgences.

— Bien sûr. Allez-y, Peter.

En quittant la salle, Peter remarqua que le président du conseil semblait soulagé de son départ.

Tout en écoutant le rapport de Simone Garner, la surveillante des urgences, Peter enfila la blouse jetable.

Jolie brune au sourire généreux, Simone énuméra les

blessures et les données vitales des trois patients allongés dans la salle de déchoquage.

— Il ont été victimes d'une collision. Au moment de ralentir à l'approche du feu rouge, le conducteur d'un véhicule utilitaire s'est rendu compte que ses freins ne répondaient plus. Il a percuté l'arrière d'une berline. Le garçonnet de trois ans que voici était assis sur le siège passager.

Le bambin pleurait à fendre l'âme.

— On va te soigner, mon lapin, dit-elle en se penchant sur lui. Il n'y avait pas de siège enfant, poursuivit-elle à l'adresse de Peter.

Son ton désapprobateur indiquait tout le mal qu'elle pensait du père.

— C'est le petit qui a subi le traumatisme le plus lourd. Peut-être souffre-t-il d'une hémorragie interne.

— Faites-lui passer un scanner.

Aidée d'un brancardier, Simone poussa le chariot-lit vers la salle de radiographie.

Peter tourna son attention vers les deux hommes. Celui qui était le plus près de lui empoigna son bras.

— Mon petit garçon…, implora-t-il d'une voix rauque.

Son visage tuméfié couvert de plaies et de coupures ressemblait à celui d'un boxeur massacré par son adversaire. Un œil disparaissait sous une paupière énorme, et celui qui fixait Peter ne valait guère mieux.

— Votre fils est en de bonnes mains. Il va s'en sortir.

Il y mit toute sa conviction. Autrefois, durant son internat, on l'avait mis en garde contre les promesses inconsidérées. Depuis, l'expérience lui avait appris qu'un bon moral était primordial chez le patient.

— Et vous aussi. Pour cela, il faut d'abord que je vous examine.

Il y avait bien hémorragie interne : la rate de l'enfant avait éclaté. Peter dut effectuer une splénectomie en urgence après quoi il retourna auprès du père pour lui expliquer que son fils se remettrait sans conserver de séquelles. Il avait rarement vu un parent montrer un tel degré d'inquiétude et de culpabilité.

— C'est ma faute, ma faute..., ne cessait-il de répéter jusqu'au délire.

À tel point que Peter ordonna une injection de diazépam pour le calmer.

Le conducteur de la fourgonnette souffrait pour sa part d'une lésion à la colonne vertébrale. En gonflant, la blessure comprimait la moelle épinière, ce qui insensibilisait les extrémités de ses membres inférieurs.

Peter appela Ella pour lui demander son avis, et aussi parce que la voix douce de sa sœur calmerait les angoisses du blessé. Du moins l'espérait-il.

Elle arriva en moins d'un quart d'heure et se révéla fort efficace.

— Dans 99 % des cas, cette semi-paralysie n'est que provisoire. Dès que l'hématome de la colonne vertébrale se sera résorbé, vous retrouverez toute votre sensibilité et serez bien sûr capable de marcher. Il faut être patient.

— Mais si je faisais partie du 1 % restant ? Si je restais invalide jusqu'à la fin de mes jours ?

— Il n'y a aucune raison. Dans le pire des cas, nous pratiquerions une intervention chirurgicale, mais nous n'en sommes pas là. Je vous le répète : dans quelques jours, vous sortirez de cet hôpital sur vos jambes.

Peter sourit. Leur père aurait été fier d'Ella.

Si NHC dictait sa loi, c'en serait fini de ce traitement personnalisé du malade. Après un examen pratiqué dans le temps imparti et la pose du diagnostic dans la foulée, le patient recevrait son traitement et serait renvoyé dans ses foyers pour récupérer. Seul avec ses angoisses et ses craintes. Une telle situation pouvait se révéler extrêmement préjudiciable pour des personnes fragiles nerveusement.

Raison de plus pour empêcher le rachat.

Cela avait été le pire mois de janvier de sa vie, songea Peter en se changeant à la lueur blafarde du plafonnier de son bureau.

Bethany avait parlé de neige… Serait-il obligé de sortir la pelle pour accéder à sa porte ce soir ? Au terme d'une journée de douze heures de travail, il n'avait pas envie de ce genre d'exercice.

Il avait beau être natif de Walnut River, il n'était pas un fanatique de la poudreuse.

Après avoir glissé quelques rapports de laboratoire et de radiologie dans sa mallette, ses devoirs d'après dîner, il sortit enfin à l'air libre. Glacial.

Non sans précautions, il descendit l'escalier verglacé en tenant la rampe.

Le concierge l'avait salé ce matin, mais la glace avait depuis longtemps repris ses droits. Il ne manquerait plus qu'un patient ou un visiteur se casse la jambe à l'entrée de l'hôpital ! songeait Peter quand il entendit une femme pousser un cri.

Il se retourna pour voir Bethany Holloway basculer en arrière et glisser en bas des marches.

8.

Peter se précipita pour l'attraper par le bras avant qu'elle ne touche le sol glacé.

Dans une tentative désespérée pour rétablir l'équilibre, Bethany jeta tout son poids vers l'avant, entraînant Peter dans sa chute.

Il atterrit sur le dos, avec Bethany sur lui.

Le souffle coupé, elle le dévisagea, stupéfaite.

Au lieu de se redresser d'un air indigné ou au moins d'essayer, elle se mit à rire. Un rire rauque, sensuel. Mélodieux…

Jamais Peter n'avait senti quelqu'un rire contre lui ; c'était une expérience pour le moins troublante.

Songeant au spectacle ridicule qu'ils devaient donner — heureusement, il n'y avait personne pour en profiter —, il se mit à rire à son tour. Si fort qu'il ne put bientôt plus s'arrêter et que des larmes perlèrent au coin de ses paupières.

Soulevés par le rire, leurs corps se mouvaient en rythme, toujours étroitement enlacés.

Leur accès d'hilarité cessa enfin.

Partagée entre l'amusement et l'inquiétude, Bethany tenta de reprendre son souffle.

— Voilà ce que c'est que de vouloir aider son prochain.

Peter plongea ses yeux dans les profondeurs azur de ceux de Bethany.

Un désir qu'il n'avait pas éprouvé depuis des siècles monta en lui. Son rythme de travail de ces dix dernières années ne lui avait guère permis d'entretenir de vie privée, même si c'était en partie un choix de sa part.

Avec la caresse du souffle de Bethany sur son visage et leurs corps serrés l'un contre l'autre, il prenait soudain une conscience aiguë de ce qui lui avait manqué. De ce qui lui manquait.

Les sensations le submergeaient. Des langues de feu embrasaient ses veines, son être tout entier.

Le regard de Bethany reflétait également l'émoi.

Aussi incroyable que cela paraisse, l'attirance était réciproque !

Peter n'était pas homme à se laisser guider par ses pulsions.

Pourtant, ce soir, il y céda.

Il prit le visage de Bethany entre ses mains gantées et l'approcha du sien.

Le baiser dépassa ses rêves les plus fous. Les lèvres de Bethany exhalaient un parfum de fraise et de printemps, des plaisirs hors saison.

Il les goûta tout son soûl.

En cet instant, il n'était plus le Dr Wilder, brillant spécialiste de médecine interne, gardien de l'héritage de son père, mais seulement Peter, homme de chair et de sang qui se languissait de chaleur et de tendresse.

Naguère, il les avait crues à sa portée. Hélas ! le sort en avait décidé autrement.

Le cœur de Bethany battait à tout rompre. Elle approfondit le baiser.

À la seconde où leurs corps étaient entrés en contact, elle avait senti qu'un mur venait de tomber. En elle.

Elle l'avait érigé autrefois pour se protéger des moqueries de ses parents et de tout ce qui avait fait de son adolescence un enfer. Par la suite, elle l'avait maintenu pour se prémunir de toute nouvelle blessure.

Si personne ne franchissait ce mur, elle ne souffrirait pas. Dans son esprit, c'était aussi simple que cela. Elle serait invulnérable.

Pas en ce moment, en tout cas. Elle tremblait de tous ses membres, et le froid n'y était pour rien.

Elle interrompit le baiser et chercha des paroles de circonstance. En vain, car elle était novice en la matière.

Autant remettre son armure de maîtresse femme.

— Alors, murmura-t-elle en rejetant la tête en arrière, un sourire vainqueur aux lèvres. Au sujet de ce rachat…

Peter rit doucement.

Finalement, il n'était pas dénué d'humour, constata-t-elle. L'aurait-elle mal jugé ?

— Reportons cette discussion à plus tard, si vous le voulez bien. Dans l'immédiat, je ne suis pas en possession de mes moyens… intellectuels.

Consciente du sous-entendu, elle rougit.

Contre toute prudence, elle brûlait d'envie de l'embrasser de nouveau. Peter l'en priva en l'écartant doucement pour s'asseoir.

— Désolé.

— De quoi ?

Regrettait-il déjà de l'avoir embrassée ? Jamais elle n'aurait dû baisser la garde.

— De cette chute.

Le soulagement envahit Bethany.

— Et le baiser ?

— Je ne le regrette pas.

Elle l'observa en silence. Il ne mentait pas.

Une vague de bonheur l'envahit.

« Il n'y a vraiment pas de quoi », se sermonna-t-elle.

— On devrait se relever avant que quelqu'un nous voie.

À contrecœur, elle obéit. À peine s'était-elle redressée qu'elle glissa de nouveau.

Prompt comme l'éclair, Peter saisit sa main pour l'empêcher de tomber.

Décidément, elle se conduisait vraiment comme une idiote, incapable de faire un pas sans l'aide d'un homme.

Son indépendance en souffrait, mais elle n'avait pas le choix à cause de ses maudits escarpins qui ne demandaient qu'à déraper.

— Ça m'apprendra à oublier mes bottes au vestiaire.

— Je vais vous accompagner à votre voiture. J'ai tout mon temps.

Pour une fois, songea-t-il.

Répugnant à être traitée en faible femme, Bethany faillit refuser. La raison l'emporta cependant.

Le parking étant une véritable patinoire, une aide ne serait pas du luxe.

— Merci. Que deviendrais-je sans la gentillesse des inconnus ? ajouta-t-elle, désinvolte.

Il la surprit en reconnaissant la citation.

— *Un Tramway nommé Désir*. Mais vous n'avez rien en commun avec Blanche Dubois. Pour commencer, vous êtes beaucoup trop jeune.

Impressionnée, elle hocha la tête.

— Un médecin qui connaît ses classiques, c'est rare. Vous avez lu la pièce ?

— Walnut River a beau être une petite ville, nous avons une bibliothèque. Avec des livres sur les étagères.

Son ton s'était durci. Il prenait pour de la condescendance ce qui n'en était pas. En fait, elle côtoyait rarement des gens versés dans les arts et la littérature. Évoluant dans un monde d'affaires et de chiffres de par son travail, elle avait supposé que les sujets d'intérêt de Peter tournaient également autour de son métier, la médecine.

Au temps pour elle.

Elle désigna son véhicule.

— C'est la Ford grise, là-bas.

Ils avancèrent prudemment.

Les semelles de Peter étaient en caoutchouc, ce qui lui permettait une meilleure adhérence sur la neige gelée. Il prit néanmoins soin de régler son pas sur celui de Bethany.

— Est-ce vrai ? s'enquit-il soudain, rompant le silence.

— Quoi donc ? Qu'il s'agit de ma voiture ?

Bien qu'ils soient arrivés à la Ford, il ne lâchait pas son bras. Il aimait la manière dont elle s'y accrochait.

— Que vous comptez sur la gentillesse des inconnus.

Bethany avait cité la phrase de Tennessee Williams en

guise de plaisanterie, mais celle-ci en révélait plus qu'elle ne l'aurait voulu.

Fine mouche, Peter avait saisi la balle au bond.

Elle chercha un moyen de s'en sortir.

— Eh bien… quand on se déplace beaucoup, tous les gens que l'on rencontre sont forcément des étrangers au départ.

— Pourquoi avez-vous voyagé autant ? Vos parents étaient-ils militaires ?

La question la fit rire. Son père en uniforme… L'image n'était au fond pas si éloignée de la réalité.

— Non. Mon père et ma mère appartiennent au monde des grands patrons d'industrie.

Sa sœur aînée et elle avaient été élevées par des nurses tandis que leurs parents, avides de réussite, enchaînaient des journées qui n'en finissaient plus.

Une fois la réussite et la fortune acquises, ils avaient travaillé plus dur encore.

— J'ai habité New York jusqu'à mon départ pour l'université. Ensuite, j'ai vu du pays…

— Ce qui me ramène à ma question : pourquoi ? À moins que cela ne me regarde pas.

En effet, mais elle lui répondit quand même.

— Je cherchais un endroit où me sentir à l'aise. Essaieriez-vous de me psychanalyser, docteur Wilder ?

— Ce n'est pas mon rayon. On s'est embrassés dans la neige, Bethany. Tu ne crois pas qu'on pourrait laisser tomber les formalités ?

Évitant son regard, elle haussa les épaules.

— Pourquoi pas ? Non que ça change grand-chose… Au prochain conseil, vous… tu continueras à me crier dessus en m'appelant par mon prénom, voilà tout.

— Je ne t'ai jamais crié dessus. Il est vrai que j'ai parfois haussé le ton.

Un sourire en coin lui répondit.

— Bon, d'accord. Si je t'ai crié dessus, je te prie de m'excuser. Pour la forme, pas pour le fond.

Autant qu'elle sache qu'il ne reniait aucunement ses convictions.

— Excuses acceptées. Et toi, en échange, seras-tu prêt à écouter mes arguments en faveur de NHC ?

La demande était assortie d'un sourire irrésistible.

Au fond, cela ne lui coûterait rien. Bien entendu, elle n'avait aucune chance de le convaincre car certaines choses étaient gravées dans le marbre.

Persister dans son refus l'assimilait à un imbécile borné, et il ne voulait pas qu'elle le considère ainsi. Pas après ce qui venait de se passer entre eux.

— Hum. Disons que je ne l'exclus pas.

— Mais…

— Il n'y a pas de mais. Simplement une condition.

Elle se rembrunit.

— Une condition ? Laquelle ?

Sa réaction amusa Peter.

Habituée aux complots et aux manœuvres politiciennes des salles directoriales, Bethany se méfiait de lui.

Or, personne ne s'était jamais méfié de Peter Wilder. Il n'y avait pas moins calculateur que lui.

— Si tu me permets de t'inviter pour un verre, je te laisserai développer tes arguments à ta guise.

Contre toute attente, elle n'afficha aucun soulagement.

— Vas-tu me fausser compagnie comme la dernière fois où tu m'as offert un café ?

— Non, dit-il avec un franc sourire. Cette fois, je te promets que nous finirons tous les deux notre boisson. Il y a une cafétéria plus bas sur le boulevard. Ils ferment tard. Est-ce que ça t'obligerait à un détour ?

— Pas du tout. C'est sur mon chemin.

Peut-être l'avait-elle catalogué un peu vite comme un être austère et routinier, se dit-elle. Il n'embrassait certainement pas comme un puritain, mais qu'en savait-elle au juste ? Avec son peu d'expérience de la gent masculine, elle n'était pas vraiment bon juge en la matière.

— Va pour la cafétéria, poursuivit-elle d'un ton un peu

trop enjoué. Il vaudrait mieux y aller avec ma voiture. On dirait que la tienne est prise dans les glaces.

— Mais non. Il suffit de dégeler le pare-brise. C'est l'affaire de quelques instants. Ne t'en va pas.

— Pas de danger ! Pour rien au monde, je ne voudrais rater une autre discussion houleuse avec notre chef du personnel.

— Chef temporaire, rectifia-t-il.

— Le poste serait à toi de manière permanente si tu le voulais.

Un avantage, à l'en croire.

Peter préféra mettre les choses au clair pour dissiper d'emblée tout malentendu.

— Je ne le veux pas.

Intriguée, Bethany le regarda. Il ne faisait pas le modeste. C'était vraiment son choix.

Comment pouvait-on refuser une promotion ? Ne pas nourrir d'ambitions personnelles ?

Ne pas avoir envie de se dépasser, d'aller toujours plus haut ?

Son credo à elle était de gravir la montagne et de planter son drapeau au sommet. Puis de passer à une autre montagne. Sa vie avait été jalonnée de défis, tous remportés haut la main. La compétition, elle ne connaissait que cela.

— Pourquoi pas ?

— Parce que l'exercice de la médecine remplit déjà mes journées et me comble. Parce que le temps que je consacrerais à la direction du personnel ou à toute autre responsabilité administrative serait autant de temps en moins pour mes malades. Or, ils sont ma raison de vivre. C'est pour eux que j'ai choisi cette profession. J'aime être médecin, aider mes semblables.

— Si tu occupais une position de pouvoir, tu pourrais les aider bien plus efficacement. Songe qu'en héritant de la présidence du conseil, tu serais en mesure de fixer la politique de l'établissement.

Sans doute avait-elle connu au gré de ses missions des présidents autrement plus influents que Wallace Ford.

— Ça ne m'intéresse pas. Les discours, la diplomatie,

l'art de nouer des alliances, d'établir des stratégies, tout cela m'est étranger. De plus, je hais la paperasserie. J'en ai déjà suffisamment en tant que chef de service.

Elle hocha la tête.

En signe d'acquiescement ou parce qu'elle renonçait à le convaincre ? Impossible de le dire.

Peu importe.

Il s'installa au volant de sa berline bleu foncé, croisa mentalement les doigts et tourna la clé de contact. Le moteur toussa et s'arrêta. À la deuxième tentative, rien. La troisième fut la bonne.

— Tu n'auras qu'à me suivre, lança-t-il à Bethany.

— Inutile. Je connais le chemin. Toi, suis-moi.

Ce qu'il fit, non sans quelques sueurs froides. Cette femme conduisait comme elle embrassait : sans retenue.

Il dut appuyer sur l'accélérateur pour rester dans son sillage.

9.

Peter se gara à côté de la voiture de Bethany qui l'attendait depuis plusieurs minutes.

Contrairement à elle, il avait respecté les limitations de vitesse et n'était pas passé à l'orange.

À cause de l'heure tardive ainsi que du temps, le petit parking était désert.

Ils descendirent en même temps de leurs véhicules.

— Tu te croyais sur le circuit d'Indianapolis ?

Elle eut la grâce d'afficher un air honteux.

— Désolée. Je suis toujours pressée d'arriver à destination.

— J'avais remarqué.

Toujours en hâte, elle s'apprêta à gravir les deux marches conduisant à la cafétéria.

— Un instant.

Intriguée, elle se tourna vers lui. Lui réservait-il un sermon sur les dangers de la conduite sportive ?

— Qu'y a-t-il ?

— Tu as de la neige dans les cheveux.

Du bout des doigts, il chassa les flocons.

— Ça te donnait l'air d'une reine des glaces.

Il la vit se rembrunir.

— Ai-je dit quelque chose qu'il ne fallait pas ?

— Non, rien.

Peter la devança pour lui tenir la porte. L'air chaud de la salle les enveloppa.

Elle prit une profonde inspiration pour se ressaisir. C'était stupide de réagir ainsi. Il y avait des années qu'elle n'avait entendu la moquerie. « Reine des glaces »… Bien entendu, Wilder l'avait dit sans savoir que cette expression lui rappelait de tristes souvenirs. Un choix malheureux de mots, voilà tout.

Hormis un client accoudé au comptoir, la salle était vide.

Peter laissa Bethany choisir leur table.

— Je vois bien que quelque chose te chiffonne, dit-il en s'asseyant en face d'elle. Mais si tu n'as pas envie d'en parler… je n'insisterai pas.

Elle se sentit coupable car elle n'avait pas autant de scrupules lorsqu'il s'agissait de lui exposer les avantages d'une reprise par NHC.

« Ne sois pas ridicule. »

On ne pouvait comparer les deux situations. NHC était un sujet public alors que les traumatismes de son enfance ne regardaient qu'elle.

Ils passèrent leur commande. Quelques minutes plus tard, la serveuse revint avec leurs tasses de café et la pâtisserie que Peter avait convaincu Bethany de partager.

Sans préambule, elle attaqua.

— La situation actuelle ne peut pas durer, Peter. Tu en conviendras.

— Si nous baissons les bras et nous contentons d'empocher nos salaires, il n'y a en effet aucun espoir pour notre hôpital.

— Les progrès de la médecine obligent à renouveler l'équipement et le matériel plus souvent qu'autrefois. Le budget doit pouvoir suivre. NHC serait en mesure de nous assurer cette sécurité financière.

— À quel prix ! Les médecins employés par ces grands consortiums réparent en pièces détachées. Très peu pour moi. Moi, je soigne…

Elle soupira.

— Le patient dans sa totalité, je sais. Et pendant que tu lui consacres tout ton temps, tu es indisponible pour les autres.

Elle raisonnait en termes de rendement, de production. Pas étonnant qu'ils ne soient pas sur la même longueur d'onde.

— Tu préférerais que je ne dépasse pas un quart d'heure

par malade et que je bâcle mes examens cliniques au risque de négliger des symptômes ?

— Ça ne t'arriverait pas, dit-elle en versant du lait dans son café.

— Et pourquoi pas ?

— Parce que tu es un bon médecin, et que tu as de l'expérience.

Il la tenait : elle venait de lui fournir le contre-argument sur un plateau.

— Et comment crois-tu que je l'ai acquise, cette expérience ? En passant du temps auprès de chaque patient.

Ils tournaient en rond, constata Bethany.

— À l'époque de ton grand-père, les médecins pouvaient se permettre une heure de consultation par patient, et autant pour les visites à domicile. Ils s'intéressaient aux problèmes familiaux de leur clientèle, jouaient les confidents…

— Tu t'es renseignée sur ma famille ?

Il ne lui avait jamais dit que son grand-père avait été médecin.

Quand il avait commencé à lui mettre des bâtons dans les roues, Bethany avait effectivement mené sa petite enquête pour apprendre tout ce qu'elle avait besoin de savoir sur Peter Wilder. Afin de connaître les défauts de sa cuirasse. Elle devait admettre qu'elle n'en avait pas trouvé beaucoup.

— J'aime bien savoir à qui j'ai affaire. Dans mon travail, je ne laisse rien au hasard.

— Moi non plus. Et cela prend du temps.

Il se révélait un bon contradicteur, mais elle avait l'avantage de pratiquer cet art à longueur de semaine au cours des conseils et autres réunions, chiffres à l'appui.

Pour l'heure, elle lui ferait grâce de ceux-ci.

— Si la médecine a fait d'énormes avancées, elle le doit aux groupes médicaux qui financent la recherche…

— Et pour leur témoigner notre reconnaissance, tu nous conseilles de nous livrer pieds et poings liés à eux ?

— Cesse de caricaturer mon propos, et réfléchis un instant aux bénéfices que tu pourrais retirer d'un pouvoir directorial qui disposerait de capitaux illimités. Besoin d'engager un assistant supplémentaire ? De remplacer un appareil ? Il te suffirait de le demander.

Mademoiselle l'experte omettait un point important.

— NHC ne lésinerait pas sur les dépenses d'équipement, je te l'accorde. Mais pour l'utilisation de ce matériel dispendieux, le patron serait en revanche nettement moins libéral. Il nous faudrait présenter des justifications, subir des contrôles…

En toute bonne foi, elle ne pouvait prétendre le contraire.

— Parfois.

— Souvent, rectifia-t-il en prenant un morceau de gâteau.

Il en avait assez de ce ping-pong verbal qui tournait au double monologue. Pour l'heure, il n'aspirait qu'à se détendre en partageant une tasse de café et quelques calories indues avec une jeune femme qui, Dieu lui pardonne, mettait ses sens en émoi comme personne ne l'avait jamais fait.

— Bethany, faisons une trêve, tu veux bien ? Profitons de notre café et de ce cake au chocolat en oubliant momentanément nos dissensions.

À ces mots, elle sentit sa nervosité revenir.

Tant qu'elle parlait affaires, elle était dans son élément et ne craignait personne, mais dès qu'elle se retrouvait en terrain découvert, elle éprouvait une peur panique. Peur de se dévoiler et de souffrir de nouveau, comme jadis.

— Et de quoi bavarderons-nous ? De la pluie et du beau temps ?

Peter rit et tourna son regard vers la fenêtre. La neige recommençait à tomber.

— Façon de parler. Encore que nous aurions tort de nous plaindre, nous sommes au sec et au chaud.

— Pas pour longtemps.

— Es-tu toujours aussi pessimiste ?

— Je me borne à constater qu'il va falloir sortir, répliqua-t-elle sur la défensive. C'est du réalisme, rien de plus.

En gagnante habituée à dominer son monde, elle ne supportait pas la contradiction, songea Peter. En apparence, elle incarnait la réussite, mais quelque part en chemin, elle avait manifestement oublié pourquoi elle se battait. La course contre ses rivaux, la compétition, était devenue une fin en soi. S'en rendait-elle seulement compte ?

Tout en buvant son café, il l'observa tranquillement.

— Je parie que tu collectionnais les 20/20 à l'école.

— Je ne vois pas le rapport, mais c'est exact.

Cela expliquait beaucoup de choses. Habituée à être toujours la première, elle avait une ambition sans bornes et cherchait toujours à se dépasser. Sans doute se montrait-elle impitoyable envers elle-même en cas d'échec.

— Tes parents ont dû être fiers de toi.

Le regard azur se voila.

— S'ils l'étaient, ils l'ont bien caché.

Elle vit une lueur de curiosité s'allumer dans les yeux de Peter et regretta aussitôt son imprudence.

Pourquoi avait-elle laissé échapper ce genre de confidence ?

— Ils étaient trop occupés pour s'intéresser à ton travail ?

La pitié qu'elle décelait dans son ton la hérissa.

— Oui, et ils le sont toujours. Leurs hautes responsabilités ne leur laissent pas une minute libre.

Elle leur cherchait des excuses…

— Pourtant, nous n'avons manqué de rien, ma sœur et moi, ajouta-t-elle.

— Sauf de leur présence, si je comprends bien.

Les épaules de Bethany se raidirent, comme si elle s'apprêtait à livrer bataille.

— Nous avons eu les meilleures nurses du monde, nous vivions dans un appartement luxueux, couvertes de cadeaux, de jouets. Nous avions tout ce dont un enfant peut rêver.

— Des parents pour vous border le soir et vous lire des histoires ?

— Non.

Ils n'étaient pas encore rentrés à l'heure où Belinda et elle se couchaient.

— De toute façon, je n'ai jamais aimé les contes à dormir debout.

— Tous les enfants en ont besoin, dit-il avec douceur. Ils stimulent leur imaginaire.

Il lui faisait sentir qu'on l'avait privée de quelque chose d'essentiel, et elle détestait ce sentiment.

— Admettons. Moi, je n'en ai pas eu. Je ne m'en porte pas plus mal pour autant.

— Tu la vois souvent ?

— Qui ?

— Ta sœur.

— Non.

Comprenant qu'il n'était pas près de lâcher prise, elle préféra prendre les devants.

— Belinda habite à Londres depuis trois ans. Elle est directrice du service placements d'une banque internationale.

« Et mes parents ne tarissent pas d'éloges sur leur fille aînée », ajouta-t-elle pour elle-même avec amertume.

Dans l'espoir de recueillir quelques miettes de leur approbation, Bethany s'était efforcée de surpasser sa sœur dont elle avait suivi les pas à quelques années d'intervalle. Dans tous les domaines, elle avait tenté de faire mieux : les études, les exploits sportifs, mais elle n'avait eu droit à aucun compliment.

Cela ne l'atteignait cependant plus. Il y avait longtemps qu'elle s'était réconciliée avec son passé. N'est-ce pas ?

— Ta sœur a également une maîtrise de gestion et de management ?

— Elle l'a obtenue à Yale.

En termes de prestige, Yale possédait un léger avantage sur Princeton. Encore une fois, Bethany était bonne seconde derrière son aînée.

Cette pensée lui venait toujours à l'esprit quand elle parlait de sa sœur à quelqu'un.

Afin d'évacuer sa frustration, elle s'en prit à Peter.

— Dans ta bouche, on dirait que les mots « gestion et management » sont synonymes de peste et choléra !

Elle lui faisait un mauvais procès. D'expérience, Peter savait que les gens mal dans leur peau pouvaient être des monstres de mauvaise foi.

Il ne s'en formalisa pas.

— Seulement s'ils ôtent aux gens toute humanité.

Furieuse, elle secoua la tête.

— Tu laisses ton auréole et tes ailes au vestiaire ou tu les rapportes chaque soir chez toi pour les redorer ?

Elle s'échauffait toute seule.

À cet instant, le portable de l'homme accoudé au bar sonna, marquant la fin du premier round.

Peter sourit.

— Nous sommes renvoyés dans les cordes. On en profite pour conclure la trêve ?

La voix de la sagesse.

« Si le ton a monté, c'est ma faute », reconnut Bethany. De son propre chef, Peter n'aurait de toute façon jamais abordé la question de NHC et la conversation n'aurait pas dévié vers des sujets plus délicats.

— Tu as raison. On ferait mieux d'en rester là pour ce soir. J'ai envie d'aller me coucher.

À peine les mots eurent-ils franchi ses lèvres qu'elle se rendit compte de sa maladresse.

Le sang afflua à ses joues.

— Dans mon lit.

Zut ! Au lieu de dissiper le malentendu, elle aggravait son cas.

— Seule. Pour dormir, précisa-t-elle en désespoir de cause.

Il eut pitié.

— Rassure-toi, Bethany, dit-il en riant. Je ne l'avais pas pris pour une invitation.

Le soulagement le disputa à l'humiliation en Bethany.

Durant toute sa scolarité, en primaire puis au collège, elle avait été en butte aux moqueries de ses camarades de classe.

Essayait-il également de la ridiculiser ? De l'insulter ? Après l'avoir embrassée ? Ou peut-être justement parce qu'il l'avait embrassée ?

— Pourquoi pas ? Tu me trouves laide à ce point ?

Le sourire de Peter disparut.

— Bethany… Est-ce qu'il t'arrive de te regarder dans une glace ? J'en doute, étant donné ta question. S'il y avait une femme qui pourrait séduire le bourreau de travail que je suis, ce serait toi. À condition que tu n'interrompes pas nos tête-à-tête pour te lancer dans un panégyrique de NHC, ajouta-t-il sur un ton plus léger.

Ce n'était pas une vile flatterie, comprit Bethany. Il était sincère.

Soudain, elle ne sut que répondre. Elle ne voulait pas l'encourager, ni le décourager.

Si seulement elle avait eu un peu plus d'expérience avec les hommes ! Pour elle, flirter revenait à s'aventurer en terre inconnue, et elle faisait une piètre exploratrice.

De nouveau, il vint à son secours.

— Il se fait tard. Rentrons.

— Bonne idée.

— Ah, enfin d'accord sur un sujet ! Comme quoi, il ne faut jamais désespérer. Qui sait, peut-être parviendrai-je un jour à te rallier à mon point de vue ?

Bethany avait été si déterminée à le faire changer d'avis qu'elle n'avait pas imaginé un seul instant l'inverse, à savoir que Peter pourrait également tenter de la convertir.

Cela jetait un éclairage nouveau sur leurs rapports. Méfiance. Sous ses dehors d'homme simple et désintéressé, il cachait une intelligence aiguë et une rhétorique percutante.

— N'y compte pas trop.

Compter n'était pas le terme qu'il aurait employé.

— Oh, mais je suis un incorrigible optimiste. Ma devise est…

Un crissement de freins se fit soudain entendre à l'extérieur, suivi d'un fracas métallique qui se répercuta dans toute la cafétéria.

Aussitôt, Peter se leva et se précipita à l'extérieur.

Pétrifiée, Bethany sentit l'air glacial s'engouffrer par la porte.

— Peter, ton manteau !

Elle enfila le sien en toute hâte puis attrapa celui de Peter.

Le froid la saisit dès la sortie et le panache blanc de son haleine monta dans l'air.

L'accident s'était produit à quelques mètres de là. Une voiture venait d'emboutir un poteau. La collision avait été si brutale qu'une aile du véhicule s'était repliée en accordéon.

Heureusement, ce n'était pas le côté conducteur. Le pare-brise avait volé en éclats ainsi qu'une des vitres.

Le jeune homme affaissé contre le volant semblait à peine sorti de l'adolescence. En l'extirpant de l'épave, Peter se rendit compte que son bras saignait.

— Appelle le 911, dit-il à Bethany sans quitter le blessé des yeux.

— Tu as oublié ton manteau.

Elle le lui tendit puis composa sur son portable le numéro des secours d'urgence.

On répondit aussitôt. S'efforçant d'être claire et concise, elle donna les renseignements au régulateur puis mit fin à la communication.

— Que fais-tu ? demanda-t-elle en voyant Peter déchirer une large bande de la doublure de son manteau.

— Je dois endiguer l'hémorragie. Tant pis pour les règles de stérilité.

— Avec la doublure de ton manteau ?

— C'est ça ou ma chemise.

Tout en posant le garrot, il sentait le regard réprobateur de Bethany posé sur lui.

— Qu'y a-t-il ? s'enquit-il, un brin irrité.

— As-tu réfléchi aux conséquences ? S'il y a des complications, ce jeune homme sera en droit de se retourner contre toi et de t'intenter un procès. Si ce n'est pas lui, ce seront ses parents.

Peter secoua la tête. Sur le lieu d'un accident, il avait autre chose à faire que de s'encombrer l'esprit avec des considérations de cet ordre. Il y avait un blessé et il faisait de son mieux pour lui prodiguer les premiers secours avec les moyens du bord.

— Franchement, non. Je laisse ce genre de raisonnement à des gens comme toi.

10.

Annoncés par une cacophonie de sirènes, la police et les ambulanciers arrivèrent une dizaine de minutes plus tard.

Le brigadier, un jeunot frais émoulu de l'académie de police, voulut obtenir un maximum de détails.

— Désolé, nous n'allons pas pouvoir vous être très utiles, dit Peter, car nous n'avons pas assisté à l'accident.

Dépité, le policier rangea son calepin.

L'auxiliaire médical, en revanche, se félicita du concours de Peter qui le renseigna d'emblée sur les constantes et l'état de l'accidenté.

En écoutant les deux hommes, Bethany comprit qu'ils se connaissaient.

— Beau travail, doc ! dit l'ambulancier à l'issue d'un examen sommaire. L'artère était touchée. Si vous n'aviez pas stoppé l'hémorragie, je ne donnais pas cher des chances de survie de ce gamin.

Avec les précautions d'usage, lui et son collègue placèrent le blessé sur un brancard qu'ils hissèrent dans l'ambulance.

— Je prends ma voiture et je vous suis, leur lança Peter.

Il ramassa son manteau taché de sang et l'enfila après en avoir secoué la neige.

— Tu retournes à l'hôpital ? s'enquit Bethany.

— Oui.

— Mais ta garde est terminée ! Le médecin des urgences pourra parfaitement prendre le blessé en charge.

Ces considérations n'entraient pas en ligne de compte,

songea Peter. Dès l'instant où il avait secouru le conducteur, celui-ci devenait son patient.

— J'ai commencé. Alors autant finir.

Bethany n'en revenait pas. Après une journée de douze heures, il était prêt à sacrifier sa soirée pour un inconnu.

Elle le regarda avec un respect nouveau.

Les affirmations de Peter selon lesquelles ses patients représentaient sa raison de vivre n'étaient pas que de belles paroles. Voilà un homme qui appliquait ses principes.

Il l'impressionnait.

— Tu es bien tel qu'on te décrit...

Un haussement d'épaules lui répondit.

— Je ne sais pas comment on me décrit.

D'ailleurs, il s'en souciait comme d'une guigne. Il n'aidait pas son prochain pour correspondre à l'idée que les autres se faisaient de lui, mais parce que c'était son devoir de médecin et d'être humain.

Il se dirigea vers sa voiture. À sa grande surprise, Bethany lui barra la route et commença à déboutonner son pardessus.

— Que fais-tu ?

— Tu t'es boutonné de travers.

Elle referma le manteau correctement.

— Non que ça change grand-chose... Tu as l'air d'un S.D.F.

Reculant d'un pas, elle secoua la tête. Le vêtement était irrécupérable.

— Le sang ne partira pas.

Sans doute avait-elle raison.

— Tant pis. J'achèterai un autre manteau. C'est un faible prix à payer pour sauver une vie.

Son père aurait-il pu prononcer une telle phrase avec conviction ? se demanda Bethany. Non, impossible.

En tête des valeurs qu'ils privilégiaient, ses parents plaçaient l'argent et le profit, suivis de près par le pouvoir et la reconnaissance sociale. Dans leur panthéon personnel, il n'y avait aucune place pour la générosité, la charité ni le dévouement à son prochain.

Elle n'avait jamais connu quelqu'un comme Peter Wilder, et son monde la fascinait.

Il la fascinait.

Cette pensée lui donna le vertige.

Peut-être était-ce l'hypothermie ; elle n'était plus sûre de rien. Surtout depuis qu'il l'avait embrassée.

— Tu vas pouvoir rentrer seule ? Sois prudente, fais attention au verglas…

Non content d'avoir sauvé une vie, il s'inquiétait de la sienne.

Afin de masquer son émotion, elle afficha un air désinvolte.

— Je suis une grande fille. Au fait, tu n'as pas tenu ta promesse ! ajouta-t-elle sans très bien savoir pourquoi. Nous n'avons pas fini notre tasse de café.

— Ce n'est que partie remise, dit-il en reprenant son chemin.

Lui aussi regrettait que leur escapade soit terminée. Bien sûr, ce n'était pas à proprement parler une sortie, ni même une rencontre préliminaire à quelque rendez-vous plus amical, mais cela aurait pu…

— As-tu l'intention d'assister à cette soirée de gala que Henry organise pour financer l'achat d'une I.R.M. ? demanda-t-il sur un coup de tête.

— Sans doute, répondit-elle, prudente. Pourquoi ?

— Seras-tu accompagnée ?

— Non. Euh, c'est-à-dire…

Le moment était venu de sortir un nom de son chapeau, n'importe lequel, afin de s'inventer une vie sociale. Tout plutôt que de lui avouer sa solitude !

— Non, s'entendit-elle pourtant répéter. Je n'ai personne.

— Dans ce cas, cela te dérangerait-il d'y aller en ma compagnie ?

Bethany sentit son cœur bondir.

— Non. Je veux dire oui…

Elle se ressaisit aussitôt.

— Est-ce une invitation à sortir avec toi ?

— On peut le voir comme cela. Alors, tu acceptes ?

Qu'avait-elle à perdre ?

— D'accord. Ce sera notre contribution pour sauver la planète.

Il la regarda sans comprendre.

— Nous prendrons une voiture au lieu de deux, expliqua-t-elle. Chaque geste compte pour lutter contre le réchauffement climatique. Les gaz d'échappement contribuent à l'effet de serre qui…

— Bethany !

— Quoi ?

Il lui sourit.

— Tu n'as pas à justifier ta décision.

— Je ne me justifie pas envers toi…

« Mais envers moi », ajouta-t-elle en son for intérieur.

Figée sur place, elle le regarda monter dans sa voiture et s'éloigner.

Durant le trajet de retour vers le lotissement résidentiel où elle habitait, Bethany essaya de faire le vide dans son esprit. Ce qu'il lui fallait, c'était une bonne soupe chaude et une émission divertissante à la télévision.

Ce n'est pas ce dont tu as réellement besoin.

Peut-être pas, se dit-elle en chassant cette pensée, mais c'était ce qu'elle aurait.

Peter ôta ses chaussures couvertes de neige et les laissa sur le paillasson à l'entrée du vestibule.

Il faisait bon rentrer chez soi ! Après une journée interminable, il avait dû remettre sa blouse aux urgences pour opérer durant deux heures, mais le jeune conducteur, Matthew Sayers, était désormais hors de danger.

Dès qu'ils avaient reçu l'appel de la police, ses parents s'étaient précipités à l'hôpital. Ils s'étaient confondus en remerciements auprès de Peter qui avait sauvé leur fils. Éperdue de reconnaissance, la mère avait même sangloté dans ses bras.

Il se trouvait que les Sayers étaient l'une des familles les plus prospères de la région. Le père faisait partie du comité directorial d'un organe de presse national et la mère était une riche héritière. Ils venaient d'acheter une maison à Walnut River et possédaient également un duplex à Manhattan.

M. Sayers tint à tout prix à rédiger un chèque pour les bonnes œuvres de l'hôpital ou tout autre projet que Peter lui recommanderait.

Cédant à son insistance, Peter lui parla de l'achat de l'appareil d'I.R.M. et obtint ainsi la première contribution à cet effet.

La soirée avait été fructueuse, songea-t-il non sans satisfaction. Il avait sauvé la vie d'un jeune homme et remis à Henry une rondelette donation pour inaugurer sa collecte de fonds.

Sans oublier son baiser à un ange.

Ce souvenir amena un sourire sur ses lèvres. Mmm, ce parfum de fraise…

La lumière du plafonnier baissa brusquement.

Dehors, le vent hurlait. La bourrasque s'était transformée en tempête et la neige tombait dru. Les conditions semblaient réunies pour une panne de courant. Mieux valait garder une lampe torche à portée de main. Au cas où.

En se dirigeant vers la cuisine, il aperçut l'enveloppe posée sur la cheminée du salon. Toujours cachetée.

Il ne l'avait pas ouverte par manque de temps, et surtout de courage.

Qu'avait-il peur d'y trouver ?

Quelque chose qui fasse basculer son père de son piédestal, qui lui apprenne que James Wilder n'avait pas été le saint que tous décrivaient, mais simplement un homme. Un homme avec ses faiblesses.

« Ouvre et tu seras fixé. »

D'abord, la torche. Dans le placard aux trois quarts vide de la cuisine, il récupéra la lampe et les bougies rangées sur l'étagère du bas.

La boîte d'allumettes dûment placée à côté des bougies sur la table, il emporta la torche dans le salon.

Devant la cheminée, il prit une profonde inspiration puis saisit l'objet de toutes ses craintes dont il brisa le sceau en cire. Ses mains étaient glacées.

L'enveloppe contenait plusieurs feuilles couvertes d'une

écriture serrée ainsi qu'une seconde enveloppe plus petite, adressée à Anna.

Estimant plus prudent de s'asseoir, Peter s'installa dans un fauteuil avant de déplier la lettre qui lui était destinée. Il commença lentement sa lecture.

« À mon fils, Peter,

» Dès l'instant où tu as poussé ton premier cri, je t'ai considéré comme mon successeur. À l'hôpital et à la tête de la famille. Je suis très fier de l'homme que tu es devenu. Tu es tellement plus que ce que je pourrai jamais être… »

Peter fronça les sourcils. Cela augurait mal de la suite.

« Je répugne à t'encombrer de ce fardeau, mais tu es le seul à qui je puisse confier mon secret. Je m'en remets à ta sagesse pour prendre ensuite la décision qui te paraîtra juste.

» Il y a aussi une lettre pour Anna. À toi de la lui remettre ou non après avoir pris connaissance de ces lignes. Peut-être te doutes-tu de leur teneur. Ta mère soupçonnait la vérité, mais elle ne m'a jamais posé de questions. Sans doute par crainte des réponses.

» Anna n'est pas ta sœur adoptive. Elle est ta demi-sœur. Sa mère est une infirmière des urgences qui a eu quelques bontés pour moi durant la dépression de ta mère. Tu avais neuf ans, à l'époque. Peut-être ne t'en souviens-tu plus. Alice se retranchait dans son propre monde, et refusait toute aide de ma part. La communication entre nous était devenue impossible.

» J'avais mon travail, et vous, mes garçons. Mais je me sentais perdu. Dans un moment de faiblesse, j'ai accepté le réconfort que m'offrait une autre femme. Anna est le fruit de cette liaison. Sa mère, Monica, n'avait pas les moyens de l'élever seule, de lui donner une bonne éducation et toutes les chances de réussir dans la vie. Elle a décidé de confier le bébé à l'adoption. Nous en avons discuté et j'ai fini par la convaincre d'"abandonner" Anna sur les marches de l'hôpital. Je ferais semblant de la trouver et l'adopterais.

» Peu de temps après, Monica est morte dans un accident d'avion. J'ai longtemps voulu emporter ce secret dans la tombe, mais ce ne serait pas juste pour Anna. Elle a le droit de savoir qu'elle est ma fille — et votre sœur de sang. Toutefois, si tu estimes qu'il vaut mieux ne pas le lui révéler, brûle cette lettre ainsi que celle qui lui est destinée.

» S'il te plaît, conserve-moi ton estime en dépit de ma faute. Je reste ton père qui t'aime et continue à chérir le souvenir de ta mère par-delà la mort.

» Pardonne-moi. »

La lettre dans les mains, Peter resta assis un long moment à la regarder, anéanti.

11.

Tout s'expliquait, à présent. Si son père avait accordé un traitement de faveur à Anna, ce n'était pas pour lui éviter de se sentir exclue, mais parce que *lui* se sentait coupable. Coupable de l'existence même de sa fille illégitime, un sentiment sans doute encore renforcé par le fait qu'il lui taisait sa filiation.

Il avait préféré lui laisser croire qu'elle était une enfant abandonnée…

Tout en condamnant l'attitude de son père, Peter était décidé à protéger sa mémoire. S'il gardait le silence, son frère et ses sœurs conserveraient intacte l'image de l'homme exemplaire dévoué à sa famille et ses malades. En revanche, s'il remettait sa lettre à Anna, le secret devrait être également dévoilé à David et Ella.

Pas forcément, songea-t-il en montant dans sa chambre. Cela dépendrait d'Anna. Si elle choisissait de n'en rien dire, cela resterait leur secret à tous les deux.

Un rire amer lui échappa. Qui aurait cru qu'il ferait un jour alliance avec Anna contre son frère et sa sœur ?

En fait, Anna était également sa sœur.

Sa demi-sœur par le sang.

Maintenant, il savait pourquoi elle avait les yeux de son père.

Le lendemain, au lieu d'aller déjeuner à midi, Peter resta dans son bureau pour mettre ses dossiers à jour.

Absorbé par son travail, il n'entendit pas frapper à la porte.

Quand Bethany entra dans la pièce, il réprima un soupir. À

tout autre moment, il aurait été content de la voir mais, avec sa découverte de la veille, il avait suffisamment de problèmes sans avoir besoin d'y ajouter la menace de NHC dont elle venait probablement lui chanter les louanges.

— Tu tombes mal, Bethany. Je suis en plein travail.

— Je n'en ai que pour quelque secondes. Le temps de te donner ceci.

Elle brandit une bouteille dont le col s'ornait d'un ruban rouge et qu'elle avait tenue jusque-là cachée dans son dos.

Peter était suffisamment versé en œnologie pour reconnaître un grand cru quand il en voyait un. Sans doute ne l'avait-elle pas trouvé au supermarché du coin.

Pourquoi ce cadeau ? Essayait-elle d'acheter son vote ?

— En quel honneur ?

Cette démarche n'était pas facile pour Bethany, mais elle avait toujours mis un point d'honneur à reconnaître ses erreurs.

— Je viens te présenter mes excuses.

— Pour quoi ?

— Pour t'avoir pris pour un hypocrite qui professe de belles idées sans les mettre en pratique.

Il rit.

— Je croyais que tu me considérais comme un saint.

— Ce n'est pas exactement ce que j'ai dit. Les autres te prennent pour tel. Moi, je croyais que tu utilisais ton image pour amener les gens à penser comme toi.

Elle avait des circonstances atténuantes, se dit Peter. Dans son milieu professionnel, ce genre de manipulation devait être courant.

— Et pourquoi as-tu changé d'avis ?

— Parce que je t'ai observé en action. Tu n'as pas eu peur d'aider cet adolescent blessé en dépit des risques que tu prenais dans un environnement non stérile. Quand j'ai évoqué la menace d'un procès, tu l'as balayée d'un revers de main car elle ne pesait pas lourd face à ton désir d'aider ton prochain. Tu m'as rappelé ces preux chevaliers d'antan qui volaient au secours de la veuve et de l'orphelin.

— N'en jette plus. J'accepte tes excuses, poursuivit-il en prenant la bouteille. Mais il ne fallait pas.

— Maintenant que j'ai fait amende honorable, je ne vais pas te déranger davantage.

— Tu ne me déranges pas.

Il n'avait plus envie qu'elle parte.

En lui faisant perdre ses certitudes, les révélations de son père l'avaient plongé dans un état de vulnérabilité extrême. Il avait l'impression d'être revenu à l'époque où Lisa l'avait trahi.

— Reste quelques instants. À moins qu'on ne t'attende ailleurs ?

Au lieu de saisir la perche, elle s'assit.

— Ça ne va pas te retarder dans tes dossiers ?

— Ils ne vont pas s'envoler.

Il referma celui qu'il étudiait sans toutefois l'écarter.

— De toute façon, la bataille contre la paperasserie est perdue d'avance. Et puis, je n'ai jamais entendu quelqu'un dire sur son lit de mort : « Comme je regrette de n'avoir pas mis mes dossiers à jour ! »

— Toi, que regretteras-tu ?

— De n'avoir pas pris le temps de sentir les roses, d'admirer la beauté qui m'entoure…

Il la regardait de manière insistante en prononçant ces mots.

Bethany sentit le rouge lui monter aux joues.

— Ma parole, tu rougis !

— La pièce est surchauffée… Si le compliment m'était adressé, Peter, je crois que tu devrais faire examiner ta vue.

Ce n'était pas de la fausse modestie, comprit-il. Bethany nourrissait un complexe d'infériorité.

— On ne t'a jamais dit que tu es belle ?

Pas une seule fois. Avec la cruauté dont sont capables les enfants, ses camarades de classe s'étaient moqués de sa chevelure flamboyante. Quant à ses parents, ils lui réservaient d'autres quolibets à la maison de sorte qu'elle ne pouvait même pas y panser ses plaies.

Cela lui avait appris à s'endurcir. Une bonne école, au fond.

— Tu es le premier.

Peter ne cacha pas sa surprise.

— Où as-tu grandi ? Au royaume des aveugles ?

— Avec des gens qui avaient 20/20 à chaque œil.

Ses parents, surtout sa mère, se faisaient un malin plaisir de souligner ses défauts, sans jamais mentionner ses qualités. Ils voulaient la pousser à être la meilleure. Si elle arrivait deuxième à un examen, c'était un drame. Belinda avait placé la barre très haut.

— Ne t'en déplaise, je crois que tu aurais besoin de lunettes. On m'appelait « le vilain petit canard ».

— Dans le conte, le vilain petit canard devient un magnifique cygne.

Elle haussa les épaules.

— Dans ce cas, je n'ai pas encore accompli ma métamorphose.

Incroyable ! À première vue, elle semblait pourtant déborder d'assurance. Comme quoi, il ne fallait pas se fier aux apparences.

— Je peux t'assurer que si, Bethany. Tu as même dépassé ce stade. À mon tour de te présenter des excuses.

— Pourquoi ?

— Pour avoir cru que tu ressemblais à quelqu'un que j'ai connu naguère.

L'animosité qu'elle lui avait inspirée au départ s'expliquait sans doute ainsi.

— Tu n'as rien en commun avec cette personne.

— S'agit-il d'une ancienne petite amie ?

Perspicace, en plus.

— Lisa Dandridge. On s'était rencontrés sur les bancs de la faculté. Sous des allures d'ange, elle cachait une âme nettement moins jolie. Physiquement, vous vous ressemblez.

— Tu tenais à elle ?

— Oui, reconnut-il de façon laconique.

C'était peu dire. À une époque, le monde avait tourné autour d'elle.

— À quel point ?

— Au point de vouloir l'épouser.

— Oh… Eh bien, continue. Que s'est-il passé ?

— Elle a trouvé quelqu'un d'autre.

— Elle t'a trompé ?

Lisa avait-elle couché avec Steven Wilson, l'étudiant fils à papa pour lequel elle l'avait quitté ? Il n'avait jamais cherché à le savoir.

Il se tourna vers la fenêtre. Dehors, la neige tombait de plus belle.

— Nous n'avons jamais abordé le sujet.

— Alors, pourquoi avez-vous rompu ?

De douloureux souvenirs affluèrent à la mémoire de Peter.

— L'avenir que lui offrait mon rival était, semble-t-il, plus prometteur. Le garçon en question avait plus de « potentiel » que moi. Son père lui promettait un partenariat en or dans son cabinet de Manhattan. Entre la 5e Avenue et la Grand-Rue de Walnut River, Lisa a fait son choix.

— Quelle horrible femme ! s'exclama Bethany.

Le cri du cœur. Dans son esprit, il ne faisait pas l'ombre d'un doute que Peter était mieux sans cette Lisa.

— Non. Elle était lucide et savait ce qui la rendrait heureuse.

Bethany fronça les sourcils.

— Et tu dis que je lui ressemble ?

— De manière superficielle. En réalité, tu es bien plus belle qu'elle ne le sera jamais.

De nouveau, les joues de Bethany s'enflammèrent. Elle se leva.

— Je ferais mieux de regagner mon bureau.

— Merci pour le vin. Je le garderai pour une occasion spéciale. Peut-être pourrons-nous le boire ensemble ?

— Peut-être, murmura-t-elle prudemment avant de sortir.

Le cœur plus léger, Peter retourna à ses dossiers.

12.

Vêtue de sa nouvelle robe, une création osée qui la faisait ressembler à une James Bond girl, Bethany attendait l'arrivée de son cavalier.

Elle était impatiente d'aller à ce gala de charité. Pour de bonnes raisons, tentait-elle de se persuader. Un mot glissé à l'oreille d'un mécène au moment judicieux pouvait considérablement augmenter le montant d'un chèque. Il était de son devoir d'assister à l'événement.

« Cesse de te mentir ! »

La raison de son impatience tenait en deux mots : Peter Wilder. L'homme qui avait fait basculer son monde en l'embrassant.

Hélas ! il ne manifestait aucune envie de recommencer. Cela avait été un moment de folie, une impulsion due aux circonstances et qui n'aurait pas de suite.

Peter était en quelque sorte marié à ses patients. Il n'avait pas le temps d'entretenir de relation amoureuse.

S'il s'était proposé pour l'accompagner à cette soirée, c'était uniquement en tant que collègue. Il ne fallait rien y voir de plus.

Trois petits coups de sonnette retentirent. Le cœur de Bethany bondit au même rythme.

Une peur panique s'empara soudain d'elle.

Cette robe en lamé gris-vert outrageusement décolletée et fendue jusqu'à mi-cuisse était une erreur. Elle ne lui ressemblait pas. Ses tenues étaient toujours discrètes, dans des tons pastel qui n'attiraient pas l'attention.

À deux doigts de foncer dans sa chambre, elle se ravisa. Elle n'avait plus le temps de se changer ; il lui faudrait assumer sa robe.

Les jambes flageolantes, Bethany se dirigea vers la porte.

Plaquant un sourire sur ses lèvres, elle ouvrit et resta bouche bée.

Peter portait smoking et nœud papillon. Il était beau comme un dieu.

— Bonsoir.

Le visage indéchiffrable, il détailla à loisir la silhouette de Bethany.

Dans l'attente du verdict, elle retint son souffle.

Cette robe transcendait sa beauté, songea-t-il. Ainsi vêtue, elle avait tout d'une femme fatale au corps de sirène et au visage d'ange.

Intimidé, il s'éclaircit la gorge.

— J'aurais dû amener mon défibrillateur portable. Mon cœur vient de s'arrêter.

Se moquait-il ? Était-ce une manière de lui signifier que sa robe ne convenait pas pour l'occasion ?

— Est-ce… trop habillé ?

Le choix du terme le fit rire.

— À mon avis, ça ne l'est pas assez. Oh, rassure-toi, tu es magnifique et je serai fier de t'avoir à mon bras ! s'empressa-t-il d'ajouter en la voyant se rembrunir. Mais il va me falloir prendre des leçons d'escrime.

— Des leçons d'escrime ?

— Pour défendre ton honneur. Si un maraud ose te manquer de respect, il aura affaire à moi en duel.

Ce fut au tour de Bethany de rire, de soulagement. Elle ne décelait aucune méchanceté dans la taquinerie de Peter.

— Je peux encore me changer.

— Et briser le cœur des hommes de sept à soixante-dix-sept ans en les privant de ce spectacle ? C'est hors de question.

— Eh bien ! Pour un médecin marié à son métier, tu sais parler aux femmes, dit-elle en prenant son sac et son manteau. Tu ne cesses de m'étonner.

— Je peux te retourner le compliment. Les petits tailleurs stricts que tu portes à l'hôpital ne rendent guère justice à… tes atouts.

— C'est tout aussi agréable de te voir sans blouse blanche. Tu parais plus jeune, ainsi.

— Sans doute parce que, ce soir, je ne porte pas le poids du monde sur mes épaules.

À leur entrée dans le salon d'apparat, tous les regards se tournèrent vers Bethany.

Le président du conseil d'administration fut le premier à les accueillir. Après un baisemain empressé à Bethany, il la présenta à ceux de ses collègues qui ne la connaissaient pas, sans pour autant cesser de la couver d'un regard fier, comme s'il était l'artisan de tant de beauté.

Peter se sentit irrité de ce manège. Pourtant, il n'avait pas plus de droits sur Bethany que ce brave Wallace. Après tout, il ne faisait que lui servir d'escorte pour un soir.

Pour lutter contre cet instinct possessif, il recula d'un pas dans l'intention de la laisser à ses admirateurs. En le voyant s'écarter, elle reprit aussitôt son bras et le força à rester à son côté.

Dire que, deux semaines plus tôt, elle aurait été soulagée de le voir s'éloigner, songea-t-elle.

— Veux-tu quelque chose à manger ? lui murmura-t-il à l'oreille.

Un délicieux frisson courut dans le dos nu de Bethany.

— Volontiers.

— Quelque chose en particulier ?

Elle se tourna vers lui.

— Surprends-moi.

S'il n'avait tenu qu'à lui, Peter l'aurait fait en cédant à son envie de la soulever dans ses bras pour l'emporter chez lui.

Jusqu'à son lit.

Malheureusement, ce comportement digne d'un homme

de Neandertal ne seyait guère au vertueux Dr Wilder. De plus, Wallace en aurait une attaque.

— Entendu.

Quelques minutes plus tard, Bethany échappa au cercle de galants qui s'était formé autour d'elle pour rejoindre Peter au buffet.

— Si j'avais su que cette tenue me vaudrait des hommages aussi extravagants de la part de ces messieurs, je l'aurais laissée dans ma penderie, dit-elle à Peter. Vous avez de la chance, vous, les hommes, de ne pas subir ce genre de harcèlement.

— Tout de suite les grands mots ! répliqua-t-il, taquin, en lui tendant une assiette de canapés aux champignons. Sache que j'ai moi aussi mes admiratrices. Au moins une.

— Qui ? demanda-t-elle avec une pointe de jalousie.

— Ella. Elle m'a dit que j'étais méconnaissable. Je l'ai pris pour un compliment.

Bethany rit de bon cœur.

— J'envie votre relation. Vous vous entendez si bien !

— Ce n'est pas le cas avec ta sœur ?

Elle secoua tristement la tête.

— Enfants, nous étions sans cesse en compétition. Après le lycée, nos chemins se sont séparés. Voilà un an qu'on ne s'est pas parlé.

Il se souvint de ses confidences.

— Ils n'ont pas le téléphone, en Angleterre ?

— Bien sûr que si, mais Belinda ne m'appelle jamais.

— Je te signale que le téléphone est une invention qui fonctionne dans les deux sens. Parfois, il suffit d'un petit pas pour renouer les liens.

Dans leur cas, il faudrait plus qu'un petit pas…

— En plus d'être médecin, administrateur et secouriste à tes heures perdues, tu te proposes de rapprocher les frères et sœurs qui se sont perdus de vue ?

— Ça fait partie du travail.

Sa sincérité ne faisait pas de doute. Peter Wilder était décidément un homme hors du commun, et l'attirance qu'elle éprouvait pour lui allait en grandissant au fil des jours.

Serait-elle en train de tomber amoureuse ?

Quand l'orchestre commença à jouer après le dîner, Peter s'approcha de Bethany.

— Me ferez-vous l'honneur de m'accorder cette danse, mademoiselle ?

Bethany en profita pour s'excuser auprès du neurologue qui la monopolisait depuis dix minutes.

— Tu sais danser ? dit-elle, incrédule.

Il esquissa un sourire taquin.

— Accepte, et tu verras bien.

Bethany savait Peter intelligent, compétent, généreux, charitable, mais elle ne l'imaginait pas évoluant avec grâce sur une piste de danse… Cela semblait incompatible avec son image.

— Au temps pour mes idées reçues, admit-elle en se levant. Je ne t'aurais pas cru le genre d'homme à apprécier la danse.

— Quel genre suis-je ?

Il la conduisit sur la piste.

— Un rétrograde englué dans ses petites habitudes, c'est ça ?

La voyant rougir, il rit doucement.

— Je ne fais que citer tes paroles.

— J'avais tort. Sur bien des choses.

Il posa sa main au creux de son dos et sentit la peau nue. Il avait oublié le décolletant plongeant.

Telle une coulée de lave, le désir enflamma ses veines.

— Par exemple ?

Enlacés, ils se mouvaient au rythme de la musique, en parfaite harmonie. Contre toute prudence, Bethany espérait un nouveau baiser.

— Permets-moi de ne pas répondre.

— C'est donc si inavouable ?

Le parfum des cheveux de Bethany emplissait ses narines. La chaleur de son corps s'infiltrait sous sa chemise. Il essayait de ne pas y réagir, cependant ses sens le trahissaient.

Quand l'orchestre fit une pause, Peter et Bethany continuèrent à danser sur une mélodie de leur composition.

Le rire de Bethany résonna dans la nuit glaciale. Les maisons du lotissement étaient plongées dans l'obscurité ; ses voisins dormaient depuis longtemps.

Pas question pour elle de dormir. Elle n'avait pas sommeil et se sentait prête à aller jusqu'au bout de la nuit.

— On va pouvoir acheter deux appareils d'I.R.M. avec les fonds récoltés ce soir !

Peter venait de la ramener chez elle et elle cherchait ses clés dans sa pochette de soirée.

Étant donné la taille minuscule du réticule, elle aurait dû les trouver aisément. Or, plusieurs verres de vin et quelques coupes de champagne semblaient rendre la manœuvre particulièrement complexe.

— Je ne savais pas qu'il y avait tant de gens riches à Walnut River. Walnut River…

Un énième rire lui échappa.

— N'est-ce pas un joli nom ? Il correspond si bien à la ville, si tranquille, si bucolique… Elle ferait un décor parfait pour *La Petite Maison dans la prairie*, tu ne trouves pas ?

Elle le regarda pour voir s'il était d'accord puis reprit ses recherches dans son sac.

— Henry connaît beaucoup de monde…

Amusé, il la regardait fourrager dans sa pochette.

La demoiselle était pompette. Du coup, elle en perdait sa réserve et ses manières distantes et se révélait adorable.

— À défaut de s'investir personnellement dans de nobles causes, ces gens donnent de l'argent pour avoir bonne conscience. Nous serions malvenus de nous en plaindre. Ton propre chèque comportait trois zéros, si je ne m'abuse…

Elle l'avait rédigé après son troisième verre de vin, ce qui montrait qu'elle était novice à cet exercice. Pour des raisons évidentes, la plupart des donateurs préféraient apporter leur contribution *avant* de s'adonner aux libations.

— Je ne voudrais pas être indiscret, mais…

— Rassure-toi, ce n'est pas un chèque en bois. Eh oui, je suis riche, moi aussi…

Ces millions hérités de sa grand-mère représentaient plus un fardeau qu'autre chose.

— Tu ne le savais pas ? Belinda et moi sommes les héritières de Martha Royce. Mais chut ! C'est un secret.

Elle plaça un doigt sur ses lèvres.

La combinaison vin-champagne était redoutable, songea Peter. Bethany divaguait-elle sous l'effet de l'alcool ?

— Qu'est-ce qui est un secret ?

— Il ne faut pas l'ébruiter, dit Bethany sans répondre à la question. Les gens ne vous prennent pas au sérieux quand ils savent que vous êtes millionnaire. Ils se disent que puisque vous n'avez pas besoin de gagner votre vie, vous faites forcément votre travail en dilettante, ou pour vous encanailler au contact des classes laborieuses. Ah, enfin !

Elle brandit victorieusement ses clés.

Ce n'était pas tout de les trouver, encore fallait-il les insérer dans la serrure. À deux reprises, Bethany visa à côté. À la troisième tentative, le trousseau tomba par terre.

Elle le regarda comme si, mû par une volonté propre, il lui avait échappé des mains.

— Oups !

Peter se baissa pour le ramasser. Il ouvrit la porte puis déposa les clés sur la console et suivit Bethany dans le vestibule.

Vacillant sur ses jambes, elle se tourna vers lui. Il l'attrapa par les épaules pour lui éviter de perdre l'équilibre.

— Tu as trop bu.

— Je sais. Je l'ai fait exprès.

— Pourquoi ?

— Parce que, sinon, j'aurais été incapable de faire ceci.

Et elle se jeta à son cou pour l'embrasser avec fougue.

Pris au dépourvu, Peter la serra instinctivement dans ses bras pour lui rendre son baiser.

Le désir alluma de nouveau sa mèche dans ses veines, mais impossible d'y donner suite.

Au prix d'un effort surhumain, il la repoussa.

— Qu'y a-t-il ? demanda-t-elle.

La surprise et la déception se mêlaient dans sa voix.

— Bethany, tu es pompette.

— Je plaide coupable, votre honneur !

Comme elle essayait de se coller à lui, il s'écarta.

— Je ne veux pas profiter de la situation.

— Ce n'est pas toi qui en profites, c'est moi, dit-elle en nouant ses doigts derrière sa nuque. Alors, laisse-toi faire !

Son agressivité était montée d'un cran.

Il serait facile de céder et de se laisser emporter dans un voluptueux tourbillon, songea Peter. Cela faisait bien longtemps qu'il n'avait partagé l'intimité d'une femme, et jamais aucune n'avait provoqué en lui un tel émoi.

Quoi qu'il en soit, on ne transigeait pas avec certains principes. Puisqu'elle n'était plus en état de raisonner, il devait la protéger d'elle-même.

— Bethany, ça ne te ressemble pas de te laisser aller ainsi.

— C'est dommage. Je devrais me laisser aller plus souvent. La Bethany sobre est pétrie d'inhibitions..., poursuivit-elle comme si elle parlait d'une étrangère. Elle a peur de s'ouvrir aux autres. Et de souffrir. De ne jamais être à la hauteur de leurs attentes.

Des larmes brillaient dans ses yeux. Emu, Peter lui caressa la joue.

— C'est absurde. Tu n'as aucune raison de penser cela.

— Dans ce cas, pourquoi ne m'embrasses-tu pas ? N'en as-tu pas envie ?

Il en mourait bien sûr d'envie.

— Si.

— Alors, qu'est-ce qui t'en empêche ?

Le souffle de Bethany caressait sa peau. Il était à deux doigts de succomber.

— Si je t'embrasse, Bethany, je ne m'arrêterai pas là.

Tendrement, il écarta une boucle de son front.

— Et je ne veux pas que tu te réveilles demain matin en regrettant ce que nous aurons fait.

— Ça n'arrivera pas.

Il était terriblement tenté de la croire.

— Comment peux-tu en être sûre ?

— J'ai toute ma tête. Contrairement à ce que tu crois, je ne suis pas ivre, juste un peu éméchée.

Elle secoua la tête d'un air exaspéré.

— Ah, tu es bien comme moi, à mesurer, calculer, soupeser les conséquences… et finalement à ne rien faire !

Elle leva un regard suppliant vers lui.

— Mais j'en ai assez d'avoir peur. Désormais, j'aspire à tendre la main vers les étoiles, à décrocher la lune… Je veux que nous fassions l'amour.

— Bethany…

Soudain, elle éclata de rire.

— À moins que tu ne sois quelque créature extraterrestre qui craint de révéler son identité.

Où allait-elle chercher tout cela ? Sérieuse, presque désespérée lorsqu'elle évoquait son mal de vivre, elle passait sans transition à des plaisanteries de gamine.

— Bethany, tu n'es pas dans ton état normal. Tu devrais aller te coucher.

Elle ne tenait pas sur ses jambes, constata Peter. Il faudrait la porter.

Au lieu de se diriger vers l'escalier, elle s'accrocha aux revers de son smoking pour l'attirer contre elle.

— Seulement si tu viens avec moi.

Avant qu'il n'ait le temps de protester, elle s'empara de sa bouche pour mordiller sa lèvre. Quand elle l'entendit gémir, elle sut qu'elle avait gagné.

Peter rendait les armes et s'en voulait de sa faiblesse. Dieu sait qu'il n'était pas homme à collectionner les conquêtes ni à considérer le sexe comme une gymnastique obligatoire. Cela faisait des années qu'il n'avait pas partagé le lit d'une femme et, en dehors de quelques moments où il ressentait la solitude, il s'accommodait fort bien de son choix de vie.

Mais là, c'était différent. Bethany était différente. Tout en elle lui plaisait. De plus, la lutte était inégale. Elle avait des arguments contre lesquels ses scrupules ne faisaient pas le poids.

Quand ses lèvres se posèrent sur les siennes, il cessa de résister.

Ils firent passionnément l'amour sur le canapé du salon puis s'endormirent dans les bras l'un de l'autre.

13.

Les premiers rayons du soleil les réveillèrent.

Bethany sentit Peter s'écarter d'elle.

La pièce était plongée dans un silence de mort, ce qui ne pouvait signifier qu'une seule chose à ses yeux.

La tristesse l'envahit. Afin d'en avoir le cœur net, elle posa tout de même la question.

— Tu es déçu ?

Elle rassembla son courage pour affronter la réponse.

Emergeant des brumes du sommeil, Peter mit quelques secondes à reprendre ses esprits.

— Par moi-même, oui. Pas par toi.

Il se tourna vers elle et vit dans ses yeux qu'elle ne le croyait pas.

La gorge serrée, Bethany regrettait à présent amèrement son audace de la nuit.

Elle avait pensé que ses sentiments compenseraient son manque d'expérience... Quelle naïveté ! Comment avait-elle pu croire un seul instant qu'il retirerait autant de plaisir qu'elle de leurs ébats ?

Pourquoi diable avait-elle insisté ? S'il existait une chance d'une relation sérieuse entre eux, elle l'avait détruite.

— Tu as dû me trouver bien inexpérimentée...

Il rit doucement.

Seigneur ! Se moquait-il d'elle ? Elle ne le supporterait pas.

— Mais pas maladroite, loin de là, répondit-il. Crois-moi, tu fais partie des personnes douées de nature. Très douées.

— N'essaie pas de me ménager.

Il se souleva sur le coude pour la regarder.

— Telle n'est pas mon intention. Je te dis la vérité, c'est tout.

— Alors, tu… tu as passé un agréable moment ?

Comment une femme qui affichait une détermination et une assurance insolentes en public pouvait-elle à ce point douter d'elle-même ?

— Oui, mis à part le fait que j'ai violé mes principes. Et c'était beaucoup plus qu'un agréable moment.

— De quels principes parles-tu ?

— J'ai fait l'amour avec toi alors que tu te trouvais en état de faiblesse. Tu étais, comment dire…

Il chercha un mot qui ne la blesse pas trop.

— Pompette ? proposa-t-elle.

— C'est cela. La première fois entre un homme et une femme devrait être spéciale.

— Qu'est-ce qui te fait croire que ça ne l'était pas ?

Un sourire éclaira le visage de Peter.

— Je crois qu'il y a quelque chose de fort entre nous, Bethany. Si nous n'avions pas sauté le pas hier soir, nous l'aurions fait dans un avenir très proche. À la seule différence que tu aurais été pleinement lucide en y consentant.

— Mais je l'étais ! Comme je le suis à présent…

L'invitation était claire.

Peter s'empara de sa bouche et ils reprirent leur danse sensuelle, sur un rythme plus lent.

Cette fois, Peter était certain que Bethany voulait la même chose que lui.

Et la culpabilité resta à la porte.

Au fil du temps, la colère de Peter contre son père s'évanouit.

Qui était-il pour jeter la pierre à James ?

Malgré son faux pas, celui-ci n'en demeurait pas moins un père et un médecin remarquable doublé d'un administrateur fort compétent. Sans oublier ses fonctions de chef du personnel.

James avait dû posséder des dons d'ubiquité pour mener à bien toutes ses tâches.

Avec le travail supplémentaire que lui donnaient ses responsabilités — au demeurant provisoires — de directeur des ressources humaines, Peter trouvait déjà que ses journées n'y suffisaient pas.

C'était en effet un travail à plein-temps que de veiller à la bonne marche des services et de satisfaire, dans la mesure du possible, les demandes du personnel.

Il comprenait pourquoi son père, écrasé par sa charge de travail et désemparé par la maladie de sa femme, s'était tourné vers une oreille compatissante. Et comment, dans un moment de faiblesse, il avait permis à cette compassion de se muer en un sentiment plus tendre.

Après une heure passée aux urgences où il avait remplacé le médecin chef, Peter se dirigea vers le bureau de Bethany. Il brûlait d'impatience de la revoir.

Son cœur battait à tout rompre et son sang chantait dans ses veines, une sensation qui lui était nouvelle et qu'il voulait goûter à loisir et prolonger.

Son père avait-il éprouvé la même intense excitation avant ses rendez-vous avec la mère d'Anna ?

À présent qu'il était à la place de son père, Peter comprenait son comportement et le lui pardonnait.

Ces derniers jours, il avait commencé à mettre de l'ordre dans les papiers de James — une tâche de titan.

La lecture de ces documents révélait beaucoup sur l'homme et son inépuisable générosité.

Non content de soigner gratuitement les démunis, James avait aidé tout au long de sa vie plusieurs œuvres caritatives, ce qui expliquait que, malgré un salaire confortable, il ne léguait que de modestes économies à ses enfants.

En ce qui concernait l'enveloppe destinée à Anna, Peter n'avait pas encore pris de décision.

Plus il attendrait, plus ce serait difficile…

N'y pense pas pour le moment.

Plongé dans ses pensées, il ne vit pas Henry Weisfield qui l'appela deux fois avant qu'il l'entende.

— Désolé, Henry, dit-il en lui emboîtant le pas vers l'ascenseur. J'étais dans la lune.

La tête penchée sur le côté, son vieil ami l'observa.

— Est-ce mon imagination, ou y a-t-il une touche de printemps dans l'air ? Je ne vous ai jamais vu un pas aussi guilleret.

Peter évita le regard inquisiteur de l'administrateur en chef.

— C'est votre imagination, Henry.

Un rire lui répondit.

— Peter, vous êtes un médecin et un chirurgien hors pair, et vos qualités humaines ne sont plus à prouver. Si je souffrais d'une appendicite ou si je devais choisir une personne pour m'accompagner sur une île déserte, ce serait vous. Toutefois, il y a un domaine où vous êtes d'une totale incompétence…

Henry aimait ménager le suspense dans ses discours. D'habitude, Peter lui prêtait une oreille complaisante, mais, aujourd'hui, il était pressé.

— Lequel ?

— La comédie. Vous ne savez pas mentir, mon garçon ! Avec les épreuves que vous traversez en ce moment et la charge de travail supplémentaire qui vous incombe, je m'attendais à vous voir les épaules courbées sous le poids des responsabilités, l'air harassé. Or, vous semblez rajeuni de dix ans ! Avouez qu'il y a de quoi se poser des questions.

Peter ne put s'empêcher de sourire. Il se sentait trop heureux pour prétendre le contraire.

— Depuis le temps que je l'observe, le langage du corps n'a plus de secrets pour moi, poursuivit Henry qui se posait en vieux sage. La gestuelle, les expressions faciales, tout est révélateur… Je suis sûr que quelque chose a changé dans votre vie.

On ne pouvait rien cacher à Henry qui avait parfaitement analysé la situation.

Avec tous les problèmes qui l'accablaient en ce moment et dont Henry ne soupçonnait pas le dixième, Peter aurait effectivement dû se sentir au trente-sixième dessous.

Rien que le projet de rachat de l'hôpital par NHC aurait,

il y a peu de temps encore, suffi à lui ôter le sommeil, mais il avait bon espoir de renverser la tendance depuis l'accident devant la cafétéria. Ce soir-là, il avait marqué un point auprès de Bethany en lui montrant les avantages d'un traitement personnalisé du malade.

Elle avait ouvert les yeux. Du moins l'espérait-il.

Que ce soit le secret de son père, le problème de la lettre pour Anna — qu'il avait finalement décidé de lui remettre — ou la menace de NHC, tout passait de toute façon au second plan. Le bonheur d'être avec Bethany et de partager son lit depuis quelques jours éclipsait le reste.

— À ma connaissance, il n'y a qu'une seule chose qui puisse transformer un homme à ce point…

Le directeur rajusta ses lunettes à double foyer sur son nez pour le scruter attentivement.

— Est-ce que vous fréquentez, mon garçon ?

L'expression désuète fit sourire Peter.

Ces dernières années, il avait mené une vie d'abstinence sexuelle qui ne lui avait guère pesé puisqu'elle correspondait à un choix. Puis tout avait basculé en une nuit.

Les sentiments que Bethany lui inspirait étaient aussi vieux que le monde. Pourtant, il avait l'impression de naître à la vie, comme un adolescent boutonneux qui découvre l'amour.

L'amour ?

Le mot était prononcé, ou du moins se décidait-il enfin à l'envisager.

Et il en était tout ému.

L'amour… Était-ce ce qu'il éprouvait pour la femme qui avait illuminé ses ténèbres ? Naguère, il s'était pourtant juré de ne plus engager son cœur.

Or, cela valait la peine de le risquer de nouveau. L'amour remplissait d'optimisme, vous rendait capable de déplacer des montagnes et vous donnait des ailes.

Ce qui n'empêchait pas Peter de garder fermement les pieds sur terre malgré tout. Pas question de se confier à Henry.

Il se contenta donc de lui adresser un clin d'œil.

— Un homme du monde ne se vante pas de sa bonne fortune, Henry.

— Le contraire m'aurait étonné de votre part, Peter. En tout cas, sachez que je suis content pour vous. Nous commencions tous à désespérer de vous voir trouver un jour chaussure à votre pied. Mais dites-moi, sans m'indiquer le nom de l'heureuse élue… C'est forcément quelqu'un d'ici ?

Le vieux renard avait plus d'un tour dans son sac, mais Peter ne tomberait pas dans le piège.

— Ne vous fatiguez pas, Henry. Nous avons passé l'âge de raconter nos exploits. C'est bon pour des adolescents dans les vestiaires des gymnases.

— Vous avez raison, admit Henry, dépité.

Ils s'écartèrent pour laisser passer des infirmières.

— Parfois, j'aimerais bien avoir encore quelque chose à raconter, pourtant. Depuis que ma Mildred est partie, paix à son âme, je vis comme un moine.

Un soupir lui échappa.

Le souvenir de sa chère défunte ne l'empêcha néanmoins pas de revenir à la charge.

— Vous ne voulez pas me dire de qui il s'agit ? Est-ce Simone, des urgences ? Non, ça ne peut être elle… Elle a un faible pour cet auxiliaire médical. Comment s'appelle-t-il, déjà ? Celui qui a une tignasse de rock star.

Incroyable ! Malgré toutes ses responsabilités, Henry prenait le temps de s'intéresser à la vie amoureuse de son personnel.

— Mike O'Rourke ?

— O'Rourke, c'est cela ! Il fait les yeux doux à Simone, mais j'ignore s'ils sortent ensemble.

Peter éclata de rire.

— Je ne vous connaissais pas ce côté « midinette », Henry !

Son interlocuteur haussa les épaules.

— J'observe, voilà tout. C'est ma manière de m'investir dans la vie de l'hôpital.

— Vous observez… et vous relayez à l'occasion la rumeur. Alors, ne comptez pas sur moi pour vous confier mes secrets.

— Ah, c'est donc qu'il y a un secret.

Peter regarda ostensiblement sa montre puis mit le cap vers l'ascenseur.

— Je finirai bien par le découvrir, dit Henry derrière lui.

— Il n'y a rien à découvrir.

Il entra dans l'ascenseur.

Resté sur le palier, Henry lança une ultime banderille alors que les portes se refermaient.

— Vous faites un piètre menteur, Peter !

14.

Arrivé à l'étage directorial, Peter se dirigea vers le bureau de Bethany.

S'il avait eu le malheur de mentionner leur liaison à Henry, celui-ci se serait empressé de colporter la nouvelle aux quatre coins de l'hôpital. Avant la fin de la journée, tout le monde aurait été au courant.

Lui et Bethany n'avaient vraiment pas besoin de ce genre de publicité.

À ce stade de leur relation où tout était encore à construire, il avait l'impression qu'un rien pourrait détruire cette chose miraculeuse qui existait entre eux. Si on la soumettait à une exposition trop violente ou s'il s'efforçait à tout prix de la définir, elle se désintégrerait.

Il lui fallait du temps pour prendre racine.

Peut-être était-ce de l'amour, peut-être pas. En tout cas, il ne s'était plus senti aussi heureux depuis des années.

Son travail était sa vie, soit. Il occupait chaque minute de sa journée, mais il ne comblait pas le vide de son cœur.

Il était presque midi. Bethany allait être étonnée de le voir. D'habitude, c'était elle qui descendait en médecine interne pour lui proposer de déjeuner en sa compagnie.

Ils se voyaient plusieurs fois par jour, quelques minutes généralement, un peu plus longtemps quand ils en avaient le temps.

Et presque toutes les nuits.

Grâce à Bethany, ses problèmes devenaient plus faciles à supporter.

Comme tout un chacun, Peter était capable de gérer les difficultés courantes. Or, récemment, le sort semblait s'acharner contre lui et cette relation avec Bethany arrivait à point nommé. Il en avait besoin.

Sa porte était ouverte. Rien d'anormal à cela. La chaudière s'étant détraquée, tous laissaient leurs bureaux grands ouverts pour répartir la chaleur.

Il connaissait un moyen plus agréable d'y parvenir…

Sur le point de frapper au battant, il entendit la voix de Bethany.

Son fauteuil club tourné vers la fenêtre, elle parlait au téléphone et ne pouvait le voir.

— Non, non, ne t'inquiète pas, disait-elle à son interlocuteur. Il me mange dans la main. J'en fais ce que je veux.

Interdit, Peter s'immobilisa.

Il détestait surprendre une conversation qui ne lui était pas destinée, mais elle parlait manifestement de lui.

Qui d'autre pourrait-elle évoquer en ces termes ?

Son ton était moqueur.

— D'accord, dit-elle. Quand le moment sera venu, il se rangera à mon avis. Fais-moi confiance, j'ai des arguments de poids. Il ne pourra me résister.

Le cœur de Peter se glaça.

Ainsi, voilà à quoi elle jouait !

Voilà pourquoi cette femme magnifique s'était jetée dans ses bras. Elle le manipulait comme un pantin, du moins le croyait-elle.

Quand le moment serait venu — autrement dit le jour du vote pour adopter ou rejeter la proposition de NHC à la majorité plus une voix —, elle se faisait fort de le rallier au camp des « oui ».

Pas un instant elle ne doutait de sa réaction : sous son emprise, fasciné, il renierait forcément ses convictions pour lui faire plaisir…

Comme il regrettait de n'avoir pas écouté la voix de la prudence ! N'avait-il donc rien appris de la trahison de Lisa ?

Il aurait dû se rendre compte qu'une femme de la classe

de Bethany ne pouvait s'intéresser à lui pour ses beaux yeux. Qu'elle avait forcément une arrière-pensée.

Naïf ! Stupide qu'il était ! Aller jusqu'à croire que ses sentiments étaient payés de retour…

Aucune femme ne le regardait jamais amoureusement. Grâce à ses talents de comédienne, Bethany lui en avait donné l'illusion.

Ce qu'il avait pris pour une alchimie unique entre eux n'opérait que dans un sens. Sans doute avait-elle simulé l'extase dans ses bras.

Puisqu'il était rétif à ses arguments sur le plan intellectuel, elle avait utilisé d'autres moyens pour parvenir à ses fins et s'était servie de son corps.

La colère grondait en Peter. Il avait bien envie de faire irruption dans la pièce et d'exiger des explications, mais il détestait élever la voix et ne le ferait certainement pas dans un endroit public où n'importe qui risquait de les surprendre.

Non, il attendrait d'être hors de l'hôpital pour lui exposer ses griefs.

Il tourna donc les talons et s'éloigna.

Parvenu au bout du couloir, il s'apprêtait à pousser la porte de l'escalier quand il entendit crier son nom.

— Peter !

Bethany était sortie de son bureau. Sans doute pour le rejoindre à midi, comme elle en avait coutume.

Les dents serrées, il s'arrêta sans se retourner.

« Du calme », s'exhorta-t-il.

À quoi bon se perdre en reproches et en imprécations ? Il ne ferait que se ridiculiser davantage.

— Oui ? demanda-t-il en enfonçant les ongles dans ses paumes.

— J'allais descendre te retrouver, dit-elle d'une voix enjouée. On va déjeuner ?

Cette même voix qui s'était vantée, quelques instants plus tôt, de se jouer de lui…

Elle s'approcha. Bien entendu, elle ne doutait pas une seconde de sa réponse.

Peter savait que ce serait au-dessus de ses forces de rester assis en face d'elle à la cafétéria et de faire comme si de rien n'était. Comme si elle n'avait pas réduit son cœur en miettes.

Intelligente comme elle l'était, elle remarquerait vite que le pauvre idiot éperdu d'amour ne se comportait pas comme d'habitude.

Il avait toujours été piètre comédien. Contrairement à elle.

— J'ai bien peur de ne pouvoir t'accompagner, répondit-il d'une voix dénuée d'expression. J'ai du travail.

Sur ce, il poussa les portes battantes et dévala l'escalier.

Quelle mouche le piquait ? se demanda Bethany.

S'il n'avait pas le temps de déjeuner avec elle, pourquoi était-il monté la voir ? D'autant que ce comportement abrupt ne ressemblait lui guère.

Même débordé, il ne se départait jamais de sa courtoisie et, jusqu'à présent, ses montagnes de dossiers ne l'avaient pas empêché de lui accorder du temps.

Jamais encore il ne l'avait éconduite aussi sèchement, pas même le jour où il lui avait faussé compagnie à la cafétéria.

Il n'y avait qu'une seule explication : le surmenage auquel il fallait ajouter ses inquiétudes concernant le rachat de l'hôpital.

Assumer des journées de douze heures et une triple casquette de médecin-chirurgien, administrateur et chef du personnel avait de quoi épuiser un homme. La mauvaise humeur de Peter s'expliquait sans doute ainsi.

Dans ce cas, pourquoi se sentait-elle abandonnée ?

« Je te l'avais dit, lui murmura une voix qui ressemblait à celle de sa mère. C'était trop beau pour durer. »

Bethany serra les poings.

En soupirant, elle rebroussa chemin vers son bureau. Elle n'avait plus faim. Son appétit s'était envolé.

Il ne répondait pas à ses coups de fil.

Depuis deux jours, chaque fois qu'elle téléphonait à Peter,

son infirmière lui disait qu'il était en consultation et qu'il la rappellerait.

Elle attendait toujours qu'il le fasse.

Sur le portable, elle se heurtait à la boîte vocale. Maudite identification du numéro d'appel qui permettait à Peter de ne pas lui répondre !

Pourquoi l'évitait-il ?

Quelque chose avait changé, mais cela n'avait rien à voir avec elle, tentait-elle de se raisonner. Il traversait une mauvaise passe, voilà tout. Dans quelques jours, tout rentrerait dans l'ordre et elle retrouverait son Peter tendre et attentionné.

Elle avait tort, comprit-elle dès qu'elle le vit entrer dans la salle du conseil à la fin de la semaine.

Contrairement à son habitude, il ne lui adressa aucun sourire. Pas même un regard.

Il lui en voulait, de toute évidence. Qu'avait-elle bien pu faire ou dire qui lui déplaise à ce point ?

Au lieu de s'asseoir à son côté comme lors des séances précédentes, il choisit un siège libre de l'autre côté de la table. Le plus loin possible d'elle.

Cela fit mal à Bethany. Elle aurait voulu lui rendre la pareille, l'ignorer superbement.

Peu importe qu'il lui batte froid, après tout, se dit-elle. Elle n'avait pas besoin de lui.

Un beau mensonge ! Depuis qu'ils étaient ensemble, elle avait gagné en confiance. Elle vivait enfin et se sentait femme à part entière.

Et soudain, pour quelque mystérieuse raison, il avait décidé de l'exclure de sa vie, de l'ignorer avec une froideur qui frisait la grossièreté.

Eh bien, elle lui montrerait qu'on ne pouvait la traiter ainsi impunément !

Tandis que Larry Simpson égrenait l'ordre du jour de sa voix monocorde, Bethany s'arma de patience.

Avant d'aborder le premier sujet, Larry prit soin de récapituler les décisions prises lors de la réunion de la semaine dernière. Un pensum interminable qui allait allonger d'autant la séance.

Il y en avait pour au moins deux heures avant que Bethany ne puisse demander des explications à Peter, ce qu'elle avait décidé de faire à l'issue des débats.

Étant donné qu'elle n'avait pas réussi à le joindre ces jours-ci et qu'il ne daignait pas la rappeler, elle en serait réduite à l'aborder dans les couloirs de l'hôpital.

Il jouait à cache-cache avec elle et elle n'avait pas l'intention de le laisser gagner.

Bethany détestait perdre, mais les blessures d'amour-propre cicatrisaient. Celles d'amour, en revanche, ne guérissaient jamais complètement.

Car c'était bien de l'amour qu'elle éprouvait pour Peter. Par une douloureuse ironie du sort, elle s'en rendait compte maintenant que tout était fini.

La réunion s'étira en longueur.

Ni Bethany ni Peter ne touchèrent à la nourriture que Wallace fit livrer par un traiteur. Le président du conseil essayait ainsi de se faire pardonner le fait d'avoir fixé la séance à l'heure du déjeuner.

Peter y assistait contraint et forcé. Assis au bord de son siège, il semblait prêt à prendre la fuite ; les débats ne l'intéressaient visiblement pas.

Une fois n'était pas coutume, Bethany non plus n'y prêtait aucune attention.

D'une oreille distraite, elle entendit Wallace mentionner l'arrivée d'un certain J.D. Sumner dans le courant de l'après-midi. Sumner était l'émissaire de NHC.

Les veines du cou de Peter saillirent sous sa peau. Le sang afflua à son visage, mais il ne dit rien.

Puis Wallace lâcha sa bombe.

— Il diligentera une enquête pour déterminer si ces allégations de fraude à l'assurance sont fondées.

— Une fraude à l'assurance ?

C'était la première fois que Bethany en entendait parler.

Son intervention sembla chagriner Wallace. Était-ce parce qu'il n'aimait pas être freiné dans son éloquence ou en raison de la situation ? Impossible à dire.

— Hélas ! expliqua le président du conseil, j'ai le regret de vous informer que certains de nos médecins sont soupçonnés de malversations. Pour l'heure, il ne m'appartient pas d'en dire davantage. Vous imaginez le discrédit que cette affaire jette sur notre établissement !

Le visage de Peter s'assombrit encore. Ses yeux prirent la couleur d'un ciel d'orage.

— C'est un coup monté, dit-il, haut et clair.

Tous les regards se braquèrent sur lui.

— Une manigance de NHC pour dévaluer notre hôpital et nous obliger à capituler, poursuivit-il. Ces brigands espèrent que dans notre hâte à éviter le scandale, nous accepterons toutes leurs propositions.

Pour la première fois depuis le début de la séance, il se tourna vers Bethany pour lui adresser la suite de son discours.

— Ils se trompent lourdement. Je compte sur toi pour leur transmettre.

15.

Dès la fin de la réunion, Peter fonça vers la porte.

Bethany bondit de son siège pour le suivre.

— Ma chère, un mot, je vous prie, lui dit Wallace.

— Je reviens, Wallace !

Elle s'élança dans le couloir.

Pas question de perdre cette occasion de parler à Peter. Il fallait qu'elle lui demande ce que signifiait sa pique et pourquoi il la fuyait comme la peste depuis des jours.

Le souffle court, elle le rattrapa et allongea non sans mal le pas pour rester à sa hauteur.

— Il faut que je te parle.

Il ne prit pas la peine de la regarder.

Malgré sa trahison, il ne pouvait s'empêcher d'éprouver encore quelque chose pour elle.

Sa détermination de l'éviter n'en demeurait pas moins intacte.

— Désolé, j'ai du travail.

Quelle tête de mule !

— Ta secrétaire me l'a répété à longueur de semaine. Le Dr Wilder est en consultation, on ne peut le déranger…

— Tu sais ce que c'est. La direction d'un vieil hôpital comme celui-ci réclame du temps et de l'énergie aux rétrogrades de mon espèce englués dans leur archaïsme.

Prononcé sur un ton féroce, le sarcasme laissa Bethany sans voix et lui coupa momentanément les jambes.

Peter dévoilait-il son vrai visage ? L'autre n'avait-il été qu'une chimère ?

Tous s'accordaient à le considérer comme un saint. Peut-être n'était-il en réalité qu'un rustre égocentrique et borné !

Pourtant, il s'était montré un amant si tendre, si généreux. Comment était-ce compatible avec ce… cet imbécile qui refusait toute discussion ?

Elle était lasse de raisonner, d'essayer de comprendre et de l'excuser.

Fini, tout ça. Elle voulait des réponses. Maintenant.

Au terme d'une course effrénée, elle le rattrapa comme il entrait dans l'ascenseur. Elle s'y engouffra à sa suite juste avant que les portes ne se referment.

— Je t'ai dit que je voulais te parler.

Son ton n'avait rien à lui envier en froideur, mais il ne broncha pas.

— Et je t'ai répondu que j'étais occupé, rétorqua-t-il, le regard fixé droit devant lui.

— Je m'en fiche.

Sans doute surpris par ce langage trivial, il haussa les sourcils.

Enfin une réaction.

— Tu n'es pas occupé maintenant, que je sache. Tu peux bien m'accorder quelques secondes.

Il daigna se tourner vers elle.

— Il va falloir beaucoup plus que quelques secondes si tu veux qu'on parle.

Il était temps, songea Bethany.

— Ton comportement a changé radicalement depuis quelques jours. Qu'est-ce qui ne va pas ?

— Tout.

Les portes s'ouvrirent à l'étage inférieur pour laisser entrer trois personnes.

Impossible de continuer la conversation devant elles. Bethany était néanmoins décidée à avoir le fin mot de l'histoire, même si elle devait pour cela poursuivre Peter jusqu'au vestiaire des médecins.

Il sortit au rez-de-chaussée et prit la direction des urgences, Bethany sur ses talons.

— Tu veux bien développer ta pensée ? demanda-t-elle.

Toute sa vie, elle avait subi le rejet des autres. Ses parents, ses camarades de classe et même sa sœur l'avaient tenue à distance.

Avec Peter, elle avait eu l'impression de tourner la page et d'être enfin acceptée et aimée. Si elle devait perdre tout cela, elle voulait au moins savoir pourquoi.

Il s'arrêta à l'entrée du couloir menant au bloc opératoire.

— Non.

Le mot la transperça.

Cherchant appui contre le mur, elle regarda les portes battantes se refermer derrière lui.

Sous l'effet de la colère autant que du chagrin, les larmes lui montèrent aux yeux. Elle s'efforça de les refouler. Une adulte comme elle devrait pouvoir supporter un rejet. Un de plus.

Pendant quelques merveilleux jours, elle avait cru avoir droit au bonheur, comme tout le monde. Hélas ! c'était déjà terminé.

Il ne lui restait plus qu'à reconstruire le mur protecteur et à relever le pont-levis afin de ne plus jamais s'exposer à une telle souffrance.

Mais avant, elle voulait savoir ce que Peter lui reprochait.

« À quoi cela te servirait-il ? Tout est fini », lui murmura sa petite voix intérieure.

Ce n'avait été qu'une petite aventure de passage comme tant de femmes de son âge en ont. Si elle avait mené une vie normale, elle ne prendrait pas la chose au tragique, songea-t-elle.

Non, elle se mentait. Ça n'avait pas été une petite aventure. Du moins, pas pour elle. Et d'après les rares confidences de Peter, pour lui non plus.

« Il y a quelque chose de fort entre nous », lui avait-il dit.

Grâce à lui, elle était devenue une personne plus équilibrée, ouverte aux autres, sensible à la cause des faibles. Elle ne voulait pas perdre la nouvelle Bethany ; elle ne voulait pas perdre Peter.

Prenant une profonde inspiration, Bethany poussa les portes battantes et arrêta la première infirmière qu'elle croisa.

— Où est le Dr Wilder ?

— Ella Wilder ?

Elle avait oublié qu'il y avait deux médecins du même nom.

— Non, Peter. Le chef du personnel.

La femme en bleu haussa les épaules.

— Aucune idée. Sans doute dans son bureau. Personne ne l'a appelé aux urgences, en tout cas.

Ainsi, il y était juste entré pour se débarrasser d'elle. Cette prise de conscience ne fit qu'accentuer son désarroi, mais elle se ressaisit.

Après avoir remercié l'infirmière, elle reprit le chemin des ascenseurs.

« Peter Wilder, tu ne t'en sortiras pas aussi facilement ! »

La porte du bureau de Peter était fermée à clé.

Poussée par le désespoir, Bethany passa par le couloir de derrière qui conduisait à la pièce communicante, celle où il rangeait ses dossiers.

La poignée tourna sans opposer de résistance. Était-ce un oubli de la part de Peter ? Ou n'avait-il pas pris la peine de fermer en pensant qu'elle ne passerait pas par là ?

Ces questions incessantes ne servaient qu'à lui embrouiller les idées. Pour avoir les réponses, un seul moyen.

Elle poussa la porte puis, sans attendre, contourna les classeurs à tiroirs et entra dans la pièce principale.

Assis à son bureau, Peter était en train de reporter des notes dans un dossier. À sa vue, il afficha une surprise qui ne semblait pas feinte.

— Tu n'avais rien à faire aux urgences, attaqua-t-elle d'un ton accusateur.

Il haussa les épaules.

— J'ai confondu avec mon planning de demain.

Elle s'approcha et referma le dossier. En cet instant où sa vie se jouait, elle réclamait son attention exclusive.

— Ça ne te va pas de mentir.

— On ne peut pas en dire autant de toi. Tu avais le regard si clair, en mentant ! Je t'aurais donné le bon Dieu sans confession.

De quoi parlait-il ?

— Quand ai-je menti ?

Il lâcha un rire amer.

— Tout le temps.

— Épargne-moi les devinettes. Je ne suis pas d'humeur.

— Et moi, je ne suis plus d'humeur à jouer les dindons de la farce. Nous sommes quittes.

— Non ! s'exclama-t-elle avec véhémence. Pas avant que tu m'aies expliqué de quoi il retourne.

Peter se tourna vers la fenêtre. Il répugnait à la traiter ainsi alors qu'il n'avait qu'une seule envie, la prendre dans ses bras et l'embrasser, en dépit de ce qu'elle lui avait fait. Quel imbécile il faisait !

Bethany se campa devant lui, le cœur battant à tout rompre. Les minutes à venir seraient cruciales. Si elle laissait ce malentendu persister, elle perdrait sa seule et unique chance de bonheur.

Elle devait absolument trouver un moyen de démêler cet imbroglio.

— Tout accusé a le droit de connaître le chef d'accusation, lança-t-elle crânement. J'attends.

Il fallait admettre qu'elle avait du cran. S'il n'avait eu la preuve de sa duplicité, Peter aurait juré qu'elle ignorait ce qu'il lui reprochait. Et il se serait fait duper une fois de plus… Sans doute s'en serait-elle vantée ensuite auprès de son commanditaire.

— Inutile.

— Ah non ! C'est trop facile de me rendre folle amoureuse puis de me laisser tomber sans un mot d'explication !

Son ton devenait implorant, mais au diable l'amour-propre !

— Tu es amoureuse de moi ? s'enquit-il, stupéfait.

— Oui.

À son grand dam, elle sentit les larmes lui brûler les paupières. Elle s'était pourtant promis de rester maîtresse de ses émotions.

Alors qu'elle jouait sa vie, il restait tranquillement assis à la regarder se débattre.

— Et c'est ta faute, ajouta-t-elle.

Peter aurait tout donné pour la croire, mais les mots qu'il avait surpris l'autre jour étaient gravés au fer rouge dans sa mémoire.

Pensant que personne ne l'entendrait, elle avait révélé son vrai visage.

— Tu tiens donc tellement à obtenir ma voix pour NHC ?

Elle en resta bouche bée. Que venait faire NHC dans cette histoire ?

— Peter, je ne comprends pas un mot de ce que tu me racontes. Je t'en supplie, éclaire-moi !

Décidément, c'était une comédienne chevronnée. Elle niait jusqu'au bout, et avec quelle conviction.

Cela pouvait durer ainsi des heures, songea-t-il en soupirant. Puisqu'elle n'avait pas l'élégance d'avouer sa faute, il ne lui restait plus qu'à la confondre.

— Je t'ai entendue.

— Comme le reste de l'étage, dit-elle en baissant le ton. Désolée, je n'ai pas pour habitude de hurler, mais aux grands maux les grands remèdes.

— Non. Je veux dire que je t'ai entendue parler au téléphone lundi.

Elle secoua la tête, perplexe.

— Et alors ?

— Tu disais à ton interlocuteur que je te mangeais dans la main, que tu pouvais faire de moi ce que tu voulais. T'en souviens-tu, à présent ?

Écœuré d'avoir dû en arriver là, il se leva pour aller se poster à la fenêtre, dos à elle.

— Je n'ai jamais…

Soudain, elle comprit la méprise.

— Ô mon Dieu ! dit-elle en portant la main à sa bouche.

Il se retourna. Le visage de Bethany était pâle comme la mort ; ellc ne jouait plus la comédie. Mademoiselle avait sans doute du mal à supporter d'être démasquée…

La victoire était cependant amère. Si seulement il n'avait pas surpris cette maudite conversation ! Il serait heureux à cette heure avec une Bethany dont il ignorerait les motivations.

— Ah, je vois que ça te revient.

Indignée qu'il ait pu la croire capable d'une telle bassesse, elle laissa libre cours à sa colère.

— Je parlais de Henry ! Au bout du fil, j'avais un candidat pour son poste. La personne avait l'expérience et les qualifications nécessaires, et je lui disais que si j'appuyais sa candidature, Henry se rangerait probablement à mon avis. Nous nous apprécions beaucoup, Henry et moi. C'est un homme adorable.

Peter sentit le rouge de la honte lui monter au front.

— C'est lui qui te mangeait dans la main ?

— Oui. J'admets que ce n'était pas très gentil comme remarque, mais j'avais mes raisons. Le candidat est du genre timide, il a besoin qu'on le pousse…

Elle semblait bien connaître la personne en question.

— Est-ce…

Bethany comprit où il voulait en venir et le devança.

— Non, ce n'est pas un ami. Il s'agit d'un cousin éloigné. Mais revenons à toi. Comment as-tu pu croire un seul instant que je te manipulais, surtout après ce qui s'est passé entre nous ? Ne sais-tu pas que tu m'inspires un profond respect ? Tu es l'homme le plus intègre que j'aie jamais rencontré. J'admire la manière dont tu défends tes convictions envers et contre tout, même si ça t'oblige à aller contre le courant. En fait, j'ai beaucoup réfléchi à la situation depuis ce fameux soir où tu t'es porté au secours de ce jeune automobiliste…

Le soir où il croyait lui avoir ouvert les yeux.

Suspendu à ses lèvres, Peter attendit la suite. Se pourrait-il que le miracle se soit produit ?

— Et je suis prête à te soutenir dans ta lutte. Tes soupçons contre NHC me semblent fondés. J'ignorais cette histoire de fraude à l'assurance, mais ça m'a tout l'air d'être une manœuvre pour faire baisser les enchères. La propagation de fausses rumeurs est monnaie courante chez certaines multinationales peu scrupuleuses…

Ne l'étaient-elles pas presque toutes quand il s'agissait d'arriver à leurs fins ? faillit demander Peter. Il garda cependant le silence.

— Contrairement à ce tu croyais, poursuivit Bethany, je n'ai jamais été à la solde de NHC. Pendant quelque temps, j'ai pensé sincèrement que leur influence pourrait être bénéfique à l'hôpital. À présent, j'ai des doutes.

— Alléluia ! dit-il en s'approchant d'elle. Et c'est moi qui suis parvenu à te faire changer d'avis ?

— Vous, et personne d'autre, docteur Wilder. Au fait, as-tu des nouvelles de ce M. Sumner qui doit venir fouiner dans nos comptes ?

Peter rit.

— Qu'y a-t-il de si drôle ?

— Je vois que tu n'es pas au courant. Remarque, je ne l'ai appris moi-même que quelques minutes avant ton arrivée dans mon bureau. Par un coup de fil de la surveillante du service d'orthopédie…

— Et…

— Ce bon M. Sumner vient d'y être admis avec une jambe cassée. Il a glissé sur un trottoir verglacé. Crois-moi, il est hors d'état de nuire pour un certain temps ! Inutile de te préciser que je mettrai ce répit à profit pour convaincre Wallace et les autres d'écarter définitivement les propositions de NHC.

— Je t'y aiderai de mon mieux. Il devrait être facile de prouver que cette prétendue fraude à l'assurance n'a jamais existé. Je vais m'y employer. Les chiffres, c'est mon rayon. Une fois les manigances de NHC révélées à nos collègues, je doute qu'il y ait un vote. Plutôt que de risquer de porter l'affaire sur la place publique, ce qui porterait atteinte à son image de bienfaiteur de la médecine, NHC retirera son offre et se mettra en quête d'une autre proie.

— Je plains le prochain établissement sur leur liste.

— Moi aussi, parce qu'ils n'auront pas un Dr Wilder pour les défendre. Je t'admire et je t'aime, Peter. Te l'ai-je dit ?

— Alors, tu ne m'en veux plus de t'avoir crue capable du pire ?

— Si, je t'en veux à mort, dit-elle en affectant un air de rancune profonde. Je ne connais qu'une seule manière de te faire pardonner…

— Quelque chose me dit qu'on a la même idée.

Il posa les mains sur ses hanches pour l'attirer contre lui. Le bonheur le faisait trembler ; il ne s'était pas trompé en aimant Bethany.

Ils échangèrent un tendre baiser.

Seigneur, comme ses lèvres étaient douces ! Comme elle lui avait manqué !

— Pardonne-moi d'avoir douté de toi, Bethany. Moi aussi, je t'aime. Plus que ma vie…

— Tu m'aimes ?

— Depuis longtemps, mais j'étais trop lâche pour m'en rendre compte.

— Lâche ? Je ne connais personne de plus courageux que toi.

— J'avais pourtant peur de m'engager. Et de souffrir.

— Comme moi.

— Sans doute étions-nous faits pour nous rencontrer ! Acceptes-tu de m'épouser, Bethany ?

— Tu me prends de court. Laisse-moi le temps d'y réfléchir… cinq secondes.

Regardant sa montre, Peter fit mine de chronométrer.

— Le temps imparti est écoulé. Alors, votre réponse, mademoiselle ?

— C'est oui !

Blanche

HARLEQUIN

Retrouvez en juin 2019, dans votre collection *Blanche*

Pour le bonheur d'Aimée, de Sue MacKay - N°1431

Elene a fait un très long voyage pour retrouver le Dr Mattia Ricco. Mais sa détermination flanche quand elle fait face au bel Italien. Si son charme opère toujours sur elle, Elene n'est pas là pour se souvenir du baiser qu'ils ont échangé autrefois. Non, elle doit lui présenter le bébé qu'elle tient tendrement dans ses bras. Une jolie petite fille prénommée Aimée – et dont Mattia est le père…

Un héros au cœur tendre, d'Emily Forbes

Un héros. Voilà ce que représente Patrick Reeves pour Charli. Depuis qu'il l'a sauvée des décombres où elle se trouvait bloquée suite à un glissement de terrain, elle ne cesse de penser à lui. À sa voix rassurante, à sa détermination farouche à la délivrer. Mais, alors qu'elle aimerait lui ouvrir son cœur, Charli reste prudente. Elle n'est que de passage dans ces montagnes australiennes, et surtout, Patrick est le papa d'une adorable fillette qui requiert toute son attention…

Rencontre à Maple Island, de Susan Carlisle - N°1432

À Maple Island, Cody mène une vie sereine. Non seulement son travail de chirurgien le passionne, mais il peut accorder à ses deux filles l'attention qu'elles méritent. Résolu à préserver cet équilibre précieux, il redoute soudain la place que prend Stacey dans sa vie et dans son cœur. Car Cody sait qu'il doit étouffer ses sentiments naissants pour cette jolie infirmière récemment arrivée dans l'équipe, au risque de s'exposer aux déboires de l'amour…

Luciano Bianchi : prince et chirurgien, de Kate Hardy

Le prince Luciano Bianchi excelle en tant que chirurgien cardiaque. Hélas, on n'attend pas de lui qu'il opère, mais plutôt qu'il gouverne le royaume de Bordimiglia. Pour convaincre sa famille que sa place est au bloc, à sauver des vies, il propose un mariage de convenance au Dr Kelly Phillips. Sa collègue cardiologue, toute dévouée à sa carrière, n'a absolument pas le profil d'une reine et dissuadera les siens de les faire tous deux monter sur le trône. Mais quand Luciano se découvre amoureux de Kelly, il se prend à regretter cette union qui n'en a que le nom…

eur mission : sauver des vies.
eur destin : trouver l'amour.

HARLEQUIN
www.harlequin.fr

Blanche

Surprise au St. Mary's Hospital, de Lucy Rider - N°1433

Après un mariage malheureux, Dani a perdu tout intérêt pour la gent masculine. Du moins, jusqu'à sa rencontre avec Dylan St. James. Le nouveau – et très sexy – chirurgien l'attire irrémédiablement. Et comme il se trouve que Dylan est aussi son voisin, elle finit par succomber au désir, entre ses bras. Mais suite à cette aventure d'une nuit, Dani se découvre enceinte…

Séduction au bal, de Charlotte Hawkes

Maman célibataire et urgentiste, Effie tient à son indépendance. Elle accepte pourtant la proposition du Dr Talank Basu, d'être sa cavalière au bal de l'hôpital. Car il ne s'agit pas là d'un rendez-vous galant, mais plutôt d'un arrangement qui leur sera profitable à tous les deux. En s'affichant comme un couple, Effie et Talank cesseront d'être approchés par tous les cœurs esseulés. Hélas, si l'idée est bonne sur le papier, elle devient folle lorsque surgit entre eux, la passion…

Une infirmière à séduire, de Meredith Webber - N°1434

C'est dans l'espoir de se reconstruire après une rupture douloureuse qu'Annabelle décide de quitter Melbourne et d'accepter un poste d'infirmière dans un petit village du bush. Sur place, elle aura tant de travail qu'elle n'aura même pas le temps de songer aux hommes. D'ailleurs, qui pourrait-elle bien rencontrer dans cet endroit perdu ? Hélas ! À peine arrivée au dispensaire, elle se sent attirée par Nick Tempest, son patron, qui ressemble étrangement à l'homme qu'elle cherche à oublier...

Rencontre aux Fidji, d'Alison Roberts

En allant passer ses vacances aux îles Fidji, Sarah n'envisageait pas de faire une rencontre. Pourtant, à peine débarquée, elle tombe littéralement sous le charme de Ben Dawson, le séduisant médecin local, et sa fillette de quatre ans. Pour Sarah, qui n'est que de passage, tout devient soudain merveilleux... mais bouleversant.

HARLEQUIN

Leur mission : sauver des vies.
Leur destin : trouver l'amour.

HARLEQUIN
www.harlequin.

Blanche

La tentation du Dr Tracy Hinton, de Tina Beckett - N°1435

Tracy est désemparée. Alors qu'elle enchaîne depuis quatre ans les missions humanitaires dans tout le Brésil dans le seul but d'oublier Ben et l'échec de leur mariage, voilà qu'elle va devoir le retrouver, et lui demander son aide. Car elle a besoin d'un spécialiste pour diagnostiquer l'épidémie qui fait rage à Santa Teresa et Ben est le seul épidémiologiste de la région. Mais comment réussir à le convaincre de coopérer, si le simple fait de penser à lui la bouleverse à ce point ? Sans compter que, s'il accepte, elle devra quasiment vivre avec lui, le temps de la mission…

Le baiser d'un chirurgien, de Louisa George

Le Dr Kara Stephens est aux anges : on vient de lui confier son premier cas de chirurgie – une princesse blessée, rien que ça ! Une excellente nouvelle, ternie, cependant, par le fait qu'elle va devoir travailler avec le brillant Dr Declan Underwood, ce chirurgien irlandais avec qui elle a échangé un inoubliable baiser lors du bal de l'hôpital, quelques semaines auparavant… Kara ignorait alors tout de Declan – son statut de chirurgien renommé et surtout sa réputation de grand séducteur. Voilà justement ce qui l'inquiète, alors que le baiser de Declan lui brûle encore les lèvres…

HARLEQUIN

eur mission : sauver des vies.
eur destin : trouver l'amour.

HARLEQUIN
www.harlequin.fr

OFFRE DÉCOUVERTE !

Vous souhaitez découvrir nos collections ? Recevez **votre 1er colis gratuit*** a
2 cadeaux surprises ! Une fois votre colis de bienvenue reçu, si vous souha
continuer à recevoir nos livres, cela se fera automatiquement. Vous recevrez a
vos livres inédits** en avant-première.

Vous n'avez aucune obligation d'achat et cette offre est sans engagement de dur

*1 livre offert + 2 cadeaux / 2 livres offerts pour la collection Azur + 2 cadeaux.
**Les livres Ispahan, Sagas, Hors-Série, Allegria et Best Féminins sont des réédités.

☛ COCHEZ la collection choisie et renvoyez cette page au
Service Lectrices Harlequin – CS 20008 – 59718 Lille Cedex 9 – France

Collections	Références	Prix colis France* / Belgique*
❑ **AZUR**	Z9ZFA6/Z9ZF6B	6 livres par mois 28,49€ / 30,49€
❑ **BLANCHE**	B9ZFA3/B9ZF3B	3 livres par mois 23,35€ / 25,35€
❑ **LES HISTORIQUES**	H9ZFA2/H9ZF2B	2 livres par mois 16,49€ / 18,49€
❑ **ISPAHAN**	Y9ZFA3/Y9ZF3B	3 livres tous les deux mois 23,20€ / 25,
❑ **HORS-SÉRIE**	C9ZFA4/C9ZF4B	4 livres tous les deux mois 31,65€ / 33
❑ **PASSIONS**	R9ZFA3/R9ZF3B	3 livres par mois 24,79€ / 26,79€
❑ **SAGAS**	N9ZFA4/N9ZF4B	4 livres tous les deux mois 35,35€ / 37,
❑ **BLACK ROSE**	I9ZFA3/I9ZF3B	3 livres par mois 24,79€ / 26,79€
❑ **VICTORIA**	V9ZFA3/V9ZF3B	3 livres tous les deux mois 25,69€ / 27
❑ **ALLEGRIA**	A9ZFA2/A9ZF2B	2 livres tous les mois 16,49€ / 18,49€
❑ **BEST FÉMININS**	E9ZFA2/E9ZF2B	2 livres tous les mois 18,55€ / 20,55
❑ **MAGNETIC**	K9ZFA4/K9ZF4B	4 livres tous les 2 mois 29,39€ / 31,3

N° d'abonnée Harlequin (si vous en avez un) ____________

Mme ❑ Mlle ❑ Nom : ____________

Prénom : ____________ Adresse : ____________

____

Code Postal : ______ Ville : ____________

Pays : ____________ Tél. : ____________

E-mail : ____________

Date de naissance : ____________

❑ Oui, je souhaite recevoir par e-mail les offres promotionnelles des éditions Harlequin
❑ Oui, je souhaite recevoir par e-mail les offres promotionnelles des partenaires des éditions Harlequir

Date limite : 31 décembre 2019. Vous recevrez votre colis environ 20 jours après réception de ce bon. Offre soumise à acceptation et réservée aux personnes majeures, résidant en France métropolitaine et Belgique, dans la limite des stocks disponibles. Prix susceptibles de modification en cours d'année. Vous pouvez demander à accéder à vos données personnelles, à les rectifier ou à les effacer. Il vous suffit de nous écrire en nous indiquant vos nom, prénom et adresse à : Service Lectrices Harlequin CS 20008 59718 LILLE Cedex 9. Service Lectrices disponible du lundi au vendredi de 8h à 18h : 01 45 82 47 47 ou 33 1 45 82 47 47 pour la Belgique.

Harlequin® est une marque déposée du groupe HarperCollins France – 83/85, Bd Vincent Auriol – 75646 Paris cedex 13. SA au capital de 1 120 000€ – R.C. Paris. Siret 31867159100069/APE5811Z.

Composé et édité par HarperCollins France.

Achevé d'imprimer en avril 2019.

CPi
BLACK PRINT

Barcelone

Dépôt légal : mai 2019.

MIXTE
Papier issu de sources responsables
FSC® C108412

Pour limiter l'empreinte environnementale de ses livres, HarperCollins France s'engage à n'utiliser que du papier fabriqué à partir de bois provenant de forêts gérées durablement et de manière responsable.

Imprimé en Espagne.